无所动心

王宏图 著

山东画报出版社
济南

图书在版编目（CIP）数据

无所动心 / 王宏图著. -- 济南：山东画报出版社，2022.8
ISBN 978-7-5474-4337-8

Ⅰ.①无… Ⅱ.①王… Ⅲ.①长篇小说－中国－当代 Ⅳ.①I247.5

中国版本图书馆CIP数据核字(2022)第135934号

WU SUO DONGXIN
无所动心
王宏图 著

责任编辑　刘　丛
装帧设计　王　芳

出 版 人　李文波
主管单位　山东出版传媒股份有限公司
出版发行　山东画报出版社
　　　　　社　　址　济南市市中区舜耕路517号　邮编 250003
　　　　　电　　话　总编室（0531）82098472
　　　　　　　　　　市场部（0531）82098479　82098476（传真）
　　　　　网　　址　http://www.hbcbs.com.cn
　　　　　电子信箱　hbcb@sdpress.com.cn
印　　刷　山东临沂新华印刷物流集团有限责任公司
规　　格　148毫米×210毫米　1/32
　　　　　14.75印张　330千字
版　　次　2022年8月第1版
印　　次　2022年8月第1次印刷
书　　号　ISBN 978-7-5474-4337-8
定　　价　56.00元

　　　　　如有印装质量问题，请与出版社总编室联系更换。
　　　　　建议图书分类：长篇小说。

我的心,忍耐吧,你还忍受过更难堪的事。

——〔古希腊〕荷马《奥德赛》

在这样黑暗的人生中,
在如此之多的危险中;
只要此生还在延续,
就是如此,如此度过!

——〔古罗马〕卢克莱修《物性论》

序：反欲望的欲望叙事，以及带病而生

1

多年前，有两位年轻编辑曾与我谈起一本新书，尤其提及书名《Sweetheart，谁敲错了门？》，认为这个悬疑的帽子戴在许多作品头上似乎都可以，但于王宏图这部小说最是"自然"而又"突然"。我大概就是从那时开始关注作为小说家的王宏图，而事实上他先前已有小说集出版。

他读大学时，老师们想必是喜欢讲中文系不培养作家之类话的。而今，"创意写作"几已成为国内大学必争之地，他所任教的复旦大学创意写作专业更是透出实力与魅力。

宏图教授看上去似乎柔弱，说起话来细雨微风，有时则又显得兴致勃勃跃跃欲试；小说更是令人有几分惊讶，有时斩截分断，有时华丽缭绕，有时又迷乱甚或疯狂。我想，这可能正是写作的魅惑之处吧：虚构一个世界的同时，创造另一个自我，或是发现原初的隐秘自我。

坦白讲，他的小说独特，不过可能并不属于多么受读者关注或同行热评的那种，但他似乎不以为意，兀自游离于所谓文坛，也正因此，他的写作透出书卷气和杂花生树，兼具警示性和自我探险。这样的越界书写者越多，文学与人生越繁花与繁华并在吧。

他的作品中，《迷阳》的文体实验是多样的，将他主要的元素和手法融汇在一起，也试图"在原始野性与救赎之间"有所探勘。《无所动心》进行了新的尝试，有的成功，有的则可能只是伸展了一些触角，不过，它的现实辐射面广，于我而言，比《迷阳》和《别了，日耳曼尼亚》带来的思考更多更直接，尤其是它虚构了一个小说家在重疾袭来时所置身的种种"严苛的真实"，包括性与爱、生命、金钱、文学与世界。

2

逆着光看去，王宏图的博士论文《都市叙事中的欲望与意识形态》所及也大多是他自己写小说时所感兴趣的，当然小说又有不少溢出和开辟，有升腾有挫伤，尤其是对欲望，对城市，对日常政治和无形之手均不无体认和触碰。

到底是有古典家学，他喜欢从古代典籍中寻找灵感，譬如《无所动心》主人公徐生白的代表作就以有古典神韵著称，而徐生白又喜读《庄子》，其名也出自此书，"虚室生白，吉祥止止"。不过，光明、净洁没那么容易生成。倒是到了一定年龄或时候，重疾会前来拜访。徐生白一方面查出了癌症，一方面日益感到江郎才尽。

小说中男人和女人在相互碰撞，情爱和婚姻在相互征伐。在本该彼此关爱的家庭中，很多东西是断裂的：妻子在徐生白刚刚患病时还算尽心，后来另有新欢，置徐于不顾。经济方面，在《迷阳》等作品里已有涉及，到了《无所动心》更具现实感，在社会层面，千里眼公司崩盘后，作为顾问和董事，徐生白自己是受害者（名誉和真金白银），更是使得不少慕其名而跟进的投资者血本无归；在家庭层面，主要是房产问题，父母的房产他分毫未得，离婚时他与妻子在房子分配和现金补偿上也各耍心机。

对女儿的婚事，徐生白也交流不力，少有作为。他离婚之际，女儿同样在离婚，这是两代人共同的败绩，这也可视为两代人之间的一种情感"对位法"。这些本应幸福的人得不到幸福已经是悲剧，更可悲的是，我们看不到有人为了感情付出多少真心、耐心、反思之心。不安分的徐生白自是难辞其咎，而他的妻子贾欣怡、女儿紫彤等也不是全然无辜，总是受制于利益或一己的欢愉。这种对位，在根本上又是一种生活的错位、责任的错位、爱的错位。

在《西西弗神话·哲学式自杀》篇章中，加缪曾援引加里亚尼神甫的话，重要的不是治愈，而是带着病痛活下去。加缪认为，在克尔恺郭尔看来治愈是重要的，治愈是他狂热的愿望，这愿望贯穿他的全部日记，他的努力尤其使他失望。我不确定，这句话是否是近年一些医患者或思想者所说"带病生存""与癌细胞共存共生"的一个源头，但可以肯定，加缪是珍视生命，也珍视反抗和自由的。于当代人而言，治愈越发不易，带病而生——无论是带病生活还是带病生存、带病存在，均已处于未被足够重视而又似乎被默认的状态。病毒、病痛与人类同在，它们对于人类既是"战争与和平"，又是一种"情感教育"。宽泛或是更本质性而言，最难愈的病是欲望，人不得不在种种欲望之中生存；最庞然的病是死亡，那也是最宿命而无形的。徐生白就是一个显豁的例子，从头至尾，他都是带病而生，具体表现为真实的肉体病痛（癌症）、内心的病痛（写作的梦想与挫败）、性爱的病痛（翻腾的欲望、莫名的空虚）、对家人的爱无能（这种病痛最是微妙复杂，对父母，对妹妹，对妻子，对女儿）……他反思得还不够，也缺乏对人生困境的更高智慧和勇气。一个有盛名的知识人尚且如此，更多的人又可能是什么境况？

小说中的一段话则不仅仅"适用于"徐生白："如何度过宝贵的余下的时光，是每个病人不得不面对的问题。从这一刻起，他们从出娘胎起才头一回有了反省自我的念头。我过去活得究竟怎么样？有没有意义……"

只不过，在病痛稍稍好转或稳定下来，他们就可能再度蠢蠢欲动，向虚空中竭力抓取些什么。

3

人的历史也可以说是一部欲望史。事实上，近现代历史的发展，正是欲望被前所未有地释放出来，得到尊重和张扬的过程，但终究也需要节制和引导。欲望是自然性的，也是动物性的；是身体的，也是社会的。欲望是蜿蜿蜒蜒的蛇，又仿佛一面镜子，它本身是"中性的"，并不直接创造什么，但时时刻刻都在吞噬，在创生。

王宏图一直在书写灵与肉，骚动和挣扎。这在《衣锦还乡》和"敲门声"时期便如此，有论者曾将其创作形容为"玫瑰色的战栗"。在研讨会上我曾着重谈过《迷阳》的欲望叙事，读了《无所动心》后发现这一点依旧凸显，当然也有所变化。包括叔本华、弗洛伊德、拉康等对欲望也有过各具特色的探讨。有的看法也渐渐为更多人所接受：欲望就是匮乏，或者说，欲望不止是想满足某种目的或愿望，真正的欲望是愿望得到满足之后依旧匮乏的那种东西。甚至，欲望越被满足就越匮乏，接下来满足的难度变大，其后的痛苦和无聊也变大，如此往复……王宏图于这一点一直在注目，在揭示，文本完成度有高有低，有得有失，但无不透出现代性和迷思。

欲望中最自然、最美好，有时也最致命的是性爱。伍迪·艾伦的电影《子弹横飞百老汇》中有句对白：爱是很深刻的，而性只有几英寸而已。道理似乎是简明的，真正的"深刻"总是不易拥有或持存。我们可以把这里的爱理解为狭义的情爱，也可以理解为广阔的爱。《无所动心》也许还可以有更多新思想、更大力度，不过它已炫目地提示，我们需要爱，具具体体的爱，长长久久的爱——无论是面对工作、使命、友谊，还是面对爱情、婚姻、亲情。

而爱的本意，正是一种难度，一种创造。这其实和写作之有难度是一样的——均有赖于耐心和力。

4

小说中的几个主要人物几乎都受欲望的牵引撕扯，但从不少地方来看，作者一直在抵抗欲望，反思欲望，或是以和解的方式净化欲望，典型如徐生白，他对自己一直有高的期许，试图克制自己，他读古籍，练气功，致力于巨著的书写。除了这种正向的克制与进取，作者还通过人物的命运走向来反思欲望中的负面性：与徐生白的离婚官司尚未了结的贾欣怡滑向俞日新的怀抱,而正是徐一度抢了俞的情人刘娅琳!尽管刘娅琳又移情于他人,但徐的"报应"是真真切切地到来了。最后,他的身边已没有一个可以爱的人,贾欣怡跟他闹着离婚,情人庄梦晴身心俱疲,曾迷恋的病友陈玫君香消玉殒……

"是故爱恶相攻而吉凶生,远近相取而悔吝生,情伪相感而利害生。"爱,恶,吉,凶,攻,取,悔,伪,利,害……这些无不是小说的波澜与触角所在,小说尾声这段话引自《周易·系辞下传》。值得一提的是,全书每一章开篇均引录有《周易》的一卦,与故事发展有或显或隐的勾连。庄子说"《易》以道阴阳",用《周易》的内容来结构整部小说,尤其又是关于男女爱恨、人生跌宕流转的小说,这有几分意味。小说中特别录有"无妄卦",不可妄为,才可能有作为,这种警示也暗合了小说的名字《无所动心》。"无所动心"四个字在小说里出现了十余次,从中可析出"心""无""心动""不动心""心无所动""无所动心"等,涉及儒释道以及西方的多种学说。而我们也不妨"顾名思义",对于一个作家而言,这个词指向超然修为、人生高标,同时这种超然和高标也是不易抵达的,伴有怀疑与破坏,甚或认为它们是无济于事、死水一般的,于是,"不仅仅是肉体,也是心灵的堕落。而他以往孜孜以求的圣人的超拔于世、无所动心的境界也成了一个刻毒的讽刺"。这种讽刺,或者说这样的欲望或欲望叙事透出了"反欲望"的旨趣。

就是这样,欲望有时会成为人的主人。一个人如何养成浩然之气、抵达"不动心"的境界?绝对的无所动心恐怕只能是死亡?进一步而言,如若真想反欲望,或者说以欲望或欲望书写来反欲望,可能还需要更颖利的思想和更鲜活的细节。这其实是在拷问当代作家对爱情、婚姻、人生等的综合认知以及大胆预见力。

一个充满欲望的人,在自己身上反欲望、克服欲望已属不易,"在自己身上克服这个时代"就更为不易。很多小说中都很难塑造一个特别通透而又强健的人,这也是自《废都》以来很多类似小说的问题。打破一个东西是胆识,但更考验创作者的,是树立一个独特而具有启迪性的新形象、新精神。

5

徐生白在一次研讨会上痛批了几个被溢美的年轻作家:缺少青春的活力和朝气,骨子里认同压迫着自己的东西以及资本和权力的法则。他也批评自己的作品大多数是废品,不值一提。这说明他对年轻作家和自己都有不满,同时又有所期冀,明知很多事情在陷落,但也不愿选择全然沉默。

徐生白很喜欢看《庄子》,却也难以深度践行这部经典中真正通达高逸的一面,看到、想到和做到之间各自隔着一座山。进一步而言,这个世界的悲哀就是很多人爱真理与美,但又太爱自己了,于是不能看开,看远,解放身体,解放心灵。

小说还内置了一部小说《大江东去》(这个戏中戏和《庄子》以及《周易》并行、互通),徐生白希望这部长篇能"将二十世纪的风云变幻尽收其间"。主人公裴邦济生于一个复杂的家庭,1979年回到中国,想有作为却发展不利,也曾为情所困,后来返回美国,迷惘,离婚,染上毒瘾,年近六十重新振作,到伯克利攻读中国古代史的博士学位，后又来到中国，显示了一些面向历史和现实的新可能。徐生白希望自己能像这个虚构的人物一样"脱胎换骨"，但无论是想写出无愧之作、有圣人之行，还是"兴邦济世"，均相距尚远。

宏图教授笔下的"上海"有时也仿佛是一个"人物"，不过，如何进一步塑造新世纪的上海和都市，着实越来越难。他重视这个城市的自由与包容，不过依然批评上海"在本性上而言是一座粗鄙的城市"；《无所动心》中还说，"文学不但拯救不了世界，连自己都救不了"……这些反叛、省思和暗能量在某些时刻可能会反噬他，而他如果足够强大并能进一步开拓，它们也很可能推动他走得更为深远。

而如何破局，同时进行既内在于时代又超拔于时代的整体性创造，从来是有抱负的作家的难题和梦。

一个人写作，无非是有话要说，有不同的话，或不同的说法，又抑或有不同的思想志趣。《说文解字》曰，"序，东西墙也"；《文心雕龙》云，"序以建言，首引情本"。或许，大凡置于作品之前的文字，指向空间（以及时间）的界限次第，也指向人世与人心的界限次第，我想，更重要的可能是还隐含着对种种有形无形之界限的僭越，以及重新沟通和创立吧。一个教授，一个作家，一个珍视青春和活力的知识人，正携其新著举手敲门，而我这篇小文，如若对于读者走近他或文学有涓埃之助，那便不失为一次有益的尝试。

木 叶

2022年3月30日于上海顾村

一 屯

屯卦（震下坎上）

屯：元亨，利贞。勿用有攸往，利建侯。

I

徐生白摘下银灰色细边框眼镜，揉了揉惺忪的眼皮。万花筒般的图像，变幻不定，腾挪跳荡，浩浩荡荡地呼啸而过。镇静！他的头轻轻摇晃着，费力地想在四周围茫茫的虚空中寻觅到一个惬意的聚焦点，抓住一根坚实的支柱。这些天他一直在晕晕乎乎地飘移，迷迷糊糊地在大西洋上空飞翔，从纽约到伦敦。黄昏时分，夏日绚烂的阳光一无遮拦地流泻到希思罗机场的候机楼上，金灿灿的光焰将它映染得血红一片。霎时间，高高耸峙、蟹爪一般朝四面八方拱突伸展的金属桁架，连同环伺林立的玻璃幕墙纷纷脱胎换骨，变身成了一座威严的大祭坛。

那份安宁（根植于内心深处的从容淡定）早已支离破碎。徐生白倚靠在铝制椅背上，嘴角向右侧歪斜，时不时狠挠几下头皮。离开上海已快一个月了，先是去美国中西部探望留学的女儿，再到东海岸参加由某个常春藤大学主办的"新世纪全球华语文学论坛"。在美国东奔西走了三个多星期，返程途中再到伦敦停几天，在一家孔子学院举办了几场当代中国文学系列讲座。累得够呛！他合上眼，轻轻搓着手掌，谢天谢地！结束了，总算结束了。

他不知道自己从什么时候起成了不折不扣的空中飞人。最近一年外出的频率越来越高，两个月一次升到一个月一次，再加密到两周一次，一周一次，甚至一周两次，不是开会就是办讲演当嘉宾，各个大学图书馆，还有大集团、大公司一拥而上，甚至还有官方操办的数不尽的文化节庆典礼；恍惚间他觉得自己成了一枚高速旋转的陀螺，完全失控了。

此刻，徐生白从深长的瞌睡中恢复过来，专注地打量着熙来攘往、兴冲冲地奔赴世界各地的旅客：各种肤色，各种不同的服饰、表情、气质，散发着不同的气息，隐藏着一个个不同的人生秘密。扩音器里传来清脆、干练的女中音，不停歇地播报林林总总的航班信息，一长串单调的元音、辅音在天花板下方机械地萦回游走，呼应着电子屏幕上一排排跳转翻卷的字符。旅行在外，不时有意想不到的新鲜体验；短暂的亢奋过后便是绵长、若断若连的疲累。

不该这样，完全不该这样！总有什么地方不对头。胃口不好，接连不断的失眠、小感冒。徐生白抚按着额头，还好，没有发烧。时差，车马劳顿引起的神经衰弱，过多的约稿，永远还不清的文债，连拉屎撒尿的时间都像从牙缝中挤出来的。但他心里明白，这是在一个劲儿地兜圈子捉迷藏，总想遮盖什么，回避什么。

还有一个半小时才能登上返回上海的飞机。要命的是直到现在，电子屏幕上都没显示具体哪个登机口，让人不得不在免税店里多待上一会，多买进点什么，一直拖到最后一刻。狡诈而拙劣的销售把戏。他偏偏就不上这个套，偏就这样呆坐着。一辆电瓶接驳小车在人流中迂曲穿梭而来，三四个裹着白色头巾的阿拉伯男女旁若无人地指指点点，说说笑笑。徐生白伸了个懒腰，侧转过脸，眺望着楼外繁杂喧嚣的跑道、停机坪，大大小小的能量在此积聚，翩翩起舞，在清亮的阳光中慢慢耗散，直至化为一缕缕青烟，一堆堆焦黑的灰烬，凌空飘飞，最后沉落到视野尽头淡紫色的地平线下。

他完全有本钱对这一切安之若素。年过五十的徐生白，早已是名满天下，达到了荣誉的顶峰。这些年来他将国内的所有重要文学奖囊括手中，作品接二连三地被译成外文，国际文学奖的桂冠也时不时飞来：功德圆满的他成了十足的命运宠儿。

一开始徐生白从没想到他会在创作上取得如此巨大的成功。他聪颖过人，早早披罩上了耀眼的光环。他成熟得太早太快，让人联想起穷蹿猛长、丰饶多汁的热带植物。凭借神奇的"天眼"，他不经意间窥视到了纷乱的表象后深藏不露的奥秘，触摸到了宇宙天地间亘古长在的图式，并诉诸文字。令那些批评家惊诧的是，三两个人物，春花秋月，小桥流水，司空见惯的家长里短男女情事，经他的魔杖轻轻点击，便能化腐朽为神奇，中国美的古老精魂刹那间显现。字里行间，文气汹涌澎湃，浩浩荡荡，一清一浊，阴阳调和；它孕育而出的旋律长短不一，刚柔相济，既前后呼应，通体贯注，又繁富多彩，不落入死板僵直的陷阱。

俗话说文如其人，这种文字上的魅力不只是外表的装饰，更是徐生白内心的映照。多年的创作同时也是精神上的修行历练，他已臻于无所动心的超然境界。心志淡泊纯一，滤清了外界众多的杂质，筑起了一道坚固厚实的屏障，哀乐悲喜不得而入，宠辱恩怨无法激起波澜，甚至连一丝一毫的涟漪都不见。

每天早晚徐生白都会紧闭门窗，独处一室，悄然练起站功和坐功来。没有花哨夸张的外部动作，只是闭上双眼，意守丹田。最重要的是心静，排除杂念，一呼一吸，与天地万物交融契合，将其精华摄入体内。随着意念的挪移，一股气流在体内升腾、游走。在那一刻，他感到自己与天地之气合二为一。他的身体是微缩的天地宇宙，气流穿行的微循环与外界的大循环共享着同一个节奏，同一个韵律。清浊阴阳，轻盈沉重，峻急迟缓，气流川流不息，随物赋形，最终汇入丹田，并开始新一轮的循环。在朝霞或暮色中，他一无所思，但在那些瞬间，他看见了一切，看到了原初的起源，看到了终点的闭合，看到了所有的变易，所有的萌生，所有的繁茂辉煌，所有的衰颓，所有的死寂，所有的重生。

徐生白又一次挺直了腰板，再次望了一眼斜对面的电子信息屏：登机口还是没有跳闪出来。刹那间，他感到了一阵突如其来的胸闷，体内上下流贯，原本井然有序、波澜不惊的气流顿时失去了平衡，变得焦灼燥热，恣肆无忌地左冲右突，寻觅着突破口：诅咒，谩骂，直至挥动拳头将周围的有形物体捣个稀巴烂。他竭力控制住自己，同时感到罕有的沮丧：长年孜孜以求、苦心经营的心斋王国竟是如此脆弱，稍有撞击便化为黑灰色的废墟。

徐生白合上眼帘，做了个深呼吸：心静，现在要紧的是心静。上蹿下跳的气流在意念的导引下，又一次被驯化，逐渐变得平缓，乖乖地沉落到深幽的丹田之中。他再次睁开眼睛，信息屏幕上竟显示出了登机口：42。此刻他在11号登机口附近，因而不得不拖着草绿色的小拉杆箱，沿着候机楼绵长迂曲的走道缓步前行，旋转上行，方才抵达这片巨硕的弧形空间的另一端。

小小的颠簸，小小的摇撼。徐生白在喧哗嘈杂的人流中穿折而过，一波波声浪粗暴地冲撞着他的耳膜，仿佛荒寂的海滩边一波波蜂拥而至的冷冽的浪花叩击着嶙峋起伏的崖岩。恍然间，他全身变得轻飘飘的，仿佛腾空而起，凌驾在这空旷邈远的时空隧道之上，四周的一切都蜕去了清晰坚固的外形，变成模模糊糊的影子。他的身子也被兜底抽空，像一瓣枯黄的叶片，在半空飘漾，画出一道优雅而伤感的弧线，轻薄无比。

说到底，他还是在逃避，在躲闪，使出所有的招数掩饰那致命的问题，不想不愿也不敢直面脚底下豁裂开来的黑漆漆的深渊。这些年来，徐生白隐约感到体力在缓慢、不可逆转地在衰弱的坡面上滑行，点点滴滴地挥发，化为乌有。好几次他突如其来地感到天旋地转，上下左右的恒定方位顷刻间坍塌下来，要费好大劲，才能勉强维持好肢体的平衡。

他为什么不再写作？为什么如此无所事事？为什么，你倒是说呀！

徐生白有口难辩，他每时每刻都想写，但他长时间地枯坐在电脑前，绞尽脑汁，收获的只有几行残破僵死的语句。创造力的衰退，激情的枯竭：迟早会有这一天。但还是来得太早，他才五十挂零，难道就这样眼睁睁地看着自己江郎才尽？不会，不会那么早，是自己神经过敏了。他可以找到各种理由来敷衍搪塞，因为杂务缠身，三天两头东跑西走，心神不定。而打开电脑，坐在书桌前则成了一种苦刑。他宁可对自己说，不要辜负大好春光，去公园散步赏花，怡养性情；或者到新建的博物馆逛上半天，调节一下紧绷的神经。

然而，这一切最终成了恶性循环，像难以挣脱的紧箍咒：越写不出，便越坐不住越想往外面跑；而越往外面跑，整天神思涣散，到了第二天就越写不出。他呆愣愣地凝视着窗玻璃上面蜿蜒盘结的黑灰色的蛇形污迹，重重地搓着手掌，随即啪啪打了几下响亮的响指：自己的更年期到了？

II

雪亮耀眼的荧光灯一一熄灭，机舱霎时间沉陷到迷蒙的黑暗之中，只有走道尽头卫生间的红绿指示灯，以及零零星星从座位上方衍射而下的阅读灯闪烁着。经过晚餐的喧嚷后，机舱终于回归到安静模式中。徐生白伸手拧灭了阅读灯，闭上眼睛，想打会瞌睡。不久，机身竟然剧烈颠簸起来，随即机长在广播中解释遇到了气流，叮嘱乘客务必系好安全带，不要随意走动。徐生白费力地睁开眼睛，在幽暗中察看四周的动静：右侧的那个年轻女子歪斜着头，发出平缓均匀的鼾声。她方才还从咖啡色的小坤包中掏出粉色化妆匣，一笔一画地精心画着眉线。一切正常。心里不是没有对坠机的忧惧，但只是一闪念间。他转身合上眼睛，模模糊糊间觉得即便真有大祸降临，葬身云海之中，也无所恐惧，能与天地同在日月同辉，此生无憾了。

不知过了多久，徐生白坐直了身子，瞟了眼手表，才迷糊了一个多小时。累得睡不着，还是看几页书转移下注意力，还有七八个小时才能到上海。他从包中掏出几本书，最上面一本是柏拉图的《理想国》。他翻了几页，目光停留在下面这段画了线的文字上：

当灵魂能够摆脱一切烦扰，比如听觉、视觉、痛苦、各种快乐，亦即漠视身体，尽可能独立，在探讨实在的时候，避免一切与身体的接触和联系，这种时候灵魂肯定能最好地进行思考。

徐生白皱了下眉头，苦笑了笑。摆脱一切烦扰，他哪一刻不想达到这一圣人的境界？他放下《理想国》，拿起另一本，那是他钟爱无比的《庄子》。他记不清读过多少遍，其中一些段落早已烂熟于心。他眨了眨眼，像抽签般默念了个数字，随后便翻到那一页：

夫至人者，相与交食乎地而交乐乎天，不以人物利害相撄，不相与为怪，不相与为谋，不相与为事，翛然而往，侗然而来。是谓卫生之经已……儿子动不知所为，行不知所之，身若槁木之枝而心若死灰。若是者，祸亦不至，福亦不来。祸福无有，恶有人灾也。

这早已是他的座右铭，他每时每刻都朝着这一目标行进。有时他觉得功德圆满，踏入了它的门槛；有时它竟在刹那间消隐，无影无踪。

一阵偏头痛袭来，徐生白无力地放下《庄子》。他转过脸，与隔着过道的一位头发秃了大半的老头目光相遇，对方困倦的脸上掠过些许惊诧。他转过头，揉了揉眼睑，轻轻叩击了几下手掌，抓起一本新潮的日本推理小说《钟表馆事件》，竟一口气读了大半：笼罩在死亡阴影中的神秘的钟表馆，难以排遣的爱恨情仇，幽灵出没、机关密布的封闭空间，接二连三蹊跷的死亡，当你认定谜底揭开凶手显露时，真正的凶手却躲在暗处窃笑。新本格派的推理作品，好似日系的《大侦探波洛》故事。

持续的亢奋使徐生白颇感疲累，他搁下书本，又一次合上眼帘。猛然间，后排传来孩童嘶哑而执拗的哭闹声，其父亲几次三番的劝解统统归零：安静，别叫喊！这个六七岁的英国男孩子不是盏省油的灯，登机后不久，便跑到徐生白身旁，皱蹙起眉毛对他说：Please straighten up your chair（请把你的椅背调直）。随后徐生白长时间地在睡眠与清醒的交界面上浮漾飘移，间或有乘务员提着水壶走过，低声询问是否需要饮用水。对于推理作家，他既有点羡慕，又不无鄙视。他自己缺乏这方面的才华，写不了这样的畅销作品。这需要数学般精准的设计，众多线索严丝合缝地对接榫合，没有一丝破绽，像工程师承接了一项复杂的工程，得描绘出周全详尽的图纸，每个细部都一丝不苟地加以标示。而他的代表作《烟雨楼台》走的完全是另一种路数：江南秀美的小镇，败落的家庭，在沉默中趋于爆发临界点的情欲，一心苦读的寒门子弟，妩媚多情的女孩，而众多的恩恩怨怨在古宅一场突如其来的大火中烟消云散。世纪末的颓靡沉溺，南方忧郁缠绵的情调，个人的成长与家族乃至国家的命运浑然一体，奏出了一阕华美瑰丽的乐章，如泣如诉，如怨如慕，有开有合，收放得当，颇得古典作品的神韵气象。

这种风格在当今文坛上几乎已成绝响，它成了对渐渐隐去的古代文化深情而无奈的挽歌。徐生白曾在那篇气势宏伟、论证周详的论文《古典美学精神与现代生活》中，对自己在《烟雨楼台》里孜孜以求的理想境界做了详尽完备的阐述。而在众人的交口称赞声里，它不经意间成了他影响最大的作品，其绚丽的光焰使其余作品长久地蹲伏在被漠视乃至被遗忘的阴影中，也使人觉得这已是他的巅峰之作。从别人的目光中他或多或少能揣摩到这种心思——不，徐生白真有点不甘心，他正构思孕育着一部新作品，批评家们却急着给他盖棺论定。他最好的作品还没写出来，还藏在脑海里，散落在零星杂乱的笔记中。它将是一部比《烟雨楼台》气魄格局更为宏大壮阔的作品，一旦写成，不是夸海口，能够成为一部新时代的"红楼梦"式的伟大作品，从时间轴上横跨百年，将几大家族四代人的命运沉浮囊括其中，展示出花叶飘零的沧桑感。这无疑将把古典美学与现代经验加以融化，创造出新型的中国故事、中国经验。只有把这部作品写出来，他才会安宁，才会感到此生无憾。

机身在广袤辽阔的欧亚大陆北侧疾速滑行。霎时间，从邻近一处舷窗的豁口，一道鲜亮的阳光流泻而入，徐生白睁开了眼睛，无边无际的云海扑面而来，宛如浩瀚无垠的冰原，错落起伏的丘壑纵横密布其间，它们带着洪荒年代特有的生猛气息，赤裸裸地占据了整个视野，邈远，深不可测，将一切人为的界线、区隔消泯殆尽。他的头脑一片空白。不知从何时起，他时不时像被注射了高剂量的麻醉药，先前混杂纠结盘缠的诸多记忆、激情、欲念悄然悉数融化，化为一缕缕轻烟，隐没在空茫茫的寂寥之中。

III

机身平稳地降落在浦东机场外围跑道上，轮子触地激发出的尖锐高亢的喧嚣在耳畔久久萦回。徐生白在胸前双手合十,半合上眼:应该感恩。他还好好活着,没有什么突发的意外。

随后便是一连串熟悉到近乎生锈的程序:排着蛇形队列,通过入境边检,从吱吱滚动的黑色传送带上拎起托运的大箱。徐生白倦意重重,缓步走向出口处,四周逼涌而来的冷飕飕的空调风使他禁不住打了几个喷嚏。此时,一个三十岁出头、戴着琥珀色边框墨镜的女子快步上前,挽住了他的胳膊——原来是妻子贾欣怡。她身着淡紫色连衣裙,高耸的乳房、腹部下方的凹处、大腿柔美的线条以及丰隆的臀部隐约可见。徐生白愣了愣,她不是说今天要去采访,没法来接机?她笑盈盈在他腮颊上印了几个亲吻,真是个笨瓜,采访时间临时改了。一切都有可能,一切都会改变。她没有事先给他发个消息,就是要送他一个惊喜嘛!好不解风情的男人。

虽然临近黄昏时分,酷热的阳光依旧从碧空瀑布般倾泻而下,整座城市恍然间化成了一排排一行行滚烫沸腾的蒸笼。出了航站楼,酒红色的马自达CX-5轿车在浮漾着团团热气的高速路上疾行,像一头威猛矫健的猎豹,敏捷精准地扑向锁定的目标。坐在副驾驶座上的徐生白感到浑身轻飘飘的,仿佛血肉已被抽取剥离,只余下空枯的骨架。他时不时觑视着妻子,虽然结婚五六年了,他似乎还没有把她从里到外琢磨透,还留有大片的盲区。她今年恰好三十五岁,处于女人一生中的巅峰期,少女娇羞的流风余韵在少妇浓酽的妩媚中依稀可辨。此后,便会走上漫长而无望的下坡路,能收获的只是残损的青春随风而落的细碎花瓣。

你真是运气好,一回来就赶上了这么热的天,昨天刚出梅。贾欣怡调皮地噘了噘嘴。徐生白默然无语,微微侧转着头,手指慢慢抚按着周边皮质光滑柔软的座椅,就像在女人洁净美艳的肌肤上摩挲。贾欣怡有意无意对他抛着火辣辣的媚眼,以前他会急不可耐地扑上去,将她搂在怀里,但现在他只是淡然笑着,像欣赏博物馆中陈列的雕像那般凝视着她。对于女人的狂热大幅度地降温——这一感官欲念的衰退恰好与写作的滞涩同步,对女人变得慈眉善目与江郎才尽形成了微妙的呼应。

黄昏时分灼热的阳光下,窗外高速路两侧疾速闪过的层叠交错的楼房、街衢、绿地显得格外清晰。临近市区了,四周弥漫着一股股躁动不安的气流,它们慢慢沉落到城市秘不示人的私处,在昏昏欲睡到近乎糜烂的慵懒中散发出一阵阵垂死的呻吟。徐生白望着贾欣怡,她倩丽的身影从模糊暗淡的往昔岁月中凸现而出,从清丽的女大学生,脱胎换骨,成了一名妩媚迷人的记者。她在读中学时便读过他的作品,暗中视他为精神上的导师;大学时开始和他频繁通信,并作为校刊的记者专程采访过他。到报社工作后,这种接触便更加顺理成章,渐行渐近,灵肉交汇。好些年里,她细心捕捉着他创作中细微的起伏波动,触摸着灵感游动的方位。而当他的妻子因肾功能衰竭去世后,两人的结合变得水到渠成。她前几年从报社跳槽到了电视台,负责一档热门娱乐选秀类节目,比以前忙碌了好多。

贾欣怡伸出左手,拧开矿泉水盖,抿了几口。你回来得正好,过几天要给我爸办个生日晚会,大伯、大伯母、三姑妈、姑父都会来的,还有爸爸的几个老朋友——就订在新雅饭店。徐生白机械地点了点头,盯视着参差错落的景物硬朗厚实的轮廓。他好似被七个小时的时差麻痹了,头脑处于半瘫痪状态。妻子的话在他心中激起一长串涟漪般的意象：没有一点新意的甜腻腻的俗套，丰盈馋人的多层大蛋糕，围成一圈的蜡烛，祝你生日快乐的歌声掌声，华尔兹一般温馨雅致的氛围……那是生命谢幕前难得的宽慰，在虚无的深渊前张起允诺地久天长的纱幕。徐生白坐直了身子，力图从萎惰的泥沼中挣脱而出。他十指交叉，搁在膝盖上。此时他们的马自达车又陷入了拥堵的重围之中。右侧一条上行的匝道上排满了五颜六色的车辆，力图汇入早已超载的主干道。贾欣怡嘀咕着，蛮好前面那个匝道下去的，至少还可以转转身，现在一点动弹不了。她用手重重地捶击着方向盘。堵，到处堵塞，车像蚂蚁一般艰难地挪动，都快成高架停车场了。什么快要，现在就是了。他搓着手掌，重重叹着气。他勉力维系的无所动心的心境剧烈震颤着，摇摇欲坠。

车身向前挪动了几步，又滞陷在望不到头的绵长的车阵之中。贾欣怡挠了下头皮，哎，俞日新前几天来过电话了。他过几天要去日本办个画展，这是他酝酿已久的亚洲巡回展的第一站，下个月还要在上海搞个特展，到时免不了要劳驾你这位老朋友出面捧个场。徐生白皱了皱眉，苦笑了笑，他现在的身价还用得着我，太抬举我了。贾欣怡噘噘嘴，瞟了他一眼，谁搞得清他的小算盘，反正你出个场不会让他丢脸就是了！

猛然间，徐生白从包中翻出清凉油，在太阳穴上粗粗抹了几下。搞特展也好，他也有好长时间（大半年了吧）没见到俞日新了。扪心自问，他真想见到这位中学老同学吗？此刻，车道左侧不远处又矗立起一座大型购物商场。各式各样的广告招贴绚烂多彩，拼缀成了诸多斑斓缭乱的画幅。霓虹灯管陆续闪亮跳荡，将这一地处近郊、混沌苍白的街区镀上了一圈靓丽俗艳的花边。

俞日新这位三十多年前的老同学，从小酷爱绘画，并如愿进了美术学院，在历经长年的修炼后在画坛暴得大名，画作价格如绩优股日日飙升。他自诩创立了新型的画派，融会中西贯通古今，昭示了中国绘画复兴的全新气象。这些年他左右逢源，在洋人面前披露颇具异国情调的中国神韵，在国人面前展示富于现代气息的全新元素。出高价求他赐画的人早已排成了长龙。几年前徐生白曾去参观过他坐落在某顶级大厦顶层的画室：他仿佛步入了一座巨大的工艺作坊，地上墙面上到处都铺展着已开工、尚未完稿的画作，画架上披挂着白色的罩布，创造的精灵隐身其后；另一侧则像是圣物储藏室，众多精美的画作和仿制品比肩而立。这是一种震撼，自然无法剔除奢华的因素，他手中流淌而过的财富远远超过了徐生白，几倍几十倍甚至上百倍的差距，但更为致命的是，它标示了一种与他迥然不同的人生观和生活方式，它对徐生白孜孜以求的无所动心的人生境界构成了巨大的挑战。并没有真正的威胁，但它永远是一个有力的反证，让他圆满自足的生活摇摇欲坠，在他志满意得的锦绣华袍上蚀咬出了一个窟窿。在书桌前，在颁奖晚会、新书发布会上，在夜深人静之际，细小的疑虑会在他的心头萌蘖生长，不久就会像癌细胞那般扩散弥漫，轻微的苦涩升级为尖锐的痛楚，他不断地质问自己：他过的这种生活是否真的有价值？

还是眼不见为净！俞日新成了他眼里难以拔除的一根刺，就像此时三三两两在十字路口红灯亮闪时在稠密的车流中穿梭往来、端着搪瓷小碗殷勤而执着地敲叩着车窗的乞讨者（有老头，有中年妇女，还有十来岁的男孩女孩）。见到这一情景，徐生白心头感到几许虽轻微但也令人痒痒的烦恼,不自觉合上了眼睛。终于,红灯灭绿灯亮,总算可以离开这里了。徐生白咕哝了一句,真堵啊!贾欣怡眨了眨眼,到了周末,私家车都开出来,比平常更堵——哎,紫彤好吗?

又碰触到徐生白难以纾解的痛点了。他清了清嗓子,侧转过脸,刚才忘了和你说,她给你买了羊毛围巾、面霜和护肤水,我都带回来了。贾欣怡淡然一笑,看不出这小姑娘想得还挺周到的。随后一阵沉默将他们阻隔开来,有点难言的尴尬,但还没强到窘迫的程度。紫彤仿佛从座椅上袅袅飘升而起,游漾在周围空调机送出的稀薄冷凝的空气中。他们两夫妻生活中最大的缺憾莫过于没有生养孩子。尽管可以用种种豁达从容的词句来遮蔽掩饰这一残缺,但却在他们俩的关系中嵌入了一枚钉子,一到适宜时机便会隐隐作痛。如果有个孩子,一切都会改观,紫彤在徐生白的心中如今也不会有那么沉甸甸的分量。

徐生白恍惚地凝望着两侧疾驶而过的车辆,喧哗熙攘的街角,神色亢奋中透着疲惫的行人——都是命里注定,他不配和女儿有那么亲密无间的关系,这一切从他和她妈妈联手干涉她和文斌的恋情时就播下了不祥的种子。理由很简单,他们两个不般配。很古老很陈腐的观念,但又那么根深蒂固,难以祛除。想想,文斌这么一个来自西南山区、烂泥味没有完全褪去的穷小子凭什么到徐家做女婿?但他也不想想,女儿紫彤也不是美若天仙的绝代佳人,身材倒是修长苗条,但脸形有点尖,上面镶嵌着典型的蒙古人种的小眼睛。当年他和她妈妈苦口婆心地劝说,软硬兼施,尤其是她妈妈死死盯住不放,还多次找文斌当面谈心,最后使对方蒙受了巨大的羞辱，愤而离去。女儿哭了整整三天三夜，闭门不出。从此他和女儿间的亲密氛围不复存在，它被敲蚀出巨大的窟窿，像黑洞一般深邃无底，根本无法修补。

徐生白斜睨了贾欣怡一眼，亏她想得出，周到——精心装扮出来的乖巧——不能被迷惑住，这只是女儿的障眼术，一副厚实、找不到丝毫破绽的面具。它在时间的推移中增强着硬度，并充实着厚度。她面对徐生白时也是这副矜持的模样，让他永远琢磨不透在她眼睫毛背后翻腾涌动的思绪。乍看之下天下太平，其实危机就在眼皮底下。除了和文斌夭折的恋情，她还对徐生白和贾欣怡成婚抱有某种程度的敌意与怨愤，且不论财产继承上潜在的损失，单从感情上看他的这一选择对她无疑是一种背弃。这次徐生白在那座位于中西部的大学城待了五天，和女儿总共见了两次面。她忙，成天上课，课余还要打工。到美国就学快三年了，她压根不和老爸详谈日后的打算，只是以得体、略显僵硬的做派来应付敷衍。现在到底有没有男朋友，她从来不正面回答，只是轻声嘀咕你看我有吗？我如果有了难道不带他来见见老爸？于是这一问题自然被消解了，有没有男朋友也变得若有若无——最精准的描绘。即便问她冬天圣诞节回不回上海，她也伸了个懒腰，朝天花板呆愣愣地瞅了半响，随后努努嘴，说不准，到时再定吧。

暮色四合，大团灰暗的阴影滚涌着，吞没了大半个街面，成群结队地流向邈远的地平线尽头，最后汇入那不可见的黑暗的核心。再过一个十字路口，就到家了。左前方不远处是一座迷你型的街心花园，盛夏的阳光在丰腴葱郁的环形灌木丛上折射出最后的余晖，辉煌斑斓的色调中染带着几许忧郁，像是隐身在阴森的悬崖峭壁间的伊甸园，瓜果累累，花木繁茂。不知不觉间，主干道两旁密匝成排的楼房里陆陆续续亮起灯火，一股股温馨、平和、甜腻到令人昏昏欲睡的气息拂面而来，轻轻附在徐生白的脸膛上，霎时间幻化出一幅幅悲欣交集的众生相。

二 否

否卦（坤下乾上）

否：否之匪人，不利君子贞。大往小来。

I

单单一个夜晚，徐生白就醒了三次。

如同躺在失事倾覆的船只里，扑通跌落到苍茫的海水中，颠簸，打滚，抽搐。时差就这么恼人，身体回到了黄浦江边，灵魂却还久久地停留在泰晤士河畔。

这只是个貌似无足轻重的由头，一道涩口的前菜，一根引信。回家后这三天，他的整个生活变得一团糟。先前的作息节奏不仅仅是紊乱，更像是霉黄的灰泥哗啦啦碎裂开来，无从收拾：不能读书，不能写作，不能休息，调节心气的整套功夫也统统失效。他一下趸返到了懵懂的童年，回到了狂躁鲁莽的青春期。真是白活了，多年修炼的心血全报废了。

那一过程堪比艺术创造，从混沌窈冥的外部世界抽身而出，静观其流变，赋予它清晰鲜明的形式。但这一次，塑造的对象却是自己，是自我的身体。先要运气，驾驭体内流动游走的气，在意念的主宰下让它缓缓充盈到四肢，上升沉降，腾挪起伏，生机勃发，静潜相随，怡然自得。当把身体这一小宇宙调节得顺风顺水之后，再仰视天穹，脚踩大地，慢慢融入四季日夜周转运行不息的大宇宙之中。内外同体，泯然忘我，就此臻于与日月同辉、与天地同寿的圣境。

关键得先静静心。后半夜猝然醒来，徐生白发现胸口洇漫着一大团汗渍。他呆愣愣地对着幽暗的墙壁凝望了半晌，脑海中一片空白。随后他坐起身，轻手轻脚从书架上找出一本书脊皱巴巴、里外翻翘的《庄子》，随意翻读起来，力图重温修身养性的要旨：

> 吾犹守而告之，参日而后能外天下；已外天下矣，吾又守之，七日而后能外物；已外物矣，吾又守之，九日而后能外生；已外生矣，而后能朝彻；朝彻，而后能见独；见独，而后能无古今；无古今，而后能入于不死不生。……其为物，无不将也，无不迎也；无不毁也，无不成也。其名为撄宁。撄宁也者，撄而后成者也。

不难发现，在庄子的眼里，从外物到外生，再到朝彻、见独、无古今，最后是不死不生，这些前后相继的境界构成了一个完整的链环，与修炼者吐纳运气的过程不谋而合。千言万语，最后都归结到这一点上。只有重启这一过程，才有希望使自己的心境重归平静。

这也是徐生白的立身之本，一道生死攸关的屏障。没有它的支撑，他不过就是一团散乱在地的泥浆，一抔污秽恶浊的尘土。这种姿态自然算不上英武威猛，也与潇洒不拘相距甚远，但流淌着以柔弱胜刚强的意旨，坚守自持，表现出一种罕有的风度，一种在纷乱的世界中不为外界的扰攘所动的定力：这种植根于大地深处的从容淡定非常人所能想象，只有在悬钉在十字架上的殉道者、隐居于深山荒谷中的仙士高人身上可窥见一斑。

然而，他毕竟功夫还不到家，还远远没有修炼成一个圣人。清晨几缕鲜亮的曙光透过藕黄色窗帘的层层褶皱，垂照在他松弛的眼皮上，徐生白赶紧蒙上眼罩：太早了，他还想再睡一会。他甚至想就此一整天赖在床上——不单是因为恣行无忌的酷暑，而是因为他根本不想参加今晚岳父的生日晚宴。

不知过了多久，厨房里一阵乒乒乓乓的喧响再次将徐生白从深不见底的梦境拽回现实。他揉了揉眼睛，长时间的空调运作使屋里的空气沉滞陈腐、污浊不堪——真有点喘不过气来。贾欣怡已在准备早餐：反正她精力充沛，远未到请保姆的时候。他定定神，懒洋洋地起身，慢悠悠地洗漱完毕，缓缓走下C字形旋转楼梯，热腾腾的牛奶、新烤的面包片、水煮鸡蛋已在餐桌上静静地恭候着他。

徐生白重重打着呵欠，眯眼打量着周围这个精心营造出来的快乐窝：温馨，舒适，洛可可式的轻巧艳丽的风格中透出难以掩饰的平庸俗气。他和贾欣怡结婚时买下了这套二手的复式公寓，比他和前妻住的房子宽敞很多，当时没有推倒重来大动干戈，只是小修小补了一番，但足以将任何凌空飞翔的灵感锐利的锋芒打磨得平滑可鉴，如囚禁在铁笼子里的鹰隼。贾欣怡笑盈盈地走过来，繁密卷曲的头发披散在肩头，仿佛刚从美发厅里出来。她在他的胳膊上轻轻捏了一下，随后在他斜对面坐下，大口嚼起鸡蛋来。

渐渐地，她嘴里喷喷弹射出的声响在徐生白心中勾起阵阵难言的厌恶。起初它只是一圈圈细碎的涟漪，层层累积叠加，悄然逼近爆发的临界点。此时此刻，去岳父母家成了他心中难以逾越的痛点。且不说老旧、没有电梯、兵营风格的简陋公寓楼，墙壁上四处洇漫着大大小小的暗黄色水印，每个角落的夹缝间填塞得满满当当、覆盖着厚厚灰尘（一旦零零杂杂飘飞起来，吸进喉咙会痒上半天）的旧物，而凸显在这令人丧气绝望背景上的则是长年瘫痪在床辗转反侧的老头，怨声载道疑神疑鬼的老太太，还有那股让人反胃、浓稠得直钻鼻孔的煎药味。怎么能安心在里面待得下来？他待不到一分钟就想逃开。说到底，他实在没法理解贾欣怡这样的独生子女与父母间那种特有的、近乎痴缠的关系。

此刻，徐生白有一句没一句地敷衍应答，眉头不知不觉地皱蹙而起。面包片烤得太焦，边角咬上去硬邦邦地扎口，牙缝间屡粘进了诸多细屑，而牛奶喝上去有点恶心，莫非变质了？更要命的是，一阵偏头痛强势袭来。他重重地将杯子一推，气呼呼地咕哝了一句，怎么这样难吃？

贾欣怡先是愣了愣，诧异地盯视着徐生白，随即沉下脸，你哪根筋搭错了？平时都这么吃的。徐生白瞪大双眼，撇了撇嘴，重重地搓着手心，就是不好吃，难吃透了，连猫狗都嫌难吃。

贾欣怡眉心抖动了几下，虎起脸来，刚回来，好好的发什么神经？徐生白觉得一股灼热湍急的气流往喉咙口涌动，发神经——你再说一遍！

贾欣怡毫不怯色，你这样子不是神经病是什么？不要以为自己是作家，高高在上，感觉不要太好，一不称心就发神经！嫌不好吃，自己弄好了！

自己弄就自己弄，谁要你来瞎操心！徐生白嘘了一声，匆匆咽下盘中残留的小半片面包，霍地站起身，快步上楼，趋回卧室。

虽然还不到九点，滚烫的暑气从屋外潮水般漫渗而入。徐生白拧开柜子边的立式风扇，扭头躺倒在宽大的床面上。风哗哗吹过来，将一波波热浪推送过来。他猛地坐起身，还是得开空调。根本受不了。

徐生白重新拉上轻薄的窗帘，揉搓着隐隐作痛的额角。没想到，他没想到自己会像块臭豆腐，手指尖轻轻一弹，便像多米诺骨牌般崩坍下来。猛然间，他发现自己眼眶里竟然渗出了泪水，慢慢淌下脸膛，滚落到嘴角：一丝疏淡的咸味飘掠而过，像是对永远失去了的天堂的挽歌。什么尊严，什么人格，什么潇洒超然，一瞬间全成了笑话，连自己都羞红到了脖子根。

他的脚趾间掠过一阵瘙痒。他抬起上身，只见两只肥厚、毛茸茸的脚爪沿着床沿不停地抓挠。又是凯撒来捣蛋了。这只猫已六七岁了，早过了精力丰沛的盛年，但依旧不改淘气的本性，时不时来个偷袭。它见徐生白醒来，便跳上床，跑到枕边，趴伏在他脑袋边，嘴里发出呼噜呼噜的喧响。他亲切地捋着它的头皮，不料它跳过他的肚腹，伫立在床的另一侧，警觉地环视着四方。徐生白与它四目对视了半晌，最后它扭过头，扑通跳下床，一溜烟钻到衣橱底下。

徐生白再次懒洋洋地躺下，双手交叠枕在脑后。门外悄无声息，贾欣怡大概已出门去单位了，她上午还要去采访。好在她没有穷追不舍，跑上楼来纠缠不清。总算清静下来了。没多久，手机呜呜呜响起来，他从床头柜上抓过手机，是庄梦晴发来的两条消息：你到底什么时候来见我？/是不是真的不想见我了？你这胆小鬼！

II

徐生白还清楚地记得，在与庄梦晴约会后，他曾不止一次地发誓，就此了断，再也不去找她了。但誓言是如此脆弱，只要在手机里听到她的声音，读到她的消息，一瞬间心便软了，便再一次投入她的怀抱。这种局面已持续了大半年。他的自控力在加速滑坡——而这原本是他守护住心灵安宁的命门。

此刻他倚靠在出租车后排座椅上，疲惫的目光不无亢奋地扫视着暑气蒸腾的街市。临近正午时分，三三两两的行人在喧闹嘈杂的背景音的陪衬下有气无力地缓步前行，仿佛沉陷在深长、难以自拔的瞌睡中。几束金灿灿的光焰不时穿透悬浮在半空的白茫茫的雾气，无情地将人们趋于枯竭的精力渴念吞噬殆尽。徐生白的头脑现在变成了一团白雾，他只记得自己曾想采取的策略：对于庄梦晴源源不断的短信，先是两次回复一次，再三次、四次回一次，逐步降温。在美国的那几周，他只与她联系了一两次，然而还是无法斩断那绵绵不绝、盘缠交错的情丝。

车辆从高架桥疾速驶下，随即转弯，不一会便拐入一条斜向分岔而出的狭窄冷清的小路，稳稳当当地停在一家经济型旅馆门口。徐生白心头一阵温热，像再次回到了家。他掏出手机，瞟了一眼她发来的消息，308室。他轻轻念叨着快步绕过大堂前台，跟着其他几个住客进了电梯，看着他们娴熟地将门卡放到操纵盘下方的感应器上，正好有人到三楼。他微微垂下头，穿过迂曲幽暗的走道，轻轻地叩门几下，庄梦晴早已在里面等候他。

正午的阳光恣肆无忌地晒落到老旧的水泥屋檐、窗台上，暴烈地灼烤着被这一方空调隔绝开来的清凉空间。徐生白觉得自己恍如置身于一座高耸的孤岛上，四周洪水滔滔，一片汪洋。林林总总绚丽多姿的风景、从古至今无数世代的奢华风流纷纷飘掠而过，他静静地体味着年华的飞逝和世界的虚无。他浑身极度亢奋，但又没有获得熨帖可人的满足。突然间，一股突如其来的哀伤潮水般涌来，源源不断，不可阻遏，将他悉数裹挟、吞没，径直飘向邈远空寂的彼岸。他觉得自己孱弱的躯体慢慢被掏空，只剩下一具沉浊衰朽的外壳。

几乎每一次都这样。徐生白合上了眼帘，让自己慢慢睡去。在家里和贾欣怡做爱过后也是同样的感受，技巧娴熟，毫不生涩，只不过少了一点偷情的刺激。全是按照既定程式来进行，规规矩矩，分泌的荷尔蒙永远落在平均值之下。没有意外，没有惊喜。也罢，这对心灵安宁有益，也能让他不受种种欲念的袭扰，专心致力于写作。但过于刻板而健康的作息节奏又让他的灵感趋于枯涩，难以孕育出雄浑的意境高远的格调。他侧转身，望着同样精疲力竭的庄梦晴。他搔了搔头皮，暗暗诧异，这一切究竟是如何发生的？

她鹅蛋形的长脸称不上美艳，但高耸的颧骨和鲜明的线条洋溢着罕有的活力，每当合上眼，浑身便豁露出一股异样的妩媚气息。他禁不住凑到她脸旁，亲了亲她弧度优雅的眼睑。她睁开眼，双手拢住他的脖颈。从他们相遇的那一刻起，徐生白就沉溺到了这种温馨魁人的氛围之中。一年前他被请到一家名牌中学的国际部做讲座，负责接待的庄梦晴就和他对上了眼。手机一来一去，丝丝缕缕的电磁波，织缀出了这场厚密严实的恋情。她前些年到法国留学，拿了个硕士回来，已结了婚，有一个六岁大的儿子，丈夫是位大牌审计师，成天东南西北在外出差。

然而，即便是新鲜味再强劲的偷情，也会陷入庸常衍生而出的疲沓之中。

她吻着他的下唇，咬了咬他的右耳垂，为什么这么长时间不理我？

徐生白无奈地摇了摇头，精神不好。

找什么借口？她白了他一眼，精神不好还成天在外面跑，美国、英国都去了，骗人没这样不打草稿的！

徐生白来了个深呼吸，不骗人，没心情。

好了好了，别老在我面前装蒜，何必！我早猜到你的心思了，你无非是怕老婆知道要和你离婚；你也怕我会缠上你不放，想和你结婚，是不是？

庄梦晴摊开左手，将徐生白的手指一对一缠绞起来，好了好了，自己吓自己干什么！你放心，我才不要和你结婚呢。结一次婚已经受够了，没事找事，再受一遍苦——想都不要想！

徐生白有时候就喜欢她这种麻利爽快的风格。她有孩子，但从来不像其他母亲那般痴缠，从来不把孩子当作自己生命的全部，从来不为他的未来担惊受怕。国人的生活方式遭到她无情的鄙视与嘲笑：上海经济是发达了，市面好繁华，但这是一座多么无趣的城市。每个人都那么古板，胆小怕事，头脑狭隘，只盯着房子、票子，没有任何其他想头。要不是有你，我真想离开这座城市。

徐生白心里滋生出几分同感：他未尝不想逃离这座城市，但毕竟年岁大了，失去了冒险闯荡的勇气。此刻，庄梦晴趴伏在他身上，双脚踢蹬着床垫，手指捏着他的耳朵，大笨蛋，傻瓜一个！怕什么，我喜欢你！我的生活中不能没有你，只要有你在，生活中还有亮色。

徐生白吁了一口气，人和人还真是不一样。他妹妹郁雯前些年离婚后成了单身母亲，将全部心思放在十岁儿子的身上，周末五花八门的补习班连轴转，还成天焦虑不已，唯恐哪个地方出丁点差错，把前途给耽误了。对女儿紫彤他从来没有这么多牵挂。

然而，他欣赏庄梦晴的不正是那种洒脱不拘的风度吗？

真没出息的！猛然间，徐生白对自己滋生出强烈的鄙视：这么优柔寡断，决定了的事又容易变卦。当断不断，反受其乱。他发觉自己还是那么迷恋庄梦晴的身体。当他下决心与她拗断时，短时间里觉得是那么轻松，心就像风一样自由，沉重的包袱顿时卸下了。但为时不久，隐隐的焦虑便浮上心头，空虚无聊占据了他的心胸。对方一发出信号，他便重新沉陷到这扯不断理不清的网罟之中。

庄梦晴坐起身，捋了下披在额头上的碎发，去吃饭吧——我饿了！

徐生白伸了个懒腰，到哪里去？庄梦晴眨了眨眼，我查查。她快速在手机中搜了一会，哎，附近正好有家新开的店，去吃美式牛排吧！

他沉吟半晌，算了，我在美国那么多天，吃腻了。还是去吃日料吧，清淡点。

庄梦晴嘻嘻一笑，也好，随你。

他们俩一前一后走出旅馆，刻意保持着十来步的间隔，强烈的阳光从天而降——这一瞬间，徐生白像被突如其来的枪弹击中，几秒钟内几大家庭百年的兴衰荣枯恩怨情仇（他酝酿了好久的作品）呼啦啦飓风一般翻卷而过，哗哗涌入他的脑海：他看到了前景、后景与侧景，看到了数代人崎岖诡谲遍布交叉小径的命运迷宫。他浑身摇晃了一下，嘴里感到一股近乎窒息的甜蜜感。

III

徐生白吐了吐不无僵硬的舌头，朝着驶入三伏天酷暑深处的紫红色奇瑞车招了招手。刚过两点，和庄梦晴的约会总共才三个小时。

此刻，徐生白还是感到了隐隐的不适。他站在后方店铺狭长的屋檐下，掏出手巾擦着额头上沁出的饱满的汗珠。连飘拂过来的风都是滚烫的。短暂满足后的厌腻，良心的不安。他又想发誓不再见她了。最后一次，够了，实在是够了。但他明白这只是个虚伪的姿态。往日他对他们俩的关系有清晰的定位，此刻渐渐松弛脱轨，失去控制。他精心构筑的生活大厦会在它持续不断地侵蚀下倾覆坍塌，所有的安宁也将荡然无存。

吃完饭后，他踅回到方才与庄梦晴欢爱的房间。此刻他不想回家，尤其在和贾欣怡争吵之后。他躺倒在雪峰般凌乱起伏的粉白色被单上，浸泡在深藏其间的消散了大半的甜美黏腻的气息中，凝神敛气，意守丹田，让恣肆无忌放荡不拘的心思平复下来，疏通上下经脉，再次臻于超然无滞的境界。

徐生白就这样沉陷在恍惚迷离的深谷中，或浓酽或疏淡的菜香油烟，车流络绎不绝喷射而出的尾气，直到手机清晰的鸣响声使他清醒过来。贾欣怡发来消息：我去接爸妈了，你就直接到饭店来吧。顿时他如释重负。一切都过去了，上午的争吵好像全然没发生过。他松了口气：毕竟做了这么多年夫妻，关系变得成熟了。无论怎样，他还是得去，只要还不想与贾欣怡拗断闹翻。

徐生白跳下床，冲了个凉水澡。他躁动不安的心情慢慢平复下来，此刻楼外突如其来的消防车的啸叫也没扰乱他勉力求得的怡然和乐的心境。他披着湿漉漉的浴巾，斜倚在柔软的沙发上，思绪沉浸到氤氲缭绕奇境迭出的想象天地中：那部宏大的史诗性作品还处于萌蘖状态，刚刚显露出若干断断续续的轮廓。

在午后深长的静谧中，数代人传奇式的命运像一长排巨型浮雕浮现在徐生白眼前：色彩浓烈斑驳，气象雄浑，他像上帝一般凝视着诸多造物，灌注生气。他拟了一个题目《大江东去》，虽然很俗，但颇切题，能将二十世纪的风云变幻尽收其间。它的起点落在晚清辛酉事变前后，红顶商人裴德康娶了没落的清代贵族之女，育有三子一女，他们在二三十年代长大成人，老大裴文彬参加了共产党，1927年后成为地下党，后又潜去苏区，日后成为一名高级干部。老二裴文德是忠实的国民党员，在南京国民政府中担任要职。女儿懿媛嫁给了清代三品高官薛家的三公子。而着墨最多的是老四文华，他超然于党派纷争之外，战乱之际颠沛流离于南京、武汉、重庆之间，成了一名落魄的零余者。他的清醒与绝望，对梦想的执着与放浪形骸式的虚无主义成了他个人形象醒目的标志。其中，最荡气回肠的莫过于他与薛家二小姐婉莹之间错综纠结的恋情。所有的战火厮杀在时间浩浩荡荡的长河中烟消云散，而他们俩凄美的爱情犹如回旋往复的协奏曲，在诸多主题的对比映衬及撞击中展示出罕有的雄浑与辉煌。

猛然间他灵感喷涌，匆匆抓过搁在书桌一角的便笺条，沙沙沙写起来：

> 晨光乍现，文华在床上不停地辗转反侧，隐隐有种异样的感觉。没多久他猛地坐起身，披上外衣，回头望了一眼酣睡中的婉莹，轻轻推门而出。沿着泥泞的山间小径，他走到了嘉陵江边。一团惨白的迷雾悬垂在黝黑的地平线上，苍灰色的江水浩浩荡荡，咆哮而过，身后是一大片黑沉沉的森林。在这黎明时分的岑寂中，文华分明感到，周边那垂死的世界正喷吐出最后一串泡沫，连同忠诚、爱、牺牲、憎恨、残杀一起抛撒到晚秋萧瑟的寒意之中。

徐生白搁下水笔，望着歪歪扭扭的字迹，搓了搓手心，长叹一声，躺倒在沙发上。他挠着头皮，摇了摇头：虽然一气呵成，但还是显得拘谨平板，远远达不到杜甫《秋兴》组诗那般雄浑辉煌气象万千的境界。在他的构想中，抗战时期裴文华在重庆一家中学任教，一时间返乡无望。时局的迷乱、经济上的困窘、同事的鄙俗以及相互间的倾轧，使文华灰心丧气，和婉莹的感情也滋生出难以弥合的裂痕。

突然，街面上传来了一阵啸叫。徐生白皱了皱眉头，竖起耳：原来是一只狗在啸叫，持续了十来分钟，凄厉、峻急的声音显露出高涨的情欲。这么热的天还在发情！开始他有点惊恐，浑身打抖，后来渐渐同情起那条狗来，感悟着它体内奔涌不息的激流，有那么些个瞬间，他觉得自己就是那条狗：方才与庄梦晴无多新意的幽会不但没有让他摆脱蠢蠢欲动的情欲的困扰，反而将它从冬眠状态中完全激活。

徐生白瞅了一眼手机，已经三点半了，还可以待上俩小时。酷热的天穹聚集了众多的云絮，金灿灿的阳光顿时变得惨白下来。你不是想有尊严地生活——然而只有从事创造性的活动，才会有尊严，才能给你的心灵以至高的满足，才能带来宁静。他双手枕在脑后，茫然凝视着白色天花板，反省着自己的所作所为：或许他以前的创作生涯太过顺畅了，遇到的困窘大多是技术性的，但这一次他沉陷到前所未有的瓶颈之中，无从脱身。徐生白开始怀疑（以往从未如此强烈）自己孜孜以求的无所动心的境界，这一心如死水般的淡泊从容究竟蕴含了多大的价值，似乎在它之外还有更宏阔巨伟的天地？他是不是坐井观天，将自己锁进了一个貌似高贵的笼子？

此刻，他急切想找人聊聊天，倾诉种种烦恼，但又有谁会听呢！得找屈尚奇，这位中学老同学，和俞日新一样，经历够传奇的了。当年班上数一数二的才子，一度风光无限的诗坛新秀，之后落魄不堪，后来听说又奇迹般发了财。大起大落，而他徐生白生活中缺乏的恰恰就是这个。

他顿时亢奋起来，急切地想见到这位老同学。在手机通讯录中翻找了半天，总算找到了屈尚奇的电话。他们足足有六七年没见面了。屈尚奇先是以狐疑的声音（那一瞬间，剐蹭在耳膜上的粗粝、仿佛蒙了一层厚实灰泥的音质是如此陌生，徐生白怀疑自己是不是拨借了电话）追问对方是谁，一听是徐生白，立刻变得亲昵起来。不巧这几天他日程都排得满满当当，说要么周末一起到淮海路喝咖啡吧。

IV

黄昏时分，在落日的余晖中，徐生白缓步走在南京路步行街上，再穿过两条马路，便到新雅粤菜馆了。好多天没来市中心了，但此刻的他颤颤巍巍，勉力挪动着双腿，像步入风烛残年的老人。在经历了大面积高强度的情感消耗后，他的内心已沦为一片荒芜的焦土，见不到一丝一毫的绿意。

徐生白穿过南京路与浙江路交会处的世纪广场，在正播放着绚丽广告图像的大屏幕前稍事停留。一抹阳光垂照在额头上，他摊开手掌，匆匆遮挡一下。前方左侧便是永安公司，雍容华贵的英式六层楼厦与对面七层高的原先施公司大楼（现为服装公司、饭店、文化馆等使用）占据了这条商业街的要津高地。密密麻麻的人流从先施公司骑楼式廊道不停歇地进进出出，绚丽的阳光挥洒涂抹在转角上方的三层塔楼上，将古典和巴洛克风格混搭的挑出的长阳台、铸铁栏杆（缀有众多的花纹装饰）以及舒展而出的挑檐沐浴在一大片金黄色的光晕中，幻化出了一个极富异国情调的童话世界，刹那间他又仿佛置身于蔚蓝天穹下地中海畔色彩斑斓的度假胜地。追随着熙来攘往的人群，徐生白的心情霎时变得开朗舒畅起来，这是他的城市，一座矗立在滔滔江水冲积沉淀而成的茫茫滩地上的城市，经历了战火萧条，几度枯荣。深藏在血脉深处的纽带将他和这座城市紧紧勾连在一起，生死与共。

从阳光灿烂的街市走入餐馆的大堂，光亮度顿时降低了多个层级，徐生白恍然进入了深茶色的鱼缸，在其中潜游沉浮。近一个世纪时光的潮水汩汩流淌而过，里里外外涂抹上的高雅华贵的芬芳掩盖不住古旧的芯子里隐隐约约透出的衰败腐朽的气息，它们上下萦回盘绕，如一曲永不消歇的圆舞曲，甜美、温柔，沾带着几分难以排遣的伤感与惆怅。他搭乘电梯上楼，踏入包间，客人已到了大半。棕色的护墙板映照着打蜡的地板，哑光的桌布在黑色转台下衍射出柔和宁静的光泽，岳父默然坐在主位上，面前放着一枝荷花形的餐巾折花，色香味俱全的冷菜（葱油嫩鸡、凉拌双笋、熏鱼、蜜汁叉烧、冰镇海蜇等）已安放到位。

徐生白面色僵硬地上前和岳父母及贾欣怡的大伯大伯母、三姑母姑父打招呼，寒暄了几句。随后他惶然坐下，不安地扫视着周围。和丈人年龄相差不到十岁，这触发了微妙的不适与尴尬。他手指发颤，已准备好了忍受这场应酬的酷刑。虽说是寿星，岳父的嘴角不规则地歪斜着，将勉强挤出的笑意扭曲成极度沮丧的表情，仿佛承载着全世界的痛苦与不幸。贾欣怡告诉他岳父对徐生白送的蓝色领结非常感谢——他原没把这件事放在心头，一切由欣怡负责张罗。她以娴熟的手腕将他们俩之间的裂痕抹去，并罩上了一层光鲜柔滑的外壳。

岳母紧紧皱蹙着双眉，不时地向宾客宣泄着她这个昔日中学校长心中累积的深重的失意："老头子本来好好的，还可以再多做几年，他这样经验丰富的建筑工程师不要太吃香，多少项目等着他去做。没想到，竟然中风了！平常一直提醒他要当心身体，他当是耳边风，还以为自己是二十多岁的小伙子，等躺倒在床上，要别人服侍了，就来不及了——真是作孽啊！不晓得前世里得罪了哪个菩萨，做了什么伤天害理的坏事，得到这样的报应！"

当岳父的两个至交好友入席后，这个小型的寿宴便开场了。众人起立，举杯依次敬酒，徐生白一口气将杯中殷红的葡萄酒喝了大半，家常可口的菜肴纷纷登场：蚝油牛肉、宫保鸡丁、糟溜鱼片、香椿炒蛋、腌笃鲜汤等。他瞅了眼坐在身边贾欣怡，她换上了深蓝色的连衣裙，庄重不失妩媚。她问坐在左侧的大伯父，"大伯又去美国出差了？"

大伯生就一张肥硕的方脸，嘴里含着一块鱼片，点了点头，"前天刚回来……"欣怡忙举起酒杯，"那时差还没倒回来，辛苦大伯了，再敬你一杯。"

大伯又抿了一口酒，"还好——做生意，总要出去跑跑。这次去了十来天看了东海岸几家生产化工涂料的公司，下半年还要再到西海岸。他们的管理效率和技术水平是比我们高得多。"

岳母放下筷子，"你看大伯伯活得多潇洒，年纪比我老头子大好多，腿脚灵便多了，一个天上，一个地下，没办法比啊！"

全场一阵沉默。过了半晌，大伯母笑嘻嘻眯着小鼠眼，"哎，弟妹也太夸张了。大伯也是外强中干，哪一天说不行就不行了。再说你有欣怡这么个好女儿，我们那个儿子远在加拿大，将来有个什么急事，根本就指望不上。"

徐生白垂下头，捋了捋太阳穴：要命，偏头痛又发作了。此刻，贾欣怡笑盈盈地指了指刚上桌的晶莹闪亮的清炒虾仁，"大家客气什么，快吃！"

啧啧的咬嚼声中，美食刺激着味蕾，将人拽入忘我的陶醉之中。徐生白睨视了欣怡一眼，猛然间他发现，从激动亢奋时脸部肌肉的抽动，嘴唇的开合，再到神情体态，她活脱脱是她母亲的翻版。他甚至发现了她貌似细瘦的腰身有种难以遏止的膨胀的趋势。自己以前怎么没注意到呢！这样一个女人，他要和她共度余生，真是恐怖！迄今为止，他对她的迷恋渴望刹那间无影无踪，取而代之的是憎恶厌烦，外加一点点怜悯。

大伯用雪白的纸巾擦了擦油腻腻的嘴角，转向三姑母，"三妹，你们新买的房子过好户了吧？"

三姑母淡淡地笑了笑，推了推姑父的肩膀，"你们问他这个老处长吧！"姑父挺直了腰，"网签弄好了，还在等银行贷款，它一下来，卖家就可交房了"。

大伯母笑笑，"快大功告成了。妹夫到底是区政府的公务员，买起房子来也是近水楼台先得月"。

三姑母摆了摆手，"哪里有这种好事！几百万的贷款不是一样要塞钱通路子，让中介做得周全点"。

此刻，岳母睁大了眼，气哼哼地扫了丈夫一眼，"都是这个死老头子，一点没有眼光。十年前房子便宜的时候不买，说要把钞票投到股票上去，还说房子要跌价。现在你看，股票跌到臭河浜里去了，房价像火箭窜上去，再想买也买不起了。你看看，现在啥人还住在那种老公房里，电梯也没有，现在要坐轮椅出来，吃着苦头了吧！"

席间岳父一直寡言少语，此刻他抬起头，脸膛涨得血红，冷傲的目光死死盯着岳母,"你少说几句行不行!什么话,成天说个没完!"

欣怡忙起身,走到父亲跟前,在他耳畔轻声嘀咕着,一边殷勤地劝来宾尽情进食。酱烧三珍煲已是最后一道正菜,有"四大金刚"美誉的虾饺也端上了台面。天色昏暗下来,窗外步行街的阵阵喧嚷有节奏地波动起伏,夏日里弥漫的繁盛丰茂的气息将四处飘浮的人们琐细的算计与精致的冷漠吮吸殆尽,沿途撒下了一缕缕欢乐的余香,熠熠闪亮。

徐生白阴郁烦躁的心情渐渐纾解、稀释开来,不久却陷入了呆滞漠然的泥沼中。恍然间,眼前所有的人都成了戏台上的木偶,都是那么做作,让人恶心。天光加速沉没到增浓的夜色之中,他咬嚼着香滑鲜嫩的蚝油牛肉,舌尖上滚动着纯然动物性的快感。

黑色皮包插袋里传来一阵激越的手机铃声,像是神灵从天而降的启示。徐生白瞪大了眼,仿佛从深长的睡梦中苏醒。屏幕上显示是妹妹郁雯打来的:"哥哥,你在哪儿?快回来了,妈不见了!"

徐生白一愣,到底是怎么回事。郁雯的声音抬高了,"哎,你赶紧回来,到时和你说。她下午去会所做瑜伽,到现在没有回家,手机也打不通。老爸都急坏了。"

徐生白嗯了一声,"我马上过来。"他定了定神,疾速起身,向大家致歉,说家里出了点意想不到的急事,要去处理。真是抱歉!随后在众人(尤其是贾欣怡和岳母)不无惊讶的目光的凝视下,匆匆拉开门,顾不得等电梯,沿着消防门外的楼梯一路小跑下楼,一头扎入依旧喧哗沸腾的南京路步行街。

V

恍惚间，徐生白不清楚自己最后怎么上了出租车。踏上被霓虹灯映染得绚丽缤纷的步行街，他猛然意识到无法在此扬招到车。他挠了挠头皮，随即踅回到店堂，径直穿过南北贯通、空阔而略显幽暗的大厅，来到九江路上。那边虽然称不上是残破的后街，稀稀落落的路灯、店招、LED广告牌在密度不匀的车流上方飘掠摇曳，与方才辉煌华丽的景象还是形成了强烈的反差。他在后门口等了半响，出租车的顶灯大多熄灭着，偶尔有辆空车开过，对他也是不理不睬。他气哼哼地向前走到一个窄路口，已有好几个人在此候车。徐生白皱了皱眉头，还不如走到人民广场那边去坐地铁。

一辆转弯的空车缓缓驶来，他挥了挥手，正要上前，不料从路边一棵大树后闪出一个拎着硕大购物袋的年轻女子，抢先从后门上了车。他懊恼地搓了搓手，又缓步向前踱去。一阵风吹到他脖颈上，依旧燥热异常。一个矮胖的中年男子不停地用毛巾擦着额头的汗水，皱巴巴的白衬衣向上卷折着，一大片松紧不一的肉团狰狞地裸露在夜色中。没多久，又有一辆亮着顶灯的空车迎面开来，在他身后联袂而行的一家三口快步向前。徐生白愣了愣，立马冲上前去，拉开前车门，坐到副驾驶座上，对司机说，我妈妈发急病了，快开！此刻，那一家三口人赶到车门边，指指点点，脸上弥漫着恼恨与无奈。司机漠然地瞟了他们一眼，踩踏下油门，扬尘而去。

出租车没开出多远，郁雯的电话又打来了。她说在健身会所里里外外找遍了，还是不见母亲的踪影。不知道是什么情况。她想去报案，要么他现在就直接到派出所来吧，还在老地方没搬过。徐生白嗯了几下，挂了电话。

他摇了摇头，嘴角边掠过一丝苦笑。会找到的，总会找到的。而让他深感失望乃至沮丧的是他眼睁睁地看着自己精神全盘崩坍而竟然束手无策。仅仅才过了一个白天，和老婆斗嘴，与情人幽会，再去参加老丈人的寿宴。眼看忙乱的一天行将收场，母亲那边又出乱子了——成了压倒他的最后一根稻草。

车轮滚滚，驶过闹市区。再熟悉不过的街道，变戏法般都换上了崭新的店招，连锁宾馆、手机店、面包铺、甜品店、咖啡厅、房产中介、华尔街英语等，街角路口见缝插针野蛮生长的便利店，轩然矗立的巨型销品茂，铺陈织缀成了不夜城繁稠细密的风景线。猛然间，徐生白打开皮包，摸了摸那几页便笺条：谢天谢地，它们安然地放在皮夹后面，没有丢在旅馆里。此刻，它们成了无价之宝，储藏着他的灵感；他仿佛成了一个溺水者，只有死命攥住那几根救命稻草。他甚至有了一股冲动，想掏出笔再写上几句，以免脑海中迸跃而出的火花瞬间便被上下穿梭翻卷的云雾吞噬。

他小心翼翼地拉上包链，头颅稍稍歪斜，垂落在松软的椅背上。怪只怪母亲不服老，已是77岁的人了，还是整天不安分，浑身洋溢着一股过剩的生命力。不是去跳广场舞，便是三五成群去庙里烧香拜佛。总是不停地给他惹麻烦，没完没了。只要醒着，她永远在说话，不管是自言自语还是与人攀谈，永远沉没在滔滔不绝跌宕起伏峰回路转的语流中。对那种邻里熟人之间面对面的交流方式的依赖是如此根深蒂固，她竭力抵御着电子媒介铺天盖地无孔不入的全方位侵蚀。

不知过了多久，徐生白下了车。昏黄的路灯下，不远处拐角处矗立着一幢三层楼房——那就是派出所了，楼层间衍射而出的一束束白光连同路边悬垂的醒目的公安标志牌，在深浅不一的暗影深处机警地守候着不期而至的猎物。他茫然地踩着凹凸不平的路面，绕过一方水洼，突然从一簇半人高的灌木丛里窜出一只黑猫，喵喵叫了几声，退后几步，随即趴伏在一棵繁茂的香樟树下，凝视着徐生白的动向。

他停下脚步，与小黑猫四目对视。它暗绿色的眼珠放射出一道澄澈晶莹的光焰，像来自一个遥远的国度的召唤，允诺着尘世间难以企及的幸福与狂喜；又隐含着几分妩媚的期盼。徐生白蹲下身，啪啪打了几下响指，黑猫往后退了一步，依旧痴痴地望着他。他站起身，努动嘴唇挤出几声喵喵。黑猫瞪大双眼，警觉地扫视着前后左右。他嘻嘻一笑，转过身，径直走向派出所。

荧光灯将底层的接待厅映照得雪亮，数排银色的金属椅上稀稀拉拉坐着几个人，一名年轻的警察在玻璃隔窗后与一位中年妇人说着话，似乎耐心地对她解释着什么。徐生白四处张望，没有见到妹妹郁雯。他焦急地来回踱步，正想掏出手机，正巧一名老警察迎面而来，他以职业性的目光狐疑地打量了徐生白几眼，粗声粗气地问有什么事。徐生白先是一愣，随后说来找报案的妹妹，他们的母亲失联了。老警察撇了撇嘴，左手托腮，思忖了半晌，招招手说，跟我来。徐生白尾随其后，拐到后方幽暗的走道上的一间房间口。老警察推门而入，只见郁雯坐在桌边，扫视着屏幕上闪现的监控图像。

见哥哥进来，郁雯忙站起身，双手一摊，"查过一遍监控了，真倒霉,今天会所门口的那个监控坏了,其他几个也没发现线索"。旁边那个身材矮胖的中年警官依旧坐着,揉了揉眼皮,右手捶了下桌面:"好了好了,先等等吧。说不定她一会就回来了!按法律规定,失踪不到24小时不立案的,因为考虑到你妈年纪大了,所以破例查一查。哎,监控坏了实在也没办法。"

郁雯向警官道了谢,便和徐生白一同走出派出所。此时,昏黑的天空飘下淅淅沥沥的小雨来,给燠热的空气注入了些许凉意。兄妹俩一前一后朝父母家方向走去,长时间沉默无语。两人的身影投射在幽暗的地面上,时而交错叠合,时而泾渭分明地错开。突然间传来一声"喵",徐生白收住脚步,那只黑猫竟然紧跟其后,保持着两三步的距离。他叫住走在前面的郁雯说,"刚才我过来时就遇到这只猫,它瞄上我了。"郁雯回头瞟了一眼,皱蹙起眉头,"野猫盯住你还这么开心,也不看看有多么脏!"

徐生白走到她身边,轻声劝慰道,"小妹你别太急,我想她可能是遇到什么老熟人了,一说话就忘了时间。妈妈的脾气你还不知道?"郁雯放缓了脚步,"就你想得轻松,一点不担心思,成天里全世界飞来飞去,谁让我的命这么苦,总摊上这些乱七八糟的事!"

徐生白望着妹妹,惊诧地发现她的脸竟微微有些肿胀,一团团枯涩的头发披垂到肩头,皮肤昏黄粗陋,像熏腌过一般。她是太顶真,眼里太容不得沙子,一点都接受不了挫败。当年妹夫在外面有个相好的,其实只要隐忍一下,他兴头过了就会回心转意,天下没有几个男人真想离婚重组家庭。但她还是坚持离了,早已是覆水难收。这么多年带着儿子小童住回娘家,前几年房价微跌,她想问父母借点钱买上一小套,母亲生怕她从此不肯再婚,硬是不肯,结果错失了买房的良机。这还不够,她还要不时忍受母亲在耳边敲木鱼,催她出去相亲。

没多久,他们步入父母家所在的小区。它落成于二十世纪九十年代,在零星的路灯光下,黯淡的外墙面豁露出几经粉刷修整而勉强撑持得下去的破败相。兄妹俩走上台阶,郁雯掏出钥匙开了门,电梯正好停在底楼。他们步入陈旧的轿厢,徐生白掀下17层的按钮。猛然间他发现那只黑猫静悄悄地匍匐在他脚边,他心头一颤,犹豫了一下,没有指给妹妹看。这幢公寓楼是每层八户两梯结构,他们出了电梯,往左一拐,穿过两侧堆满各式杂物的过道,摁响了门铃。徐生白暗暗回转头,但一时间无法确认黑猫的行踪。

徐生白走入不甚宽敞的客厅,困倦地倒在长沙发上。老父亲听到动静,从朝南的卧室里走了出来,郁雯忙向他诉说了下大致的情形。这位年过八旬的退休皮肤科医生神色凝重地坐下,搓搓手,直愣愣地望着兄妹俩,欲言又止。随后他盯视了一会天花板,又瞅瞅窗外,几束耀眼的闪电正疾速划过天际。

徐生白坐直了身子,"爸爸,你不用太焦急,妈妈肯定会回来的!"老父亲定睛望着他,摇了摇头,脸上似笑非笑,"想来想去想不通,老太婆会到哪儿去呢?跳舞么小区里也看得见,难道这么晚了还到庙里烧香?!"

此时,小童快步从小屋内窜出,手中抱着那只黑猫(不知它怎么溜进来的),"外公,看——我有猫了!"

老父亲稍稍沉吟,"放下,快放下,小童,这只猫哪来的?"小童扮了个鬼脸,"天晓得!我在做作业,它自己钻进来的。"他不停地捋着黑猫的额头,在背脊上轻轻叩了几下,"它和我好亲啊!"

郁雯正从卫生间走出来,"啊,这只死猫竟然跟到家里来了,真是扫帚星,你看今天有多少霉!快点赶出去,腻心死了!"

小童往后退了几步,"不要,我要嘛!"黑猫惊惶不安地打量着屋里的人。

郁雯厉声说,"发什么大头昏,要猫我下次帮你去买只名种猫来,英短美短波斯猫加菲猫都可以,这种野猫怎么可以要啊!放下来,听见吗?"

小童一脸不情愿地放下黑猫,刚一落地,它嗖地钻到沙发后面,郁雯将沙发往后挪移了一尺,还是搜寻不到。小童嘻嘻笑着,噘起嘴,"它多聪明,你就是抓不住它。"

郁雯板下脸,"快点回去做正经事,我看你这几天玩游戏不知道浪费掉多少时间了。"父亲此时镇定下来,"小童,野猫不好要的,它毛上有多少病菌你晓得吗?像你这种小孩最容易生病的,抵抗力差,一会皮肤痒了发炎了,严重起来还要到医院打针吊盐水,这不是开玩笑的事!"

此刻,雨势渐大,哗啦啦倾泻而下,飘落在楼顶上、斜面停车棚上、树冠上、灌木丛中、车顶盖上。密密匝匝的雨声触动了徐生白内心深处最为隐秘的神经,浓酽的愁绪顿时滚涌而出,弥漫至整个身心。他轻轻抚摸着额头,盛夏时分的雨水滋润哺育着大地,没多久秋意将萌生游走,将繁茂锦绣带往黑暗虚无的国度。春夏秋冬,岁月的轮回损毁着他的青春,他的容颜,消耗着他的激情,他的才华与灵气,总有一天会将他变成和老父亲一样的窝囊废,时光倒转,一个苍老干瘪的巨婴,一具会呼吸的木乃伊,整天和妈妈面面相觑,明里暗里互相撕咬。而郁雯因为一下抓不到黑猫,变得暴躁起来，对着他和父亲嚷道，快起来，都站起来，也不帮我把沙发搬一下！

徐生白和郁雯分立两端，一同发力，将沙发缓缓移开，靠墙的那片椭圆形的地面上，横陈着几簇青黑色的垃圾。她气哼哼地挠了几下头发，那鬼东西去哪儿去了？突然间，铁门发出哐当的喧响，母亲竟神奇般出现在门口，双手拎了好几个塞得鼓鼓囊囊的大购物袋。

短暂的惊愕过后，郁雯举起双臂，快步冲上去，"妈——你终于回来了，你到哪里去了？小童，外婆回来了！"

母亲惊讶地望着大家，"怎么了，出什么事了？"

徐生白说，"妈，你去会所后几个小时不回来，把爸爸、妹妹急坏了，到处在找你，还到派出所去报案了！"

母亲将购物袋往地下一搁，淡然一笑，"哎，你们瞎操什么心！我一个老太婆能到哪儿去！"原来她出了会所，碰到一个十多年未见的老同事，两人一说话就忘记时间。那人现在也住在附近，母亲听她说超市今天打折，二话不说跟了她，一口气买了几大袋日用品回来。

郁雯上前帮她将包袋中的东西拿出来，各就各位放好。母亲坐在小沙发上，徐生白给她递上一杯水。她喝了一口，猛然间那只小黑猫蹿到她膝盖上，随后在她脚边献媚似的兜圈转悠。母亲问他这只猫哪里来的。

听徐生白说完事情的缘由，她一把抱起黑猫，捧到胸前，"多漂亮！这猫我要了，你们谁也别想把它赶走！好兆头啊——大吉大利！"

三 剥

剥卦（坤下艮上）

剥：不利有攸往。

I

挣扎了数小时，徐生白还是没能再次入睡。

那束苍白色的光焰像一个诡诈的幽灵，后半夜便在窗外游走盘桓。它是如此富于穿透力，渗入密实的棕红色窗帘，在油亮的地面上洇出一长团氤氲的雾气，攫住了他半睡半醒的灵魂，时不时在耳畔脑际窃窃私语。这些天他入睡前都服用了思诺思安定片，但起身上卫生间后，睡眠的下半场竟迟迟无法重启。

已经不是第一次了。越服药越睡不着，但不服药心里更没底，徐生白眼睁睁地落入了这一恶性循环之中。

又是一个潮湿凝重的早晨，秋意渐深。还得去医院做肠镜检查。入秋之后大便有些不畅，偶有便血来袭。他慢慢转过身，瞅了眼半睡半醒中的贾欣怡。她侧躺着，脚尖轻轻点触着他的大腿，激惹起一丝痒意。他沉睡多时的欲念刹那间被唤醒。他急吼吼地挨到她枕边，一把搂住。她睁开迷离的双眼，推开他：等会要去做检查，还这么不老实！徐生白顿时气馁下来。那一瞬间，他注意到她散乱的发丝下，白日里被化妆品精巧掩饰的皱纹露出了真容。到底开始老了，不可逆转！他不无伤感地叹口气，摸了摸自己的头发，中间已经秃谢了一小块；腹部则有一长条赘肉凸隆而出，软塌塌地悬垂下来，无奈之间他气哼哼地捏了它一把。

还是早点起床，生活要有规律。徐生白以严谨到近乎刻板的作息时间表来约束自己，控制自己的惰性，蓄足能量，让蛰伏的想象力有精骛八极、心游万仞的能量。近来他时时感到心神不宁，作协里的许多应酬会议他都找借口推掉了。他渴望有大段独处的时间，仿佛是一种凝神屏息的修行，让纷乱的心灵沉静下来。这几天他又打开了百看不厌的《庄子》，细细玩味着下面两句话：

知不可奈何而安之若命，唯有德者能之。

纯粹而不杂，静一而不变，惔而无为，动而以天行，此养神之道也。

它们颇像是灵验无比的镇静剂，平实而深藏玄奥的咒语，犹如芝麻开门的呼唤，瞬间他重新攀升至安乐宁静之中，他又一次洗心革面，沐浴在绚丽的光焰之中。还是得好好运气，不能把童子功荒废了！将零散飘忽的气流聚拢汇合于丹田，滤净杂念，步入禅定的高远之境，结跏趺坐，了无烦恼。

徐生白肚腹空空，坐上了贾欣怡开的酒红色的马自达车，在早高峰密匝的车流中往医院而去。老丈人生日那天两人间的别扭早已成为过去，夫妇俩和好后的相敬如宾多少带点刻意，像是一副脆薄、手指一戳便破的面具。她稳健、自信满满地在迂曲的大街小巷的迷宫中穿梭行进，不停地嘀咕，你肠胃消化功能不好，也不知道好好保养，还整天酒喝个不停。天马上要冷了，红枣赤豆汤多吃点，东北白参再补补。

徐生白时不时地嗯哈几声，算是应答。有这么一个关心你的老婆，别人都会说你有福气。他轻轻摇着头，真不知是福气还是晦气，但他清楚自己百分之百不会娶庄梦晴。别自作多情了，她不是早声明过了，压根没这个想法。车身一拐，驶入了一道幽静的小路，在昔日法租界遗留下来的厚密的树荫里时徐时疾地前行。

到医院登记排队，打过麻醉针后，他便躺到了铺着白色软垫的医用床上。黄棕色的橡木门重重地合上，将喧哗扰攘的世界挡在了外面。徐生白恍然间觉得，此刻他和守候在门外的贾欣怡已经分属于两个世界。在这儿，他身轻如燕，一无所碍。照样可以来个深呼吸，剔除杂念，全身运气周流，让躁乱的神思沉静下来，臻于无所动心的绝佳境界。

肠镜生硬插入肛门，通向下体幽秘的深处。此刻，淡淡的睡意袭来，在柔和的光晕里，他渐渐沉入了梦乡，仿佛又一次折返到了母亲的子宫里，在温暖的羊水中优游自得地浮漾。猝然间，他失去了意识；不知过了多久，他好似置身于江南小镇上一座破败的大宅院里：那是在摄影棚里，正在拍摄根据他的小说《烟雨楼台》改编的电影。残春的蒙蒙细雨中，一个美艳的少女坐在围廊下，迷离的目光追逐着庭院里悄然落下的细碎的花瓣，它们仿佛承载着在这深宅大院里多少世代中屈死的冤魂，时不时发出揪心的哀鸣。

他实在难以抗拒这巨大的诱惑：卖掉《烟雨楼台》的改编权才150万，自己亲自上阵操刀至少能拿到500万。但这太费事，要和制片人、导演还有那些大牌明星不停地磨嘴皮子，搭上几年时间，还蕴含着巨大的风险。片子拍出来后，万一审查通不过，功夫全白费了。

他不是不明白，还有更重要的事要做。趁着精力尚好，他得把《大江东去》写出来。他的思绪穿越到了半个多世纪前的1947年冬天，漫天的飞雪飘落在古都北平，在内战的烽火中，薛婉莹带着三个孩子跟随她父母去香港，而裴文华还要在北平滞留一段时间：

上半夜，一场暴雪猝然而至。等文华早晨起身，往庭院中一看，雪片已积了足有半尺多高。灰蒙蒙的天穹下，大大小小的雪珠一刻不停地飘落在古都的里里外外。到了中午，他深一脚浅一脚地踩着松软的雪片，摇摇晃晃穿过院子，费力拉开大门，四下里张望，整个街面全被银白的雪罩住了：古雅老旧的屋檐、照壁、门扉、台阶、石狮，以及不远处高耸的牌楼，在这场罕有的大雪中被抹去了风韵盎然、多姿多彩的形体轮廓，沦为一大团混沌的空白。雪花纷纷洒落着，渗透到它们的五脏六腑中，尽情快意地吞噬吸吮，无情地将其精髓化为己有，酿造出千篇一律的单调，人们仿佛刹那间折返到了远古的洪荒年代。一股凛冽的寒风吹来，文华浑身战栗，赶紧压了压帽檐，狠命搓着双手。他这辈子记不起曾见过这么大的雪。此刻他好似置身于苍茫的大海上，感受着天地并生、万物合一的辉煌瞬间，也体悟着天道无常的任性与残酷。婉莹带着孩子明天就要走了，这一去不知何时能重逢，但他却在萦回不去、浓酽无比的伤感中意外地感到了前所未有的轻松。

细微的意识之光缓缓回流到脑海中,徐生白睁开眼,贾欣怡正俯下身子,抚摸着他的额头,轻声问道:醒了,不疼吧?

他笑了笑,摇摇头,没什么。在那一瞬间,徐生白觉得自己成了一尾鱼,孤零零地被海浪裹挟,冲卷到滩涂上,奄奄一息。只要有一泓清水,霎时间便可以活转过来。他眨眨眼,好奇地打量着四周,尽快将五官从昏睡麻痹的渊谷拉回眼前轮廓分明的世界。

II

近些天里,躁动不安的情绪渐渐远离开去,但徐生白并没有享受到多少宁静与安适,取而代之的则是罕有的慵懒呆滞,沉甸甸,弥漫到全身各个关节,闪烁着一簇簇铅灰色的冷光。它与秋天日趋萧瑟的气息交相呼应,构缀出一组沉郁悲怆的旋律。

周围的一切在他眼里失去了凹凸起伏的立体感,被一股无形的力量碾压到细薄的平面上。一切都戴着厚实的面具,它们先是从外部嵌入,随后与内质交错盘缠,浑然一体。一切都黯然失色,绿色的汁液干枯殆尽,蒙罩上了粗粝的沙土,再激动人心的色彩、音响、形体弹撞到他身上,收获的只是一串空洞的回音。

有好多次,徐生白的意志濒于崩溃,他决意放弃一切,即便此刻猝然死去也没有什么遗憾。醒来起床也变得无比艰难,他会半闭着眼睛,在床上躺上大半天,手机响了都懒得去接听,任凭铃声长时间绝望地哀鸣,只有当小便的意念升腾而起,他才勉力走向卫生间,有几次差点尿到腿上。吃了上顿没下顿,使原本有些失调的肠胃功能全方位紊乱。徐生白偶尔对着硕大的镜面,在昏暗的光线下他惊愕地发现浮现其上的只是一具"行尸走肉",一具肌肉开始萎瘪脱落的骷髅。真是受不了,活下去成了负担,更是每时每刻要忍受的酷刑。名誉,人们嘴里交相传递的虚幻的影子,而一直被他视为具有崇高价值的写作则成了再无聊不过的把戏,是生锈的脑袋自鸣得意的作秀,除了博取转瞬即逝的虚名,便是消磨让人憎厌浑身起鸡皮疙瘩的时光。

然而,今天晚上与屈尚奇的会面还是让徐生白亢奋起来,怀着隐秘的期待,像梦里盛开的娇艳绝伦的蓝色花朵。上次在咖啡馆匆匆见了一面,两人畅谈了个把小时,还觉意犹未尽。今天晚上约在近郊一座新开的宾馆中,屈尚奇还叫上了俞日新。傍晚五点,司机准时上门接徐生白,他一反常态,早早穿戴梳洗完毕,稳稳地坐到了后车座上。

黄昏时分漫涨而起的晚高峰车流中,银色的雷萨克斯车七转八拐,突出重围,驶上高架路,再转入通向郊外的高速干道。徐生白神经质地眨着眼,专注地凝望着窗外急速晃闪而过的层层叠叠的高楼、悬耸的广告牌、零散的农田、狭逼粗陋的小街,以及塔吊林立烟尘滚滚的工地,恍然间觉得自己仿佛悄然钻入了上海这座城市的肚腹之中,在由黏腻瘢痕累累的大肠小肠构缀而成的迷宫里穿梭而过。城市无节制地扩散膨胀,数千万人蜗居其间,蚂蚁般或亢奋或慵懒地挪动爬行。蛰伏在城市深处的神秘的发动机24小时全天候运转,让人喘不过气来,酿造出令人窒息、灰蒙蒙一片的沉滞氤氲,而屈尚奇的特立独行让人精神一振,好似在荒野深处瞥见了一簇血红的火焰。

这位昔日众人称道的才子、狂放不羁的诗人,在一家报社做了没几年便辞了职，随后长年在体制外穷困潦倒，妻子因忍受不了清贫的日子与人私通。时光流转，等徐生白再次听到屈尚奇消息时，他已成了威势显赫、让人仰视的大款。关于他的发迹，有多种不同版本，有的说他先是承包了一个濒于破产的运输车队；有的则说是他将诗人的天赋用于广告创意之中，成为业界的黑马，随后又进军房地产业吸金，赚得盆满钵满后又跨界闯入新兴的互联网金融。

徐生白步入这座新近竣工的中式仿古园林酒店，沿着渐渐昏暗下来的迂曲小道缓步前行，众多灰黑色多重飞檐的大殿式屋宇散布在四周假山回廊亭阁水池之间，一股浓酽的古典风情扑面而来。路灯投射下一圈圈惨白的光焰，与暗影交错嵌叠，在零星的落叶间漫不经心地游移戏耍，呈现出天地间所有的繁盛辉煌以及最终的寥落寂灭，与他沉郁、略显伤感的心境形成了微妙的共鸣。

不久，他来到一幢轩敞的楼舍前，犹疑了一下，登上白色台阶，在服务员殷勤的程式化引领下步入二楼包房。一张霸气十足的红木大圆桌伫立在缀有硕大饱满、富贵气十足牡丹图案的大红地毯上，屈尚奇正俨然坐在正中的主位上，左右两两分坐着衣饰、化妆风格不一的四个女子。看到徐生白推门而入，屈尚奇立即起身前迎，引入主宾的座席，并将在座的诸位女子一一介绍。"坐，快坐下，今晚畅畅快快，一醉方休！"

徐生白搔了搔头皮，愕然落座。

屈尚奇的体形大幅度膨胀，早溢出了正常的尺度，徐生白上次见面时没有注意到。他依旧是高个子，但年轻时清瘦的模样早已不复存在，大小不一的赘肉从松弛、皱褶丛生的肌肤上悬晃下来。与肉体的衰老萎瘪形成鲜明对照的是，他略显浮肿的脸膛上闪烁着一道奇异的光焰，仿佛蕴藏着熊熊不熄的生命之火，近乎贪婪地攫取吞噬着周围的一切。他一个劲地劝酒，"俞日新先不管他了，我们先开始。那小子画了几幅臭画，就自以为了不起，端着那么大的架子，真成艺术大师了！来，我知道你喜爱红酒，这是法国波尔多产的，82年的干红，我在广州的一个朋友送了我好几箱，你尝尝，绝对正宗不掺假。"

一位女子起身，端着近乎满溢的酒杯，向徐生白敬酒。他急忙站起，目光被她浅藕色缀花连衣裙里紧裹着的硕大滚圆的乳房吸引住。她大方地笑笑，麻利地一饮而尽，接着翻转过酒杯。

屈尚奇放下酒杯，在桌面上捶击了几下，"最近过得怎么样？"

徐生白蹙了一下眉头，"老样子，没什么大劲。"

屈尚奇眯起眼，细细打量着徐生白，擎起小酒壶，将殷红的酒液哗哗注入空杯，"来——喝酒，何以解忧，唯有杜康！"

渐渐地，徐生白感到有些头晕。深秋的晚风，连同香樟树、银杏叶疏淡的馨香，从窗缝间涌入，与屋里此起彼伏的浪笑（它们在他耳鼓上形成了嗡嗡喧响的漩涡）、各式菜肴肉感撩人的气味混杂在一起，将他拖入了绚丽的奇境之中。他长时间地凝视着地毯上交错盘结、深黄暗绿的牡丹图案，花瓣枝叶摇曳多姿，仿佛随时会振翅而飞。屈尚奇嚷嚷着快倒酒，另一位女子起身，像一股柔滑幽暗的气体飘然而至，再次将徐生白的酒杯斟满，青紫色外衣下娇小婀娜的体态隐约可见，似乎暗暗倾诉着丝丝缕缕的哀怨。

突然间，包房厚重的门被推开了，俞日新款步而入，一个中等身材的年轻女子紧随其后，椭圆形的脸庞上架着银灰色边框的眼镜，神情举止间透露出几分女学究式的拘谨。屈尚奇站起身，大步上前，揪住俞日新的胳膊，"到底是大画家，难请啊！快喝酒！"

徐生白勉力坐直了身子，细细打量着俞日新。上个月他刚在上海美术馆举办了一个盛大的个展，有上百幅画品亮相。俞日新先向众人介绍随行的那女子是小刘，刚从美国获得艺术史博士学位，专攻中西绘画比较，如今做他的私人助理。屈尚奇满满饮下一杯酒，吐了吐舌头，问他接下来还有什么宏大计划；俞日新搓着手掌，说下一步准备到欧洲巡展，首站当然是法国了，进不了卢浮宫也要到大王宫。他一仰头，向徐生白举起高脚杯，"到时又要辛苦老弟一起到巴黎捧场了！这不仅仅是我个人的荣誉，更是中国艺术跨出国门走向世界的盛事，以后外国人再也不能小看中国艺术家了，中国文化中国艺术就要在我们这一代人手里复兴了，在这梦想成真的年代，作为中国人谁能不激动得心潮澎湃呢！"

徐生白不禁有些羞愧，自己近期写作动不动受阻，文思凝滞不畅。相比之下，俞日新永远这么亢奋，不断制造着热点，不光自己嗨，还要带着大家一块嗨——真正的天才就该是那样的。

小刘坐在徐生白身边，两人客套地交谈了一番。她在美国待了足足六年，回国后向好几个大学投递了简历，想谋得一份教职，曾到两个学校面试过，但至今没回音。她温静的语气中带着几分惆怅，像阴天里邈远的高空飘过的乌云。

酒过三巡，俞日新匆匆站起身，向众人拱手告辞：他已约好和一个国外知名画廊的经纪人会面，那人在上海只待两个晚上，实在腾不出其他时间。

目送着他们俩推门而出，屈尚奇转过头，噘了噘嘴，"哎，真要命！你看这小子，到了这份儿上，偏偏喜欢这样的女人，什么品味！"他转过头看向其中一位女子，"你端着那么大架子干吗？快给我们的大作家敬酒。"那女子眨了眨眼，淡然一笑，起身上前和徐生白碰了碰酒杯。在那一瞬间，徐生白觉得在她大家闺秀般温静的目光里潜藏着疾风骤雨般的热辣。

屈尚奇嘘出一口气，摇了摇头，"不是我说他坏话，俞日新到了这把年纪，还是只知道赚钱，赚取更多的钱，赢得更大的名，再去换更多的钱。他的成功摆在那儿，人人瞧得见，但说句心里话，他的境界实在是不高，只知道钱，求的只是名啊名：太俗了！钱再多，到人去的时候一分都带不走；名更是虚得不能再虚的事，像焰火一放就没了，自欺欺人的安慰罢了。"

接着他话锋一转，深深吁了一口气，"不过，他有一点倒真值得你学习，永远尝试做新的东西，开拓劲十足，不在乎那么多陈规陋习。"他的手指尖在徐生白鼻梁前点戳着："坦白地说，你为什么现在会觉得江郎才尽写不出东西，答案很简单，你缺乏激情，对不对？"

徐生白茫然地瞅着他，微微点了点头。屈尚奇喝下半杯酒，"而之所以会这样，就因为你没有新的刺激，新的感受，从早到晚关在房间里。"他眯着眼扫了扫两侧的女人们，对其中一个说："哎，就你还没给我大哥敬酒，快过来！"

那女子嚼着花生，正和其他女子叽叽咕咕说个不停，不时掩面而笑，听到屈尚奇招呼她，她忙换了个空杯，斟满了酒液，起身走到徐生白身边。屈尚奇站起身，啪啪鼓了几下掌，"来，你们俩来个交杯酒，大家说要不要？"

众女子发出一阵欢呼。喝了交杯酒后，屈尚奇乘势将这名女子往徐生白怀里一推，好好抱抱大哥，抱紧了，亲热点。

这女子抱住徐生白，在他泛着潮红的脸上亲了几下，随后坦然地坐到了他膝盖上。暗幽幽的眼影将她的双眼嵌在深不可测的阴湿的洞穴中，血红嘴唇上的胭脂散溢而出的浓烈气味与若有若无的体香掺杂在一起。徐生白的心狂跳起来：好久没感受如此强烈的刺激了。和庄梦晴约会时她经常是素面而来，贾欣怡只有在外出做客时才化个淡妆。例行公事的做派将他原本就不高涨的欲念磨蚀了大半。

屈尚奇在他肩上捶了一下，"我说老兄，你还想不想写出新的杰作，难道就这样吃老本混下去？你的确是天才，但现在是时候了，你必须有新的体验，新的高峰体验，才能写出新的东西，写出真正吸引人的东西。我知道，你现在是不愁了，写出屁一样的东西，也会有人为你叫好为你捧场。你不会没出息到连真话假话都分不清了吧？来——我们是老朋友，我得帮你一把。你现在写不出，先放一放，跟我干上几年，保你财源滚滚，整天数钞票都来不及，而且灵感自然而然就来了。怎么样，我们一言为定？"

徐生白愣了愣，结结巴巴地问，"跟着你做什么呢？"

屈尚奇嘻嘻一笑，"你想做什么？做风投啊，你先放下架子，跟我干一段时间，以后你就能独当一面了。老兄，醒醒，时代变了，我们现在的生活形态不要说十年前，三年前你能想象吗？互联网为我们创造了一个千载难逢的淘金机会，只要我们肯干，不愁没钱赚。我们搞的网络金融真可算是时代的弄潮儿，先锋产业。你啊，走出书房，多看看外面的世界，要多精彩有多精彩！我们赶上了好时代！"

徐生白沉吟不语。屈尚奇嚓嚓搓着手掌，皱了皱眉头，"别这熊样子。你不是在作品中苦苦探索人生的意义和真谛吗？实话告诉你，跟着我干，你就会找到的，马上会找到的。我也写过诗，悟到的一点是，人生的意义不在书本里，不在冥想中，而在实干中。要去创造，改变外面的世界。马克思不是说过，重要的是改变这个世界，对它进行批判。所以你现在明白，我为什么说俞日新境界低了吧？他眼里只有钱和名，还是按照老一套玩法，而我们则是天地间的立法者，要为这世界奠定新的法则，新的规矩。也许我们最终改变不了这个世界，也改变不了人性，但还是要狠命地玩一把，过足了瘾再说！"

徐生白觉得，不知从哪一刻起，四周围的景物开始变得模糊、摇晃，纷纷失去了清晰的轮廓。那些女人的笑靥仿佛同时涌到他跟前，扭曲着，膨胀着，幻化为萌宠的吉祥物，允诺着光辉璀璨的天堂，蒙受着恩宠的福地。夜色深处，树叶发出一阵阵窸窸窣窣的喧响，此起彼伏，婆娑的枝影在黑黝黝的泥地上构缀成散发着淡淡忧伤、哀婉的旋律，呼应着这一辉煌时刻的降临，甜美，掺杂着复活的痛苦和狂喜。

III

接连下了几天淅淅沥沥的雨。吃过早餐后，徐生白不徐不疾地穿过深秋时节阴湿惨淡的街区，来到了邻近的一家公园。今晨排便出乎意外地顺畅，困扰他多日的腹部胀痛也踪影全无。他摸了摸额头，嘴角露出一丝微笑：好兆头！尽管四周围还浮漾着一股湿漉漉的气息，但在草坪旁那片开阔的空地上，在高亢嘈杂、音色粗劣的乐声中，男男女女三三两两翩然起舞，挥剑摇扇，尽情摆动着肢体，怡然自得，与不远处雾气迷蒙的湖泊、跌宕错落的假山石、潺潺而下的瀑布，以及流泌着浓淡不一的芬芳、青葱暗绿焦黄诸色杂陈的花草树木，构缀成了一个生机盎然、和谐熨帖的整体。

徐生白深深地吸了一口气。此刻，灰白色云絮的裂口处，一缕温热惨白的阳光流泻而出。顿时他眼睛被灼痛了，他下意识地拉了拉帽檐。小巧玲珑的湖光山色扑入眼帘，徐生白的脑海中却纠结于孕育中的新作《大江东去》。他每天出来散步，暗暗期待在身体的起伏颠簸中孵化催生出磅礴大气、汹涌浩荡的文思。没多久，他步入湖畔的一个水泥亭榭，在转角处坐下，凭栏远眺。不远处几个老太太围聚在一起，叽叽咕咕地聊着天；一个四五岁的男孩在老头身边左蹦右跳，手中挥动的玩具手枪不时喷出一串晶亮的肥皂泡。这些天，徐生白构思的重心转移到了裴文华大儿子裴邦济身上，他随母亲薛婉莹在香港待了几年，二十世纪五十年代中期辗转到台湾，1961年读完高中后赴美留学：

  裴邦济和几个同伴开车一路西行，数天内横跨北美大陆，最终来到了阳光灿烂的加利福尼亚州。美美地睡上一觉后，这天清晨，他独自一人来到了荒寂辽阔的海滩边。隔着浩瀚的太平洋，便是中国大陆：他离开那片土地已经有十五年了，和父亲、祖父母、伯伯叔叔久不通音信，只有在香港的姑姑还隔三岔五地互通书信。上海、北京、重庆这些地方在他脑海中只留下了疏淡的印痕。然而，他毕竟年轻气盛，生命的元气在这片新大陆上日益壮大强健，将丝丝缕缕的忧郁怅惘一扫而光。一年来他张开臂膀,全身心地拥抱自由清纯的新生活。不知是受了哪个幽灵的侵扰,此刻他的情绪却异常低落。深沉宁静的海面下时不时有暗潮涌动,青灰色的波涛摇荡回旋,涂抹上了梦幻的色调,浩渺无垠,凶险,狂暴,既能毁灭一切,又能创造一切。霎时间,他暗地里滋生出强烈的冲动,想一头扎入这桀骜不驯又温柔无比的海水中,就此沉落下去,沉到底,融化在海水深处,融化在黑夜深不见底的母腹中。

徐生白在膝盖上摊开黑色笔记本,将脑中涌现的零散细碎的句子、段落、意念汇集凝固在龙飞凤舞的字形里。经历了前些天的波折,他的心境已回复到原先的平衡点,尽管时不时会有几许涟漪浮漾其间。昨天女儿紫彤写邮件来,说今年圣诞节前后会回国一趟,最后还说她交了个男朋友,是学工科的,到时顺便带上门让父亲鉴定一下。他搔了搔头皮,心头悄然掠过几丝隐隐的不安。女儿总算有男朋友了,做父亲的应该高兴,但他总感到有什么地方不对头。

突然,一行打拳跳操舞剑者嬉笑着拥入亭榭,逼仄的空间顿时变得异常喧闹嘈杂。徐生白匆匆收起笔记本,起身往回走。一座拱桥横跨在前方的湖面上,一个三十来岁的女人裹着雪白的围巾,双手一前一后扶着水泥栏杆,一个矮小、长相猥琐的男人专注地用苹果手机为她拍照。世界上再也没有比这更不匹配的男女组合了。女人的目光清澈明亮,略带些迷离,好像有什么沉甸甸的东西压在睫毛上。徐生白与她四目相对,嘴唇上霎时间滚过一丝滚烫的震颤。过了桥,迎面便是一座竹篱笆垒筑而成的简易亭阁,一个面相憨厚的中年人正垂着头,在暗影里拉着老旧的二胡。一个长着花白胡子的老者摇头晃脑，吊高着嗓门，哼唱着京剧。厚密苍翠的爬山虎攀缘在邻近几块凹凸不平的大石头上，墨绿中透出一股清新的生机。随后徐生白拐上了主路，突然间，一个年轻人踩着滑板车从他右侧呼啸而过，高举的双手在半空摆动，勾画出遒劲灵动的弧线。不知不觉间，他的心情变得灰暗起来，轻松愉悦之情荡然无存。此时他竟然不太想回家，想在外面多游逛一会，放松一下自己紧绷的神经。

阳光变得愈加刺眼起来，徐生白眯着眼，额角沁出了汗珠，周围的一切浸渍在白色的光焰中，恍如沉入了奇异的梦境。结婚这么多年，徐生白与贾欣怡虽然感情上还算融洽，但在床上并没有体味到多少狂热与陶醉。她那不无矜持的淑女风度，即便脱光了衣裙，赤身裸体地呈现在他面前时，还是让他感到有几分隐隐的拘束。昨天晚上她早早地躺上了床，他伸出手臂，从背后搂住她，随后双腿挨上去，勾缠住了她的小腿。她睁开眼，摇了摇头，想推开他，但拗不过他凌厉的攻势，便岔开双腿，任其摆布。在一阵阵强烈的抽拉巅动中，她依旧半闭着眼睛，仿佛还在睡梦的世界中徘徊留恋。然而令人沮丧的是，这次欢愉并没有达到预想的效果，一阵难堪的沉默。他讪讪地爬回到自己被子里，眼眶里噙着一汪羞愧的泪水。

恍然间，强烈的骚动不宁再一次降临到徐生白心头。好不容易修得的内功霎时间摇摇欲坠。阳光直射下来，冷冽的空气中散溢着一股奇特的热浪。出了公园，拐过一个街角，便是一幢新开张不久的办公楼和购物中心。海蓝色的玻璃幕墙（曾有专家警告，十年后便会变成危楼，说不准哪块玻璃刹那间会爆裂坠落）带着冷峻孤傲的姿态，俯瞰着熙来攘往的芸芸众生。他走到商场入口处，稍稍犹豫，转到朝阳的一侧，那边开着一家露天咖啡吧。他一时兴起，坐在酱红色的遮阳伞篷下，点了一杯蓝山咖啡。此刻，他的头脑一片空白，街道两侧的小商铺关闭了好多，略显得冷清萧条；路面上撒满了枯黄的落叶，从里子里透出一股衰朽颓败的气息。上海，这是他的城市，他在这偶尔抓住的闲暇中，重新体味着这座城市微妙的气息，若有若无的光晕，时而激越时而沉滞的节奏，以及从母腹中隐隐传来的召唤。

恍惚间，庄子的一番话犹如海滩边从天而降的一群海鸥，穿梭游走在徐生白的脑海中。他不禁咧开嘴，笑出了一丝苦涩的微笑：

> 古之真人，不逆寡，不雄成，不谟士。若然者，过而弗悔，当而不自得也。若然者，登高不栗，入水不濡，入火不热。是知之者能登假于道者也若此。

时近中午，阳光时隐时现，他额头滚过灼热的气流，腹部时不时隐隐胀痛。徐生白站起身，朝邻近的地铁口走去。对，就这样，沉入地下，沉入深邃的地穴，沉入生命的源头。他扶着自动扶梯的黑色扶手，前后左右的人大部分还分秒必争地瞅着手机刷屏。绵长迂回的过道，五光十色的广告牌扑面而来，没多久就将是VR的世界了。先贤老子的理想就要实现，虚拟侵入现实，与真实混为一体，虚中有实，实中有虚，数千年来前所未有的伟大变革将要发生，人类的感知系统将会焕然一新，每时每刻都有新鲜体验：不再有黑暗与痛苦的困扰，再多的挫折也能在五彩斑斓的幻境中消解——那是永恒的百忧解。他在一块血红的蕾丝胸罩广告屏前伫立了一会，揣想着它的质地、柔软度以及能显现出的性感指数。他的脸庞倒映在上面，一张从虚渺的天堂中被驱逐而出的脸，沮丧，苍白，一无所获。

徐生白推开家门，硕大的复式公寓房里静悄悄的。客厅的椭圆形茶几上高脚瓶中插立着的深紫色兰花垂下了萎弱枯黄的枝叶花瓣，周围堆放着七零八碎的杂物，厨房里油腻腻的盆碟堆放在铝合金水槽中。他怔了一下，没想到贾欣怡这么早就回来了。他放慢脚步，走到二楼，推开了主卧室的门。一束阳光从墨绿色厚窗帘的豁口衍射而入，贾欣怡微闭着双眼，仰面躺在暗影里。徐生白收住了脚步，呼吸顿时急促起来，惶惑地打量着妻子，她仿佛罩上了一副石膏面具，孤傲冷漠中透出几分狰狞。

他转过身，轻轻退出房去。周五的中午空气里弥漫着一种罕有的宁静，暗地里为即将来临的双休日欢呼雀跃。徐生白懒懒地迈入书房，一屁股跌坐到黑色转椅里，呆愣愣地凝望着苍白的天穹。

不一会，卧室里传出一阵响动，贾欣怡起身了，不久在旋转楼梯上踩出砰砰的震响，尖利刺耳。他忙站起身，走到楼梯口，砰的一声，她已甩门而出。

徐生白揉了揉太阳穴，一阵倦意袭来，他也没有胃口吃饭，便走入卧房，钻入了天蓝色的被褥中。

他在睡梦的潮汐中飘移着，一阵突如其来的痒痒刺挠着他的脸，夹杂着些许喧嚷，仿佛来自遥远的天际。他置身于一个室内的集市里，一个又胖又瘸的人正在表演。他的声音颇有磁性，只见他将四条不同颜色的睡裤晾在一条弯扭的绳子上。狂风乍起，裤子上下翻飞，形成了一道道空气波浪。风越来越大，裤子吹到半空中，刹那间变成了四只灵动的鸽子，扑闪的翅膀拍奏出了大教堂中圣歌的旋律。徐生白费力地睁开眼，原来是有人先在客厅四周走动，随后又慢步走上楼来，拉开储藏室的门。他披衣起身，推门而出，只见贾欣怡将一大堆毛茸茸的玩具放到架子上，熊猫老虎狮子猫狗兔子米奇袋鼠考拉一应俱全。他转身朝楼下一看，五彩缤纷的食物在餐厅桌面上堆垒起了一座小山。

"买了这么多东西？"他走到妻子背后。她回转头来，淡淡笑了笑，今天正好有空，就去买点。随后她从购物袋中拿出一大摞风衣、衬衫、裙子，走进卧室，在镜子面前审视起来。

徐生白紧随其后，"欣怡，你知道我今天干了什么——我去公园里逛了半天。空气真好，难得的好天气。好是热闹，唱歌的唱歌，打拳的打拳，跳舞的跳舞。现在人们有点钱了，都在尽情地享受生活。"

贾欣怡一声不吭，肩膀微微耸动了几下。他抬高了嗓门，"我心情挺好，这几天小说的构思也大有进展，刚刚坐在湖边，写了好长一段。等大纲做好后，就可以开工了。"

她还是沉默无语。他扫兴地走到她身后，望着床上堆叠着的那一大堆衣服，"你买那么多回来干什么呀？"

贾欣怡紧绷着脸，专注地将衣服一件件挂到大衣橱中，"我喜欢——我爱买多少就买多少。"

徐生白长久地注视着她，慢慢皱蹙起了眉头，"欣怡，你今天到底是什么了？"声音有点高，在他耳畔回响。

她一下僵滞在镜面前，猛地转过身，"别烦了！"突然，她甩下衣裙，腾地扑倒在床面上，嘤嘤地哭泣起来。

徐生白愣了愣，上前坐在她边上。她先是哭着，随后声音喑哑下来，浑身打抖抽搐。

"你怎么了？到底发生了什么事？"他怯生生地问着。

长久地沉默。贾欣怡转过脸，掏出手绢擦干了泪水，猛地坐起身，走到桌边，打开抽屉，拿出一叠纸。她捏着它，掂了掂，随后甩到他面前，"你看吧——都在上面了！"

那是徐生白上周肠镜的检查报告书，论断结论写着：切片确认，息肉已有明显的癌变迹象，乙状结肠Ca。

四 大过

大过卦（巽下兑上）

大过：栋桡，利有攸往，亨。

I

已经记不清有多少次了。

频次越来越多,从两小时缩短到一小时、半小时、二十分钟。最后,徐生白觉得自己变成了陀螺,一刻不停地旋转,从床上到床下,到卫生间,再到床上。

每一次都有强烈的尿意,应和着屋外绵密细碎的春雨。到了马桶前,只洒落出零星的几滴。腹部胀痛,多日累积的大便淤塞在肠道里。隆起的腹部下方晃荡着满涨的积水,微微发烫的床垫——直到此刻,他才意识到自己将电热毯调到了最高档,怪不得浑身那么燥热。

更要命的是,在几个抽屉里翻寻了半天,还是没找到安定片。本来总可以吞下一片定定神,睡上几个小时。

好几次,他索性坐在椅上,用毛毯裹住膝部,打开电视,胡乱地看上一会寡淡的节目。

他的头脑中时不时显现出惨淡的空白:只能这样束手无策地

看着自己的气力一点点消散，化为脆薄的气泡。眼睁睁地看着自己变成废物。

　　曾经不止一次，徐生白想放弃，放弃这无谓的抗争，索性就尿在身上，听任毒性十足的癌细胞恣肆横行，将所有鲜活的细胞吞噬殆尽，归于尘土，一了百了。渐渐地，浮华而无趣的电视画面让人长长地打着呵欠。此刻，窗外曙色乍现，他关了电视机，打开CD播放机，传来的是宫崎骏《天空之城》的主题曲。徐生白对此百听不厌，明净澄澈的旋律，饱含小女孩希达殷切的期盼，空阔寥远的意境，绵绵不尽、沾染了些许伤感的情思，像一波波温柔的潮水涌上来，轻轻拍叩着他最灵敏的神经触角。

　　八点半就得出门，约好了去医院做放疗。早饭也没吃，一点胃口也没有。雨势减缓了下来，屋里充溢着湿漉漉的空气，黏在皮肤上，滑腻腻的。

　　徐生白早就习惯了这一切，习惯了贾欣怡愈演愈烈的喜怒无常的脾气，习惯了在她温柔体贴的面具下那蠕动着的疲惫、焦躁、厌憎、绝情以及难以割舍为燃料的无名的火焰，但他还没习惯早晨一个人孤零零地站在路边叫车，顶着若有若无时大时小的春雨。往常做放疗都是贾欣怡开车送他去医院，时间腾得出还会抽空接他回家。但这几次都是他自己打车回家的。四个多月活生生的煎熬，从托人找主刀大夫，商讨治疗方案，术后康复到后续治疗，漫长的过程，时不时横生的难题，都由她一一化解。她憔悴得一下瘦了近十斤。术后回家后，虽然他们俩已分室而居，徐生白还是能察觉到她这些天睡得并不安稳，半夜里好几次听到隐隐的啜泣声。昨天一大早她便说今天要到市委宣传部开专题工作会议，她得代表台里相关部门做工作汇报,只能由他自己去医院了。但她只字未提订车的事,直到入睡前他才想起此事,打了好几个电话都未订到,此刻只能到路上碰运气了。

徐生白木然地站在小区大门口,熙熙攘攘的车流滚淌而过,没有亮着绿色顶灯的空车。他脱下雪白的绒线帽,挠了挠头皮,也不能全怪她,她到底还年轻,他这一病将她的前程全毁了!在铅灰色的雨幕中,贾欣怡恍惚而哀怨的目光又一次直射过来,他不自觉地垂下了头。还是没有空车。他往左侧前行了上百米,成排的灌木丛上方矗立着纵横交叉的高架桥、匝道,林林总总的车辆长时间僵滞在水泥路面上,乌龟似的匍匐爬行。浓稠的尾气、厚密的尘埃、弥漫的喧嚣构缀成了一团团巨大的漩涡,无情地将一切生灵裹挟其间;而十字街头的绿灯黄灯红灯闪烁跳荡,一明一灭,呼应着驰行于天宇之间循环往复的诡谲无情的节奏。绿灯又亮了,还是没有空车驶来。猛然间,徐生白浑身发冷,寒意渗到了骨髓里,脑海里一片空白;他身子抖晃了几下,陷入无力自救的绝望中:再这样等下去,预约时间快过了。

焦灼间他掏出手机,想通过叫车软件撞个好运。进入页面里,他费力地输入相关信息,但没人回应:高峰时段,路途又近,没司机愿意做这吃力不讨好的生意。他沉吟了半晌,给庄梦晴拨了个电话。他开刀住院后她还来探望过两次。电话接通了,她正在批改作业。还是她神通广大,没几分钟就给他约到了车,而且是辆银灰色大奔。女司机剪了一头齐耳短发,眉宇间透出一股爽利的英气,像是一名女警察。徐生白专注地瞅着她,心头刹那间涌上一股奇特的亢奋。

通过后视镜，女司机调皮地睨视了他几眼，"你都退休了吧？"

徐生白愣了愣，"没有。"她噘起嘴，"你这么大年纪，还在发挥余热？"

他坐直了身子，"你看我多大了？"

"起码六十朝上了吧。"

他浑身摇颤了一下，扮了个鬼脸，自己真这么老了吗，随后释然：手术、化疗折腾下来，再年轻也受不了，头发几乎全秃了。他浅浅一笑，"看你多年轻，年轻好啊！有着无穷无尽的精力！"

她扬了扬壮实、肌肉隐隐凸现的右臂，"我经常跑马拉松，否则哪有这个！"

徐生白吐了吐舌头，"我哪里跑得动，每天散散步就不错了。"

车停在十字路口，她正眼望着前方的信号灯，"看你这么显老，明显是坐着不动，锻炼不够。要多运动运动！散步根本达不到效果！"

"我这个老头子不可能像你一样跑马拉松啊。"

她沉吟了半晌，"也是，你跑马拉松死路一条。这样，以后你每天慢跑一个半小时，这是有氧运动的最低门槛。"

徐生白嗯了一声。此刻，大奔来了个急刹车，在它左转弯时，一辆血红色电动车横里斜冲过来，差点撞到右门上。她摇下窗，点戳着那个中年男人，"神经病，找死还要害人！"随后气哼哼地拐入大道。她喘着气，"这种人就是欠揍！今天要不是带着你，没这么便宜了这坏蛋。"

医院灰白色的住院大楼遥遥在望。她扭过头，"对了，别忘了每次跑步都要先热身一下，像你这种平时不太活动的人更不能马虎，否则会出事。"车辆壅塞在狭窄的单行道上，徐生白抬腕看了看表，不禁感到一阵烦躁，别迟到了。女司机啪啪敲叩着方向盘，"听我的话没错，到了你这把年纪，锻炼最重要了，还要补充蛋白质，鸡蛋每天要吃上两个——男的不是都有前列腺的毛病吗？"

他身体打起寒战来。她回头望了他一眼，眨了眨眼，"你以后一定要穿宽松裤，不能扎皮带，再软的皮带也不行。所有紧身的裤子对前列腺损伤都太大，尤其你到了这把年纪更是要注意。"

她将车稳稳当当地停在熙攘的医院大门口，耸了耸肩，"该说的都说了，信不信由你！"

II

这股气息徐生白再熟悉不过，从他踏上这条不归路的那一刻起。它是如此浓酽，掺杂着乙醇、汗液、泥灰、油漆和无处不在的溃败衰朽。从他去年冬天被推进手术室起，便一直萦绕在他周围，渐渐变成了一层透明的茧子。他还记得那一天，早晨天色灰蒙蒙的，当他躺在铁硬的手推床上时，天空异常澄澈，大片绚烂的阳光从毗邻走道的那排窗户流泻而入。

虽然迟到了几分钟，但前面的病人尚未做完。徐生白倚靠在长椅上，幽深的过道像是通向地狱的甬道。猛然间，他浑身发颤，虚弱不堪，仿佛生命的元气已消耗殆尽，霎时间便会倒伏在地，咽下最后一口气。

隔着厚厚的墙壁，他还是感到一簇簇高强度的射线滚涌而来，对着癌细胞定向放射，击穿其内核，碾碎消解，悉数摧毁。真不知那赘物从何而来？也许是它自身太活跃了，DNA在高频度复制时发生了畸变。而生命力萎弱干瘪者只能眼睁睁地听任体内细胞一天天失去活力，在丧钟低沉、坚实、日夜不歇的鸣响中踏上那不可逆转的衰退之路。

没多久，他便进入了放射治疗间。此刻的他心平气和，脸上显出听天由命的谦卑和漠然。巨大的奶白色机械嗡嗡启动，伸展出的机械臂缓缓落下，贴近了徐生白的腹部，一束束射线在骨骼、肌肉、血管的丛林中费力地寻觅着可疑目标。以前他并不是这样，完全不是，全然做不到如此坦然。当得悉检查结果后，经过短暂的由惊愕所引发的沉默哑然后，他变成了一台失控的机器，一刻不停地怒吼哀号，满地满床打滚，头撞坚硬的墙壁，啃咬着家具的边边角角。他霎时间变成了嗜血的怪兽，在复式公寓房上下两层横冲直撞，手臂舞动挥洒，任何坚固的实体都成了他的眼中钉肉中刺。直到他耗尽了全身的气力，躺倒在废墟般的地面上，嘴角、手背上都渗染着浓艳的血印。

徐生白当时只是想不明白，他无法接受：为什么是他，偏偏是他，为什么老天发牌偏偏挑中了他？这太残酷，太不公平了，他没作过什么大的孽，轮不到受这样的惩罚。

他不止一次幻想，一切都好，都平安，是检查中出了意想不到的差错，化验员匆忙间张冠李戴，将他人的恶病栽到了他的头上。他还听说，有百分之五的癌症病人会莫名自愈，这概率可比买中彩票高多了。他有信心。

治疗仪围绕着他的躯体伸伸缩缩，升升降降，发出清亮、有节奏的鸣响。没多久徐生白便沉入了恍惚迷离的瞌睡里，嘴边淌着口水,呢喃自语:上天保佑,不要把我独自一人抛在深渊里。好似夜深人静之际,他安然躺卧着,在虚渺黯淡的星空下,攫住他的是彻骨的孤独。找不到慰藉,找不到替代品,他的生命已是屈指可数,独自一人面对令人惊悸的黑暗。冬日枯秃的枝杈间呼啸而过的阵阵寒风,轰鸣而过的隆隆车声,不远处潮汐般起伏的市嚣,客厅里袅袅飘升而起的芳香,这一切都将与他无关。那层安全保护膜,将他与周围的人紧紧连成一团的纽带,貌似坚不可摧,瞬间一戳即溃。他一下子变得如此孤苦无依。

几束强光衍射下来,徐生白闭上了眼睛。先前的岁月皱缩成一团,抖晃了几下,零零散散的碎片在幽黑底色的记忆屏幕上飘掠而过。在确诊患上恶疾的那一刻,他的人生观受到了极大的震撼:多少次,他通过练习气功,在臻于无所动心的境界时赢得精神的宁静,同时也使脆弱的肉体气血通畅,百病不生。然而,步步紧逼的癌细胞不啻成了当头棒喝,他仿佛听见人们的嗤笑,把自己当成什么了,真成仙骨道人了。手术前后他放弃了平日的功课,自暴自弃,活一天算一天。如今,他从绝路中看到了一线希望,不要放弃,得把荒废的功夫捡起来。谁说奇迹不会出现?坚持练气功,用意念战胜毒素横生的癌细胞,降服它,让它服服帖帖,最终落荒而逃。

要有信心,上次检查结果显示,尚未发现有明显的扩散征兆。

徐生白慢慢睁开眼睛,总算完事了!他穿好衣服,缓步走出治疗室。在此刻寂静得近乎静穆的走道上迈了没几步,一阵剧烈的恶心便涌上他的心头,些许黏腻的污物在喉头盘桓;他皱了皱眉头,勉力将它们吞咽下去。他好久没感到如此羸弱,身体开始摆动、摇颤起来；他急忙扶住墙面，在邻近的椅子上坐下。猛然间，他嘴一歪，腥黄色的污物喷溅而出，散落在灰黑色的地面上，仿佛他全身的精气从众多的毛孔中汩汩流泻而出，化为乌有。

他长久地倚靠在银灰色的铝制座椅上。面对周围小小的骚动（病员、护士惊诧中带着同情怜悯的目光，清洁工厌恶的神色，一个女孩尖利的嚷叫），徐生白垂下了头，机械地挪动着双腿，漠然置之。他身上好似长出了一层硬实的茧膜，将娇弱、虚荣心十足的自我围裹起来，构成一个自成一体的小宇宙，远离着纷乱的大千世界。等一切尘埃落定后，他聚集起残剩的余力，站起身，拐个弯，进了电梯，踏入了早春冷冽的大街。

雨水依旧淅淅沥沥洒落下来，寒风直入骨髓。在北方长驱直下的冷空气的扫荡下，众多的悬浮物盘绕在喧嚣的大街上，与雨水溅起的泥浆缠绕、混合。此刻，叫车又成了一件十足的难事。后面三个老头打着雨伞缓步走来，那个戴着黑色鸭舌帽的高声对伙伴说：我告诉你们，行人乱穿马路实在是个天大的谎话。哪里有什么乱穿马路，现在马路多么宽，连红绿灯都不止一个，行人都战战兢兢的，只有汽车才神气活现横冲直撞。

徐生白不禁扑哧笑出声来。临近中午，依旧没有一辆空车驶来。一阵头晕袭来，他赶紧扶住路边湿答答的银灰色栏杆，头颅无力地垂伏在手臂上。突然间，铃声爆响而起，他抖抖索索从口袋中掏出手机：原来是俞日新。他先客套地询问了几句病情，随后话头一转，说下个月要在上海举办个人画展，徐生白你这个享誉海内外的大作家一定要来捧场喔。徐生白皱了皱眉，到时看身体情况吧。对方的音强节节攀升，你一定要来，虽然生病了，还是要出来活动活动透透气，成天窝在家里也不好。这次个展中有很多帛画，都是近两年创作的，和以前的画作风格有很大不同。那真是老祖宗技艺的翻新，全画在丝绸上的，到时定会让观众耳目一新。将来出画册，你再题个字，还能赚不少钱呢。

徐生白低声问道，你能为我叫辆车吗？我刚做完放疗，要回家。俞日新愣了愣，哎，老兄你怎么不早说，我给你叫辆专车来。

没几分钟，他就坐上了一辆黑色林肯车。仿佛有人打水漂，原本平静的水面上层层圈圈的涟漪泛漾开去，一大堆烦心事霎时间在徐生白心中弥漫开来。他的上半身时不时应和着车体的震颤而前后摆动。他沉浸在一种浓酽的绝望中，好似上天惩罚着他犯下的种种罪孽。

林肯车穿行在大都市沸腾的潮汐之中，徐生白歪斜着脑袋，体内最后一丝精力在这一瞬间消耗殆尽，余下的只是一具空虚又沉浊的皮囊。车轮在黑灰色的沥青路面上前行，或疾或徐，如体内的脉搏跳荡颠簸，雨慢慢止歇下来，四周围弥漫着阴湿的气流，平板雷同到令人生厌的市容，在鼻孔边萦回着的霉烂的体味，从肠胃中萌生而出、在舌苔上蠢动的饥饿感，灰白的云絮间偶尔现出的一缕炫目的春阳。他不时捋着粗糙、皱纹丛生的额角，自己并不是那么无可指责，尽管精心修炼，但远达不到无所动心的超脱境界：他在女人面前老是跌跟斗。在死去的前妻患病期间，他根本无心照料，出钱雇了护工了事；在她弥留之际，他也没陪伴多久，因为他是一个艺术家，他得全身心地投入创作，他不能为一个垂死的人拖累，消磨了才气和灵感。

这只是他一厢情愿的借口吧，根本是没感情。其实他早就祈盼着她早点死，这样一切障碍便销声匿迹，一了百了。就在前妻住院期间，他便和贾欣怡打得火热，这一切女儿看得明明白白。贾欣怡自然成了紫彤的眼中刺。问题是他那时根本无法放弃，已经离不开贾欣怡了。一道难以逾越的墙在他和女儿之间矗立起来，沉默的目光成了他们俩之间仅剩的纽带，闪烁着冷冽的寒光，将他从她的个人生活中驱逐而出。总是这样令人别扭、纠结的冷漠，只有早点走开，才能终结这一无法祛除、无从烫平的尴尬。这次她回上海了，通知他自己有男朋友了，要结婚了，对方是学工科的，是网络最时髦最抢手的信息工程师。

但他只是为了自己吗？如果不勤奋写作，他有出头的这一天吗？

临近十字路口，林肯车猛然间来了个急刹车。右侧迷你型的街心花园中央矗立着一座银灰色的钢制雕塑，数个大小不一的圆环衔接在一根向高空飞扬而起的曲线上；几束阳光懒洋洋地斜射下来，将葱绿深绿浅绿多色杂陈的枝叶映照得层次清晰，在周边浓厚的阴影的烘托下格外鲜亮。徐生白揉了揉眼睛，望着此刻恬静的街市，心头泛起一股久违了的暖意。

III

从这幢建于二十世纪八九十年代老式公房的低层窗口望出去，是一小片杂乱的小草坪，野猫在绿色垃圾箱前后游走出没，夺抢着爱猫人士撒放的食粮。偶尔有几个大妈路过，东家长西家短地叽咕个不停。一到上下班时刻，嘈杂的声浪便滚滚涌来，原先显得深邃苍老的静寂仿佛被戳了个大窟窿。这个街区周边十年前还是荒僻、尘土飞扬的市郊结合部，近几年脱胎换骨，成了外表齐整轩昂但骨子里依然留存着些许土气的新城区。

尽管在男友邹慕仁（准确说是丈夫，去年圣诞节回来就领了证，只是还没办婚礼）家住了好多天，徐紫彤还是感到空气中弥漫着阴湿的潮气，丝丝缕缕地渗入骨髓，惹得浑身起鸡皮疙瘩。此外，后半夜起猫狗叫春的喧嚣声此起彼伏地涌来，一波又一波，折磨着她娇弱的神经。早上已过了九点，邹慕仁还沉陷在深长的睡眠中，一阵阵浑厚得令人心烦的呼噜声不时从他肥厚的唇间爆出——难得的休息天，上个周末在公司里连续加班，今天才补休一天。她用力搓着手背，挠了挠头皮，猛地坐起身，走到窗前。

猛然间，孩童嘤嘤的哭泣声远远地从地平线尽头传来，咿咿呀呀，哼哼唧唧，像一曲凄婉缠绵的哀歌。她感到一阵饥饿感袭来。还能忍一会，下午还要出去，和爸爸他们吃晚饭，留点肚子吧。她扭过头，看到邹慕仁的头歪斜着；她恶心地吐了吐舌头，还不到三十岁，便像个油腻腻的中年大叔了。最要命的是常常不考虑女孩子的感受，只顾自己开心。老是这样，急吼吼地扑上来压到你身上，但三两下便泄了，完事大吉。

不要太挑剔了，旭豪就是因为这才跑了。他那次是真走了，狼来了狼来了，到最后人们已经不再相信狼真的会来，她也不相信旭豪真的会抛开她，尽管大大小小的别扭时不时冒出来。大学三年多的时光，她从不曾留心过在阳光灿烂笑容下的他内心潜藏着的重重叠叠的皱褶和霉斑。作吧，她这个作女，就这样任性地作，天长地久地作，作到那根弦戛然绷断，再也无法续接——旭豪耐心再好，也有受不了的那一刻，最终哗啦啦崩塌下来。

慕仁翻了个身，微微睁了睁眼皮，又懒洋洋地合上，继续在睡眠的浅水层上游漾。门外过道厅里传来一阵搬动碗筷盆碟的喧响：他爸在准备早餐了，他妈原本关节不好，半年前又患了类风湿病，不是躺在床上，便是倚靠在沙发上看电视。徐紫彤不无紧张地竖起耳朵，悉心倾听着那貌似杂乱、内里则井然有序的躁动。一个生就了劳碌命的中年男人，和她爸爸完全两副模样！她爸才不会管她早饭吃什么呢，即使她饿死他也会无动于衷。谁让她生就这副臭脾气，动不动就发火：那只是个由头，旭豪只是个出气孔，一面无辜受难的靶子，她长年累月积聚的怒气怨愤源源不断地喷射其上。母亲的早逝，父亲的背叛，还有其他种种的不如意，到美国读书后很长一段时间也没多大改观。她只是想发泄，不顾一切不计后果地发泄，将心头沉甸甸的重负悉数清空，仿佛全世界都亏欠着她。

隔着蒙着灰垢的窗户，时大时小的雨水在狭逼幽暗的视野中袅袅翻飞。垃圾车在潮湿的路面上驶过，碾磨出突突的噪响。三三两两的快递外卖小哥穿梭在楼房前后。在小区大门一侧开着一间简陋的理发室的中年大叔打着黑色雨伞，沿着草坪漫不经心地散步；照看自行车棚的老人迎面而来，乐呵呵地打着招呼，一股呛鼻的烟味，伴随着他腰间那一长串钥匙发出的叮当声飘散过来。徐紫彤忙扭过头，退回到床边，轻轻咳了几下。

邹慕仁睁开双眼，伸了个长长的懒腰，略显浮肿的脸上浮现出些许微笑。他看了徐紫彤几眼，但并没有她期盼的亲热的表示，而是侧转过身，盯着天花板上那片模糊、不规则的暗影发呆。他往日引以为豪的壮实肌肉在朝九晚五刻板节律的磨蚀下渐渐松弛、萎瘪。她勉强笑了笑，"快起来，你这个大懒鬼！你爸都在弄早饭了！"

邹慕仁睨视了她一眼，"好，好！算你勤快！以后家务就你全包了！"

徐紫彤扑到被面上，揪住他的头发，"你坏！马脚这么快就露出来了，还没正式办仪式就算计着坑我了！"

一阵短暂的沉默，随后徐紫彤的脸上感到了慕仁喷射上来的热吻，她不自觉地闭上了眼睛，沉入那短暂的甜蜜之中。这些天这种陶醉感持续的时间在慢慢地缩短，像是一瓶长久挥发的酒精。直到今天，她脑海中还盘桓着那一幕场景：那是两人在美国大学里结识后不久，五月里一个晴好的下午，她从游泳池换好衣服出来，额头上还残留着几滴晶亮的水珠，在门厅里迎面碰上邹慕仁，她一下被他脸上喷薄而出的笑容迷住了，那笑容在他红白双色T恤衫的映衬下显得格外富有磁性。她僵立了半响，绚丽的阳光垂射进来，轻快地铺漫在暗绿色的马赛克砖石上：正是在这一瞬间，命运的锤子重重地敲落下来，她在美国为时三年之久的孤单的生活就此画上了休止符。

徐紫彤霎时间清醒过来，慢慢推开了慕仁，噘起嘴，"快，起来吧！"他们从相恋到去中国领事馆申领结婚证，前后只有短短的一个月。他已毕业，作为工科男中的佼佼者顺利地在上海一家跨国公司找到了份薪水不菲的工作，而她还要再读一年才能完成学业。夜长梦多，看到合意的就不要放手。但这大半年，徐紫彤还时不时觉得这婚结得有点草率，自己是不是犯了个大错。倒不是过于挑剔，和慕仁在一起的时间并不多，但她总觉得两人有些不太匹配。没有什么原则上的问题，最多只是功能偶发性失调罢了。她当然明白，新婚夫妇总得有一个磨合期，但她心里却没法祛除惶恐和不安，婚礼还没举行就这副模样了。

几下轻轻的叩门声，慕仁父亲暗哑的声音笃笃笃传过来：快出来吃早饭了，时间太长要冷掉了。徐紫彤应了一声：来了！她疾速捋了捋头发，回头瞪了慕仁一眼，"起个床有这么难吗？真要用枪口顶着你啊……我先去了！"

她推开门，走进厨房，将温热的牛奶、边沿烤得有些焦黄的面包端到昏暗狭逼的小厅桌上（她从小就爱吃面包，到美国读书后更强化了这一偏爱；相比之下，米饭是那么难嚼）。公公在卧室里和婆婆说着什么，婆婆时高时低的抱怨哀叹使紫彤的耳膜上滑过一长串支离破碎的词语。她抿了一口牛奶，浑身打了个寒战。正对面灰白色墙壁上横陈着几束醒目的暗黑色污迹，潮气从四周围的缝隙口渗漏而出，和长年浮漾在厅里的油腻腻的气体混杂成一团，侵入她的毛孔，仿佛将她浸泡在稠酽难咽的汤水中。徐紫彤呆愣愣地凝望着门板上暗黄色的油垢，一踩上去就吱嘎作响的地板，漫不经心地咀嚼着细碎的面包，深邃迷蒙的虚无感油然而生：她明年毕业后回上海，难道就住在这地方，就在这暗无天日的屋檐下度过漫长得望不到尽头的时光？

更要命的是她专业选得也不对头（从第一学年她就隐隐感觉到），如果学点广告设计或者服装设计多好，至少找工作不用愁。艺术史像是一个潜伏在大道正中的硕大的黑窟窿，林林总总美轮美奂的画作（无论是波提切利、拉斐尔，还是达·芬奇、米开朗琪罗）一掉进去便化为恶魔般的庞然大物。总有一道墙——透明的墙——将它们和她隔开，不让她接近那些杰作，不让她感受上面萦绕不散的热力的余烬，也让她无法在脑海中将那些斑驳纷乱的线条色块缀合成一个个浑然大气、筋骨肌肉黏合得熨帖自如的整体。

徐紫彤神情漠然地往窗外瞅了一眼，雨水的威势减弱下来，天色渐渐清亮起来。是个好兆头！猛然间，婆婆抑扬顿挫的声音从卧室那边飘送过来："我要死了，我是要死了。我早点死，你就解脱了！"

紫彤打了个颤，赶紧竖起耳朵。一阵沉默。公公在劝她："好了好了，你冷静点，别说这种气话了。"婆婆的声音越来越高，"不要当我戆大，我全晓得的。你有啥想法说出来好了。我明明不舒服，说了多少天了，就是不肯陪我去医院。是啊，我不是不懂，送我跑一趟医院多少吃力——是啊，是我拖累你了！我活不了几天了，总有一天要走，快了！"

不一会，公公气哼哼地端着碗碟走到餐桌边，紫彤招呼了一声，低下头，不想与他四目对视。公公走到他们的小卧室前，"慕仁，要叫你几次啊！出来吃早饭了——年纪轻轻，懒觉也没有这样睡法的！"

慕仁趿拉着拖鞋，摇摇晃晃地走出门来。头发一簇簇野草般竖起，映衬着肥厚得略显浮肿的脸膛和日趋发福变形的身躯。紫彤霎时间惊呆了，像对陌生人般瞪视着他好一会儿：那个帅哥在哪里？他撇撇嘴，支吾了声爸，一屁股坐在桌边，但并不急着吃，而是垂着头，握着手机刷屏。

公公用筷子敲叩了下桌面，"啥事体这么要紧，吃饭还盯着手机不放——哎，等一会你陪妈妈到医院去一趟吧，她一夜没睡好……"

慕仁抬起头，惊愕地扫了父亲几眼，"又来了！去医院跑一趟，耗上半天时间，结果啥事都没有，还是老样子。"

公公叹了口气，"你到底去不去？"

慕仁求救似的将目光转向紫彤，"今天没空了。下午还要到她爸那边去。"

公公脸一沉，"平时也求不着你什么事，就几个小时的事，陪你妈去一次，她也好安心。去紫彤家完全来得及。我最近实在是吃力，否则也不会想着让你去。"

慕仁紧绷着脸，不时嚼几口油条，一声不吭。紫彤涌起一股冲动，索性她陪婆婆去吧。但毕竟底气不足，话聚到嘴边便僵住了。慕仁睨视了公公半晌，将手机啪地搁在桌上，"我用叫车软件订辆车，你陪妈去。要回来了告诉我一声，我再为你们俩订好车——钱我来出！"

直到天色昏暗下来，贾欣怡还是没赶到这家坐落在丁香花园中的餐厅。

从这间位于美式别墅底层外凸部位、以老上海时尚风格装修的深棕色调的小包房望出去，近处便是一座小型的中国古典园林：透迤弯折、游龙盘踞其上的院墙，高耸的香樟梧桐树在散缀其间的修竹山石上投下团团簇簇的荫翳。屋内三面都有长方形的镜面镶嵌在雍容厚实的壁板中，一束束惨淡的光焰在空中交汇、碰擦，衍生出众多炫目的影像、图案，虚渺，轻逸，摆脱了肉身的累赘，无拘无束地游漾。徐紫彤不无痴迷地盯视着自己被吸纳到明暗交错的镜面中的身影；刹那间，瞳仁中喷出一股灼热的火焰，在她白皙的脸膛上涂抹上了晚霞般的明丽与娇艳。她睨视着围坐在桌边的徐生白、慕仁，恍惚间他们化成脆薄的幻影。惊诧之余，她抓搔着头皮，扪心自问：我究竟是谁？

充其量只是父亲的女儿。

父亲皱起眉，抬腕瞄了眼手表，挥挥手，"我们先吃起来吧，不等她了！"

早该这样了。对后妈长年蓄积的敌意，在徐紫彤心头满涨而起，汹涌奔腾，像决堤的洪水，顿时淹没了广袤的田野。其实这一切与贾欣怡无关，她来也只是装装样子，走个形式，显得紫彤这边父母双全，让慕仁这个毛脚女婿通过丈母娘火眼金睛的检验。紫彤5月份大学毕业，最早6月可以回国，那时正好是黄梅天，那婚期最早也要夏天了。那时候天太热，不如再往后挪延些日子，国庆期间饭店人气爆棚，不如选在9月，9月18日或28日，带个8，图个吉利。

从入席那一刻起，慕仁便耷拉着脑袋，轻轻叫了徐生白一声爸爸后便长时间一声不吭，脸上挂着一副僵滞的表情，似笑非笑。徐紫彤觉得他完全是置身事外的姿态，他们商讨的一切与他没有半点干系；他仿佛并不在场，更准确地说肉身虽然在此，精魂早已驰骋、飘游向远方。

霎时间，户外的树木、亭阁、草坪纷纷沉入了浓酽的夜色中，轮廓先是模糊，后全然消失。徐紫彤抿了几口蓝莓汁，嚼着松脆的烤仔鱼，隔壁包房传来一阵阵喧嚷，干杯劝酒行酒令，一片欢腾的海洋；而这边则是默然无语的对视，每个人被内心层层叠叠细密纠结的思绪压得疲惫不堪，似乎说几句应酬的话都要耗费剩余的精力。

门吱呀一声打开，贾欣怡疾步走入，头发爆米花般披垂而下，散落在深蓝底色粉白碎花外衣的肩头。她笑吟吟地连声说抱歉,今天早就约好了去做头发,因为是给理发学校做教学模特,时间拖得特别长,本来可提早一小时赶过来。慕仁盯视着她,目光中带有几份痴傻——他从来没有见过这样的女人,在这个年龄将女性的娇艳与娴雅如此熨帖地集于一身。紫彤则低下头,咬嚼着肥硕厚实的鳝丝,她最受不了就是后妈这种甜腻腻的目光:她实在是个虚伪的女人,一个虚伪到忘乎所以的女人。

慕仁恭敬地叫了声妈,递上他的见面礼——一条浅驼色苏格兰羊毛围巾,他上个月刚去国外出差。贾欣怡接过礼盒,赞不绝口,朝徐生白努努嘴,"看,我们好有福气!女婿第一次见面,就送这么得体的礼物——女儿交给他,你做爸的大可以放心了!"徐生白先是一愣,随后笑眯眯地起身敬酒。

一阵干杯过后,室内再次陷入了冷场。蓦然间,仪式化的甜言蜜语将他们几个勾连在一起的所有亲情都化为一股轻烟,随风而去,将他们抛置在空廓苍白的虚无之中。每个人睁着同样迷惘的眼睛,怀着同样的绝望,迈着同样的步伐,挪向同样清冽宁静、寒意森森的永恒居所。

徐紫彤时不时暗暗觑视着父亲:毕竟大病一场,虽然气色看上去尚好,但内里的创伤并没有愈合,相反癌细胞残余的毒素埋伏了下来,悄然转移到他处,趁势繁衍疯长,寄生在诸多器官上,将它掏空,使其难以逆转地溃烂、衰败。

不能怨谁!她和父亲之间实在是无话可说。不是心心相印的默契,而是情感的枯竭。去年夏天徐生白到美国开会时,父女俩只见了两次面,而且大半时间在挥之不去的憎厌、敷衍中度过。然而,在她心里蔓生的丝丝缕缕的怨恨中，总有一根若有若无的绳线将她拉向父亲那边，仿佛那是一个隐秘的磁场。在重重敌意中，她不知不觉间走向生命的源头，朝向血淋淋、肮脏而温暖的黑暗洞穴。此时，徐紫彤对父亲滋生了一种深切的同情，他得了重病，而且落到了这样一个女人手中。如果妈妈还活着多好，那就不会这样。如果今天是妈妈坐在那儿，一切将会不同。

过了一会，徐生白以外交官似的口吻对慕仁说，下周再安排一次男女双方家长见面，让他和父母商议一下再敲定具体时间。还要来一番折腾！徐紫彤咬着干涩的嘴唇：真是无聊！顿时她想大叫，我不来了，我还要回美国上学呢。此刻，慕仁恭顺而淡然的目光投射过来，仿佛是镇静剂，她霎时间便安静了下来。只是这次回来，还没有和爸爸单独在一起待过。徐生白看来也没这个心思——大概觉得没必要了，尤其是她已经领好结婚证了。结婚前连招呼都没和他打一个。他暗地里是不是也在怪罪她。

她嚼着白净糯软的酒酿圆子，扫了父亲一眼，"他妈身体不好，关节疼痛，今天还到医院看了。要她出来蛮难的——"

贾欣怡惊愕地睁大双眼，"这么重要的事，做妈的哪能不来啊！"随后她笑吟吟地转向慕仁，"你总会开车吧？"

他耸耸肩，双手一摊，"开是会开，但牌照还没拍到！下个月找个代拍公司，保险系数大点……"

贾欣怡笑了笑，"那叫辆出租吧——叫不到车的话，我来接你爸妈！"

慕仁涨红了脸，"那怎么好意思！"

一直到散席，徐生白都没向女儿暗示要单独会面，更不用提留她在家里过夜住上几天。她只能随着慕仁回家。

雨水又淅淅沥沥飘落下来,无休无止,浇灭了青春的烈焰,将其余温尚存的尸骸零零碎碎地撒落在腐烂的枝叶上。临出门时,贾欣怡对小夫妻俩说徐生白上午做了化疗,太累了,需要早点回去休息,就不送他们俩了。

凄清的路灯投射在花园小径黑黝黝的路面上,将徐紫彤的身影剪割得七零八落。她紧紧挽着慕仁的手臂,走下湿漉漉的奶黄色台阶,来到酒红色的马自达车边,向已在车内就座的父亲和后妈机械地挥了挥手。车身隐没在前方的雨幕中,掀起一团团灰白的水花。慕仁咳嗽了几声,掏出餐巾纸,噗地吐了口痰,嗾了嗾嘴,"走——我们坐地铁去!吃饱了也散会步,车也难叫。"

他们俩打着宽幅的紫红色雨伞,拐出花园大门,时疾时缓地往前走着。徐紫彤浑身发冷,她不时依偎在慕仁的怀中,贪婪、不知羞耻地汲取着热量,但还是冷——她依旧打着哆嗦,好似身体被弥漫在四周的寒风冰冻住了:仿佛在这一刻,慕仁壮实健美的肌肉一下子被抽空了,萎瘪松软了下来。他们踩着腐烂残缺的叶片,行进在昔日租界幽静的区域中,白日里被人们的虚荣与野心赋予了过多想象与暧昧不明含义的西式楼房蜷缩在阴湿的草坪黑幽幽的灌木丛后方,在纵横交错的或繁密或干枯的枝杈下做着残冬里慵懒的梦幻,早春稀薄的暖意还无法将它们从悠长深远的梦境中拖拽而出。

徐紫彤深深地吁了口气。浓稠的湿气萦绕在手背、脸颊、颈背,在如此阴寒的早晨,她常常从噩梦中惊醒,窗外禽鸟轻快的啼鸣也无法驱散悬垂在脑门上的梦魇。她摸了一下下巴,漠然凝视着脸容投射在邻近铁栅栏上畸形扭曲的影子:它一天天变得尖削,与她让人怦然心动的修长的身材形成了鲜明的反差。可惜她眼睛太小了，这是致命的缺陷，否则与银屏上成天露脸的明星有得一拼了！

走过几个东歪西扭不规则排列的街区，地铁的标志牌矗立在前方的路口。徐紫彤扫视了一下前后，奔驰而过的出租车顶灯全暗着，没有一辆是空车。再往前看，苍黑色的天穹下，多幢摩天高楼奇异的尖顶耸峙着，诸多楼身下方形成的夹缝中几簇鲜亮的霓虹灯招牌的光焰闪烁跳跃不停，那是翻新改造后的上海，新世纪奢华堂皇的巴比伦。她随着慕仁走下地铁入口沾满了污黑印迹的石梯，他毕竟还是想省钱，能节约就节约点。

等他们迈入拥挤但温暖的地铁车厢时，徐紫彤再一次感到透心的寒意。那是绝望中的眩晕，她不知道夏天在美国毕业后回来能干什么，身边的慕仁霎时间变得无限遥远，像站立在另一个世界的彼岸。她已经与他结婚了，已经做了他的妻子，但她首次如此明晰地感到几分懊悔，自己这么快和他去领了证是不是太过草率了！车轮在铁轨上轰隆隆驰过，发出刺耳的嘎吱声，她的身体小幅度地摆动着，只觉得自己寄居在漂在大洋深处某个荒僻的小岛上，孤零零，被腥味十足的海风，酷烈的阳光，单调、坚固、难以逾越的地平线围裹着，而她也将在它们织缀而成的柔软的茧膜下，一天天变得呆板、慵懒乃至痴傻，沿着斜坡飞速向衰老的谷底滑落而去。

五 坎

坎卦（坎下坎上）

习坎：有孚，维心，亨。行有尚。

I

最后的大限正快速逼近,我究竟能不能安然挨过这个夜晚?

徐生白倚靠在厚实的咖啡色床架上,费力地喘着气,口中喃喃自语,机械地掐着手指,不停地问着自己这个问题:如此尖锐,如此紧迫,不容回避。

一阵阵清脆激越的鸟鸣越过软塌塌豁然露出来的洋红色窗帘飘逸而入,蹲伏在被众多摩天楼房盘踞的城市地平线上方的是一大片灰蒙蒙的天穹,漠然睨视着尘世间从古到今循环往复上演的悲喜剧。在某个瞬间,徐生白感到全身松软,骨架仿佛被旺火烤炙得趋于融化的临界点,随时会散架解体。硕大的复式套房上上下下寂然无声,但他耳畔时不时滚动着不规则、持久不息的轰鸣声,当音量升到难以忍受的巅峰,他在椅上如坐针毡,不得不用手指塞住耳孔;而视线所及的橱柜桌椅也变得轻飘飘的,原本清晰的轮廓像罩上了一层暗黝黝的迷雾。

搁在床头架上的手机吱吱响了几下,是贾欣怡发来的消息:还算大幸,我爸只是额角摔伤,没有颅内出血,也没有骨折;妈妈还没赶到医院,我累了,忻医生那儿你就自己去吧,李主任已经打好招呼了。

徐生白无奈地摇了摇头。前半夜电话铃一阵暴响,老丈人从床上摔到地上,额头磕破,血汪汪流了一地。贾欣怡慌忙起身穿衣,飞快出门打出租车赶去。他难得的平静祥和的好梦被打断了,过了好久才重新入睡。即便醒来,他一整天困坐在椅子里,除了一日三餐,别无他事可做。大概是癌症转移复发了,但上周的检查报告显示关键指标一切正常。然而,他心中并没有多少喜悦。

不知不觉间,徐生白成了自己居所中不折不扣的囚徒。不要说全神贯注地写作,就是看电视中的娱乐搞笑节目,他都坚持不了十分钟。从身体各个部位涌流而出的疲惫会在刹那间攫住他,软化他的四肢,关键是意志,让他乖乖地躺倒在床上。躺久了腰肌酸胀,腿部抽筋,坐起来支撑不了多久,身子便歪垂下来,像枯凋的树干。饭常常是没吃几口就反胃恶心,但不久又感到强烈的饥饿感。他的注意力被在全身各处的恶鬼牵拉着,上下游走,左右翻滚。

真是活受罪,没有一刻安宁。没有亲人的陪伴与安慰,女儿假期过后便要返回大洋彼岸,鞭长莫及,过几个月回来了也没法指望她。

四月里断崖式下降的气温,乍暖还寒的颠簸起伏,让他原本病弱的身躯倍感摧折。徐生白不想再折腾了,不想再独自一人去找一个难辨真假的神医。他只想静静地待一会儿,就这样静静地待着,任凭生命残损了大半的元气缓缓流泄而出,没入寂寥的天穹。

想到这他顿时来了精神,挺直身子,搔了搔头皮,走到书桌前,在一沓报纸下抽出一张黄色小便条,按照欣怡前几天用清秀的笔迹写下的号码给忻医生发了条短信:今日身体不适,改日再约,甚歉。

徐生白用力按了下手机屏幕上标示发送的方框。也正是在那一瞬间,仿佛深重的魔咒祛除了,他顿时感到神清气爽,浑身的疼痛不适悄然隐形,久违的无拘无束的惬意油然而生。他忙走到书柜前,抽出《庄子》,随意翻读起来:

人生天地之间,若白驹之过隙,忽然而已。注然勃然,莫不出焉;油然漻然,莫不入焉。已化而生,又化而死,生物哀之,人类悲之。解其天韬,堕其天帙,纷乎宛乎,魂魄将往,乃身从之。乃大归乎。

对死亡的恐惧消失了,他体悟到罕有的宁静和幸福,那是在决然丢弃了沉重的臭皮囊后生出的轻松与自在。

徐生白脑海中浮现出一个黑色笔记本,那不是他自己的,而是时断时续构思中《大江东去》中裴邦济怀揣的那个。他打开电脑,一口气打出了下面这段文字:

二十世纪七十年代初,越战临近尾声,裴邦济到新加坡参加公司承建的一个工程项目。傍晚下班后,他从克拉码头沿着新加坡河徜徉良久,一百多年前英国的来福士爵士正是在此处登陆,当时它还是个籍籍无名的小渔村。这个独立没几年的袖珍国家正处于经济起飞的前夜,呈现出罕有的勃勃生机。临近赤道,从天穹漫射下来的阳光洪水般倾泻到覆盖着丰茂植物的大地上,一无阻滞地渗入他脆薄的肌肤。起初他颇不习惯,熏染日久,竟爱上了这粗粝、狂野、广袤而深邃的热带。

军机从头顶轰隆隆驶过,掠过奶白色的圣·安德烈教堂,向南边的圣淘沙岛而去。在黄昏的宁静中,他感到了几分轻松,失恋的沮丧慢慢消解,就像前些年反战的示威浪潮,年月久远后陷入难以遏止的疲惫之中。那些天黑色笔记本(他心灵的秘密花园)记得满满实实,这是自我省察、观照,也是倾吐,更是疗愈。原先火辣辣的伤口冷却了下来,结出了醒目的瘢痕。这边离中国毕竟近了不少,越过南海,便是台湾,再过去就是香港,然后就是中国大陆了。不知父亲裴文华现在是否还活着,一晃竟有二十多年没有见面了。

仿佛在荡秋千,徐生白瞬间从亢奋的高处跌落到海平面下方阴暗的深谷里。他合上电脑,靠在椅背上,簌簌颤抖的嘴唇上露出几丝满足的微笑。屋外远远近近的市嚣此起彼伏,散溢出仲春时节温煦的气息,闪烁着晶亮的光泽,涂抹点染出横亘于天地间的璀璨与绚烂,在人们心中催生出春回大地之际特有的狂喜与陶醉。在潮水般涌来的晕眩中,在翻转腾挪的漩涡中,一支崭新的旋律在他原先认定灵感业已枯死的头脑中悄然萌生。它们只是一串零散的音符,渐渐变得明晰起来,连缀成众多生机盎然的主题动机。在那一刻,他仿佛看清了这个世界,看清了置身其间的宇宙繁密纠结的经脉纹理,以及隐伏其间的激越奔放、循环往复的节拍。

II

又是五月初的一天傍晚，天气和暖。徐生白穿过那座坐落在数条主干道交汇区域、人流熙攘的公园，赶去参加俞日新画展的揭幕酒会。鲜丽的云霓恬静地悬浮在毗邻曲尺形水池的草坪上方，和风拂面，吹鼓着三三两两在半空上下翻飞、五色缤纷的风筝。游人围聚在盛开的粉红色月季花、鲜红的海棠花丛边，近乎贪婪地拍照，一心想将那曼妙的瞬间化为永恒的影像。后方水泥栅栏上满满实实的爬山虎纠结盘绕，投下一簇簇浓淡不一的阴影。他不紧不慢地走着，尽情陶醉在夏日酷热来临前短暂的甜美之中。

这一个多月来，徐生白的体力恢复了不少，给他以枯木逢春的惊喜。前方不远处是儿童游乐场。他停下脚步，孩童们发出的欢呼的声浪一波波涌来，叩击着他日趋老迈衰朽的心灵。然而，疾病的阴影只是暂时隐退，不经意间它还会探出狰狞的利爪。他不止一次地揣想过死亡，真真切切地模拟那致命的瞬间，倾听着它猝然降临的足音，将先前的悲欢喜忧无一例外地化为乌有，沉落到与出生前相仿的漫无边际的黑暗与空寂的深渊之中。

在病痛袭来之际，他也曾不止一次地反省自己的一生，思忖自己究竟有多大价值。多少虚掷的光阴，镶涂着炫目耀眼的光彩，而作品则是从中煅烧提炼而出的精粹。世人的赞誉、同行的认同并不能抹去他心中的疑团：或许他的作品没有任何价值，只是一堆散发着恶臭的污物罢了。

徐生白走出公园，拐进一条斜向伸展的林荫道，高耸的悬铃木密密匝匝，将街面遮掩得暗幽幽的，影影绰绰闪烁着铅灰色的白光。就近扑入眼帘的是几家时髦靓丽的甜品店、面包房，糕点浓酽得化不开的气味撩拨着他昏睡中的味蕾，与邻近那家色彩炫目的花店飘溢而出的馥郁的香气交融、叠加，给夜晚的上海增添了几分优雅。他抚了下额头，一时间很想买点什么吃吃。几经犹豫，他还是忍住了。此刻，他再次徜徉在昔日的法租界，再走过几条街，便来到隐伏在高耸楼厦间的那座有百年历史的英国乡村风格别墅。

他伫立在十字路口，近乎呆滞地盯视着红色信号灯下方的数字，静候着它转为绿色。凉风中他微微打战，但他一点也不焦急，不要说一两分钟，就是一两个小时他也已修炼出了这份耐心。他早已认定自己的生命毫无价值，只是一阵轻风，一抹肉眼难以辨认的粉尘。它们昼夜不停地从这座超级都市林林总总的褶皱缝隙间涌出，与他有意无意地擦肩而过，便走入历史，在时间长河某个模糊的节点上掉入冥河，化为幽灵，而他也将尾随而去，加入庞大密集的亡灵队列。但徐生白内心深处潜伏着一个执拗的声音：没错，他没做错。且把这些年精心打造的作品撇开不谈，他研习气功，致力于达到精神上的平衡，总积下了些许功德。他调匀体内的气息，从大地深处汲取阴阳元素（既相互对峙，又相辅相成），加以调和平衡，在体内形成与天地大宇宙相仿的微型小宇宙，屹立在周边世界喧嚣不息的潮水之中。

他缓缓步入室内，穿过门厅，几间相邻的室内三三两两的宾客围聚着，啜饮着酒水果汁，对四壁悬挂的诸多画作指指点点，品头评足。徐生白扫视了一眼，大都是陌生人——毕竟和他的圈子没有多少重合。俞日新也不见身影,而那几幅帛画吸引了他的目光:孤高的仙鹤,让人想起清雅的黑白水墨画;翠绿幽深的松林,流淌着印象派的绚烂奔放的风韵;而过大年庆元宵的画幅则以瑰丽的大红为主色调,渲染出狂放不羁的喜庆氛围。尽管它们远没有达到俞日新吹嘘的勾魂摄魄的境地,但他在这些绢纱绉绫上涂抹而成的画作动用了古今中外的元素,再加以调和揉捏——你好似在其他不少画框内见过类似的构图色彩,但又有新鲜的味道。不管怎么说,这家伙还是有点本事的。

徜徉良久,他走到后院,俞日新正在一间小屋内对着话筒接受记者采访。他微微斜着上身,侃侃而谈,穿着粉白色开叉旗袍、身材颀长的女主持笑吟吟地倾听着,暗暗斟酌着节目时间的长短。徐生白在门口稍稍停步,挥挥手算打个招呼。俞日新见状耸耸肩,噘噘嘴,扮了个不大不小的鬼脸。昏暗的过道两侧安放着姿容精巧而略显僵硬的盆景,左侧小天井里几簇青黄的竹子倚墙而立,在风中哗哗摇曳。

另一间室内悬挂的几幅以西北丝绸之路为题材的画作吸引了徐生白的目光:在丰饶蓬勃的蓝绿底色背景中,数个超然的佛像散布其间,而夕阳垂照下的阳关凸现出"大漠孤烟直,长河落日圆"的苍凉雄浑。它们虽然尚称不上是旷世杰作,但在他的心中激起了罕有的波澜。与此同时,俞日新富有磁性、中气十足的声音在他耳鼓上回荡。不要气馁!他应该像俞日新那么有信心:这些天他时不时想象自己成了一个威震天下的大元帅,率领众多的白细胞将士,奋力狙击着癌细胞的吞噬,最后依靠坚韧的意念战胜了病魔。

剪彩仪式在三楼的大厅准时开始。五彩的光焰投射在暗红色的帷幕上,腾挪跳荡,化成了一脉脉灯的溪流。身着宝蓝色旗袍的女主持人依次将文化局、美术家协会及区政府的领导嘉宾引领上台,他们铿锵激昂滔滔不绝的声音落在徐生白的耳膜上,他听见了每一个音节,但不明白他们究竟在表达什么。在美术家协会掌门人咔嚓一声剪断绵长缭绕的大红彩带后,帷幕缓缓升起,映现在人们眼里的是一幅巨大的帛画《池塘春意》,暗绿的水波,鲜亮的青草,几只白鹅在阳光下悠然游弋。一阵热烈的掌声轰然而起。

然而,徐生白却感到分外寂寞。方才总算碰到一个熟人方昱,她是贾欣怡过去在报社里的同事,曾向他约过好几次稿,后来转到一家新媒体平台工作。但他和她点了点头,寒暄了几句便赶紧避开了——实在受不了那模式化的漠然中带着些许怜悯的目光。

尽管老旧的灯盏映射出强弱不一的光焰,但入夜时分整座老宅还是给人几分阴森之感。风烛残年的父母,自己在死亡边缘徘徊的病体,每想到这些,徐生白都不寒而栗。流逝的岁月卷裹走了多少鲜活的生命,过不了多久,自己也将一了百了长眠安息。的确,这幢建筑经过了一番精心的修缮,不少细节做得一丝不苟,修旧如旧,但毕竟无法召回那往昔的时光。外来的访客接二连三地肆意闯入,原本私密性十足的空间赤裸裸地暴露在人们充满好奇的目光下;主人当年沉淀下来的痕迹早已被一扫而空,但他们的气息仍在隐隐飘荡。那肉眼难以辨识的微型颗粒物,粘黏在诸多不起眼、结满蜘蛛网的角落,粘黏在灰暗、油漆斑驳的家具上,散布在楼梯的转角,洗脸池的四周,梳妆台边框锈蚀的镜面上,以及椅背上繁复蔓延的花饰上。还不止于此,它们渗透到了后来者的肌肤发丝和血脉中，与他们的血肉融为一体，悄然塑造着他们未来的历史，上演着一幕幕面目一新的悲欢离合的传奇。

III

剪彩仪式过后便是自助酒会。人们纷纷下到二楼，端着盆碟在食品案台前排队，随后三三两两地聚合，咬嚼啜饮，掀起一阵阵滋滋喷喷的声浪。

徐生白一点胃口都没有。恍然间他感到了深深的疲惫，头脑陷入突如其来的强烈眩晕的漩涡之中，周围的景象霎时间变得含混模糊，仿佛他的精力在一波接一波琐屑的扰攘中已消耗殆尽。他擎着一小杯红葡萄酒，摇摇晃晃地走到窗口，一屁股坐在圆沙发上。在时高时低的喧嚷中，一长串钢琴的乐声从楼面另一侧飘袅而来：它先是像温柔的水波，刷洗着他尘埃斑斑的心灵；曼妙的旋律超越于人世间是是非非恩恩怨怨之上。然而，它并不沉静，而是不断向前推进，滚动，攀爬，向着更高远更险峻更明亮的境界进发。间歇的回落，不断的挣扎，在落日般辉煌的音色中，它一步步迈向终点，既是圆满，也是终结，让人联想到，天鹅弥留之际的哀婉的悲鸣，生命从萌生发芽成熟到陨灭的整个轨迹在此呈现。

也正是在这一刻，他感到和其他喜气洋洋的宾客间隔着难以逾越的沟堑：他们将快快乐乐地活下去，而他将默默死去，化为尘土，在人们的不屑和遗忘中，沉埋在遍地盛开的灿烂绚丽的鲜花的阴影下方。

此刻，刚刚遇见的方昱端着堆垒着水果甜品的小碟，走到徐生白跟前。她稍稍犹豫，便以轻松的语气问他最近有什么新作。他苦笑着，在体内肆意横行的癌细胞不就是最好的作品嘛。也正是在这一刻，他不无惊讶地发现，自己大半年不露面，许多人已淡忘了他：对此他既有几分欣慰，又颇感悲凉。

而更让他感到震惊的是，自己有多软弱多卑微，在公众面前精心打造的英雄的面具顿时四分五裂，露出了令人难以直面的真容。

不一会，徐生白的精神慢慢从云遮雾绕的谷底缓缓抬升，他抿了一口酒，而回荡的乐声也转换成轻逸虚渺的格调，变得温情脉脉，如天鹅绒般酥软，跳动着懒散的渴慕，而里子中则是淡然寥远的安宁，将人拽出绵绵不断的纷扰，踏入永恒的静谧。

俞日新笑吟吟地走过来，见到徐生白，便上前交谈了几句。他谢谢大作家抱病前来捧场，这一画展旨在弘扬中国传统帛画的精粹与魅力，以后不仅要到全国各地巡展，还要走向世界，到时还望老兄多支持。总而言之，他会和他充满中国古典文化神韵的作品携手并肩，一同为当代中国文化竖起新的标杆。

一个身着猩红色旗袍的女子款步上前，波浪般卷曲的黑发披垂在肩颈周围，来回摇曳摆动。她似笑非笑地高擎着酒杯，"哎，找了半天，总算见到你了！真要恭喜俞大师了——干杯！"俞日新对徐生白颔首示意，忙转身移步，急切地和她攀谈起来。

徐生白抬起头，顿时被那身材修长的女人震慑住了：不经意间她浑身上下散溢出男人梦寐以求的美艳，如此炫目，将他的眼睛刺痛了；相比之下，他身边的那些女人，像贾欣怡还有庄梦晴都黯然无光，充其量只是小家碧玉罢了。正是在这一瞬间，他才头一次领略到了什么是遥不可及的美，孤高冷傲地凌驾于万物之上，又有意无意地激惹着男人的欲念，挠得他们心痒痒的。的确，他从来没有见过这么美的女人，更不用说结识了；貌似坚固的世界观哗地坍塌下来，七零八落散落了一地，他愈加感到自己生活地灰暗贫乏，没有意义。

在时光永恒不息轮回流转的嘀嗒的潮汐中，钢琴汩汩流淌而出的旋律上浮漾着一簇簇耀眼的泡沫，慢慢沉落到夜晚空寂的底色里，而四周围五彩绚丽的喧笑依旧此起彼伏。此刻，屈尚奇从隔壁屋里走来，瞥见徐生白，忙拱了拱手，"老兄，我想你是会来的，你刚才跑哪儿去了？"

徐生白愣了愣，"我早就来了，你早被美女们包围了。"他朝那女人努了努嘴，"哎，那是谁？"

屈尚奇侧转头扫了一眼，"哎，大作家你真是落伍了，她不是前些天热播的电视剧中的女一号嘛！"徐生白勉强挤出的笑意一下僵滞在脸膛上，无奈地摊开手，"我不大看电视的。"

屈尚奇走到他边上，拍了拍肩头，"我猜也是！哎，你老兄该醒醒了——现在是什么时代？不要成天躲在自己家里，以为一部手机一台电脑就可尽知天下事，你不和人多交往，就会慢慢变成古董，发霉生锈！当然，大家都知道，古玩很值钱，很多人都东南西北淘宝，力求觅得真货卖个好价钱。在拍卖市场上它们的确价值不菲，但在其他地方一无所用，可以说一文不值，就是破烂货而已。"

徐生白抬眼望了屈尚奇一眼，又垂下头，对方继续滔滔不绝地说下去："你看，现在这个年代，早已不是发一笔财掘一桶金就能坐享一辈子了。你得不断动脑筋，不断让钱生钱，否则多少年下来，你原有的一百万可能只剩下二三十万了！所以没钱的穷人烦恼，有钱的富人也烦恼，就是这个道理。"

"如今要想发财赚大钱，实现财务自由，还得办企业，也就是创业。别笑，我毕竟不是刚毕业的大学生。他们一万个当中只有一两个能够活下来，其他统统在商战中淹死了。看看，这就是残酷的现实。但反过来想想，他们也有自己的问题。现在办企业的人十有八九就想着赚钱，现金到手万事大吉。这自然没错，你不想赚钱办什么企业！但他们的思路有问题，都是短视，只想一夜暴富，就像只想着要蛋而根本没想到要下蛋的母鸡。没母鸡哪来的蛋！

"关键要造一个容器，建一个平台，只有这样钱才会源源不断地产生，就像开了个造币厂，否则就只是点鸡零狗碎的小钱，大丈夫不为也！但要搞一个公司也真够难的，有成千上万家公司，你怎么才能冒出头呢？这就要考验大家的智商，过了这道坎，便是柳暗花明又一村。这段时间大家不都在说互联网+吗？这当然是个诱人的前景，问题是+什么，如何+？

"我的几个朋友有个金点子，现在正着手开发一个网络生活平台，它不是简单地像淘宝一号店卖产品，而是深度融入社区，切入个人生活。它借助无所不在的物联网，一通百通，打造一个全新的智能环境。

"要搭建这样一个平台，比马云的阿里巴巴还要深广的平台，当然不可能什么都自己来，那会让你陷于没完没了的细节中而看不到大局。要和各商家紧密合作，借助他们的力量，为我所用。一个高明的领导人不是什么事都统包统揽，而是巧妙地借力，达到自己的目标。但借力需要人，人才，没有人才，只有成天说空话的梦想家，什么都是空谈，甚至搞得你血本无归。但你何德何能，如何将天下英才招过来？一个字，钱，有了钱铺路，前途光明。"

屈尚奇扫视着前后，抚摸着肥厚的下巴，重重地拍了拍手掌，"现在你该明白了吧！因此头等大事还是融资，筹措到足够的资金。钱就是我们人体内的血液，光有了钱还不够，还必须让钱流动起来，流过社会的各个领域，一旦停止流动，便成了一潭死水，整个社会就会僵死断气。

"我们已经起步了，注册了公司，从好几个风投公司基金那儿筹到了五千万。你老兄怎么样，心动吗？心动不如行动，我聘请你做顾问，给你点干股。你是国际知名的作家，出本书包赚个几百万，要么就先投个一两百万，当然多多益善——如果你觉得风险太大，五十万也行，我的大门永远为你敞开。"

徐生白长时间默然不语。屈尚奇转身踅回到桌台那儿，满满斟了一杯白兰地，"过几天我带你老兄去看看我们公司的办公室，我们在陆家嘴租了一层楼面。实话说我相信风水，做生意是要讲究风水，那边俯瞰整条黄浦江，这就有了制高点。你没有高度，凭什么吸引人往你这儿来。"他眨了眨眼，扮了个鬼脸，"哎，日新老兄这点画，实在是小意思，最多成为我们网络全息智能世界中的边角料，聊备一格罢了，有没有都无所谓。在我们这个新世界中，只有你想不到的，没有你做不到的。跟你说，只有在我们那儿，你才会找到真正的诗和远方！"

徐生白噘起嘴，嘿嘿一笑，"你那个诗和远方都是人工虚拟出来的，美是美，就是缺少真实的血肉。"

屈尚奇翻了翻眼白，睨视了他一眼，"你是对人工智能恐惧是吧？这是你们那帮知识分子的酸腐气在作怪！顾名思义，人工智能不就是人发明的嘛！太阳底下没有新鲜事，说穿了它无非是人性深处千百种潜藏的欲念的体现，它们本来只是蠢蠢欲动，现在被高科技激活了，实现了人类许多古老的梦想。就拿阿尔法狗说，它将人类几千年的棋局集于一身，你单个人怎么和它打？如果造出一台机器人作家，它将全人类所有的文学作品都贮存于一身，那它编出的作品那种高度那种精美度和境界肯定是古往今来所有作家都无法达到的，你这位大作家也不例外。说白了，它将我们人的能力推向了极致，甚至偏执的程度。这下你该明白我的意思了吧！"

熙攘的厅堂中依旧弥漫着酒香花香，一阵阵风从敞开的窗户涌入，潮湿，裹挟着蠢蠢欲动、即将破壳而出的热力。徐生白揉捏着太阳穴，他先是迷迷糊糊、后来清晰地听见了体内持久不息的轰鸣喧响。他伸了下懒腰，站起身来，霎时间先前的萎靡屏弱一扫而空，似乎在那一刻，所有生命的残片又被一双无形的手聚拢黏合。他一下接通了地气，与天地合一，悄然汲取着昼夜流转不息的日月精华。他轻声对屈尚奇说，让我再考虑一下。随后他睁大了双眼，环视四周，五脏六腑中穿折回荡的阵阵喧响似乎在切切实实诉说着同一个心声：我要生活！要好好活下去！光凭这点，他就得好好感谢屈尚奇。徐生白一下热泪盈眶，体味到一种罕有的甜美的忧郁：生命的花朵将再一次绽放，他将从深渊中站起，舍身一搏。他迈开脚步，簌簌飘过的气团散溢出饱满的雨意，像是一曲天地交响曲的前奏，宏伟，清新有力。

六 明夷

明夷卦（离下坤上）

明夷：利艰贞。

I

已经不是第一次了，贾欣怡蜷伏在沙发里，沉沉睡去。

五月的阳光从湖绿色窗帘的缝隙间衍射而入，将她憔悴疲惫的脸容勾勒得异常鲜明。她已经有整整三天没睡上安稳觉了。父亲又一次脑中风急诊住院，在抢救室外简陋的折叠椅上迷迷糊糊地度过了一晚上，随后又联系到熟人将他转入病房；在这样昼夜不分的奔忙中，还得到单位应付《你行我也行》选秀节目开播五周年庆典，剩下的时间不到十天，还需要打点的事情一大堆。还要跑医院，不是说父亲进了病房就万事大吉了，还要当面或在电话中宽慰母亲，耐心地沿着她弯弯曲曲循环往复的思路踯躅徘徊，回应她喋喋不休、充斥了无助抱怨的倾诉。

这还不是全部：单单徐生白的病情就够她烦心了，虽然现在病情稳定，但哪一天一旦复发，便真会要了命。面对手机屏幕洪水般涌入的工作群微信消息，办公桌上时不时响起的电话，她真后悔当初不该花那么大气力调来电视台的。在报纸平面媒体做毕竟是熟门熟路，而且所有的流程都简略得多。这儿收入虽然高了，但事情多得能将人呛死。

不远处大街上传来一阵轻微的震响，弥散在都市旷远宏阔的背景上。贾欣怡坐起身，揉揉眼睛，上身一阵打战。她轻轻叩着牙齿，调节着全身气血：她和同事们日夜辛苦忙碌为全中国千千万万的年轻人打造了一个梦幻的舞台，让他们得以一展身手，平等自信地进行竞争，只要你有才华，就有机会脱颖而出。然而，她自己的生活却被毁了。在丈夫发病前这一切已是初露峥嵘，如今变得铁板钉钉。

她的生活，作为一个女人的生活，是彻头彻尾地被毁了。就连工作间歇零散的休息也会被无情地打断。手机又一次嘟嘟鸣响起来，全是坏消息：一个评委临时变卦退出，又得心急火燎去物色新人；市里哪位领导能到场仍无法敲定，万一来的人级别不够，领导脸上挂不住。贾欣怡长长叹了口气，脑神经飞速运转，想着补救方案。她自己不是不明白，自己正从一个女人美貌才干的巅峰走着下坡路，只是她再三祈求不要陷入断崖式坠落，那太让人绝望了！

门吱嘎一声推开了，助理小刘抱着一大堆文件走了进来。贾欣怡皱蹙起眉头：门都不敲就闯进来，一点规矩都不懂！小刘走前几步，将几张彩打出来的背景图放到桌上，这是凤凰公司传来的庆典背景设计，请贾老师过目。

贾欣怡扫了几眼，心中不禁升腾起一股怒火：什么乱七八糟的玩意，大红的背景，正中金黄色的大字，周围环绕着几个俗不可耐的图案！她抬起头，瞪了小刘一眼：这家公司是谁联系来的？这种设计也好意思拿出来！你们也是的，好坏一点也看不出，拿着台里那么些钱，一点品味都没有！

小刘垂下头，脸涨得通红。贾欣怡将这叠纸一推，叫他们马上重做，今天就要做出来，再不行，就换设计公司。小刘连声嗯嗯，转身快步离去。

贾欣怡呆愣愣地凝望着砰然关上的门，又扫了一眼纸面上花哨的图案，闭上眼，双手轻轻揉着太阳穴。她近来情绪频频失控，控制不住地对下属发火。她站起身，伸了个懒腰，望着窗外。大院正中矗立着一方花坛，人们三三两两地走过，一簇簇红蓝黄紫的花卉在四周围绿意翁郁的沉寂中参差错落地竞相开放，以恣意绽放而出、近乎极致的美艳暂时遮裹住了人世间的悲怆，烘染出初夏时分繁盛绚烂的气氛。正是在这一瞬间，生命的辉煌与喜乐以不可阻挡之势扑面而来。她浑身微微打战，不知不觉眼眶里噙满了泪水，而赋予这一切非同寻常意味的则是黄建文谜一般的微笑——今天约好了和他共进晚餐，再去看大院看普契尼的歌剧《托斯卡》。

已经不是头一回了，贾欣怡认真地思考着将她和黄建文捆绑在一起的暧昧的纽带。她坐到办公桌前，清理堆叠得乱七八糟的文件资料。乍看之下，他并不算是杀伤力十足的帅哥，长着一张清瘦的脸，五官端正，只比她大两三岁。他如今开着一家小型的文化传播公司，从广告设计到组织策划各类展览样样涉足。他们去年在一次法国领事馆的晚会上结识，互相加了联系方式，随后他就三天两头有事没事地发信息，慢慢成为她生活中无法抹去的存在。起先她心里满是抵触，怎么会有这样一个单身男人，明明清楚她是有夫之妇，还这样穷追不舍的！

后来她被他的魔力镇住了。内心深处那根幽微的弦一旦被触动,先前的死皮赖脸顿时变得无比亲切可人。从一点小礼物像咖啡、茶叶、围巾到化妆品、光彩夺目的卡蒂亚表、精巧华贵的墨镜,在他缜密周全韧性十足的攻势下,她的防线几乎全线告急,只余下最后的中枢堡垒。上个月他就说订了歌剧票,难得的机会,是斯卡拉歌剧院演员来华演出,原汁原味。她当即不假思索便同意了。

只是贾欣怡还得给母亲打电话,说上几句,把谎圆全。她前几天就和妈妈说过今晚会有事,估计母亲早忘记了,老人一大早便到病房,晚上八九点钟才离开。父亲暂时脱离了危险,意识也清楚,但说不出话,也不想吃东西。他摇摇欲坠的生命就这样靠源源不断的吊滴和吸氧机维持着。果然,电话里母亲很失落,她一心盼着女儿能到医院转一圈,她在场就是最大的安慰。贾欣怡硬着头皮,说这是台长钦点的活动,不能不去。

放下电话,她重重吐出了一口气,脸上浮出了幸福的笑容。但还是有些许犹疑。她不是不知道这种男女间的游戏埋藏着的危险,弄不好会失足掉下去,但这又成了她日趋干涩的生活中唯一的亮色。难怪他的感情如此强烈——建华说她就是他梦中情人,现在终于遇到了,他最大的心愿就是娶她。他的母亲是当年到新疆支边的知青,他十多岁便回到上海,寄居在外公家,过早尝遍世态炎凉,而情感关爱的匮乏使他渴望从贾欣怡那儿得到加倍的补偿。

她匆匆化了妆,描了描眉线,抹了下口红,便下楼走出电视台大院,穿过喧嚷的马路,来到不远处一家购物商厦门前。黄建华如约出现在贾欣怡面前,手中照例又是一大捧殷红的玫瑰,虽然是俗套,但她还是被感动了。馥郁的芳香扑面而来,带着急不可耐的肉感,直冲她的鼻孔。在欢喜的那一刻,她微微皱了一下眉头,那些花在华贵高雅的外表下散发着坠落和腐朽的气息。他就是喜欢这种铺张过度、不加节制的风格,他曾经告诉她乌鲁木齐那边盛大豪华的婚礼,皇冠、奔驰车开道,浩浩荡荡的车队紧随其后,绵延数百米,路人纷纷驻足观看——他就要以这样的排场来娶她。

他们俩一前一后走入电梯,上到顶层的西餐厅。建华点了两份五分熟的澳洲牛排。自从徐生白患病以来,贾欣怡好久没有机会美美地吃上一顿了。她嚼着酥软的肉条,尽力不让吱吱的声响从嘴里传出。宽大的餐厅浸渍在幽蓝的色调中,傍晚的余晖将一脉黄金光焰缓缓注入其间。他们微笑着,情意绵绵地低声交谈,间或爆出爽利的笑声。天色渐渐昏暗下来,几口红酒下肚,在黄建华执着的目光下,贾欣怡觉得浑身变得轻飘飘的,慢慢升浮到半空中。弥漫在四周围的蓝色围拢过来,她真觉得自己徜徉在童话世界里。

随后在大剧院观赏的歌剧《托斯卡》也同样精彩。事先她还担心自己会不会因厌倦无聊而中途退场,但大幕一拉开她就被牢牢地吸引住了。从浑厚高亢的歌声中她仿佛第一次体味到了什么是真正的艺术,男主角卡拉瓦多西的咏叹调尤其动人,简直到了勾魂摄魄的境地,相比之下音乐剧、歌唱会全是小儿科的把戏,不值一提。就像他反复唱咏的,为了艺术,为了爱情。她搓了搓手,合上了眼睛,感到了前所未有的满足。

散场后,两人依偎着来到灯火阑珊的街上。黄建华猛地转过身,深情地吻了她几下。贾欣怡先是想阻止他,后来索性倒在了他怀中。他咬着她的耳垂,宝贝,陪我回去好吗?贾欣怡先是无意识地点了点头,随后睁大眼睛,茫然凝视着夜色中的闹市,摇了摇头,"不——今天不了!"她扭过头,不忍看他失望的表情。徐生白的病容浮现在脑海中，几乎将她吞噬。她亲了黄建华一口，"下次吧"。她也很失落，本来应该有一个浓墨重彩的高潮为今天的约会收尾，但她不能，实在是不能，她实在无法说服自己：此时贾欣怡还不忍心背叛徐生白。她心头感到了几分尖利的痛楚，但还是挺了过去，在自我克制中葆有着难得的尊严。

II

那是漫山遍野的火焰在窜动，血红，炽热，烤灼着肌肤，所有的感觉都泯灭了，单单剩下疼，穿心的疼。暗黝黝的空间，混合了黑紫灰白各种色素。虚无的光线。疼，还是疼。他觉得双脚悬空吊起，头颅下垂，没入黏稠的池水。眼前一片浑浊，各种畸形的影像交错浮动。

徐生白睁开眼，醒了过来。是牙疼，酸涩，肿胀，嵌满了结石和各种污垢。清晨苍白的光线渗入屋里，雨还下着，黏腻腻，湿鞠鞠。人从早到晚沉陷在这雨水的泥潭中，下不完的黄梅雨。此刻，占据他大半视野是贾欣怡的后背，穿着绿底碎花睡衣。她的头埋在白色枕面上，微微前倾，一条腿懒洋洋地向后弯弓着。他们俩中间隔着一尺多的空隙，足可容下一人厕身其间。

徐生白平静而淡漠地望着妻子颈背上凹凸起伏的曲线，多少次它曾激起他难以遏止的渴望；现在它像是一尊安置在博物馆陈列架上的艺术品，依旧柔滑光洁，但仿佛经过了冰冻，已无法在他心中掀起沸腾的波澜，在他开刀动了手术后尤其这样。然而，昨晚算是例外。昨晚徐生白8点多早早睡下后，11点过后醒来。贾欣怡走到床边，弯腰看了看他，投来一抹亲切的微笑。一瞬间他精神一振，情不自禁地搂住了她，啃咬起她的嘴唇、耳垂、肩背。她默默承受着，随后轻轻将他推开。好好休息！

其实徐生白并没有多少充裕的体力可以耗费在女人身上。他只是想搂住一具温暖的身体，只是想倾诉一番。徐生白的确有话要和她说。女儿紫彤可不是省油的灯，她像一根刺扎戳在他心头。她下个月就要回上海了，在邮件中她直截了当、反复再三地要他为她的未来提供保障，到公证处立下遗嘱，写明她应得的房产财产份额，以防不测。虽然他心头泛漾起轻微的不快，但却没有理由回绝。癌症这把达摩克利斯之剑时时刻刻悬在他头顶，在某个不起眼的瞬间会猝然落下。这事本来并不犯难，但首先得和贾欣怡沟通一下，不能瞒着她。

究竟该怎么开口呢？

能否找到一条捷径，一条通向贾欣怡内心的秘密通道。而这一切在男欢女爱的峰巅时刻会豁然涌现。然而，现在没有机会。

徐生白这些天再三踌躇的就是这件事。他并不畏惧，也不抱幻想，不会期望其乐融融的浪漫童话场景。但他耐心等待着，像是一个机警的猎人，等待着一个最合适的机会，在情投意浓意醉神迷的瞬间，把这些最难启齿的话说出来，好像一切都顺理成章。但这样最为合适的时机迟迟不来。或许由于他粗心错过了。自从他做化疗以来，就没有一次惬意的性生活。也不完全是他的体力不行，更要看心境。近来一段时间，他精力慢慢恢复了，但对方却与他渐行渐远。从贾欣怡躲闪的目光，沉思略带点忧伤的神情，蓦然间迸发出的女妖般的魔力，哄小孩般的语气，精心的化妆，他觉察到，她的拒绝是委婉的，有着充足的借口。她的心正向着远方飞去。

贾欣怡和往常一样，早早出了门，早餐也不太精心为他准备了。随着她的脚步声消失在电梯间，徐生白又一次被锁闭在这套硕大的复式套房深邃而空虚的沉寂中。它犹如一片沙漠，慢慢弥漫开来，将他躯体的大半埋入其间，只有到临近中午时分傅阿姨来打扫做饭时，才给它注入些许稀薄的人气。她一进门就唠唠叨叨抱怨个不停，上周末她骑车不小心撞到电线杆上，摔倒在地，小腿受了伤，流了好多血，烙下了伤疤，现在还用绷带包着。这个来自河南的四十来岁的女子前些年离了婚，丈夫因赌博欠债，又因与人斗殴而入狱。徐生白静静地听着，皱了皱眉，出于礼貌宽慰了她几句。厨房中飘散而出的饭菜的清香，一点都激不起他萎弱的食欲。

雨水早已停歇下来，郁热潮湿的空气涌动翻滚，渗透到血脉的根处，麻痹着感知神经。也不能责怪女儿。自己动了手术后，虽然精神一点点恢复，但不晓得哪一天潜藏的癌细胞会再次苏醒，无情地吞噬他的五脏六腑。也许要隔很长时间，也许就在明天，今天晚上，甚至是下一个瞬间。得做好准备，做最坏的打算。这些天恼人的牙疼，会不会就是转移复发的征兆？

窗外传来一串嘹亮激越的鸟鸣声。徐生白侧耳专注地听了一会，随后搓了搓手掌，不要再胡思乱想了。他勉力打起精神，走进书房，坐在电脑前，想继续《大江东去》的写作——这大半年，写作实际上处于停滞状态。他并不像旁人想象得那么敬业，写作只是为了消耗大段的时间，借此保持心灵的平衡。从手术室出来的那一刻他便模模糊糊意识到自己的一生是多么空虚，找不到任何意义。价值观、人生观全线崩塌，写作能力也丧失殆尽，文思僵滞，不时陷入莫名的陷阱中——仿佛他已臻于某个极限点,无法向前推进,哪怕是一小寸。此刻,他长时间瞪视着屏幕,脑海中一片空白,无法在密密匝匝的字符丛林中寻觅到一丝一毫灵感的踪迹:它完全像是出自某个不知名的陌生人之手。他不是不知道,他多多少少亏欠了女儿,尤其在和贾欣怡结婚后。他时时感到女儿尖酸的敌意——做父亲的不想在那本能的愤怒上增添养料,不想让它在暗夜里悄然发酵。他估摸这辈子十有八九不会再有孩子——他不想失去这唯一的后代。明明知道她是在要挟他折磨他,徐生白还是忍住了。

到此刻才明白为儿女做牛做马是什么滋味。在美国混了四年,紫彤现在回国,又无意到博物馆、美术馆应聘,交了个毫无光彩的男朋友,她这一辈子就看到头了。还有9月的婚礼,麻烦事一大堆,当然主要是由男方操办,但他明白房产公证书是自己所能赠予的最好的礼物。徐生白漠然地凝视着窗外灰蒙蒙的天空,隐约的市嚣在他耳畔飘掠而过,激起空洞的回音。他挠着头皮,猛然间站起身来,一把揪住头发,恶狠狠地踩踏着地面,又向上蹦跶了几下,发出一阵困兽般的狂吼:真是作孽!凭什么问我要,就因为她是我的女儿?他的内心顿时沦为一片焦黑的废墟。

徐生白倚靠在沙发上,慢慢平静下来。不久他坐回到写字台前,啪啪啪打起字来:他笔下的裴邦济于1979年回到了上海,这座他离别了三十年之久的城市。

裴邦济是从香港飞往上海的。当机身在西郊的虹桥机场上空盘旋时,他惊讶地发现,幼时记忆中的不夜城一片昏暗,仿佛变成了一座寂寥的村镇。祖父母早已过世,睽隔三十载的父亲在历次运动中受尽折磨，变得疯疯癫癫。他似乎有点认识这个儿子，有时又完全不记得。二伯已平反复出，担任商业局的领导。在和众多亲属见面时，他们不少人惊魂未定，发出劫后余生的感喟。

他特意去了趟外滩。这座昔日远东第一大都市的基础设施，还有国际饭店上海大厦，大多还是租界时代留下的。入夜时分，沿着江边低矮简陋的灰色水泥防护墙，成千上万的青年男女在此徜徉，好似在举行一场盛大的庆典。最难消受的是上下班高峰时的公交车，人与人亲密无间地贴合在一起，没有可以让四肢动弹的一分一毫的空间。狭窄的街巷，漫天的尘土，老气横秋的店铺，稀少的商品，让裴邦济沉陷到难言的失落之中。

但他也感到，有一股不安的暗流，在这座灰暗陈旧贫穷的城市底部躁动，四处冲撞。人心思变。有着种种传言，中国又要开放了，又要引入外资了，外国老板又要来了。二伯乐呵呵地对他说，你哪天回来投资吧，是掘金的大好时机。

徐生白揉了揉眼睛，合上电脑。他力图穿越时空，折返到1979年的上海，悉数还原当年的色调、温度、节奏，鲜活展示人们在长久冬眠后思变图新的心境，为这些人物日后跌宕起伏的命运遭际做铺垫。两个多小时飞快逝去，他长久地在记忆与想象交织盘缠的丛林中徜徉，在虚空中用貌似坚实的词语构筑起一个斑斓多彩的世界，但迷醉过后，余下的却是一片残损的墙垣，在迷蒙的夜色里闪烁着惨白的寒光。

这一回他切切实实感到了疲惫。

III

徐生白总算松了一口气。

不仅仅是刚到手的X光拍片报告，排除了癌细胞转移的可能，将折磨了他好多天的猜想一扫而光，而且也满足了女儿的心愿，把那套房产最终过户到她名下，沉甸甸的结婚贺礼终于送出。而且关键是他不必再对贾欣怡有任何歉疚，一切都显得理所当然。

私底里办好公证、到房屋交易中心递交了申请书回来后，徐生白好些天里有些惶惶不宁。他有点摸不准贾欣怡可能做出何种强度的反应——本来就是紫彤妈妈在世时买的房子，女儿是名正言顺的继承人。大吵一场估计是免不了的，随后便是离家出走，分居，到彻底翻脸，起诉离婚。残存的愧疚在他心中盘桓，它一天天累积，在灼热的湿度下发酵。他采取了先发制人的策略。

这也不能完完全全怪他，他本来也不想这样的。黄梅雨天已告一段落，酷暑天接踵而来。那天上午徐生白头晕目眩，瘫倒在床上，四肢酸软，仿佛全身的精气瞬间流泻而尽，沉入散发着恶臭味的下水道。他长时间平躺着，脑袋一离开枕头，便感到一阵阵发麻。得去医院看看了，但贾欣怡正在梳妆台前精心描着眉毛，涂着口红。

欣怡，陪我去趟医院吧。

你没看我忙着——今天和客户约好了吃午餐，上午台里还要开会，事情一大堆。

我不舒服，真的不舒服。

你哪天舒服过——这个病就要慢慢养着。

这样，你陪我到医院，随后去台里。

她瞟了一下腕表，时间来不及了。

求求你了，求你了——你这么狠心！

我对你这么好，你还说我狠心——亏你说得出口。你好好锻炼调理好身体，就不会成天在床上哼哼唧唧了。

你一点也不关心我。

要怎么关心？我这大半年为你可算是操够了心。

徐生白瞪大了眼，手掌重重地捶击着床面，歇斯底里地吼叫起来：今天陪我去一趟，你到底去不去？！我求你了！你不是不明白，我没多少天好活了，等我死了，你就解脱了，爱干什么就干什么，爱找谁就找谁，痛痛快快重新嫁人。

多说无益。稍事午睡后，徐生白换上一件崭新的蓝绿相间的T恤衫，乘电梯下楼，走出小区：他要赶去参加南山抗癌康复俱乐部的报告会。此刻，伏天的阳光从飘浮着稀疏云絮的高空倾泻而下。他径直前行，既没戴遮阳帽，也没撑伞。他只觉得全身毛孔贪婪地张开，灼热的阳光哗啦啦灌注而入，渗入血脉，周转到全身，将累积的高浓度毒素一扫而光。霎时间他仿佛一下子得到了重生。他瞪大双眼，像初生的婴儿欣喜地环视着周围的世界，注视着在草坪上道路上墙面上跳荡飘移的阳光，注视着水池中明暗交织镶嵌的水波。一切会有新的开始。他不禁想起《庄子》里的一段话：

> 故内省而不穷于道，临难而不失其德，天寒既至，霜雪既降，吾是以知松柏之茂也。

搞笑的是，它是假托孔子之口说出来的。孔子与弟子周游列国，一时间数天断食，孔子借此勉励弟子宠辱不惊。从修习内德这一点上看，庄子与孔子也是惺惺相惜。

他仿佛全然忘记了酷暑狂暴恣肆的炙烤。对女儿婚事的担忧也在慢慢减弱。慕仁作为女婿说不上有多大出息，但紫彤总算是有了家，有个家最重要。

南山癌症康复俱乐部常在一家由区二级医院改制而成的康复医院举办各类活动，诸如专家咨询讲座、夏令营、培训班等。前不久，徐生白动手术时邻床的一位病友介绍他加入了这家俱乐部。他从停在大门口的出租车中钻出来，额头沁出密匝的汗珠，拐进矗立在大院中的两幢有连廊的五六层高的铅灰色楼房，轻手轻脚地推门进入能容纳百余人的会议室。他晚到了约十分钟，在后排悄然坐下，今天请来的是一位抗癌心理高级咨询师，他主讲的题目是《还你一个精彩的人生》。

佩戴着银色边框眼镜的咨询师正在台上慷慨陈词：绝大多数人浑浑噩噩地活着，循规蹈矩，在陈腐的笼子中迷失了自我。这怎么能叫作生活？他们就这样完全迷失了自我，一直到凶险的癌症袭来，他们才如梦初醒，才意识到自己是会死去的，而且这不是遥远的未来，而是触手可及的现在。如何度过宝贵的余下的时光，是每个病人不得不面对的问题。从这一刻起，他们从出娘胎起才头一回有了反省自我的念头。我过去活得究竟怎么样？有没有意义？该不该这样活？以前想都没想到的问题一起涌进了脑海。

徐生白嘴角浮上一丝略带嘲讽的微笑：这年头游走江湖的专家真多。他打了个呵欠，往前方瞟了一眼，心怦然跳动起来。还是她，就是这个女人。他一搔头皮，猛然间明白自己就是为了重睹这女人秀美的姿容才赶过来的。

台上的专家清了清嗓子，秃了大半的头皮在荧光灯下闪烁着一道道迷离的光焰。他正一步步攀上演讲的高峰，在这向死而生的关键时刻，以前你看不到的真实的人生便展现在眼前。你完全可以选择另一种方式生活，不同于现在古板的方式。我说句大实话，大家掐着手指算一下，也许你还可以活二十年、十年、五年、三年，甚至一年半载，但只要你好好珍惜，一天可顶上一两年，你可以让每一天都成为生命中辉煌的节日。我们每个人必有一死，但你活着一天，就应该活得精彩，活得潇洒自在。即便以前那么昏暗乏味，你也应该有信心，从今天开始，让你活着的每一天很精彩很辉煌。关键在于心态，要保持良好的心态，不要和自己过不去。美好的人生不是别人恩赐给你的，要靠自己去创造。生命在你自己的手中，你要好好利用，千万不要辜负了它。

在一阵强弱不一的掌声中，那个女人回转过头，霎时间与他双目相遇。她淡淡地笑了笑，徐生白赶紧低下了头。她约莫三十来岁，身着蓝底白色碎花丝绸短袖衫，乍看之下病色全无。他被她深深地震慑住了，这不仅仅是因为她容貌的美丽（虽然远未到国色天香的惊艳程度）、修长的身材，更因为举手投足间流露出来的那种娴雅的气质，仿佛中国古典美的精魂寄附在她体内，在某个瞬间还魂复生。他模模糊糊地觉得，自己这辈子还没见过这么特别的女人——有比她妖冶风骚的，也有比她端庄的，但都无法将摇荡心旌的性感魅力与大方得体的尊严那么熨帖地融为一体。

徐生白迷迷糊糊听了大半个小时，不知不觉间一阵瞌睡袭来，他起先硬撑着，抵抗着，随后慢慢垂下了头，眼睛半开半合，身子向右侧歪斜下来。这一刻，他的意志软化，崩塌，一无所求，一无所执，瘫倒下来，飘浮在奔涌不息的气流中，向着无边无际的深渊坠落，重新化为尘土，回归金木水土火等最精粹的元素。此时，主讲人抬高了嗓音，我们今天的讲座就到这儿，大家不要等待，不要观望，要马上行动。听说俱乐部下个月要组织一个康复培训课程，一定会给大家带来诸多惊喜。各位朋友踊跃报名参加吧，一定会给大家带来全新的惊喜！

一阵稀稀落落高低不一的掌声过后，病友们纷纷走出会议室，门外的过道中备有茶歇款待，两张长条桌上放置了茶水、咖啡、水果以及各式造型别致色彩艳丽的饼干蛋糕。徐生白紧盯着那个女人，她正走到桌前，抓起一根香蕉，一个五十岁上下的胖女人走到她跟前，"玫君，最近好吗？——哎，你培训课程想去参加吗？"

年轻女子噘了下肥厚的嘴唇，"还没想好！你想去？"

胖女人一把拽她的胳膊，"去去去，一同去吧！你不想想，闷在家里多难过，就算不复发也要憋出毛病来了。一同听听课，做做气功，不是蛮好！大家在一起，会有个气场，比你一个人强多了。费用说不上便宜，但也不算啥，人不知道好挨到哪一天，留那点钞票有什么用！"

年轻女人点了点头。胖女人把她拉到一边，那边有个接受课程报名的桌台，已经有好几个人围聚在那儿问东问西。一个头发花白的胖子挺着突隆的肚腩，笑呵呵地和人说说笑笑。尽管脸上满布沟壑般的皱纹，手背上现出了黑灰色的老年斑，但目光依旧炯炯逼人；一个三十岁上下、个子矮小的女人小鸟依人般站在他边上。

他正和一个五十来岁的光头说着，"去——大家一道去，多么难得的机会。你不是说，三十年前在越南战场上你是把命捡回来的。你已经稳赚了三十多年，多活一年是一年，够本了。"光头也颔首大笑起来。

胖子挥了挥粗硕的胳膊，"我还会给大家加一点活动，过两三天就聚餐一次，身体条件许可再去旅游几次，你们不用担心，全部由我来买单。大家只要开开心心就好！"不远处，一个中等个子、面部清瘦的男人原本紧绷着脸，猛然间搔了搔头皮，"有你刘总在后面撑着，我们还担心什么！有吃有喝有玩，一起去就是了！"

徐生白不无紧张地站在胖女人和被称为玫君的女人背后。她们飞快填完了登记表，他做贼似的朝她放在桌面上的表格瞥了一眼，姓名一栏里填着陈玫君。他的嘴角顿时沁出几分满足的微笑，心已经在高空自由自在地飞翔。

七 蹇

蹇卦（艮下坎上）

蹇：利西南，不利东北。利见大人，贞吉。

I

难道他果真修炼到了这样一种境地：能如此淡然，能对纷纷扰扰的喧嚷无动于心，对高悬在头顶心、霍霍闪亮、随时会落下的屠刀无所畏惧？

多年来，徐生白默默地在那条狭逼、陡峭、通向圣贤高人的小径上踽踽独行。正当他志得意满地接近绝顶时，突如其来的癌症将他先前的努力悉数归零。当病情稳定下来后，他又重拾旧业，暗地里希望气功等玄奥的秘方能扶正压邪，剪除盘踞在体内的病魔——这也成了他此次参加康复培训班的驱动力之一。

到这个邻近上海的碧湖山庄已有两天了。沿着椭圆形弯折的湖岸，散布着一长溜外墙面涂成朱红色的简易两层客房，背后山坡上覆盖着大片苍翠的绿林。刚过六点，徐生白坐在阳台的藤椅上，双眼微合，在灼热的阳光升起之前清凉的空气中运气练功。这是每天早晨的规定项目，费时一小时。

一道金色的阳光从厚实的云层中射出，垂落在他左侧额头，一丝轻微的灼烧感。徐生白又一次做起了深呼吸，吐故纳新，吸入大自然清纯之气，将黏附在内脏各个角落的毒素驱逐而出。受他意念调遣的气流从头顶下滑，经过颈部，下沉到胸部，再顺势穿肠而过，聚集到小腿胫骨周围。它们缓缓滑落到脚底心，盘桓片刻，随后再次收拢，向上折返，回归丹田。

阳台左侧竖着一道薄薄的、上半部镂出一弯月亮空洞的水泥隔墙，那个光头退伍军人还在安然酣睡，断断续续的打鼾声在空气中嗡嗡震响；而右侧阳台上的胖女人刚做完了气功，伸伸腰踢踢腿，时不时和隔壁的陈玫君聊着天。胖女人嗓门大，叽叽喳喳声在耳畔爆响；陈玫君的声音时高时低，有些词句模模糊糊。虽然还不很熟悉，徐生白想象得出她的表情姿态，有懒洋洋的，有情绪激昂的，但总是那么恰到好处，熨帖自如。再强烈的情感从她口中吐露出来，也会披罩上一层温雅的色彩。

徐生白的心又一次被搅动了。他原以为已经将心境调适到了理想状态，没有焦灼的欲望，没有纠结盘错的怨恨，就像他和庄梦晴一样，有好多天没见面了，但一种暖暖的情愫萦回在他们俩之间，那是绚烂之至归于平淡的坦然。然而，陈玫君的出现打破了他内心死水般慵懒的平静。

从抵达山庄的那一刻起，他心中便滋生出一种异样的感觉：长时间里日日夜夜紧绷着的弦霎时间松脱开来。放下行装，稍做梳洗后，徐生白便兴冲冲地出门，沿着蜿蜒的湖岸小道散起步来。黄昏时分，几抹金灿灿的夕阳撒落在水面上，远近高低不一的绿丛修竹、楼舍垂柳浮漾其间，一时间像清晰度极高的影像，每个细部的纹理历历在目。陡直转过一个弯，便是一方密密匝匝的荷花。林林总总粉红粉白的花瓣在微风中摇曳,艳丽的色彩给人一种奇异的迷幻感;肥厚翠绿的叶片翘卷翻折,有的几近枯黄,重重叶片的缝隙间,鱼儿在明暗交错的水流中游漾而过。虽然是再熟悉不过的江南水乡,但此时显得前所未有地亲切。它再一次将生命的鲜活、绚烂与丰盈灌注到徐生白心中:对!不管来日还能有几年几个月甚至几天,能享受多久就享受多久,能爱多久就爱多久。

然而,他与陈玫君的关系并没有实质性的进展。她偶尔会对徐生白送上一个迷人的微笑,但这并没有什么暧昧的暗示,只是见的次数多混得脸熟了的缘故。在主办方刻意安排的专家咨询、药品推销等集体活动时,他抓住一切机会贴近她(不知她是否察觉,或察觉到何种程度),但他们之间还是竖立着一道隐形的篱笆,一道难以跨越的沟堑。失望之余,徐生白便会感到深入骨髓的疲惫,那种偏执的恐惧又一次冒出头来:是不是潜伏的癌细胞又在蠢蠢欲动了!

轻盈的气流缓缓攀升,汇聚到腹部,最后沉落在丹田。徐生白吁了一口气,慢慢睁开眼。晨练完毕。他的身子稍稍向右倾斜,胖女人的声音还时不时响起,她抱怨练功太烦,几次下来浑身有点虚,陈玫君则半天没回一句话。他呆呆地望着湖面,今晚是刘总的生日派对,大家都会去捧场。他一定不能再错过这个机会。不要这么胆怯,再勇敢一点,脸皮再厚一点。就是撞个头破血流也在所不惜。

到了傍晚时分,空气中浮游着若干稀薄、不易察觉的凉意,绚丽热烈的夏日即将谢幕,萧瑟的秋天、凛冽的冬天的脚步悄然逼近,万物将蜕下朽腐的躯壳,沉入漫长的冬眠期,等候着下一个时节的轮回。徐生白坐在窗前,呆愣愣地凝视着这阴影交叠的湖面。他的心境就如四周围渐深的暝色,沉陷在难以言传的颓靡之中。

如果不是因为和欣怡闹别扭,徐生白原本可以一无牵挂地来此地逍遥几天。如今她成了他生活中的毒药,使他病恹恹的躯体加速衰败。出门前两天,欣怡终于回来了。最近她加班的频率比以前高了不少,说是在负责一个反映上海城市文化发展的专题片系列。以前她出差不过三五天,这次足足有一周。她是回来了,从踏进房门的那一刻起,徐生白便闻到了一股浓烈的气味:它像一个磁场,包裹着她的全身,萦绕在她周围,源源不断地向外衍射出别样的电磁波。凭借本能他嗅出这是一个男人的气味,一个陌生男人的气息,浊重污秽,但沾染着一股野蛮的鲜活与亢奋,它从里到外占据了欣怡的整个身心,直至她返回老巢时还是余味袅袅。怪不得她比出门前更显出万般风情,同时对他也更为冷漠。

对此徐生白不是没有预感,不是没有一点心理准备。近些天里她对他越来越彬彬有礼,让人感到在这娴雅的外表上披上了一层公事公办的庄重,但他还是感到绝望,血脉偾张,浑身冒着滋滋的气泡,如一柄子弹早早上膛的手枪。他想咆哮怒吼,想抡起拳头,将这个世界砸个稀巴烂。他之所以知道,不仅仅是出于他敏感的直觉,更在于他做了调查核实。从欣怡告诉他要出差一周后徐生白便盘算着要采取点行动,最好是向她的同事或朋友间接打听一下。但问题是找谁呢?前些日子俞日新画展上遇见的方昱,早已不是贾欣怡的同事。思前想后,他决定到电视台实地了解一下。但一个丈夫,一个知名作家,公然到办公室打听老婆的行踪,岂不成了个大笑话?在欣怡离家的第二天,他挠着头皮,最后打了个电话到她部里，以假声拿腔拿调地说要和贾欣怡通话。一个爽利阳光的女声回答道，贾主任她休假去了，要过一星期才回来呢！他道了谢，话筒从手中砰然滑落到茶几上。

于是，一切都尘埃落定。

别多想了！先躺上几分钟静静心，换好衣服去参加晚会吧。时间真不早了。

徐生白走进二楼的宴会厅，一个多层彩色大蛋糕安放在正前方的一张大桌子上，周围簇拥着繁密的花束，清新鲜艳的玫瑰、百合、兰花让人联想起万物复苏的春天、醇美多汁的青春。几张餐桌边稀稀落落地坐了几个人，落地门外有个长方形的大露台，三三两两的学员聚集着聊天拍照。徐生白匆匆瞄了一眼，陈玫君身着蕾丝边黑色短袖衬衣，侧着身子，懒洋洋地倚靠在灰白色的水泥护杆上，胖女人和那个体形精瘦的男人分立左右，不紧不慢地说着话。

徐生白双腿顿时僵滞在厅堂中央：他望着露台上的陈玫君，一时间进退不得。他得等一下，找机会坐到她边上。不多会儿，病友们推开被落日的余晖照射着的熠熠闪烁的玻璃门，鱼贯而入。陈玫君的目光与他交接上了，淡然笑了笑，随后和胖女人在靠落地窗的桌边坐下，又漫不经心地瞟了徐生白一眼。他仿佛受到了鼓励，快步上前，紧挨着她坐下。没多久，瘦男人和光头笑眯眯地从一侧走过，胖女人招招手，这里空，过来一块坐吧；他们俩收住脚步，回转身，欣然落座。

徐生白双手微微发颤，他还是头一次离陈玫君这么近。他想说点什么，紧张地酝酿着台词。一股疏淡的清香从她的脖颈周围飘掠而下，她侧过身，仿佛想与他说什么，但欲言又止。

不一会，刘董事长六十五岁生日晚宴正式开场。一段嘹亮、散发着悲凉气息的乐曲响起，主持人是那个常在他身边陪伴的矮个子女人，她长着一张娃娃脸，身着一袭橘黄底色配藕色碎花的连衫裙，脚蹬高跟鞋，浑身上下洋溢着一股难以遏止的活力，活脱脱像一个小精灵，轻盈地扇动翅膀，上下游弋。她手握黑色话筒，清了清嗓门，开始介绍刘董事长坎坷曲折、传奇色彩十足的经历。三十多年前，他大学毕业后进了政府机关做公务员。他是第一批下海吃螃蟹的人，承包了一个中等规模的国企，短时间内迅速扭转了企业长年亏损的局面，创造的利润超出了前十年的总和。刘董事长堪称改革的弄潮人，是改革开放年代最早一批货真价实的企业家，一时间被树为标兵。短时间里，徐生白仿佛沉落到迷离的幻境之中：物理空间中人与人的距离霎时间消弭于无形，心灵的隔阂也烟消云散。他凝视着坐在边上的陈玫君，灵魂出窍，挣脱了肉体的羁绊，嗅到对方和自己是同类。

你这两天功练得怎么样？他侧着脑袋，轻声问道。

陈玫君坐直身子，浅浅笑了笑：刚练完全身舒服爽气，过半天就没有效果了。

那你就得不停地练！

像我这种身体哪吃得消？陈玫君皱了下浓密的眉毛，这种生日聚会你参加过不少吧？

不多。我原本就不喜欢这种闹哄哄的场面，查出病后，更不想在这种地方耗费时间了。留给自己的时间不多了，得和自己喜欢的人在一起。

半分钟的沉默。陈玫君若有所思地瞟了他一眼，家里人成天在一起，陪伴得还不够？

徐生白嘛了嘛嘴，她们都有自己的事要做，女儿大了，结婚成家了，更有操心不完的事。他十指交缠，我不是那么好脾气的人，在她们眼里也不太规矩。

小个子女人继续说着：但天有不测风云，突然间风云突转，刘董事长从万人瞩目的模范人物成为侵吞国有资产的罪人，一夜间被关到牢里，受尽摧折。还好过了一年半就被放了出来。大家都以为他这辈子完了，但他再次复出创业，转投正蓬勃兴起的旅游业，创办了好几个上亿规模的连锁企业，为中国旅游业井喷式发展做出了不可替代的贡献。现在大家外出旅行，在舒适的经济型酒店中享受着宾至如归的服务，其中就有刘董事长投注的数不清的心血和热情。

徐生白喝了口西瓜汁，微微喘着气：听起来很神奇。世界上有几个人能有如此精彩的人生，几起几落，要是我被关进去恐怕就死翘翘了！

陈玫君扑哧一声笑了，你太谦虚了！你也能的——听说你是作家？

徐生白愣了愣，苦笑了笑，我有什么能耐！过去别人把作家称为人类灵魂的工程师，但我连自己的灵魂都对付不了，还想去安慰拯救别人？他搔了搔头皮，作家只是炮制点廉价的谎话，有时连三岁小孩都哄不了。他们也会痛苦、绝望，也会生癌，最后和别人一样孤零零地死去。自从动了手术做了化疗后，我就经常想这样活下去有什么意思！究竟什么才是幸福？

陈玫君笑了笑，你到底是大作家，这时候还在思考这么深奥的问题。我则是活一天算一天,多活一天就是赚了。

小个子女人的声音由先前的铿锵激昂转为溪流般的娓娓道来,不停地在耳膜上滑过。众人仿佛被她的声音催眠了:前几年,利用多年经营的实力和经验,刘董事长又转向度假村开发。在商业开发中,他秉持自己的理念,不唯利是图,而是恪守应有的社会责任和人文关怀,力图让开发的项目超出已有的模式,升级换代,成为一片诗意的大地,让人们有机会在这片生态的家居中栖息。

徐生白叹了口气:不管怎么样,有像你这样的女人在身边陪伴,有多幸福。

陈玫君涨红了脸,转过头,一声不吭。不久,她慢慢吐出一句:太晚了。

徐生白咬住嘴唇:不晚,真的不晚。只要有勇气,我们还可以重新开始。重新体验每一天,每一个小时,每一分钟。

突然间,胖女人侧过身子,眨了眨眼,笑嘻嘻地打岔道,你们俩叽叽咕咕什么呢?有什么秘密啊?别不好意思,说出来大家一起听听嘛!

绚丽的阳光悄然隐退,暝色渐浓,浸漫到室内。不少人听得不耐烦起来,纷纷拿起筷子搛起菜肴,一阵阵咬嚼咂嘴的喧响升腾而起。小个子女人无奈地望着众人,捋了下披肩的长发,加快速度一路说下去:正当他的事业如日中天,和各位病友一样,癌症悄然侵袭到他身上。对于这超级恶魔,刘董事长的想法是我们应该采取辩证的态度。一方面,我们不要畏惧,不要被吓倒,癌症诊断书并不是死刑判决书,我们要蔑视它,最大限度调动人体内免疫功能,消灭癌细胞;而且还要树立新的理念,学会与癌细胞共存共生。另一方面，我们也要承认，癌症毕竟是凶险的，随时会吞噬我们的生命。我们要配合医生，在家人朋友的关爱下积极治疗，共克时艰。这也是刘董事长之所以慷慨解囊，让大家到此参加康复培训班，形成一个满满当当的正能量气场，让大家体内癌细胞的活动空间降到最低限度。

一阵纯粹出于礼貌的掌声稀稀拉拉地响起。刘董事长腆着大肚子，上台致答谢辞。此刻，徐生白头脑中一片空白，周围的世界成为一个虚幻的舞台布景，像用豆腐搭建起来的，只要用手指轻轻一点戳，便会崩塌下去。陈玫君长时间低着头，一声不吭，专注地吃菜。光头往玻璃圆杯中斟满了浮漾着白色泡沫的啤酒，频频举杯：喝，多喝点，天热，喝下去没事的。我要说今天刘总态度怎么变得这么谦虚，平常往台中间一站，绝对是个大腕，说句不好听的话像黑社会老大，吆五喝六的。身体真不太好了！所以人还是要抓紧时间多享受享受，今天蛮好的，明天可能就到西天了。没有生这个恶毛病前，总觉得来日方长，有的是时间。到底这把年纪了，又生了这种病，再多人参咽到肚子里也没用。

胖女人将一只硕厚的河虾放到嘴里，舌苔牙齿一同默契协作，不一会一只完整的虾壳就从口中蜕脱而出。瘦男子怔怔地看着，竖起大拇指，你嘴巴功夫真不得了！佩服佩服！胖女人嫣然一笑，这不算啥，从小就会的。她转向徐生白，大作家你怎么不吃啊！快吃！

徐生白点了点头，舀了一小碗小排冬瓜汤，慢慢地喝着。猛然间，他发现陈玫君不知不觉间挪离开他一些距离。光头将杯中的啤酒一饮而尽：这百威啤酒还真是爽口。哎，人与人命运就是不一样，你看刘董事长都六十五岁了，还有一个年轻三十多岁的女孩陪着，虽然女孩不算年轻了，不管怎样比他老婆要强。他老婆也没办法，只好吞下这口苦药。不接受怎么办，到了这把年纪再去法院闹离婚？你看看，活得多滋润，不像我们一般男的，成天缩头缩脑活得像乌龟似的，多打几个电话也会被老婆追查半天。他将酒杯重重地往桌上一搁，这就是命啊！人哪还是得认命，不认不行！

每个餐桌上迸爆而出说笑、猜拳、拼酒的喧响，酒杯叮叮当当的碰撞，袅袅飘浮的酒气，以及由浓稠的动植物油、刁钻刺激的作料煎烤烘焙而成的馨香，刺激着人们娇弱而挑剔的味觉细胞，像在夜空中绽开的绚烂美艳的烟花，铺陈出甜蜜熨帖的氛围，将当下的时光装扮成美轮美奂的天堂。没多久，高亢激越的语声跌落下去，沉甸甸的死寂弥漫开来，罩盖在众人头上。大家仿佛如梦如醒，彻骨的悲凉之感从心底泛涌上来，酸涩无比，一时间竟然不知所措。瘦男人东张张西望望，扮了个鬼脸，使劲搓着手：命苦，说到底就是命苦。今天大家开开心心聚在一起，明年这个时候不知道还有多少人能碰头？不要说一年，就是半年，甚至三个月后情况就大不一样了。

胖女人霎时间拉长了脸，狠狠瞪了他一眼，伸出食指点点戳戳：你活得不耐烦了是吧，有心说这种晦气的话！明年我们再碰头，要缺就缺你一个，看着吧！

光头忙出来打圆场：哎，讲这种话做啥，伤和气伤感情。大家向前看，听天由命，开开心心过好每一天。

徐生白望着陈玫君，一阵难以抑制的疲惫袭来。他上身蜷缩塌陷下来，四周围所有的色彩线条都变得模模糊糊、影影绰绰，如同淹没在凶悍、奔涌不息的海浪中。一波接一波跳荡的浪花与肥厚的浮沫让人霎时间穿越到了远古宇宙创生的那一刻，在大爆炸的那一瞬间将蓄积的能量尽情地挥洒出去，塑造出千千万万有形有情的平行世界。

II

康复培训班结束前夕，徐生白的内心再一次失去了平衡。

这不仅仅是因为他整夜里只支离破碎地睡了三四个小时（大多是浅睡），连空调也无法彻底缓解残夏时节低气压围裹灌注到全身毛孔中的郁热，余下的大半夜他几乎是辗转反侧，在各大网站购物平台间穿梭游逛。明知道没有意义，但还是像患了强迫症一般无法罢手。政治、财经、娱乐八卦密匝的信息不停歇地敲打着他的脑袋。

徐生白眼球上下左右转得疲惫，松垂耷拉下来，但他还是不想躺下，还是紧紧盯着电脑屏幕：繁多纷乱的字符图画仿佛有一种罕有的魔力，将他牢牢吸附住。

徐生白望着晨曦降临前幽暗的天穹，心里反复琢磨，今天的出游究竟要不要去？算是培训班的结业活动，参观一个竹林密布的5A级风景景区，再到邻近的果园逛一圈。他当然想寻觅更多和陈玫君相处的机会，但又怀着隐隐的畏惧。这两天虽然打过几次照面，但没有一丝一毫的进展：她既没有彻底回绝，也没有鼓励的表示。而晚上徐生白和父亲打的那个电话只是个诱发因素，使得后来的一切变得不可控制，像一处疾速溃烂的伤口。

刚接通电话的那一刹那，话筒里传来一个疲惫而陌生的声音。其实，亲人不都是熟悉的陌生人吗？有两个星期没和父亲通电话了。实在是没话可说，他老是不停地唠叨皮肤其实是人最重要的器官，没有了皮肤，脑子、心脏都将寄身在何处？而且浑身的毛孔是人和外部世界最直接的联络管道，可以将体内的毒素悉数排出。一旦滞塞，后果可想而知。而且，人的外表神情除了眼睛，大半便是皮肤色泽肌理综合而成的效果。说一个人长得美不美，主要就看皮肤，而人的气味也由皮肤散发而出。中医的望闻问切大半依赖于皮肤。很多人以为皮肤病是小病，其实就拿瘙痒来说，一痒起来浑身上下像着了火，一刻不得安宁。总而言之，千万不要轻视皮肤。

徐生白耐着性子听完了这一通激情洋溢的宣讲，赶紧问了句妈怎么样。父亲清了清嗓子，压低调门，雯雯没告诉你啊！前几天在菜场里滑了一跤，手掌在地上一撑，伤了筋了。总算是大幸，要是骨折还要上几个月的石膏，那才活受罪呢！尽管这样，妈妈还是不安生，又到邻居家串门了。徐生白苦笑了笑，他打电话过来十有八九只有父亲一人在家。当初动手术时他告诉妈妈自己只是个良性肿块，不用太担心，否则她真会整夜做噩梦的。

这只是一串细碎的涟漪，只是在徐生白心头凿开了一个小孔，而女儿的深夜来电彻底扰乱了他的心境。随着婚期临近，哽塞在他和女儿间的那座高墙渐渐地萎缩、破损：徐生白眼睁睁地看着紫彤一步步踏入泥泞遍地的人生。学业上的挫败、回国后工作的不如意（她在一个音频制作公司工作，每周工作起码在60个小时，三天两头加班不说，还要出差到各地录制节目）将她残余的青春吞噬干净。

这不是她来电话诉说抱怨的重点，她和慕仁的关系陷入了危机。还没去度蜜月就真相毕露了——根本就不要指望有所谓的蜜月。其实前些天拍完婚纱照她就满脸不高兴，问她也不肯说只说是疲累，直到此刻此时她才吐露了些许真情：他一点都不顾及她，好像她纯然是个玩物；一点都没有耐心，好像在完成一件吃力不讨好的苦差事，换衣装摆姿势，肢体每一个细小的抬举、下降、偏斜，都成了难以承受的苦刑。这还不是全部，远远不是。紫彤原本这么晚是不会打电话来诉苦的，这不是她的风格，但昨天她实在是忍受不下去了。

想想看，说好了下午一点半去店里看婚礼服，伴娘早早到场了，但左等右等慕仁就是不露面。她脸面都丢尽了，像是变成了一双被抛在垃圾筒边的破旧的鞋。发消息不回，打电话过去不是忙音就是暂时无法接通。最后直到快四点他才漫不经心地赶来，紫彤已前前后后试穿了七八款，从白色多层绡纱长裙到通体浓郁复古风的大红绸缎连衣裙。最可气的是他一点没有愧疚的表示，不仅没有愧疚，还摆出各种借口为自己辩解：公司里加班忙，人手紧，一时走不开。说得好听，他哪会这么敬业。她凭直觉猜想到，十有八九他又和那帮狐朋狗友混在一起了，胡吃海喝！

就是这样的一个男人。

紫彤一下子醒悟了：先前的预感得到了证实，她这婚结错了。还没办婚礼就住到一起，以后真不知道会发生什么事情。你说她该怎么办？她在电话里沉默了半响，我知道爸爸你一定会劝我再忍一下。忍到哪里是头啊！这婚礼干脆别办了，去欧洲度蜜月也一块取消，她也出差去，抛开这一切，离得远远的，越远越好。

徐生白不停地挠着头皮，一时间找不到合适的词句安慰女儿。

他能说什么呢？要想在热情早已枯竭干涩的河流中汲取清泉，岂不成了痴人说梦？

在结束通话后好长一段时间内，他的头脑中盘桓着一大簇苍白色的浓雾，所有清晰的轮廓、线条、棱角悉数消隐，沉陷在黏稠潮腻的混沌之中。时起时落的蝉鸣，混杂在湖水窸窸窣窣、若有若无的喧响之中，像演奏着一阕哀婉的悲歌，伤悼着绚烂的夏日的逝去。徐生白呆愣愣地坐着，根本无法厘清思路。他猛地站起身，茫然扫视着四周。突然间，远方野地里爆响出一长串野狗尖利的吠叫，他皱了皱眉头，捋捋头皮，跑到桌前，打开电脑，翻看着这些天零散写下的《大江东去》的片段：

午夜时分，裴邦济站在国际饭店高层客房的窗前，静静地俯瞰着静卧着的不夜城。幼时他曾不止一次仰望着这幢远东第一高楼，渴望能窥视到深褐色外墙后面隐藏着的诸多传奇与秘密。

时光流转到了二十世纪八十年代中叶，他已年过四十。前几年他离开了那家建筑公司，转入一家商务咨询公司，这次他陪跨国饮料食品公司的代表来上海，考察设立合资公司的可行性。

实在难以想象，昔日的"东方巴黎"竟如此宁静。隔着南京路，人民公园一丛丛一簇簇黑黝黝的枝叶匍匐在模糊的天际线上。白日里街角趾高气扬地贩卖走私外烟、外汇券的黄牛已不知去向，而在宾馆大门口、大堂里搭讪外国人和华侨的女人们要么钓到了大鱼，要么失意而归。她们渴望一步登天，用硬通货在各自狭小的螺蛳壳般的居室内搭建出一个童话般的舞台；要么只是恳求他们做个形式上的担保，好让她们能去海外留学。

在上海的这些天里，裴邦济的心灵又一次受到强烈的震撼。他已是有一双儿女的父亲，但在这些鲜嫩而青涩的女孩眼里，他俨然成了从天而降的救星。他的中年危机在自己的母国不经意地降临：那个女孩热情火辣的目光撩拨得他心神不宁，貌似平稳的生活轨道顿时岔道横生。而老母亲在旧金山老城区破败的公寓楼里伛偻的身影时不时在他眼前晃荡，偶尔与妻子雅晴辗转于厨房、花园、地下室内外略显发福的腰身叠合在一起。

III

最终徐生白还是决定参加出游，怀揣着余烬般的希望与滚烫的渴念。

后半夜淅淅沥沥的阵雨停歇下来，湿漉漉的台阶上横陈着几方不规则的水洼。敞亮的大堂里，学员们三三两两围坐、站立，等候着客车到来。光头、胖女人和陈玫君坐在一张棕红色的长方形茶几前，徐生白走到他们跟前，打了声招呼，便在胖女人对面坐了下来。陈玫君照旧淡然一笑，侧转过头。他追随着她的目光，越过心神不定、前后左右来回踱步的瘦男子，落在了站在大门边的矮个子女人身上。她今天穿着橘红色短袖上衣，领口和袖口周边镶白，下身系着白色短裙，若有所思地凝视着不远处的湖面。

徐生白觉得今天大家的衣装有点不同一般，胖女人是翠绿底色散缀着三角小红花短袖衬衣；陈玫君则是黑色镶边银白短袖衫，下配纯白色紧身长裤；连光头也换上了黑白方格T恤衫；而他自己还是那件留有多次烫洗印痕的淡紫色衬衫。

光头举起茶杯，抿了一口，"今天是培训班的最后一天，马上要各奔东西了。时间真快……"

胖女人接口道，"只要身体还好，以后我们组个团周游各地，到长白山、内蒙古草原、香格里拉，还有新疆，趁还走得动的时候多看看。"

此时，瘦男人走到边上，使劲搓着手，"想通了，还不如早把那点存款基金都拿出来，索性参加一趟环球游，时间长一点，三个月就三个月，跑遍全世界，看遍五大洲，此生无憾。精神放松，烦恼全消，说不定回来后，CT一做啥癌细胞统统没有了。"

胖女人轻轻哼了一声，白了他一眼，"就你想得美！钞票用光了，成了脱底棺材，看毛病怎么办？"

瘦男子眨了眨眼，"不想得美，还能活到今天！"

一辆金龙客车缓缓驶上大门前的车道，刘董事长快步从大堂另一侧走来，向大家招招手，上车吧！

徐生白坐在车身中部，斜对面是陈玫君和胖女人。大巴车拐出度假村，驶上轩敞的快车道，窗外成片的田畴、蜿蜒的溪流、逶迤的山丘浸润在晶亮的光焰中，洋溢着丰盈葳郁的绿意，允诺着从天而降的意外惊喜。车厢里则浮漾着喜悦与哀伤混杂的气息。徐生白长时间地望着坐在前排的刘董事长和那女子的背影，他们俩的头不时碰凑在一起，像一对相依为命的禽鸟。女子浓密鲜亮的黑发披垂在他稀疏的白发上,一颤一摇,应和着车轮有节奏的颠簸。恍然间,徐生白心中滋生出一阵莫名的感动,霎时间臻于顿悟(以前只是模模糊糊感到):其实活上一年、五年、十年、一百年,甚至一千年都是一样的,抓住眼前,勇敢地去爱。不要胆怯,尤其不能一直沉陷于死水般无所动心的牢笼之中。

而此刻屈尚奇打来的电话更让徐生白精神变得亢奋起来:融资平台开张才几个月,业绩不俗,下周要举办个晚宴,请几个当红的电视明星主持人坐台压场,包管能招揽到大量新客户——真是财源滚滚。那一刻,徐生白仿佛看到了一簇簇人民币袅袅飘扬,金光灿灿,覆盖了大半边天空。

不知不觉间,大片细碎的云絮滚涌而来,天色昏暗下来。没多久,学员们纷纷下了车,步入景区大门,穿过一片开阔的空地,向左一拐,沿着平缓的石阶款步而上。两侧的山坡上有一片密匝的竹林,一股尖新的清香扑鼻而来,引得人们啧啧赞叹;猛然间一阵风袭来,它化成了浩荡汹涌的大海,阳光掠过,霎时间印染出绚烂多彩的色调,随即又恢复到凶险幽秘的本相。徐生白痴迷地看着,默然体察着葱翠的竹枝激荡起伏的节奏,仿佛折返到了创世之初混沌迷蒙的洪荒年代,又一次感悟到了造物主生生不息的舞步,无时无刻的诞生、死灭,随后又是蓬勃的新生,画上一个个生死轮回的圆环。

行进到半山腰,路面变得平直起来,一座寺庙金色的琉璃瓦屋檐在不远处崖石的缝隙间耸露而出。陈玫君走在刘董事长左侧,两人有说有笑,谈兴正浓;那矮个女子在右侧尾随,时不时侧转脸来,微微噘起嘴。不要再欺骗自己,陈玫君有意在躲避着徐生白,不让他近距离接触。但徐生白还是入迷地看着她摇曳的背影——美的幻影，幽渺，可望而不可即。

徐生白加快脚步，走到矮个女子背后，她回转身，亲切地对他笑了笑，"徐老师，你爬得这么快，好厉害！"

一股灼热的气息从她年轻的身体里源源不断地流淌而出，徐生白苦涩地笑了笑，直愣愣地盯视着陈玫君的后背，"到底是外强中干，哪能和你比！"

"听说徐老师这几年还一直坚持创作，真让人感动！到底是知名的大作家！"

"哪里说得上，苟延残喘而已！"

陈玫君猛地放慢脚步，回头快速瞟了他一眼。

太遗憾了，为什么不是陈玫君和他聊天！

转眼间，阳光在云层的裂隙口缓缓挪移，衍射而下，将前方修葺一新的庙宇映染得璀璨无比。胖女人用毛巾抹了下额头上的汗，拉直帽檐，高声嚷道："进去烧个香，在菩萨面前求个吉利！保佑大家来年再聚！"

学员们伫立在土黄色的照壁周围，左顾右盼。光头拍了拍雪亮的脑袋，"抓紧时间，一起进去吧！管它灵验不灵验，多活一天也是够本了！"

众人鱼贯而入。大雄宝殿前的广场上，三三两两的香客围拢在灰黑色的大香炉前，捧着数支纤长、冒着袅袅烟气的香条，虔诚地作揖。浓烈的熏香使徐生白顿时感到一阵晕眩，胃里泛起一阵恶心。此刻，陈玫君站在他左前方，正是搭话的大好时机。然而，他双手抚着腹部，一时间竟无法振作起精神来。

大雄宝殿一侧，几个身着袈裟的和尚坐在长条桌后，桌的一侧立着一个大红的功德箱，陆陆续续有香客往里面投入钱币。正中大红香案上萦回缭绕的烟气，裹卷着跪伏的香客口中机械地流泻而出的单调的诵经声，袅袅飘升，汇聚到大殿后方高大威严的佛像上方，喻示着慈悲、超度、西天极乐世界的奥义。刘董事长大步来到桌前，先和老和尚寒暄了几句，等学员大都入殿后，他环视四周，从旅行包中掏出一大摞捆扎齐整、约莫有半人高的百元大钞，搁到桌上，轻轻叩敲了几下，高声说，"我捐了——十万"。

一时间众人凝神屏息。老和尚起身拱手道谢，连呼阿弥陀佛。学员随后叽叽喳喳议论起来：

"我有那么多钱的话，也捐了——反正生不带来，死不带去！"

"实际上心诚就可以了，捐那么多做啥！搞得世界上好像只有他一个人有钞票似的。"

"不能这样说！人家心诚，铜钿多肯做好事，这样的人到底是不多的。"

兜转了一圈后，学员们纷纷走出寺院。不远处的山坡旁，矗立着一座灰黑色、屋顶呈卷棚状的古典建筑，走近发现原来是一家茶楼。那矮个女子笑吟吟回转身，向大家招了招手，"大家进去喝杯茶，休息休息！"

轩敞的店堂暗沉沉的，朝里紧邻一个露天小院，里面摆放着林林总总造型多姿的盆景，青翠的山石，晶莹的溪流，白净剔透的卵石，再加上九曲百折的虬枝，组缀成了一个小世界，就精致和格局而言虽比不上日本的微山水，恍然间却也让人仿佛置身于极乐世界。

刘董事长为众人点了茶。墨绿色的茶叶缓缓沉到杯底，茶香浮漾在晚夏温热的空气中，催生出种种遐想。徐生白望见刘董事长在右侧的小方桌边和光头交谈着，矮个子女人坐在他一旁，双手托着微微泛红的脸腮。刘董事长抑扬顿挫的声音飘掠而来，"大家高兴，我心里就满足了。"他连连摆着手，"不要谢我，不谈钱的事！只要身体健康，我们明年再来！"

光头抿了一口茶，"随便怎么说，我是够本了！想想倒在战场上的战友，我怎么也该知足了。那真叫命悬一线——一个比我还小两岁的福建小伙子，在我后面几步就被冷枪打中了！那么年轻，真可惜！"

矮个女子摸着刘董事长的手腕，"你少喝点，一醉茶，晚上睡不好——什么都不能过度！"

刘董事长愣了愣，憨然一笑，"你看，她又管我了！——好，节制点！是该节制点，这个道理谁都懂，但生命宝贵，来这儿的人谁头上不悬着把刀，说不准什么时候就落下来了，一切就都结束了。我是舍不得这一切。"

光头眨了眨眼，"你福气好，小妹妹这样全心全意照顾你，比亲生女儿还亲——哪里去找。你会好的，现在已经四年了，过了五年基本就稳定了。时间过得很快的，一到八年一般不会再复发的。我只有两年，有信心撑到五年。好好调养，关键要有信心，刚刚在庙里拜过菩萨了，心诚则灵！"

一只苍蝇停在杯沿上，徐生白刚抬起手掌，倏忽间它便灵巧地飞离。他慢悠悠地嚼着花生，扫视着室内的病友，好似看到了一大群逡巡游走的骷髅，阴惨惨地聚集到太平间门口。

徐生白浑身不由自主地打着战，转过头。此刻陈玫君正在院子里细细观赏盆景，他忙起身出门，走到她身边。她见他过来，本能地退了半步，微微笑了笑。他们俩面前的盆景铺陈出一方险峻奇美的山水胜景：直冲云霄的山崖，狭逼的峡谷间奔涌而过的江河，几叶顺流而下的舟楫，嶙峋的山石间稀疏而葱郁的绿丛，活脱脱点染出"两岸猿声啼不住，轻舟已过万重山"的壮美意境。

时届正午，云絮渐渐散去，密匝的阳光变得滚烫起来，四周湿热的空气沉甸甸地黏附在皮肤毛孔上。徐生白抹了抹汗津津的额头，定睛注视着近在咫尺的这个女人：高耸的乳房、秀美圆润的脖子、修长的大腿，而在这优雅的美的表相背后，一度遭受重创的成百上千的病魔躲藏在不见天日的暗角中，积蓄着力量，等候那激动人心的号角声，再度聚集，向心肺肝肾等脏器发起新一轮凶悍的攻势。而在她貌似淡然、平和、温雅的表情中，烙上了与疾病厮杀、搏斗的缕缕印痕。

茶楼里喧哗的声浪再一次涨涌而起。是时候了——不能再犹豫了。寒暄了几句后，徐生白猛地转过身，走到她身后，贴近她耳根，低声说道："你考虑得怎么样？"

陈玫君惊讶得张开了嘴，"你要我考虑什么事？"

徐生白鼓足勇气，"那天刘董事长生日晚会上说的……你不会忘记了吧？"

一阵冷场。徐生白看到她的脖颈急剧抽动了几下，肩膀来回摇颤。他握紧拳头，抬高了声音；"虽然认识你没多久，但我的生活中已不能没有你……你不要笑我，不要说我疯了。这全是真的，我们都患上了绝症，不能也没必要撒谎。"

他停顿了一下，偷偷觑视着她脸部的表情变化，"你是那么美，气质那么好——我从来没有见过像你这么美的女人。我的生活中不能没有你。自从患上这病后，我不但身体垮了，而且才思枯竭，写不出任何东西。见到你以后，我又有了新的灵感，觉得自己又得救了，又有了希望。求求你，不要笑话我，再好好考虑一下，我是真心实意的。有了你，生活才有希望。求求你，给我一次机会。"

此刻，胖女人站在门槛上，笑呵呵地向他们俩招招手，"谈得这么投缘啊？要上车了，快过来吧！"

陈玫君回过头，脸上挂着梦幻般的笑容，随后拍了拍徐生白的肩头，"这是不可能的。"

徐生白顿时脸色煞白，茫然地伫立在原地。她甩了甩胳膊，走向茶室，"你啊你，你真像个孩子——你不了解我，你一点都不了解。"

八 归妹

归妹卦（兑下震上）

归妹：征凶，无攸利。

I

徐生白为时不久的平静生活又一次被扰乱了,呈现出心电图般不规则波动的曲线。

这不单单是由于他在康复培训班上受到的心理冲击,而且也受了女儿波澜丛生的婚事的刺激。

已经过了上午十点,下午两点男方便要上门迎娶,徐生白家里正陷入热气腾腾的忙乱之中。为了侄女紫彤的喜事,姑姑郁雯一大早便赶过来帮忙张罗。这孩子让长辈一点不省心。就在上星期,紫彤就莫名失联了两天:手机打过去永远是关机,慕仁那边竟然一点没消息,同学、朋友圈里无人知晓她的行踪。莫不是被绑票了?徐生白额头上沁出了硕大的汗珠。最后他无奈之下报了警,警察通过卫星定位,最后在郊区临海的一家连锁小旅馆中找到了她。等回到家,她一脸无辜地瞪大眼睛:"老爸,你急什么?我这不好好的。瞎担心什么!下星期我要结婚了,我想再享受几天单身的时光。这几天我一直在海边散步,秋天的海水净化了我的心灵，我一下长大了。"

徐生白苦笑了笑。在那一瞬间，他窥视到了女儿潜伏在一层层颇富沧桑感的褶皱之下隐秘诡谲的心思。这些天他自己又一次站在了人生的十字路口：像是一阵粗野的飓风刮过，撞击着纤细柔嫩的神经末梢，先前苦心经营的精神平衡一夜间崩塌，曾经孜孜以求的无所动心的境界豁现出了呆板、枯槁的本相。他早已不再操练气功，死神繁密喧嚣的舞步时时刻刻在耳畔萦回盘绕，而死亡之舞原本也是生命之舞，在死神狰狞的面具下，在令人眩晕的抽搐痉挛的节奏中，他嗅到了几许复活与新生的气息——留给他的时间份额就这么多，从此不要再有那么多的瞻前顾后左思右想，而是往前走，径直往前走，不要停步，自由自在、率性适意地去拥抱生活，勇敢地跳入百转千折、湍急汹涌的河流中，在尖耸陡峭的波峰巅动摇摆中走钢丝般持续前行。

这些天，徐生白陷入了没有把握取胜的拉锯战。他贸然闯入了女人迂曲盘缠的内心迷宫之中。那是猎人与猎物间永恒的博弈，他既小心翼翼，又持久不懈，好似投入了一场高潮迭起的电玩：发消息，不管对方回不回，每天定时定点，哪怕被她拉黑——尽管摆出不搭理、死命抗拒的高傲姿态，但她竟然没把他拉入黑名单。他似乎在幽深的地下隧道中踽踽前行，将他的爱意源源不断地转化成对方生命中一日三餐般的滋补品。正当他万念俱灰，打算放弃之际，终于迎来了一线曙光：仿佛是不堪其烦，也可能是被哪个温热的词语精准地击中了软肋，陈玫君终于答应到一家咖啡馆和他碰面。

初秋的下午，余热尚存的阳光衍射在奶黄色的桌面上，与店堂后方黑黝黝的吧台酒柜形成了醒目的反差。陈玫君抿了一口拿铁咖啡，盯视着徐生白，瞪大了双眼，"你到底要我做什么？"

她狭长的脸富于大理石的肌理，在豁露在半敞的黑绸衬衣的前胸的映衬下，闪烁着银灰色的美艳。长久的等待。她等待着，等待着滚烫的吻落到被病魔侵蚀的脸颊上，落到肥厚的嘴唇上，落到锁骨下方蒙着灰色阴影的凹陷处。那堪称是命运之吻，甜蜜而枯涩，脆弱而羞怯，充满着温柔的诱惑。徐生白俯身向前，落下了那一吻。

空气中弥漫着一丝浅淡的陶醉，掺杂着些许悲哀。他们俩互相在对方眼中看到了爱，看到了死亡。似乎是达成了某种默契，在各自生命掐指可数的余下的时光中，他们调整好节奏、步态，直到赤裸裸地踏入永恒的黑暗。

一方是离了婚的女人，另一方则是与妻子若即若离的男人。两个人仿佛长时间站立在荒僻的海滩边，置身于浩渺无垠的天地的框架内，无所依傍，无所皈依，面面相觑，在被吸附到虚无的深渊之前，将这段残损的爱推向绚烂的极致。他们清晰地看到了生命的大限之日，而旁人还是雾里看花，有意无意地将它掩藏在厚实华贵的帷幕之后，无限期地将它推迟，好像这样死亡就会被剔除屏蔽——其实与他们这些病人相比，那一刻或许会更早地降临到生龙活虎的健康人头上。

反正他是豁出去了。

此时，楼下猛地响起清亮的门铃声，郁雯疾步上前开门，原来是伴娘晨佳来了，紫彤中学时的闺蜜。郁雯压低了声音，"你来得真是时候，紫彤今天一大早情绪就不大对头，新娘子的衣服裙子都不肯好好试，谁的话都不听——你快去劝劝她！全靠你了！"

II

徐紫彤趴伏在床面上，上身压着一张揉捏得七凹八凸的世界地图，小腿往上微微翘起。她时不时凝望着粉白的天花板，手指尖在用红蓝绿黄棕色标示的国家间来回穿梭滑动，在某个块面抠挖下去，留下一抹深深的印痕。恍然间她好似腾空而起，飞翔的感觉真好！整个时空被压缩叠合，她霎时间漂洋过海，游历了那么多国家，领略了那么多绚烂奇丽的风光。刚才她是如此亢奋，使劲拨弄抱在怀中的柔滑的地球仪，猛然间一失手，它砰地摔到地上，球体从棕黑色的曲轴上滚落而出，斜向前行，碰到墙角才停下。

此时此刻，徐紫彤依旧待在父亲的家中，依旧等待着一个再俗不过的婚礼，完成人生的一大使命。在这个无形的城堡中，仿佛有阴森的魔咒将她锁闭在坚不可摧、镀了金的铁笼之中。

时间分分秒秒地流逝。还有半天，最多四个小时，慕仁家迎亲的车队就要来了。而推门而入的晨佳出演的也是沿袭了千百年之久剧本中的角色：伴娘。

晨佳身着蓝白双色短袖衫，"亲爱的你怎么了，快点穿啊。都什么时候了！"

紫彤努了努嘴，默然不语。晨佳一个箭步上去，在她腋下重重挠了几下痒。紫彤尖叫着挣脱出来，"呸，你这坏蛋！"

"你今天到底是怎么了？"晨佳坐在床沿上，捋了捋披在肩头的卷发。

紫彤瞪了瞪眼，"没什么——就是不开心嘛！"

"今天是你大喜的日子，发什么神经，快点。你看看我！"晨佳将那套淡粉色的连衣裙穿上，在大衣橱上镶嵌的镜面前打量了许久，提起左腿，打了个回旋。随后转过身，"怎么样？还可以吧！"

她随后从橱里拎出白色婚纱裙，"快过来试试！"

紫彤扬了扬眉毛，"还是你穿吧，你身材好，人又高，怪不得菲利浦那么喜欢你……"

高中毕业后，晨佳也出国留学，但去的是欧洲的法国。在巴黎，她结识了比她大二十岁的摄影师菲利浦，两人很快坠入了情网。为了获得在法国长居的身份，本科毕业后她又继续攻读研究生，最近回来度假，便来做紫彤的伴娘。

晨佳无奈地笑了笑，上前在她额头上亲了一下，"发什么傻！好了好了，亲爱的放心，我不会抢你风头的。你总算是有了归宿，我跟着菲利浦，不知飘到哪年哪月呢！"

紫彤嘻嘻一笑，"你还是那么贪心！别不知足，将来生个漂亮的洋娃娃，人见人爱，别人想要还觅不到呢！再说你和他不结婚也不吃亏，不都说在法国同居也是受法律保护的。"

房门上响起啪啪几下敲叩声，晨佳打开门，见是姑妈郁雯。她上身穿着湖绿色的短袖衬衫，对晨佳使了个眼色，走到紫彤跟前，"不管心里有多么不痛快，今天毕竟是你大喜的日子。听姑姑的话，别闹了，快抓紧时间！"她将紫彤推到大衣橱的落地镜前，将层叠的白色婚纱裙抖松开来，罩到她身上，"也是可怜，你妈死得那么早。你爸又讨了这么个狐狸精，不过他这几年生了恶病够倒霉的，而你爷爷奶奶一个都不让我省心，奶奶骨折刚好没几天，爷爷就中风瘫在床上，真是想不到，平常看上去身体都蛮好的！现在我做姑

157

母的也帮不上你什么，只求你平平安安过日子。你看看，多漂亮的新娘！"

紫彤扭转头，依旧沉默不语。

此刻，门豁露开一道缝，贾欣怡神情俨然地走了进来。

郁雯回头瞟了她一眼，"哎，我的小祖宗，还没正式过门就这副腔势，以后日子怎么过——听姑妈的话，时间不早了，快点穿婚纱吧。等会儿人家迎宾车就要来了，别耍小孩脾气了！"

贾欣怡搓着双手，"哎，真难为她了！男方的条件实在也不怎么样。婆婆身体不好，住在一起不要太挤了，小夫妻有的苦了！"

郁雯咬了咬嘴唇，"要一步到位也不现实。现在老房子先简单装修一下，以后经济实力强了，再换新的。再说男方还有老房子等着拆迁。"

贾欣怡噘了噘嘴，"拆迁——这事恐怕一点影子也没有吧，不知道要等到猴年马月呢！现在房价火箭样往上蹿，三五百万买下来的房子破破烂烂的，一点都不像样。不靠爹妈，只有喝西北风去了！"

郁雯搔了下头皮，"也不能把孩子宠坏了。刚结婚房子就想如何大如何好，还是得靠他们自己奋斗。男的看上去还算赚得动，在陆家嘴大楼里上班……"

贾欣怡踱到郁雯跟前，拍拍她的肩膀，"姐姐你是看花了眼，在陆家嘴上班的人不要太多喔。你没看见，有多少人表面穿着挺括得不得了，里面一塌糊涂，其实赚不到多少，每个月付了房贷手头紧绷绷的——真是一天世界！讲讲男方也算是上海人，弄得这样没面子！"

紫彤垂下头，耸了耸肩，走到窗前，默然凝视着远方飘浮着大团云絮的廖远的天空。贾欣怡皱了下眉，"紫彤，听妈句话，开心点，笑笑，办喜酒的日子还板着脸，别人会觉得不吉利，心里不定会想怎么像是张寡妇脸！"

霎时间，紫彤狂吼起来，"去去去，滚开！你们都滚开，这婚我不结了！不结了！"她攥紧拳头，上下挥动，牙齿咬得咯咯作响，在地面上蹦跳，"告诉你们，我就是不想结了！"

此时，徐生白正躺在楼上卧室的床头，半合着眼帘。经过剧烈的感情波动后，深重的疲惫覆压在他头顶上。他想美美地睡上一觉，无牵无挂，然而还有一下午的折腾忙乱。他将搀着女儿，在众目睽睽之下将她交到慕仁手中，尽到做父亲的责任，父爱再俗套不过的表演。

迷迷糊糊间，他构思的小说中裴邦济八十年代在上海的踪影浮现而出，八十年代是徐生白的青葱岁月，一晃二十多年过去了。窗外街市日新月异、繁华富丽的新上海在他眼里已是一座全然陌生的城市，他还记得它灰蒙蒙的岁月，记得深陷在破败凋敝的泥沼中难以自拔的那个上海：夜晚外滩密密匝匝挤挤挨挨的情人墙，国庆日璀璨夺目的灯火，从早到晚挤得罐头般水泄不通、蹒跚前行的公交车，潮水般泛滥的自行车，老城厢狭逼污浊、臭水四溢的小街，弄堂口油烟熏天的大油锅。他笔下的裴邦济就在这座昔日远东的巴黎蜿蜒弯折的肠道中穿梭往返，它魅惑无比的锦绣衣装早已黯然失色，只剩下一副锈迹斑斑、松脆干瘪的面具，而他将五味杂陈的感受浇灌熔铸到一长串鲜亮明晰的图景之中。

听到楼下突如其来爆出的骚动喧响，徐生白警觉地坐起了身。

事到临头，一点都不省心。

III

徐生白没想到——其实谁也没想到，临近傍晚天空竟洒下淅淅沥沥的雨来。早先的天气预报上只是说有小雨，但这小雨不知不觉间变大变密，迷蒙的雨帘将整个上海包裹在黏腻的潮气之中。

女儿紫彤的整场婚礼就在雨水触发的猝不及防的纷乱扰攘中开场。从黑色宝马车罩了雪白洁净座套的后排起身、弯腰出门，小心翼翼地躲开大大小小的水洼，踏上湿滑、多处深度磨损的灰色台阶，步入大堂，徐生白便时不时感到一阵昏眩从身体某个隐秘的角落流泌而出，随即侵袭到全身。四周围翻涌着吵吵嚷嚷的漩涡，就像进入了一个昔日大世界那样的杂耍游艺剧场，而远远近近游走的人影，时而踩着优雅的华尔兹舞步，时而变得狂野不羁，东扭西歪，仿佛在硕大的幕布上投射着一出出跌宕起伏的皮影戏。

尽管紫彤是初次结婚，但所有的程序都是事先搬演过无数次的老套。在刺眼的聚光灯的照射下，徐生白挽着女儿湿漉漉的手，沿着铺满了五颜六色纸屑的高台，在婚礼进行曲舒缓柔美的旋律中一步步往前迈进，新郎慕仁便是终点站，是最后的归宿。他体内漫过一股股寒意，浑身发颤，走到慕仁面前时左右摇晃，有点站立不稳。

大事不好，头晕变成了恶心。幸好徐生白已坐回到主宾席上。他半合上眼，似乎想借此抵御沉浊湿热的空气的重压。贾欣怡和郁雯坐在两侧，他丝毫没有说话的意愿，独自一人漂荡在浩渺无垠的孤寂的大海上方。一切都是在表演：新娘经过白天一番要死要活的折腾，无精打采的神情，强颜欢笑的面具；而新郎则昂着头，摆出一副无畏者的姿态，好似钉在十字架上的耶稣忍受着那一场漫长而痛苦的刑罚。

喧嚷延续着，无休无止，没完没了。当那个穿着挺括西装、眉眼细小的司仪宣布新郎新娘当众喝交杯酒时，全场爆出一阵阵尖利的欢呼。彩灯在台上闪掠而过，将宝塔状的多层蛋糕映照得分外妖艳。徐生白肚子里此刻已是翻江倒海，面对满桌口味浓重、油腻十足的菜肴，丝毫提不起胃口。他歪斜着头，木然地看着分坐在两侧的郁雯、欣怡。她们分明是怀着难以释怀的敌意，但又不得不紧挨在一起，忍受着对方气味熏鼻的毛刺的碰触骚扰。没多久，徐生白肉体的不适从胃部上移到了胸腔，像在海上晕了船——已到了爆裂的临界点。在浮漾着大团肥厚泡沫的表层之下，是冰川一般冷凝的底层，肃穆的白色之下蕴藏着诸多玄奥的机关，左右着人们的生生死死悲欢离合，以及宇宙生生不息的轮转沉浮。

紫彤、慕仁像跑龙套的演员，没在桌上坐稳多久，就又起身去各桌轮番敬酒。紫彤不停地换行头，此刻褪下了白色的婚纱裙，换上了紫红色的短袖旗袍，柔滑的臂肘闪烁着金黄色的微光。慕仁的父母坐在圆桌的另一侧，徐生白强打精神，有一句没一句地和他们寒暄着，贾欣怡则殷勤地为他们斟酒搛菜。他们俩的年龄虽然和徐生白相差不大，但早已迈入了迟暮之年。亲家公的脸上虽经修饰，但仍掩盖不住稠厚的皱纹以及垂落在耳际额头上的白发；而亲家母乍看之下精神颇为矍铄，好似浑身的细胞都悉数张开，热切汲取着外界涌动的新鲜养料，但转眼间便疲态毕露，倚在椅背上，合上眼帘。

徐生白的老父亲此时此刻便瘫倒在床上，他虽然是个医生，却无法将自己从病魔狰狞的爪子中拯救出来。他在街道医院登记了家庭病床，每天有护士上门吊针，还请了全天候照料的阿姨。也好！如果他一命归天，就不会有白发人送黑发人的哀痛了。这几年这成了在徐生白心头盘绕萦回的一个心结：如今做儿子的最受不了的便是与父亲四目相对——那一瞬间会被无限拉长，无从逃避。

时至婚礼中场，大快朵颐之余，不少人开始有些意兴阑珊。屏幕上依旧轮番滚动播放着新人的新婚合影，金黄色的沙滩，银灰色的海面，带着瑞士风情的精巧的湖畔小屋，硕大的人工草坪，各式奇伟壮观的风景名胜，在柔美、纤巧而近乎空茫的背景乐中，两人置身其间，相依相偎，一派恩爱情深的模样。此时徐生白精神好转了点，细细地打量着女儿女婿秀恩爱的场景，标准化的姿态，极度美化、夸张的形象，像是一串虚拟出来的影像——真人肤浅的影子。

要是陈玫君在自己身边该多好！徐生白浑身抽搐了一下，叹了口气，猛地抓过茅台酒瓶，抿了一大口。欣怡见状，一把拦住他，"你疯了，不要命了！"

女儿结婚连酒都不能尽兴喝几口，他不禁悲从中来。

但欣怡的确是为他好！你别忘了，一旦复发起来会有多悲惨，像狗一样趴在床上，奄奄一息，连最简单的呼吸咀嚼都成了难以承受的重负；一时间又死不了，从早到晚在生与死的夹缝口盘桓。

他垂下头，嚼了一大块牛肉，纳入的高剂量蛋白质使脑细胞顿时亢奋起来。他从口袋中掏出袖珍笔记本，快速记下方才在脑海中疾驶而过的丝丝缕缕的灵感——还是《大江东去》的零散片段：

> 深秋的黄昏时分，整个城市沉溺于一种挥之不去的懒洋洋的氛围中。裴邦济从办公室的窗户望出去，法国梧桐树茂密的枝叶悬浮在这条旧日法租界陈旧的街道半空。时届八十年代后期，他已在这家中美合资机械设备制造公司担任了三年半副总经理。再过一个月，他便将飞回美国休假，和妻儿团聚后再去探望老母亲。
>
> 总算是一步步适应过来了，难以想象的艰难的磨合。烦琐的审批盖章，严格的税务系统。与中方经理之间也是磕磕碰碰，时有摩擦冲突。一切都越出了自己的控制范围。还好有二伯帮忙疏通关节，才得以一一渡过难关。
>
> 父亲前不久过世了。但让人宽慰的事也有：妈妈那边的亲戚都找到了，有个舅舅是某个民主党派的头面人物，做到了政协副主席的高位。其他表兄弟表姐妹境遇大多不差，反正大多是熟悉的陌生人。台湾那边的亲戚陆陆续续飞过来探亲，准备明年春节在上海好好聚一下，都快四十年没见了。
>
> 裴邦济不止一次扪心自问，他何苦来上海折腾？不如早点打点行装回美国去。她与那女孩张颖玲的关系持续了一年多，但一时间又甩不掉，至少得搞个担保把她弄到美国去，否则她真会将他搞死。

徐生白搁下笔，重重地喘了一口气。左邻右桌爆出一阵阵劝酒的嬉闹喧响，时起时落。程式化的表演继续着，世界就是个大舞台，每个人都是演员，不管演技卓绝还是拙劣，过去是这样，现在是这样，将来也还是这样。朋友们陆续走到桌前，敬酒恭贺。贾欣怡侧转过身，用胳臂肘狠狠戳了他一下，"看你痴不痴，这个时候还写什么！快点起来回礼！"

在发出婚宴请柬的几个朋友里，俞日新因去意大利办画展没能赶来，屈尚奇擎着满满一杯暗红色葡萄酒，一饮而尽。他将酒杯微微一斜，拍了拍徐生白的肩膀，"恭喜！——顺便告诉老兄一声，公司盈利情况不赖，可谓财源滚滚，到月底老兄账户上又可以多出几位数红包了！瞧，听我的话没错吧！这世道就是撑死胆大的，饿死胆小的！"

霎时间，徐生白的视线变得模糊起来，屈尚奇表情丰富而诡谲的脸仿佛沉落到一团浓雾中。前不久他听人说，屈尚奇公司操控的金融平台暗地里已出现了纰漏，如不及时填堵上，资金随时会中断，搞得不好接下来就是汹涌的挤兑风潮了。自己也不用脑子仔细想想，百分之三十四十的回报率从哪儿来，今天哪个行业能短时间内赚这么多的钱？

这种感觉徐生白并不陌生。去年动了手术切除肿瘤后，麻醉药的后遗症至今让他胆寒，尤其到了夜晚，幻觉频频来袭，沉重的躯体一下变得轻飘飘，病房墙上浮动的黑影成了硕大的猛虎，火一般辉煌的情景令人眩晕发狂。

单调的背景音乐从厅堂深处传来，上下左右盘旋萦绕，缓缓渗入众人沉浊衰朽的肺腑之中，激起噼里啪啦的震颤。屈尚奇耸耸肩，飞快地眨着眼，"这几天我正在筹备一个大型晚会，请了几个名角大腕来撑台面。的确，近来风言风语不少，这时候正需要提振一下士气，给人们以希望，让人们看到我们这个平台在惊涛骇浪中能屹立不倒，不要去轻信别有用心的谣言——到时还有劳老兄过来站台！"

徐生白不置可否地哼了一声。此刻，已有一些客人离场，紫彤已换上了黑底散缀着玫红图案的晚礼服，和疲态毕现的慕仁一起恭敬地和来宾一一握手送别。徐生白总算是完成了自己的一项人生使命，顺顺当当将女儿嫁出去了。

一张张似曾相识的脸飘弋而过，瞬时间膨胀放大，占据了徐生白的整个瞳孔，随后又疾速萎瘪收缩，沉落到这座巨型都市斑驳嘈杂的角角落落。而欣怡这张妖精般妩媚多姿的脸，还无不挥霍地享受着令人美艳的巅峰岁月，但每道皱纹里都涂满了背叛、谎言与污秽，他早已熟视无睹。如今她外出过夜的频率越来越高——自然有出差作为坚实的挡箭牌，她对他的态度也像初春的天气那般忽冷忽热，没来由的温柔衬配上粗野、近乎歇斯底里的暴怒，实在让人难以捉摸。

和庄梦晴好久没联系了，她成了徐生白生活深远的背景上一个不起眼的点缀，一方褪了色的斑块。乐声戛然而止，随后他又像从梦中惊醒，重启新一轮的旅程。旋律飘落到他的耳郭内，仿佛比先前萎弱了不少，像病人在弥留之际的唏嘘叹息，空茫而无力。客人正一波波地离去，汇入楼外宴会厅顿时豁露出了大片空白，如黎明时分海水退潮后狼藉污浊的沙滩。余下的人们依旧说说笑笑，尽情地咀嚼着各式佳肴美食。

徐生白坐回到桌前，眯着眼养养神。下星期又要去医院复查，他的心霎时间又悬吊了起来。紫彤和慕仁站在门口，在灰绿色的地砖上投下了尖长的影子，前后左右挪移拉伸。天下没有不散的宴席，就像灰姑娘故事中说的那样，到了午夜时分，一切都将显出原形，脱卸下风光招摇的礼服，回归庸常的本相。

猛然间，徐生白眼眶里积聚起一汪泪水，在这对新人身上，他仿佛又看到了自己的青春岁月，看到了自己和紫彤的妈妈手挽着手，在众人羡慕的目光中走向婚礼的红地毯。不一会，女主角悄然换成了贾欣怡，但自己却开始皮肉松垂，鬓发斑白，只是靠了化妆师精湛的技术，才没有露出破绽。徐生白到了这个年纪，原本大半身子已入了土，患了癌症后只露出半个脑袋，勉强呼吸吐纳。

宾客散得差不多了，只剩下新郎新娘家的至亲在收拾盘碟，打包装盒。他们俩将在楼上的客房度过新婚之夜。疲累之余，怅然若失的感觉占据了徐生白的心胸。总算结束了——深重的虚无感再次升腾、弥散开来，他无奈地看了眼忙于打包、拾掇的欣怡、郁雯。再华美辉煌也难逃衰败的命运，步入腐烂的轨道，只有一把火才能将一切烧得干干净净，只有火焰才能更新宇宙，净化世界，净化你我的灵魂，将它们超度到水晶般澄澈的苍穹。

九 既济

既济卦（离下坎上）

既济：亨，小利贞。初吉，终乱。

I

一幅绚丽的山水画面再一次衍射到徐生白半开半合的眼帘上：乍看之下完全是传统韵味十足的水墨笔法，嶙峋险峻的山崖，迂曲幽深的海湾，三三两两的小船，远景中散缀着的房舍楼台。然而，细察之下发现它们都染上了油画般浓丽的色彩，但它既不是将每片褶皱每道阴影线都纤毫毕现展示而出，也不像印象派那样率性泼洒色块，而是一种中和，一种杂交而生的新类型，是凡·高式的明清山水画——它便悬挂在这家滨海旅馆客房正对着床榻的墙面上。

徐生白睁大眼，目光攀升至天花板，又一次掠过那幅画，沉落到下方驼灰色的地毯上，上面印上了重重叠叠交错纠结、红白紫色相间的曼陀罗花图案，细密交缠的花叶翻卷翘折，四周围配衬上仿英国乔治王朝风格的家具摆设，默然间往室内注入了些许华贵而神秘的气息。

来到香港这座城市好几天了，但徐生白尚未完全适应温热的气候，毛孔依旧蜷缩着，肌肉僵直，无法一下子松弛开来，仿佛从上海带来的、积蓄在体内的诸多寒意还没有释放殆尽。

才早晨七点多,街头疾驶而过的汽车在楼面上激起一阵阵震颤。他此刻觉得像是在一艘海船上漫无目标地飘移,又是强烈的眩晕,加上胃部一阵阵抽搐,罕有的恶心感泛涌上来,吞噬了他。想呕吐——后半夜已吐过两次了,此刻肚腹中已是空空的。他挠了下头皮,人竟然虚脱了,大半的活力被无形之手抽空了。

徐生白瞟了一眼凌乱的床被,心中浮起一丝恐惧,莫非真要不行了,自己孱弱的生命到此要画上休止符了?真是作孽!谁让自己如此不节制,不检点,一味纵欲。陈玫君早早起身,去海边看日出散步了。他们俩结伴而行,带着冲出牢狱的解脱感,大大小小的羁绊霎时间都软化下来,松脱开来,直至化为乌有。余下的只是在这精心酿制的仿古风格、带着浓郁异国情调的空间中构筑的私密的二人世界:弥漫徐生白整个身心的正是这种久违了的甜蜜感和幸福感。

此刻,陈玫君素白色衬衣的V形宽松领口时不时浮现在徐生白的脑海中,它陡直地往下跌落到胸部柔滑幽深的乳沟。在短暂的黄金时光,他霎时间冲上了性爱极乐的峰巅,仿佛坐上了海洋公园里最刺激最过瘾的过山车,一路颠簸摇晃,攀升跌落。他专注入迷地盯着她的瞳孔看,瞳孔深处恍如一大片波光粼粼的大海,和她近乎透明的肉身融为一体。在快乐的潮水退去后,一丝灰蒙蒙的悲哀悄然潜入心头,渐渐将明丽的快乐化解殆尽,留下一大堆灰烬,苍白的无聊。

报应——这是他们俩全身心活在当下一刻的报应。他们如同两个被判了死刑只是执行日期未定的囚犯一样紧紧依偎着对方,穿过牢房幽黑阴湿的地道，顶开铁盖，钻出铁丝网，奔向望不到尽头的自由天地，在纤柔青葱的草地上打滚撒野。就这样，在这座陌生的城市，他们从早到晚徜徉于空旷冷寂的海滩，曲曲折折狭逼熙攘的小巷，乐声震耳欲聋、目光迷离暧昧的酒吧，走过绿意盎然、枝叶修剪齐整的公园中匍匐在教堂高耸的钟楼阴影里的喷水池，绕过粗大的水泥高架桥，不知不觉走近隐藏在昏暗角落、散发着阵阵恶臭的垃圾场。他们最喜欢的莫过于长时间地站在尖沙咀海滨步行道的围栏前，凝望着时时变幻着色调的海水，灰白色雾气中三三两两的鸥鸟来来往往，翩然飘飞。到了夜晚，暗幽幽的街市四周仿佛有数不清的幽灵张开好奇窥探的眼睛在成百上千的窗户后方盘桓游走，一张张陌生、似曾相识的脸蛋交替而过，女人挑逗味十足的媚眼瞬间让他怦然心动。他们从来没有像这几天那么珍惜时光，将分分秒秒内蕴的潜质发掘到极尽。

从一开始，徐生白就觉得在陈玫君古雅的外表下潜藏着某种深不可测的奥秘。这不单单是动不动就为六岁的儿子操心，担心他会被外公外婆宠坏；也不仅仅是暂时冬眠、随时会在最意想不到的时刻再度在胃部肆虐横行的癌症，而是更难以言说、更加隐秘的因素。一旦她换上家常衣服，先前那种妖媚迷人的光晕便如变戏法般消失，他所面对的只是一个病病歪歪、被层出不穷的琐屑俗事搅得心烦意乱的女人——这最让人受不了。他扭过头，真该狠狠掴自己几下耳光，怎么找了这么个女人。所谓百依百顺心心相印都是一厢情愿的鬼话！他累了，连早晨陪她去看日出都缺乏兴致。

银白色的天光弥漫开来，陈玫君该回来了。徐生白懒洋洋地坐起身，凝望着窗外缓缓扩散开来的晨曦。她那么迷恋太阳，站在晦暗不明的海边,看着太阳从地平线上蹿跃而起,驱散了黑夜:多么辉煌壮观的景象。远古洪荒年代的人们成群结队,虔诚地跪伏在地,赞美着太阳带来的光明和热力。

但如今陈玫君依旧是个陌生人,肉体上的亲昵并不能带来心灵的融洽无间。其实两个人除了做爱,并没有多少话好说。也许这只是好奇,心血来潮的冒险,生命临近尾声时一款近乎自虐的游戏罢了。

II

"我们有多幸福,多快乐!"徐生白张开臂膀,想把澄澈透蓝的天穹揽抱在怀里。

但并不像是真的,他眼前矗立着一座晶莹剔透的宏伟宫殿,从里到外遍体透明,没有一丝遮掩。阳光披垂在银白色的玻璃面上,衍射出宝石般璀璨的光焰,仿佛抖开了一幅硕大的珍珠帘罩,洋溢着天堂般的极乐、至福。四周围宽敞的广场上鲜花盛开,一个个立体花坛交错分布,玫瑰、百合、康乃馨、玉兰,多种格调不一的香气交汇,像波浪般起伏摇摆,直扑鼻孔。

他又一次睁开眼,匆匆瞄了一眼床头柜上的电子钟面,已过了七点。美美地睡了一个回笼觉,陈玫君还是没有回来。他在梦境中沉陷得如此之深,好长时间都无法顺畅地攀爬到日常世界清亮明晰的岸上。反正他现在也不急了,不管她回不回来,什么时候回来。霎时间,他觉得喉咙深处有点发痒,像是有一个调皮鬼不停地蹦跳抓挠,同时有团黏稠的液体流泌而出,胃也阵阵作痛。这诸多不适像在天鹅绒般完美柔顺的假期中暗暗戳出了几个扎眼的小洞。

徐生白懒懒地站起身,揪开一角窗帘。青灰色的海水滚涌而来,一波波汇聚到这个向里收拢的湾口,又纷纷掉转头,分岔奔流而去;前些天北方长驱而下的冷空气的余威使明暗错杂交叠的水面上闪烁着丝丝缕缕凛凛的寒光。

要命的是,他的心已失去了平静,沉落在紊乱混浊的漩流中。难以抑制的羞愧、绝望阵阵袭上心来:这些天来,阵脚全乱,往昔苦心修炼而成的那丁点功夫全然废弃,被一个神经兮兮的女人弄晕了头,从早到晚屁颠屁颠围着她转。要是老子、庄子真能还魂复生,在他们面前徐生白会无地自容到直不起腰来。除去身体原因不说,他整天神思恍惚,像在一条蒙罩着浓重的雾气的狭巷中茫然前行,无法集中心思,五官听任外界芜杂零乱的信息大肆入侵狂轰滥炸——他甚至听得见骨架嘎吱嘎吱摇颤的喧响,在某个瞬间像天际线上掠过黑天鹅一般轰然崩坍。

白天里徐生白可以尽情地欺骗自己,但夜深人静之际,他竭力回避、不愿正视的真相终于露出真容:他早就江郎才尽,丧失了写作的能力。怪不得这几个月断断续续写下的文字那么让人倒胃口,人物干瘪虚假,语词呆板枯涩,情节生硬无趣,自己读起来就感到恶心别扭,浑身起鸡皮疙瘩。他想把它们悉数抹去,哗啦啦扔入遗忘的深渊。

越写越灰心丧气,越是滞涩不畅越要坚持写。徐生白不无愕然地发现自己与裴邦济这个虚构人物竟然殊途同归,渐渐合二为一。长时间来他潜入后者的躯壳,感受外边的世界,将自己的感情灌注、填埋到他的肺腑之中:

时值1989年初，上海市民尚未从前一年前所未有的甲肝大流行的惊恐中恢复过来，而不久前的抢购风潮更使这座老旧蹒跚的大都市蒙上了一层挥之不去的沮丧。尽管裴邦济和亲友们在锦江饭店老楼的包房里欢聚，仍掩不住难言的怅惘。

酒过三巡，裴邦济感到一阵深深的疲惫。他有点后悔当初那么热心组织这样的聚会了。多少年不见，虽然对方的血液中流淌着和他相似的基因，但他们不过是一群熟悉的陌生人，一帮涂抹着亲属标记的道具罢了。这几年除了二伯那边因为公司业务走动多些，其他在上海的亲戚联系都不咸不淡的。各自的生活轨迹分岔开来，距离变得无限遥远。

上海的小辈们都一门心思找关系出国，他们这些海外的亲戚便成了首选对象，不胜其烦。说担保是名义上的，一旦他们真没钱了把你告上法庭，还不是吃不了兜着走。而且你的收入霎时间在别人面前曝光，怎么都有点不舒服。真是一帮不谙世事的年轻人，把美国想得那么好。

担保——想到这裴邦济急出一身冷汗。去年为了摆脱张颖玲这刁滑的女人，他花费了多少心思！

徐生白搓搓手，将窗帘拉开，漠然地凝视着窗外的景色。一长串灰色的云絮飘漾而过，鲜亮的光线瞬时间变得黯淡下来。他弯下腰，打开嵌在桌面下方的冰柜，拿出一罐可乐，拉开顶部盖子，抿了几口。一股清凉直透心底，他顿时觉得神清气爽。走道里传来拉杆箱滑轮在松软的地毯上碰擦出的喑哑的喧响，有人早早退了房，匆匆奔向旅程的下一站。

随后徐生白又沉落在这座大都市寂静的母腹之中。在寂静的子宫里，他听到的并不是死水般的静谧，不是平直、零度线上的空无，而是一脉若有若无的波澜，周而复始、单调的震颤，它挣脱了外物的羁绊、鼓荡，源自宇宙最幽秘的内核，一圈圈涟漪，从1和0开始，生发出纷繁的节奏、旋律与调性，衍化出绚丽的光谱色带。在这一刹那，它是菩萨脸上那一抹空灵的微笑，普度众生的热忱与涅槃的超然熨帖无比地融为一体。

III

在澳门老城区这条狭窄、呈阶梯状逶迤沉降的二三十米的小巷里，亭亭玉立的陈玫君成了一道惹眼的风景线。她身着一件长袖皮外套，一只殷红色的LV坤包斜挂在敞开的前胸前，与雪白的绸缎衬衣形成鲜明的对照，下身则配一条深驼灰色的短裙和黑色长丝袜。此刻，她不经意地微微歪着头，脸上洋溢着高浓度甜美的笑意，仿佛向苍天喃喃诉说着浑身抑制不住的喜悦与渴望。这条巷子名为恋爱巷，他们是通过网上游记寻到这儿来的。空空荡荡的道路中间及两侧三三两两的石钵中摆放着鲜丽的红白两色花朵，散发出阵阵深幽的清香，允诺着宁静长久的幸福，而斑驳褪色的栏杆及墙面上则缀满了凌乱、五花八门的涂鸦——各式直露肉麻乃至异想天开的表白起誓。

尽管和香港相比，澳门的气温骤降了好几度，空气中凉意深深，摩挲着娇嫩脆薄的肌肤，但徐生白依旧专注地用镜头咔嚓咔嚓捕捉着陈玫君的倩影美姿。他情不自禁地启动连拍设置，唯恐遗漏最美的刹那：他只是想将她的一颦一笑悉数收纳，将生命的全部精粹凝固在鲜亮的图像中。怪不得有些疲累，一大早从香港坐了喷射飞航，经过一小时剧烈颠簸抵达澳门后，他们俩几乎是一刻不停，相伴走过那些迂曲起伏、富于南欧风情的小街，它们破旧杂乱，灰暗无光，像老人脸上层叠交错的皱纹，沉淀着数百年岁月的沧桑与记忆，与夜晚大赌场大金牙般闪烁跳荡的辉煌俗艳的霓虹灯光焰形成了鲜明的反差。他们没想到在这片狭逼的土地上竟蕴藏有那么丰厚的古迹，规模远远称不上宏伟，但却五脏俱全，自成一体，意趣盎然。他们逛了妈阁庙、大三巴、大炮台，从清净古朴的圣奥斯汀天主堂拐转到精巧的岗顶剧院。在白鸽巢公园小憩片刻后，一路走到民政总署大楼，毗邻的小广场上熙攘的人流比肩接踵，在奶黄色廊柱下方一字排开的糕饼点心铺门口进进出出。

  游玩过程中，徐生白隐隐觉得陈玫君已不像前几天那么亢奋，精神没那么饱满。几丝黑漆漆的病灶躲藏在她疲沓涣散的表情后面，从脸部扩散到头皮、肩胛骨周围。当两人漫步在狭小的基督教坟场时，他自己像从深远的梦境中醒来，掠过脸上的风完全失去了热带的温情，裹挟着丝丝阴惨的气息。还是赶紧回去休息吧。他们在那家网红饭店尽兴吃了一顿香喷可口海鲜捞饭，顺路在邻近超市买了点面包和饮料，拖着略显沉重的腿脚，返回下榻的老葡京酒店。

  圆桶形的老葡京酒店在对街玲珑靓丽的新葡京酒店的逼视下，像是一个被遗弃的美艳女人。迷宫般弯折伸展的绵长过道，黑漆漆的大理石地面上跳闪着一束束金黄色光焰，两侧陈列柜中展示的宝石翡翠和木雕给这座老旧的建筑平添了几分富贵气。陈玫君睥睨着四周，目光中透着几分冷傲与漠然。两人踏入客房，护壁板、墙面花饰上暗淡的色泽，仿佛将人拖回到十九世纪，仿佛有众多的幽灵的身影在此游走萦回。徐生白顿时兴奋起来，上前一把搂住了陈玫君，想沉入那丰饶妖媚的温柔之乡。她低着头，将他推开："我累了。"

徐生白不由得感到几分扫兴。她先是躺倒在整理齐整的床面上，闭着眼睛，随后坐起身："你也休息会，我先练会功。"徐生白机械地点了点头。

陈玫君重重叹了口气，盘腿坐在床面，双目微合。不一会，她瘫倒下来，"太累了，我睡会。你出去走走吧。"此时刚过三点，徐生白走到窗台前，呆愣愣地凝望着楼外生硬枯涩的景色：灰白色的天穹下方，两条斜向街道在一排瓦蓝色的房屋尽头交合汇聚，前后左右车流奔涌不息。随后他拉上窗帘，从箱子里拿了本阿加莎·克里斯蒂的侦探小说《阳光下的罪恶》，拧亮台灯，静心阅读起来。

不知不觉间，他已翻阅了大半部。一切都是他喜欢的元素：度假胜地，俊男靓女，匪夷所思的谋杀。一环扣一环，无懈可击，克里斯蒂的书百读不厌。已经五点了。眼睛有点疲累，徐生白站起身，伸了个懒腰，扭转过头，一阵鼾声袭来。他跷起脚跟，走到床头，陈玫君的脸浮漾在黄昏暗淡的光线中，像一副僵死的面具。长久隐匿的病魔猝然显现，顿时将她打回原形。他咬着嘴唇，弯下身，她霎时间睁开眼，"我有点发烧，吃不下东西——你去吃晚饭吧！"随后她打了个呵欠，扭过头沉沉睡去。

徐生白起先有点惶然，一时间竟不知所措，随后换好衣服，轻轻走出了门。他有点担心，但愿她只是轻度不适，不然发起大病来怎么收场？下楼时经过博彩厅的大门，他的心一下痒痒的，要不进去试试运气？但陡然间增强的饥饿感使他打消了这个念头。

出了大门，徐生白有些不耐烦站在路口，等交通灯转绿后疾步穿过熙攘的车道。一团浓重的阴影在他眼前晃动——死亡的阴影，他只是觉得一幕辉煌的大戏正徐徐落幕，黑夜即将降临。

撩开甜美的面纱，他们俩没有未来，丧钟随时会敲响。对此徐生白并不陌生。他曾经设想过千百种死亡的方式：横穿马路时被大货车碾压而死，在街角巷口被呼啸而过的电动车撞死，在地铁车站数十米高的自动扶梯上滚落而死，在远洋游轮的甲板上不慎坠海而死，在泳池中溺死，在手术台上猝死，在马桶上憋足劲排便而猝死，在睡梦中长眠不醒，在走路时踉跄倒地而死，在家中搬寻杂物时从高凳上摔落而死……无数种的死法，无数种寻常而令人愕然的画面。这些场景在他脑海中盘桓着，不断地重演、温习。

好长一段时间以来，徐生白一直在两种极端的情绪间来回摇摆：从无精打采的倦怠到火烧火燎的焦灼。缺乏刺激有时真是一件非常可怕的事，没有灵感，像一只大肥猫从早到晚打着哈欠昏昏欲睡，此刻在这座赌城大街上游逛的他正是这样。他虽然肚子饿了，却没有进食的欲望。走过街角处的奥特莱斯，他双眼猛然一亮，便走了进去。为了驱散悄然萌生的阴影，他想给陈玫君买件礼物，一款名牌包，一条裙子，一件大衣，或是一条项链：一切能显露出美艳的东西。恍然间，它们从橱柜里飘然而出，熨帖地落到了心爱的人身上，熠熠闪亮。但这边品种竟然这么少，他失望之余悻悻地离去。

天色渐暗，霓虹灯五彩的光焰层层叠叠，衍射到人流不断的街面上。新葡京圆蛋形玻璃贴面钻石裙楼的侧翼，数十个人排着长队，等候返回拱北关闸的免费接驳大巴。在这座迷你型的南方赌城里，一种渗透到血脉深处的恣肆率性与外表的家常随意水乳交融，孵化出一种奇异的韵味，让人流连忘返。

他拐入邻近的一条小街，路过一个小饭店，犹疑了一下，便推门而入，点了一碗猪排饭。狭小的店堂内，左右两桌全是内地来的游客，兴奋中带有几分疲惫。他细细咀嚼着鲜美的肉块，不时扫视着街边鳞次栉比停放的小车。渐渐地，丰美的蛋白质驱散了倦怠，取而代之的是焦虑：且不说陈玫君能否马上康复，一想到回上海后的一大堆麻烦事，他就头昏脑涨。反正是不想回家。

女儿紫彤婚后到欧洲蜜月旅行回来后就没来过几次，仿佛发生了难以言说的隐情，像一枚定时炸弹，不知几时会引爆。母亲三天两头打来电话，除了诉说父亲每况愈下的病况，便是对保姆无休无止的抱怨。没几个月，就已换了三个保姆。现在找到一个好阿姨比登天还难。接下去就要过春节了，阿姨十有八九要回家过年，就得去联系家政公司找一个顶班的。妹妹郁雯也忙得要崩溃了。对，别忘了走之前给他们买上几盒杏仁饼。

最棘手、他最不愿意去思量的还是如何面对贾欣怡。他们俩的关系呈现出似断又连的曲线，她会好几天不回家，突然间回来住几天——一种难以启齿的两栖模式。徐生白对她早已没有了火气，两人各忙各的事，将对话降低到最低频度，言语大多是中性的，尽量避免带上感情色彩。偶尔，他也会怒火中烧，想狠狠地揍她一顿，将她扫地出门——但在最后一刹那还是克制住了。

一阵凉风吹在脸颊、肩背上,仿佛像有一把尖削的刀片刮擦而过,徐生白浑身打了个寒噤。但他还是不想立刻返回旅馆。他走到矗立在主街尽头的中国银行大楼边,穿过马路便是与海相通的南湾湖。站在湖畔的水泥堤岸边,向远处眺望,苍白的月光下,零零落落的灯火聚合到他的散光镜片上,碎裂成万花筒般林林总总杂乱的残片。湖面中央则是一片混沌的昏暗,浓密的阴影抹去了周边众多建筑物细密的轮廓,豁露出赌城芯子里的寥落与空寂,应和着他内心波澜起伏的旋律。在此映衬下,半岛南端临海而立的旅游塔上流溢而出的银白色微光显得格外醒目。

IV

在徐生白时而混杂斑驳、时而空空荡荡的脑海中,已全然没有了时针的精确定位。夜幕中,他拖着疲惫的双腿,折返回老葡京酒店。过了好一会,他才适应楼道中安谧宁静的氛围,而方才赌场中神经极度亢奋、空气中仿佛一股股高压电流呼啸而过的喧哗与骚动的场景仍在眼前浮动:围得水泄不通的赌台,垒得高低不一的五彩筹码,摊开的纸牌,上下滚动轰隆作响强光闪烁的骰子机,一张张充满贪婪的红晕与恐惧阴影的脸膛——千百种激情、渴望在此交汇搏击,拉扯出神奇万变的命运轨迹。

他当时也是昏了头脑,在柜台上换了二百元的筹码。他双眼紧盯着屏幕,先是输了一百元,不久好运降临,赢得了八百元。好兆头!趁着手气好,再赢一把。然而,不到半小时,他屡战屡败,不但赢到的八百元悉数赔进,情急之下追加的五百元也荡然无存。他涨红了脸,环视着熙来人往的博彩大厅:依旧是兴高采烈的吵嚷,杂沓的脚步,潮涨潮落的荷尔蒙的漩流。虽然徐生白只输了一千多块,但赌场的奥秘与魅力豁然显现:它是人生历程的浓缩,一夜之间命运会发生戏剧性的陡转,有人拎着金条进去,剥了裤子出来。没有比赌场更好的学校,它让你洞悉世界变化不居的奥秘,一切如流水,乐极生悲,否极泰来;也没有比它更有智慧的哲学家,在令人眼花缭乱的沉浮盛衰的表相面前,依旧是那么淡定、从容。

徐生白刷了门卡,轻轻步入屋内。他摸黑走到床角,拧亮了壁灯。陈玫君仰面躺着,合着眼,依旧沉溺在睡梦的深谷中。昏黄的光焰与阴影在她脸部交织叠合,映现出一种罕有的苍白,内里透着些许焦黄,在那一瞬间,仿佛她所有的皮肉都脱落开来,豁露出白骨的真容——那是被死神征服了的战利品。他的心一下怦怦跳得飞快,随即俯下身子,细细凝视着她。喷射到他鼻孔边的喘息,不甚均匀,甚至带有几分污秽。他犹豫了片刻,没有惊动她,匆匆洗漱淋浴后,便静静地躺下了。

悉心留意着陈玫君的动静,徐生白久久无法入睡。她的呼吸如楼外不远处波动起伏的海浪,昼夜不息,那是生命的节奏,有时平缓,有时急促,有时长久地梗阻,随后又像小溪潺潺流动。他不知不觉坠入了睡乡,不知什么时候喉咙中一阵痒感袭来,痰液流泌而出,充塞了口腔。他皱了一下眉,起身到卫生间,又拿了一卷卫生纸,搁在床头柜上。他叹了口气,受寒了,闭上眼,突然间耳畔飘来一阵低哑、断断续续的啜泣声。他睁大了眼,转过身,陈玫君蜷缩成一团,肩头剧烈抽搐着。顿时,他有点不知所措。

他慢慢支起身,挪近到陈玫君身后,搂住了她。她索性放声大哭，一行行泪水洇漫在脸膛上，滚落到他的手心中。他依偎在她怀里，"你到底什么了？"

她抬起头，勉强忍住哭声，扫了他一眼，双手合掌，紧紧托住脸部，"我难受……我不行了……我要死了。"

徐生白捋着她柔滑的发丝，"别胡说了，你这几天跑得太累了，受了寒，吃点药，休息休息就会好的！"

她的头往下垂落到拱起的膝盖上，死命摇着头，"不会好的，我不会好了……你不要要我！"随后，她不住地点着头，速度越来越快，"我完了，我不会好了，不会好不会好……我看到癌细胞在胃部重新长出来，其实以前根本没有根除过，它们只不过潜伏着，现在向胸口向手脚还有头扩散，马上就会把我吞没……"她同时抬起胳膊，上下左右抡转着，"你不懂，完全不懂，没人会懂没人理解我……我要死了。"她转过脸，定睛望着他，"我要死了，我会死在这个鬼地方，马上就要死了！我浑身散了架，只我自己有感觉，你没法体会！啊啊啊——救救我，快来救救我呀！"

徐生白跪伏在床面上，再次将她搂住，像哼唱催眠曲一般左右轻轻摇晃，"好了好了，别胡思乱想了，你会好的，会好的！忍一下，再睡一会，明天就会好的，听我的话，相信我！"

徐生白原本支离破碎的睡眠到此戛然而止。好多次他蒙上眼罩，想再睡上一会，但脑海中仿佛被粗暴地凿开了一个洞，成千上万凌乱古怪的图案趁势滚涌而出，激起一长串炫目瑰丽的波澜。他情不自禁地低声念叨着陈玫君的名字，对未来生活情意绵绵的愿景顿时化为泡影：她的病要是真复发了怎么办？他们短暂的蜜月将就此告终，而他自己身家性命也朝夕难保，蛰伏的癌细胞哪一天也会伺机而动，再次在他体内恣意横行。末日就是这样降临的——他费力又无奈地构想起各种应对办法。

恍然间，他步入了似曾相识的极乐世界，鸟语花香，笙歌燕舞，不绝于耳，人世间的诸多烦恼一扫而空。不知过了多久，一束耀眼的白光垂落在徐生白松软的眼睑上。在初露的晨曦中，他伸了个懒腰，脑袋依然沉甸甸的，喉咙口隐隐作痒。他悄然起身，轻轻洗漱完毕后，走到窗台前。一大簇鲜亮的阳光从千姿百态的云絮中衍射而出，仿佛源自宇宙深处某个隐秘的角落——焕然一新的世界。

他面露微笑，踅回到床边。陈玫君穿着白色棉睡衣，向右侧转着身子，几绺干涩的头发披垂在皱纹丛生的前额上。和半夜里相比，她的神情平静了许多，但皮肤深处似乎渗入了某种晦暗的色素，散溢出阴森的气息。

陈玫君坐起身，歪斜着头，倚在床背上，呆愣愣地扫了徐生白几眼，随后浑身摇晃起来，"我要死了——我马上要死了，我实在受不了……"

又是一阵号哭，那是死囚犯在行刑前最后时刻对生命的无限眷恋，每一秒钟都那么珍贵，都蕴藏着无尽的宝藏。徐生白慢慢站起身，挪近床头，等她稍稍平静下来后，抚着她的头发，"别这样——你会好的！"

陈玫君双手掩面，猛然间张大了眼，像陌生人般瞪着他，"我不能，不能就这样死去——哎，我有个主意，我们俩结婚吧——你和我结婚好不好？"她眼中渗出一股罕有的狂热，"我要办一个盛大的婚礼，请上一百桌客人，让大家欢天喜地一起庆贺！我们一起治疗，互相照顾——这样就不会死了，就会好起来的。你说好不好？"

徐生白搔了下头发，"好，一言为定！我和你结婚！"

陈玫君仰着望着天花板，"我们再一起去周游世界，这次到了香港、澳门，下次去新马泰、菲律宾，还有巴厘岛，再往南就是南半球的澳大利亚了，我多想去看看大堡礁。还要去欧洲，去巴黎、伦敦、柏林、罗马，到西班牙看斗牛，"她重重地拍了拍手掌，脸上绽出梦幻般的笑容，"对，我们索性订个三个月环球旅行团吧，美国有那么多地方想去，纽约、芝加哥、洛杉矶、旧金山，还有黄石公园大峡谷，对，不能漏了拉斯维加斯。还要去巴西、阿根廷看亚马孙河，看大草原。如果身体吃得消，玩过其他地方后再去南极，与企鹅合个影，体验一下极寒的环境。我想去的地方好多好多呢！"

她重重地叹了口气，躺倒在枕面上，不停地抚搓着他的手背，"我不是不知道，我们能活的日子不会太长，也许明天就会无声无息地离开这个世界。我们无缘同年同月同日生，相见恨晚，那就搀扶着度过人生最后一段时光吧。尽管我只有三十多岁，但已经体味到了老年的凄凉。我明白，人老了，最后所有的人都会抛弃你，儿女也一样。你指望不上女儿，我也靠不上儿子。我们俩同病相怜，好好地相伴走完最后一程。谁先走谁后走真不好说，我也无法保证自己有气力好好照料你，但我的心始终在你这边，一直牵挂着你。你现在就是我最亲的人了！"

她抓起徐生白的手，紧紧捏住，在他的手掌手背上狂吻了几下，一行泪水滚淌而下。他脑海中一片空白，破碎的词句如海难后飘漾的诸多残骸。楼外的天空被厚实的云絮罩住,顿时又变得灰蒙蒙的。赌城夜半生死博弈的狂热散去后的大团余烬散落在清凉的街道上,被轻盈的海风裹挟着,上下巅伏,一路远去,沉没在空漠邈远、青绿色的大海深处,为这一轮风风火火的盛衰荣枯画上了休止符。

十 艮

艮卦（艮下艮上）

艮：艮其背，不获其身。行其庭，不见其人。无咎。

I

徐生白费力地抬起胳膊，嘴唇抽动了一下，噘成一个弧度平缓的弓形，随后呵出一口黏腻腻的白气——它袅袅飘升，汇入室内四处弥漫的苍白的湿意之中。

他睁大眼睛，心脏匀速跳动着。两个多月来，他第一次以宁静自如的目光打量身边的世界。好了，又可以外出走走了。等会儿九点半庄梦晴会开车来接他，一同度过和美温馨的周末。她老公又在出差路上，还在上二年级的儿子交给外婆照管了——解除了所有后顾之忧。

庄梦晴为今天的活动做了精心的安排：先去看一个4D特效的美国动作片，随后去一家日料店美美吃上一顿。如果他体力允许的话，再去看个双年展。

前些天真是祸不单行！从港澳那边返回上海后，他先是感冒不止，后诱发了急性肺炎，一度导致心脏衰竭。在ICU病床上整整躺了十天，才从死亡线上挣扎回来。主治医生说了一句，幸好癌症没复发，否则他真就一命归天了。但诸多后遗症使徐生白陷于痛不欲生的境地。他觉得医生又一次欺骗了他，十有八九是癌症复发了。高烧是退去了，但四肢困乏无力，像松软的豆腐渣，时不时呼吸困难，心跳则忽快忽慢，右脑作痛，腹部肿胀，眼睑沉甸甸地近乎睁不开：所有正常的生活节奏瞬息之间化为乌有。一个再简单不过的动作，他都得竭尽全力才能完成。欣怡自然是指望不上了，女儿紫彤平日上班，周末才能过来照料半天，只能雇个住家保姆看护。

一阵轻盈的门铃声悠然响起，徐生白拎上黑色公文包，开了门，随着满面春风的庄梦晴进了电梯，出门后走到繁茂的樟树荫下的拐角，稳稳当当地坐上了她那辆深黑色福特车。欣怡不在家——近来她已和那个黄建文处于半同居状态，虽然三天两头回家看看，只是摆摆样子，尽点妻子的义务。

福特车快速行驶在宽敞齐整的大马路上，临街好几家店铺刚刚拉起铝合金卷帘门，拎着大小购物袋的大妈大叔老头老太三三两两鱼贯而过，前方路面上几洼沉陷的水潭映射出几束灿烂的阳光，扑入车窗的油烟的熏香隐隐约约地渗入鼻孔——这座硕大的城市从工作日的疲惫劳累中慢慢苏醒过来，重新焕发出丰沛旺盛的活力。在徐生白眼里，世界又一次被赋予了井然有序的外观。

他目不转睛地盯视着庄梦晴，默默抚摸着她的手背，她的头部成了一尊线条分明的雕像，白皙的脖颈内里透着一缕幽暗的色调。没多久，福特车停在了十字路口，他张开嘴，轻轻哂着微微发甜的空气，随后侧过身，在她的脸蛋上印上了几个热吻。她嗔怪地白了他一眼，老实点，像什么样子，我在开车呢！恍然间，他觉得自己和她真是天造地设的一对夫妻，正和和美美地一同外出游逛。我们俩在一起本来可以那么幸福——他深情地望了她一眼，但翻漾而出的些许愧疚最终让这些词语滞留在了舌苔上。

霎时间，阳光变得灰暗下来，融化在铺展开来的连绵不绝的阴湿的帷幕中。车身摇摇晃晃，仿佛飘离了地面，在半空悠然滑行。这种感觉并不陌生，刚出抢救室的那段日子，世界在他眼里俨如一具硕大无比的尸体，被一把巨斧咔嚓嚓剁割成了七零八落血肉模糊的碎片残渣。疼痛浮肿的眼皮，让他短时间内成了色盲：苍白的底色，晶莹绚烂的光焰，异乎寻常的静寂，成片的黑色阴影聚拢过来，堆叠成连绵厚重的山丘，旋即又散落开来，好似成群结队蠕动的黑蚂蚁，覆盖了整个视野——南柯一梦中的蚂蚁王国。

依旧是颓败沮丧的天穹，永远流淌不尽的泪水。转眼间，庄梦晴将车拐入离南京路不远的一条僻静的后街。昔日沿街面搭建的一长排临时屋舍被推土机碾压成了一片凌乱的废墟，仿佛经历了一场惨烈的战事，在灰褐色的氤氲的侵蚀下腐烂解体；几家尚在营业的店铺在敞开的窗口下堆垒着石块，供顾客踩踏其上，越窗而入。徐生白长叹一口气，仰靠在椅背上，合上眼睛——一阵阵酸胀发麻。前些天里，几乎每个瞬间都成为难以忍受的痛点，汇聚了人生的诸多悲酸。好像众多邪恶的精灵钻入了他的体内，沿着血管定时上蹿下跳，将清醒的分分秒秒都变成了胆战心惊的酷刑。

如今回想起来，那些天好似一组模糊残损的黑白电影镜头：一到后半夜便辗转不宁，难以入眠，嘴里吞吐的气息是那么微弱短促，肢体的每个部件仿佛都瘫痪无力。他坐起身，系上白色围兜，将保姆探伸到嘴边的调羹中糊状的食物勉力吞下——最日常的动作成了一个仪式，而室内外的诸多声响锤子般敲击着他的耳膜，它们点点滴滴积聚起来，酿成轰隆隆的巨响，循环往复。正是在那一刻，徐生白真正体味到在身体极度虚弱之下，要想孜孜以求不动心的境界是多么荒谬可笑，而创作也成了可望而不可即的天方夜谭。

全是纵欲惹的祸。他这次之所以刻意地将病情瞒着陈玫君，在很大程度上出于畏惧。旅行蜜月刚过，美的精灵顿时便成了恶灵，它张牙舞爪，贪婪地吞噬他的肉身，摧残他的精神。这些天徐生白的确不想见她，不想以这副令人丧气的病容暴露在她眼皮底下，只想龟缩在一己躯壳的幽暗洞穴中。在澳门时他不该那么冲动，不该许诺与她结婚——早就该断了这念想。既然开了这口子，她便可以肆无忌惮地操纵他，像章鱼那样连续不断地喷射墨汁，搅得天昏地暗。

庄梦晴在风帆形外立面的大光明电影院门前停了车，徐生白蹒跚地下了车，微微仰起头望着半透明的方形玻璃灯柱，在灰暗的天穹下，显得格外苍白。尽管外墙上方依旧是荷花形的屋顶，大厅顶部依旧伸展着圆弧形的曲线，小巧的黑色栏杆照旧伫立在台阶边，但这幢二十世纪有着远东第一影院美誉的欧式建筑隐隐透出一股美人迟暮的气息。他们这次看的是《蜘蛛侠》系列片中的一部，座椅时不时出人意料地推移，起伏颠动，间或一阵狂风刮到脸上，徐生白不自觉地用手摩挲了几下。更为骇人的是到了情节进展的紧要关头，蜘蛛侠在高楼间自如地腾挪跳转，生死攸关的搏杀追击，一股淅沥的水雾飘洒过来，洇湿了额头、鼻翼。他侧转身，头一歪，倚在了庄梦晴的肩头。

看完电影，时届中午，两人便顺路踅转到邻近的一家日料店。

白底黑字的圆灯笼，外红内黑的碗碟，橙红色的三文鱼，草绿色的芥末，连同殷勤的服务员，酿成了一方温馨可人的迷你空间。两人相对而坐，慢慢咀嚼着饱满清淡的寿司。时光悄然流逝，顾客进进出出，从不远处窗格子透入的阳光霎时间暗淡下来，市嚣潮水般此起彼伏，在初春时分从大地深处升腾而起的一望无际、阴湿、透着微弱暖意的寂静中，间或响起一阵鸟雀唧唧啾啾的鸣叫，与邻座窸窸窣窣的闲言碎语掺杂成一团。他们俩话虽不多，但却心心相印，异常默契。徐生白望着庄梦晴鹅蛋形的脸，心中暗暗生出些许感动，前几年与她相伴的时光刹那间清晰无比地涌流了回来，他呆呆地凝视着她，随后起身，坐到她身边，攥住她的手，十指交缠扣紧，在她左脸上送上一个热吻，口中喃喃有声：我好爱你！

庄梦晴挑了挑眉毛，淡然笑了笑。

II

有好多天，徐生白真想将自己和那一层遍体鳞伤的躯壳剥离开来，蝉蜕而去，羽化登仙。

乍暖还寒的初春，刚到后半夜，一阵阵抽搐在大腿内侧悄然萌动，蓄积起零零散散的能量，旋即如大水漫灌，弥漫到整个下肢，原本柔嫩的肌肉顿时变得僵直，仿佛所有的生命气息变得销声匿迹。他尖叫了一声，从残损破碎的睡眠中惊醒，坐起身，探出手掌，搓抚着胫骨、髋骨和腓骨，似乎想接续戛然中断的热腾腾的血脉。霎时间，抽搐的狂潮褪落而去，但旋即又以更强的力度反扑回来；渐渐地，全身各个部位潜藏的不适感被唤醒，轮番捶打着神经，他只得披衣起身，拧开床头灯，在室内烦躁地兜转着圈子。

要命的是他今天还被邀请去参加一场作品研讨会，是作协和一家出版社为几个青年作家专门组织的。他不好意思临时推辞，只能硬着头皮鼓足力气撑着去。

作协预定的专车刚过八点便停在了公寓楼的大门口，徐生白刚嚼完大半片面包，牛奶才喝了小半杯。真是作孽！他打了个喷嚏，在对讲机里连声向司机道歉，麻烦他等一会，随后匆匆换好衣装下楼，这三个青年作家的小说集他还没精力细细读过。

直到他步入人头攒动的作协会议厅，徐生白脑海中一片白茫茫，只有途中街角悄然绽放的一簇簇丰盈饱满的白玉兰、紫玉兰在眼前飘浮。他勉力和几个熟人寒暄了几句，便瘫坐在椅子上。他耷拉着脑袋，时不时摇晃着，仿佛要将时不时侵袭骚扰它的疼痛一甩而光。四周围熟人交叉而过的目光恍然间变得躲躲闪闪，大多不敢与他正视——既怀着深深的同情、怜悯，又承载着因无能为而滋生的愧疚。

研讨会不久开场，谈论的对象是两女一男，小镇生活是他们作品描绘的核心，此外还有多个在都市大街小巷游荡的边缘人。对周围世界深入骨髓、无可奈何的丧之感丧之痛，以及青春期勃发的热望成了萦回在那些不无稚嫩的文本字里行间的主基调。数个教授、评论家旁征博引，从《少年维特的烦恼》扯到《莎菲女士的日记》，娓娓道来，让人听了一惊一诧。尽管他们也指出了这些作品的缺陷不足，但赞美之词溢于言表。

那三位与会的作家恰巧坐在徐生白斜对面。那个长着瓜子脸的女子三十岁左右，但满脸苦相；坐在她左侧的女子年龄小上两三岁，一张丰满白净的娃娃脸，隐约透着一丝风尘味；而那个三十来岁的男作家则身材矮小，架着副黑边框的眼镜，眼睛眯成一道细缝。两个女作家时不时侧转身，互相低声嘀咕几句，男作家则呆愣愣地扫视着周围，脸部表情僵硬，有时俯身在摊开的笔记本上快速写上几笔。

轮到徐生白发言，他一开口便滔滔不绝，越说越亢奋。在肯定了那些作品的价值后，他话锋一转：的确，人们可以在这些作品中看到新一代人真切的情感，不管他们是用时髦的话说是丧的，还是佛系的，但他们毕竟不能让我们感到满足。我不是在苛求他们的技巧，而是觉得他们的问题意识还不够充分，不够鲜明。他们感到了生活中的种种不适诸多烦恼，但如何来面对它们，这是一个大问题——正是在这儿，他们的弱点暴露出来了。

不是说笑话，如果今天不是面对面坐着，人们真不能想象写出这些作品的是二三十岁的人。他们是这么丧，这么灰色，这么缺少青春的活力和朝气。我们五四新文学活动在很大程度上是年轻人的文学，只有在那个年龄，人才会那么充满热情地追问宇宙和人生的真理，追问什么是人生真正的意义，什么是真正的美。像路翎的《财主底儿女们》今天读来依旧让人心潮澎湃，激动不已，全书洋溢着逼人的青春气息，势不可挡，即便过去了大半个世纪，依旧那么滚烫。对比之下，我要问在座的几位，你们的青春到哪儿去了？你们怎么这么早就衰老了？为什么唱出这么虚缈的声音？

我不是倚老卖老，你们不要以为自己年轻，就沾沾自喜，以为自己天然有着优越感。在我看来，你们就是太中规中矩，太老实了。你们会觉得很冤枉，想要申辩，我们不是很有个性，我们不是深深地感到苦闷了吗？没错，但这只是浮在表面的东西，在骨子里你们其实完全认同压迫着你们的东西，完全认同商业社会资本和权力的法则，只不过现在你们暂时还没有坐上太师椅。

你们是独生子女，你们很幸运，自出生以来在家庭中集万千宠爱于一身，没有来自兄弟姐妹的竞争。但你们也很不幸，你们一开始就缺乏与人打交道、磨合的锻炼。你们不可能永远待在家里，总要走上社会，只不过这种竞争被推迟了。由于没有兄弟姐妹，你们一与陌生的世界打交道，就觉得世道过于艰险，缺乏承受种种挫折的能力。从某种意义上说，你们还未飞起来翅膀就折断了。

我不是在苛求你们。我自己在写作方面虽然名声在外，但觉得自己写的绝大多数作品根本不值一提。我知道你们在背后会笑我骂我，我一点都不生气。我只不过是海滩上一道浅浅的印痕，等海水再冲上来便消失得无影无踪。

徐生白越说语速越快，声音越来越响亮，他臂肘支在桌面上，右手食指不停比画着。先前的孱弱似乎只是一种假象，体内蕴藏的力量喷薄而出，源源不断地推动着疾速流泻而过的语流。顿时，他觉得自己像一个出色的演员，成了舞台上众人瞩目的焦点，他再次陶醉在久违的高峰体验之中。

他发完言后，响起一阵持久而坚实的掌声。没多久，徐生白变得恍惚起来，最后三个年青作家的答谢词像一长串空洞的气泡掠过他的耳膜，他渐渐沉陷在迷离的虚脱之中。瓜子脸女作家的声音铁硬，每个音节都像用刀子在岩石上用力凿挖开来，神经质的语调中有对家乡的眷恋与敌视，有对大都市的渴念；而娃娃脸女子说出的话有股重重的狐媚气，尤其说到要在大街小巷拾取散落一地的玫瑰花瓣时,话语深处流露而出的魔力霎时间将众人震慑住了;而男作家的话则是结结巴巴、琐琐细细,上句不接下句,惹得好几个人直打呵欠,有的甚至开始收拢起书籍、笔记本,放入包中。

散场后,徐生白照旧由作协的专车送回住所。他回家后,随手将黑皮公文包丢在客厅的长沙发上,径直踏入卧室,直挺挺地躺倒在床上。四周空无一人,他沉重的鼾声在僵滞的空气中震颤,勾画出一条神经质般陡直升降的曲线,渐渐蔓延成螺旋形的图案,在空寂而充满热望的房间里萦回、徜徉。

III

听雨听风过清明。

这些天,在明丽阳光的垂照下,徐生白愈发醒得早,胸口、胳膊肘下沁满了汗珠。除了惯常的肠胃疼痛外,头部一阵阵晕眩,而且有越演越烈之势——他就这样在生死的临界线上左右徘徊。

明知对身体有害,但还是克制不了自己:一杯杯浓酽的咖啡,一杯杯清冽的葡萄酒,张开饕餮大口,想喝就喝,无所顾忌,沉甸甸、无法祛除的瘾头,就像女人的身体。他又开始迷恋陈玫君,这些天和她见了几面。她最近也是身体不适,两人相约出来只是吃吃饭喝咖啡,徐生白长时间地倾听着对方的絮叨,它绵绵不绝地流淌而出,缠住了他的脖颈,织成一张密不透风的网罩。温煦的空气流入微微开启的窗户,大街上滚涌不息的车流,一阵阵狗的哀嚎,翩飞的虫豸,以及由油炸、潮湿、霉烂混合而成的腐败而甜蜜的气味,这一切对徐生白构成了重重骚扰——他的身体已适应不了气候的急剧变化，血管出现大面积的阻滞、淤塞。

猛然间他想起今天是自己的生日——弄不好便是此生最后一个生日。不会有蜡烛、裱花奶油蛋糕或者蓝莓芝士蛋糕，也不会有大捧的鲜花，不会有热情的掌声与歌声相伴。俗掉牙的老套，但徐生白对此有几分期待。他需要它们来支撑孱弱的身躯与萎靡的情绪，像注入一剂生猛的强心针。上周去医院检查，昨天拿到化验单，一切指标均正常，他紧绷的心弦顿时松弛了下来。他手指痒痒的，不能这样无所事事、浑浑噩噩地混日子，该写点什么，早日完成《大江东去》一直是悬压在心头的利剑。他坐到桌前，打开笔记本电脑，昼夜飘浮的零零散散的思绪犹如漫天飞雪，纷纷扬扬洒落下来，慢慢聚拢成团，化为坚实可触的字句：

好长一段时间以来，裴邦济的心境在狂躁不安和死灰般的沉静漠然间摇摆。转眼间就到了九十年代初，他的公司虽然销售业绩不错，但在中国内地大量钱款无法回笼，他不停地打电话、写信催款，大多是无用功。烦琐的债务追讨工作使他半夜里常从噩梦中惊醒。

他此刻坐出租车前往机场，前往湖南怀化讨债，又起了个大早。那家厂子已经整整拖了五年，反正能讨回多少是多少。其他烦恼也是挥之不去：虽然和张颖玲拗断了，但他并不想回美国去，并不想回到妻子雅晴身边，宁可这样孤零零一个人待着。总有推不掉的事，前几天还为二伯的一个外孙做了去美国读本科的担保，但愿老天保佑签证事宜一帆风顺——他能做的都做了，签得出签不出就看他自己的造化了。

一阵大风哗哗刮来，枯萎干瘪的花瓣、猩红的叶片纷纷扬扬地飘落而下，一缕缕轻盈的柳絮飘入窗内，粘在徐生白的肩头、头顶和鼻孔上。他打了个响亮的喷嚏，连忙起身将窗户合上。随后他喝了几口水，瘫坐在靠墙的沙发上，转眼间便沉沉昏睡过去。

恍然间他步入了一片硕大的草坪，前方矗立着一株繁茂的大榕树，四周围的地上堆垒起厚厚的花瓣，花的海洋，洁白粉白黄白淡红，层次错落有致。和煦的暖风吹拂着他毛孔张开的四肢，不久他疲累了，便躺倒在花丛中，双手枕在脑后，仰望着浩渺深邃的天穹。

不知过了多久，徐生白微微睁开眼，伸了伸胳膊，几根纤细柔滑的手指在额角、手掌和小腿上搓揉，他愣了愣，定睛一看，原来是贾欣怡坐在他身边。一晃好几个星期没见面，她依旧穿着那件深蓝色粉白碎花外衣，刚烫过的长发披垂在肩头，笑盈盈地望着他。那亲切的目光源源不断地放射着难以抗拒的魅惑，他仿佛一下又回到了新婚之初甜美的时光。他顿时产生了强烈的渴念，想伸出臂膀，紧紧将她搂在怀里——最后还是隐伏的羞耻感让他作罢。

他揉了揉眼皮，"喔，你来了——"

她调皮地噘了下嘴，"谁像你整天这么逍遥自在！人家天天要上班的，只能见缝插针找时间嘛！"

徐生白起身，匆匆瞟了贾欣怡一眼，转过身缓步下楼。客厅转角长沙发前的方形茶几上，一大棒康乃馨、玫瑰、君子兰簇拥在黑底印染着古代仕女像的大花瓶中；在大团阴影的烘托下，邻近花瓶的那一小盒奶油芝士蛋糕闪烁着粉白的光焰，他的心不禁颤抖起来。

欣怡站到他身后，搓搓手掌，又揉了揉脸颊，"喜欢吗？今天

199

刚好是你生日！"

徐生白轻轻点了点头，呆立了好久，随后坐到了沙发上，细细端详着细嫩的花瓣，吮吸着那熏人的芳香。他久久陶醉其间，口里情不自禁地吟唱起来：

> When I was young
>
> I'd listen to the radio
>
> Waiting for my favorite songs
>
> When they played I'd sing along
>
> It made me smile
>
> Looking back on how it was
>
> In years gone by
>
> And the good times that I had
>
> Makes today seem rather sad
>
> So much has changed

在歌手沙哑的嗓音中，支离破碎的旋律萦回缭绕：所有的日子都回来了，二十多年前，徐生白曾反反复复地听着卡朋特乐队的这首歌，细细揣摩，精心将其译成中文，每个英文词的音色，微妙的起承转合，他无一不了然于心。这是他和紫彤妈妈最喜爱的一首歌，他们俩曾一同在饱满高亢的音符中翩然起舞——它将他们俩紧紧地合成一体。

短暂的幻景退隐而去，只见贾欣怡双臂抱胸，皱蹙了一下眉头，转身从包里掏出几页纸，摊放在徐生白面前，"你先看一下……"

他拿起一看，原来是一份离婚协议书。徐生白脑中轰地炸开：原本还指望可以修修补补的婚姻殿堂刹那间化为废墟。一行行墨黑的字符在眼前跳动，无声地嘲笑着他的天真、迂腐。你还真以为她会来和你重叙旧情！

格式化、滤干了一切情感的条文中的关键点自然是财产的分配：他们俩婚后买的这套复式公寓归女方；而所有的存款，包括已有和将有的版税、股票债券基金保险金都归男方，初步估值一千万元。由于近年房价直线上涨，女方补偿男方五百万元。

他翻来覆去地看着协议书，脑海里一片空白，嘴里沁满了苦水。如果签了字，他又得住回到现已出租的老房子里去。最后他轻轻放下纸页，沉默不语。

贾欣怡在客厅里从左到右来回踱着方步，时不时盯视着徐生白。突然，她一个急转身，站到他面前："看完了吧——怎么样，你倒是说句话呀！"

他挠了挠头皮，抬头望了她一眼，依旧默然无语。

她发出一声冷笑，疾步走到阳台玻璃门口，伫立了一会，仿佛专心听着起伏不定的市嚣；随后回转身，踩着重重的脚步，走到茶几前，腾地坐到了徐生白身边，"听我说——我知道你不想离。说真心话，我其实也不想离，但现在生米做成了熟饭，我都和他住到一起了，不想离也得离了！"

一阵压抑的寂静。她用力搓着手掌，"关于钱、房子的分配你有什么不满意的，尽管说！"徐生白垂下头，随后倚靠在沙发上。

贾欣怡猛地站起身，"你到底什么意思，屁都不放一个——"她再次双手抱在胸前，"我知道你的意思，你是不想离婚。不想离婚并不是你真喜欢我，舍不得我，而是要报复我，就这样拖着，把我拖死。你不想想，你这样道德吗？"

徐生白睁开眼，瞟了她一眼，随后又合上。贾欣怡匆匆收起协议书，"这辈子有缘分做上几年夫妻，不行了就分开，好聚好散。我是有对不起你的地方，但你不想想你现在是个什么熊样，再什么也不能把我往死里拖，让我当守活寡啊！"她拎起黑色坤包，搭上襻扣，"你也不是小孩子了，不要敬酒不吃吃罚酒！"她举起协议书，哗哗晃动了几下，"我是请律师起草的，充分权衡了双方的利益。你自己想想，你有没有为我考虑过，哪怕是一分一厘？"

徐生白抬起头，瞪了她一会，目光漠然，还是不吭声。

贾欣怡噔噔走到门口，侧转身，"和你这样的木鱼脑瓜无法交流！既然这样，那就法庭上见——到时不要吃后悔药！"

门哐当一声打开，紫彤站在门口，惊愕地与贾欣怡打了个照面。

IV

自己的命真苦！徐紫彤打着湖绿色的太阳伞，拎着一小方盒奶油蛋糕，在临近中午微微发烫的阳光下缓步前行。今天恰好是周末，她昨天半夜才从北京飞回来，从早到晚马不停蹄地录音频节目，录了整整五天，浸泡在声音源源不断的潮水中，有种灵魂出窍的恍惚。还有层出不穷的麻烦，楼外突如其来的噪响，主讲者物品坠落的声音：都得重新录过。还得时不时与那些自我感觉特好、犟脾气牛脾气的教授博弈拉锯。管他们学问有多高多精深，要不是经她精心修正润色，那些迂腐气十足的话真会让人大口呕出来。

一点成就感都没有。

空气质量为良，总算不用戴防护口罩了。她大口吐纳着温暖的空气。琐琐细细的柳絮上上下下飘扬着，黏附在头发上、肩背上，还钻入鼻孔，轻触微挠。刹那间，徐紫彤感到一股奇异的骚动在身体深处蠕动，蓄势待发。她还记得今天是爸爸的生日，早饭后便出了门，先去邻近一家西点铺买了蛋糕。她没有和慕仁多说什么，只说去探望父亲。此时她只想逃离那个家，那个才建立了几个月、蜜月的霓虹尚未完全褪去的家：那儿的一切都让人烦厌，从脊梁骨里冒出一阵阵冷汗。依旧是整天哼哼唧唧抱怨的婆婆，忍气吞声低眉蹙额的公公，形同路人的丈夫。自从妈妈过世后，她一直缺乏安全感，结婚成家就是想找个安稳的窝，但没想到一头扎进了一个狗窝。在欧洲蜜月旅行时，两人漫步在塞纳河畔，为一点鸡毛蒜皮的事争吵了起来，婚礼前后点点滴滴累积的恩恩怨怨沉淀下来，播撒在心灵细密的缝隙中，在异国的夜晚悄然孕育、孵化、发酵，一发而不可收。她至今还记得那一刻，慕仁狠狠瞪了她一眼，在巴黎圣母院高耸的塔楼投射而下的阴影里，双手叉腰，嘴角挂着一丝冷笑，扭过头，要么我们就离婚吧！

她现在只能随波逐流，漂到哪儿是哪儿。

此刻，徐紫彤微微侧转身，与贾欣怡擦肩而过，双方都没有打招呼。她瞅了一眼茶几上的花瓶、蛋糕盒，与徐生白茫然的目光对视了一会。他不停喘着气，还未从方才的刺激中恢复过来。

紫彤走上前,将蛋糕盒放在花瓶另一侧,坐到他身边,"爸爸,你不舒服吗?"

徐生白呆愣愣地望着女儿,重重点了点头,"有点。"

紫彤撇了下嘴,"这女人来干什么?"

徐生白指了下面前摆放的鲜花、蛋糕,"算是给我庆祝生日。"

紫彤瞪大眼睛,绷紧脸,"明明是黄鼠狼给鸡拜年嘛!又吵架了?"

徐生白努了努嘴,"吵倒说不上——她带来了离婚协议书,要我签字",他轻轻咳了几下,"我没签!"

紫彤刹地虎起脸,"当然不能签——一分钱都不能给,让她净身出户!"

徐生白淡淡笑了笑,"你放心——反正属于你的房子已办了公证,她拿不去的。"

紫彤亲热地挪近身子,"她不会就此罢休的——多坏的女人,要多贪心就有多贪心!爸爸,记牢你千万不能糊涂,不能有丁点的软弱,否则她就会把你踩在脚底下!"

徐生白木然地点了点头。紫彤欠了欠身,"肚子倒有点饿了——爸爸,我们一块吃蛋糕吧!"

没有狗血的蜡烛,没有happy birthday to you的歌声,在温暖的空气中,父女俩静静地吃着慕斯蛋糕。明丽的阳光照进客厅,远方传来一阵阵隐约的市嚣。他不时瞅着女儿,慢悠悠地搓着手掌,"最近和慕仁过得还好吗?"

紫彤顿了顿,扭转头,"一般般,还过得去——他最近一直出差,全国各地到处跑。"

一阵悲苦酸涩之情攫住了徐生白。她是在瞒我,不想让我多担心。他克制着自己,没有去强求女儿吐露真情。谁不曾深陷在这一团乱麻的婚姻的泥潭中,不管地位、财富、外表赋予了他多大的优势?不知从何时起,他对陈玫君滋生了一种隐秘的恐惧,尽管离不开她,但他确切无疑地知道自己是在玩火,生命残余的精血燃成火焰,最后会将他烧成焦黑的灰烬。但他像一个瘾君子,已无力戒除。

十一 井

井卦（巽下坎上）

井：改邑不改井，无丧无得。往来井井，汔至，亦未繘井，羸其瓶，凶。

I

依旧是暮春时节忽阴忽晴的天气，但傍晚时天空霎时间放晴了：冷热交替的气流绞缠推拉，逼近了微妙的临界点。徐生白早早来到了这间坐落在黄浦江东岸一幢滨江商务楼30层的宴会厅中，透过椭圆形的玻璃幕墙，长时间地眺望着灯火初上之际绚丽的江景。

屈尚奇操持的"千里眼"公司今晚将在此举行一个大型活动，酬谢众多出资的父老乡亲。此刻，除了几个来回走动、身着金色镶边雪白制服的服务员外，大厅内空空落落。门半开半掩着，走道深处传来窸窸窣窣的震响，而楼下大型花坛边的喷泉向半空汩汩喷射着一股股清澈的水流，缓缓跌落到暗绿色的池面上。四周围众多的法国梧桐和香樟树在澄碧的蓝天的映衬下，散溢出丝丝缕缕的芬芳；在这五月温煦欢快的氛围中，萦绕着某种拂之不去的惆怅。

前不久，徐生白刚陪着母亲去郊外的一家大型墓地，再三斟酌后为老人买下了一方双穴墓。如果不是要年过八旬才有购买资格，徐生白也想为自己买下一个长眠之所。其实，他完全可以从医院托人开张病危通知书，但在何处落葬他尚未拿定主意：是依傍在父母身边，还是在亡妻那头？放眼望去，一排排一列列齐整的墓碑向地平线尽头铺展开来，犹如起伏翻腾的铅灰色波涛；它们在密匝的松柏的拱卫下，竖立在永恒的时间之流中，直至地老天荒，坍塌碎裂，回归大地的母腹。好些天里，这些阴惨狰狞的画面使他心情异常沮丧。

徐生白站起身，伸了个懒腰，踱到窗前，趴伏在银白色的栏杆上，俯瞰着暮色渐浓之际邈远的江景：远远近近的霓虹灯店招广告明灭闪烁，三三两两的船艇驰过灰黑色的江面，像孩童趴伏在地毯上专心摆弄的模型玩具。他揉了下眼睛，终于可以松口气了。就在今天下午，更准确地说三个小时前，他决意彻底放弃写作——让自己彻底解放出来，享受生命为数不多的剩余时光。他厌倦了篇幅宏大繁复像癌细胞般没完没了疯长的《大江东去》，厌倦了数小时枯坐在写字桌前，搜肠刮肚，瞪视着屏幕发呆。何不站起身，甩甩手，将一切都抹去，抹得干干净净，不留一丝痕迹？这一切，他写的做的劳心费神的一切，没有任何意义。

他揉了揉眼皮，躺倒在墙角的沙发上。午后温热的阳光破窗而入，跌落在暗褐色的地板上，将缕缕光影投射在另一侧的书柜上。他两周前就接到屈尚奇电话，虽然当时一口应承下来，但到底去不去参加这疑点重重的聚会却是纠结再三。他像被两股绳索捆绑着，朝两个相反方向拉扯着，游移不定。今天早晨他还下定决心，找个借口（身体不舒服什么的）不去参加了。而这一刻他又一跃而起，换上深蓝色的衬衣，披上绿色夹克衫，急匆匆出了门。大半个小时后，徐生白走出地铁口，东拐西弯，往外滩而去。他已经好多年没光临这个兔费的标志性景点。沿着中山东一路往北而去，黑色的外白渡桥赫然映入眼帘，三三两两的游人在X形钢桁架下拍照留影，苏州河对岸八字外形的上海大厦矗立在苍灰色的天际线下，漠然睨视着这座超级大都市芸芸众生的生生死死起起落落。

那一刻，徐生白深深地呼吸着江边凉爽的空气，心就像风一样自由。绕过黑色栅栏环绕的英国领事馆旧楼，他步入修葺一新的洛克·外滩源：从敞开的门扇望进去，深棕色的地板油光闪亮，过道尽头一道楼梯盘旋而上，而邻近的小教堂显出一派人造赝品的粗劣气息。他搓着手掌，踅回到江边，黄浦江对岸的东方明珠塔与毗邻而立的上海中心、国金中心、金茂大厦构缀成了密匝的摩天楼方阵。蓦然间，他眼眶里噙满了泪水，它们孕育生长的历程与他一己生命的某个时段叠合，共生共荣，今天来此有种隐微的凭吊意味，默默向过去告别。

猛然间，一阵深重的疲惫涌至全身。他双手搭扶在水泥栏墙上，勉力撑住歪歪扭扭的躯体。无论恢复到何种程度，自己毕竟是个上了黑名单的病人，体力不支，出来逛上一会就立显原形了。好些天没和陈玟君联系，每次约会后他体内留存的精华似乎悉数蒸发，只能满足于发发信息，聊以自慰。自旅行回来后，他对她增添了几分戒备——他们只是同病相怜，他并不了解她，而她对他更是一无所知。

此外，轻松自在的感觉并没有持续多久，转眼间围裹住他的却是不可承受之轻。徐生白不是不明白，一旦放弃写作，多年默默滋养哺育他的人生支柱也就轰然坍塌，他能干什么呢，既然死神此刻还没有向他发出召唤？全身心的放松，优游度日——要命的是，要勉力维系一种没有刺激、没有癫狂、全然井然有序、枯井般宁静的生活是多么无趣。先前那么期盼的空闲一旦到手，不但索然无味，而且成了新的紧箍咒，最恬淡的安宁也会惹人发疯，在无所依傍的头脑中催生出野马脱缰般胡思乱想的狂澜。

他漫无目的地凝视着下方汩汩流淌而过的江水，细碎繁密的波浪，在连绵不尽的单调中透着几分挥之不去的忧郁。一束阳光懒洋洋地垂照在浩阔的水面上，衍射出强烈的反光，霎时间徐生白竟睁不开眼睛。他转过身，已经临近晚高峰，从大街小巷汇聚而来的车辆源源不断地铺漫开来，在缓缓降临的夜幕中驶过观景台下的快速路面，向着前方某个不可见的目标疾速前行。恍然间，他觉得它们只是一大摞杂乱堆砌而成的粗粝毛糙的质料，手指轻轻一拨一弹，便会化成千千万万的残渣碎屑，重新沉入大地的母腹，进入新一轮的生死轮回。他这衰朽的身躯，眼睁睁望着这蜿蜒不绝的车流一路狂奔，将一条条华丽耀眼、泡沫般转瞬即灭的弧线涂抹在迷离芜杂的天际线上。

此时此刻，徐生白依旧孤身一人待在宴会厅中。快到六点了，其他客人尚未到场。逝者如斯夫，时光就这样流去，无法逆转。他的眼里透着一丝冷光，穿透这座超级大都市的内核，碰触到它如痴似醉的癫狂的节奏。猝然间，他想起了《庄子》中的一句话：

吾所谓无情者，言人之不以好恶内伤其身，常因自然而不益生也。

自己本是个俗人，硬要装出一副超脱的仙人相，本身就不自然。还不如随波逐流，自由自在。

II

宾客们似乎约好了时间，短时间内纷纷到场。先是三三两两，后来成群结队，七八个乃至十来个鱼贯而入，填满了半个宴会厅。他们中大半是中老年人，不少人见了面忙不迭地致意寒暄。

一个三十多岁、身材娇小的女子迎上前来，和徐生白打招呼，"徐老师认不出我了？难道我真老得这么快？"

徐生白猛然想起来，这是一个从西南边陲来的女作家，发表过一些非虚构作品，前些年曾拿着几部中短篇小说上门拜访。时光的流逝在她的额头并没有刻下多么深的烙印，但原本丰润的脸蛋稍稍有些瘪缩，少了些胶原蛋白。

她转身和邻近的几个熟人热络地打着招呼，随后将一位七旬长者引领到徐生白跟前，那是杭州一所大学的退休教授，是江南鼎鼎有名的翟家大院的掌门人。因为是同姓，她竟跨越血缘和地理的阻隔，摇身一变，成了这一大家族的闺秀，最近还创办了一个教授各类传统文化课程的书院。徐生白惊讶地发现，翟老先生的气色比他好许多，手掌上尽管多处浮着醒目的老年斑，但依旧精神矍铄，体内蕴藏着丰沛的元气。

过了几分钟，女作家踅回到徐生白跟前，声调愈发脆嫩、柔媚，"徐老师你可要好好保养身体喔！我现在虽然在做书院，但并没有放弃写作。文学是我一辈子的梦想，和前些年相比，我现在视野打开了，可写的素材也多了，到时一定要写出几部满意的作品，不辜负你的栽培。"

徐生白点点头，猛然间隐隐感到了几分自卑。不一会，他浑身发颤，瘫坐在窗前的沙发上，好似体内的精力瞬间流泄而尽，意识短时间内一片空白。等他稍稍回过神来，大厅正中靠里一个身着黑色长裙的女子弓着腰，在黑白分明的键盘上弹奏起了钢琴曲。悠扬的开场音符过后，他便听出是肖邦的《升C小调夜曲》：散漫的情思在星星点点的天空飘荡，如一声声叹息，应和着潺潺的水流上下游弋。宁静的夜晚，温煦的空气，轻柔的旋律勾画出乐句密匝而弹性十足的肌理，仿佛有一束忧郁而多情的目光打量着你，将心灵褶皱深处衍射而出的亢奋、略显惊惶的光影化成一长串深沉低回的咏唱。

猛然间，门口响起一阵骚动。屈尚成陪着一男一女两位明星主持人款步走入。徐生白不禁随着众人勉力站起身来，三天两头在银屏上亮相的主持人一旦走到眼前，人们在惊奇之余反倒增添了几分失落：不过如此。女主持人身着一袭海蓝色黑色缀花长裙，男主持人照例是西装革履，透着一股逼人的帅气。许多粉丝争先恐后上前，拉着他们合影签名，一时间晚会臻于高潮。钢琴声戛然而止。

屈尚成手握话筒，清了清沙哑的嗓子，瞳孔中放射出一道琥珀色的光焰，带着几分威风凛凛的生冷，"女士们，先生们，朋友们，时间不早了，现在我宣布千里眼公司酬宾晚会正式开场。我们今天非常荣幸地请到了上海电视台金牌主持人黄雯小姐和郁文清先生，大家热烈欢迎。"

"春日大地回暖，万象更新，现在是上海一年中最美好的时节。在这黄金般的夜晚，我们相聚在浦江之畔，畅叙友情，共同为我们的事业和公司的兴旺发达出谋划策。现在先请大名鼎鼎的黄小姐发表感言！"

黄雯笑盈盈地走到正中："各位朋友好！今天很高兴和大家相会在陆家嘴的黄金地段，为屈总的千里眼公司捧场助兴。这公司名字取得好，正因为有屈总远眺千里的战略目光，才成就了公司辉煌的今天。在这一刻，我心潮澎湃，不能自已。这是我的真心话，我首先要感谢屈总，感谢他多年来对我事业的支持和关爱。我在电视台滚摸打爬也有十多年了，主持过相亲、选秀节目，也积攒了不少人气，但我心里还有一丝不满足……"

众人竖起耳朵，大厅里静悄悄的。黄雯甩了甩披落在肩上的长发，扬扬头，"其实做主持人并不是我人生的第一梦想。熟悉我的朋友都知道，我此生最大的梦想就是做一个演员，在舞台上演出自己喜爱的作品。前两年，我看到了一个剧本，题目就叫《我愿为你而死》。我书读得不多，但那个剧本一下子抓住了我，我连夜就把它读完了。我多想自己在舞台上将它排演出来。但大家知道，现在要想排一个戏有多难，这又不是我的本职工作，此外演出的经费又从何而来？我一下被这么多障碍难倒了！"

"不是说有志者事竟成嘛！就在我一筹莫展的时候，我遇到了此生第一大贵人屈总，他有情有义，慷慨解囊，不仅在财务上大力支持，还四下联结拉人，很快组建起了一个班子。经过三个月紧张的排练，我梦寐以求的戏终于上演了，还参加了市里的戏剧节，并且获得了一个奖。全是意想不到的惊喜！这完全归功于屈总的大手笔，在此我再一次衷心表示感谢！是他让我最终实现了梦想！"她弯下腰，朝屈尚成深深鞠了一躬。

一阵雷鸣般的掌声响起。高潮过后，还听得见稀稀拉拉的余波在四周墙面上激弹起的回响。郁文清起身，站到了大厅中央；里外嵌镶着暗红色皮质衬面的门扇开开关关，应和着进进出出的鞋面踩出的忽高忽低的喧响。他微笑着耸了耸肩，"黄小姐把那么精彩的内容都讲完了，我一下觉得自己无话可讲。今天承蒙屈总的美意，也不扫大家的兴，我就随便说几句吧！"

他轻轻挥动了一下右臂，"刚才黄小姐讲了她人生中最打动人的一则故事，那我也讲讲我自己的故事吧。大家知道，这几年我做了上百个访谈类节目，其中一些是成功人士，但也有一些头上并没有罩着光环但也以他们的奋斗拼搏精神打动了我们的人。我把他们找来，就是想向大家展示人生的多面性，让人们看到人生不是单行道，而是条条大道通罗马。"

他扫视着全场，抬高了声调，"现在很多人都感到世道艰难，有种丧的感觉。这完全可以理解，但人不能总是被这种负面情绪所控制。还是要有奋斗精神，关键是要有梦想，去改变这个世界。我说一说自己的亲身体验。"

顿时，全场凝神屏息。郁文清放缓了语速，"我在电视台工作也快二十年了，有段时间有赖广大观众的支持，节目搞得风风火火。但可能是我太顺了，连老天爷也有了嫉妒之心。于是有一年我的运气陡然转坏，麻烦不断：先是节目出了点状况，有人三天两头到台里投诉，说节目的思想导向上有问题，随后又是人事调整，一下子节目被关停，我成了在编的失业者。同时体检时医生发现我脑子里长了个瘤，我不得不住院开刀，人生一下子跌到谷底。那反差有多大呵！我真是痛不欲生，连跳楼的念头都有了。幸好老天有眼，那个瘤是良性的，我慢慢恢复了健康。"

"我在这里要特别感谢屈总,他在我人生最困难的时候,伸出了援手。那几年我尝够了世态炎凉,你风光的时候,许多人讨好巴结你;你一落难,立马跑得无影无踪。我手术一做完,屈总便慷慨解囊,资助我成立了工作室,让我挺过了最困难的时期。他的大恩大德我永世难忘。这几年我事业重新走入正轨时,他也不时关心我,一起策划了多个反响很大的节目,可以说,他是我这个访谈节目的灵魂。在此,我也向屈总表示深深的感谢!"

徐生白双手托腮,强打精神听着。他不时皱蹙起眉头,噘噘嘴。此刻,洪亮的掌声再次响起,和男主持人方才的讲话一样空洞、嘈杂。此起彼伏的噼啪声中,徐生白吐出舌头,抖颤了几下,一阵突如其来的饥饿感席卷全身,他感到了罕有的晕眩,头一歪,扑腾一声趴伏在桌面上。

III

将圆台面覆盖得严严实实的众多盆碟组缀成了绚烂缤纷的图案,浓郁得化不开的菜香袅袅飘逸而出,长久滞留在一片片贪婪、色泽深浅不一的舌苔上,缓缓蠕动,留下悠长、深沉的记忆。然而,徐生白早已丧失了精细的味觉,硬撑着疲惫不堪的躯体。他微微侧转身子,沉落的晚霞折射到暗黝黝的江面上,在天际喷涂出一大片血红的色块,牢牢镶嵌在朦胧幽暗的苍穹中。恍然间他受了莫名的感动,一长串泪水簌簌滚落到表皮粗糙凹凸的脸腮上。

搁在桌面上的手机噗噗震颤了一下,是陈玫君发来的微信消息:你想我吗?

徐生白努了一下嘴：想啊，想死你了！亲爱的，你想我吗？

屏幕顶端的提示栏显示对方正在输入：从早到晚一刻不停地在想你！你什么时候来看我？文字后面紧随着一长串密匝到令人窒息的红唇和艳丽的玫瑰。

每次收到她的信息，他的心仿佛被撕开了一个裂口，逼着他说着程式化的谎话。其实，他并不是那么渴望见到她，他实在是不忍心看着她蹲伏在无处逃脱的时间的囚笼中一天天变老，暗幽幽的皱纹在她脸睑周围、腹部内外蔓生扩散，映衬着浑身上下松弛干瘪的皮肤，以及被病魔摧折的器官。在这惊心动魄的青春的废墟前，他想掉转头去，不再见面，一了百了。

怎么了，这么犹豫不决的？还说想我呢！你到底来不来？

那就明天吧！他摇摇头，捋了捋额头，睁大双眼，茫然凝望着四周围沉醉在美食中的宾客，层层文雅的伪装早已悉数剥去，露出了血腥气十足的坚牙利齿，将眼前丰盛的猎物一扫而空。

一阵嘈杂的喧嚷升腾而起。屈尚成笑嘻嘻地引领着男女主持人上前到各桌轮番敬酒，徐生白站起身，礼节性地碰了碰酒杯，抿了几口，旋即坐下。一阵阵头晕袭来，他摇晃着脑袋，细细打量着屈尚成，对方身上每个细胞似乎都膨胀至极点，向外界放射着热力，那旺盛的精力从何而来？

年初旅行回来后，徐生白脑海中盘桓多时的美的幻影破灭了，不是砰的一声，而是嘘的一声。就在某个瞬间，所有的光晕霓彩顿时褪了色，沉落到黑白两色的空间，单调而永恒。有好几次，当短时间的亢奋过后，他精疲力竭地躺在陈玫君身边，心中盛满了难以诉说的悲哀。先前他答应陪她一晚上，但体力稍稍恢复，他便急切地想离开，想退回自身孤独的堡垒之中。他觉得跌入了自己一手编织的罗网之中，一下难以脱身。徐生白感到羞愧难当，他竟如此迷恋这具病恹恹的肉体，并试图在那日趋衰朽的表皮下寻找彼岸的启示；他感到带有腐蚀意味的绝望，他只能在周而复始、机械重复、颇具仪式感的身体绞缠中寻觅大写的意义和价值。此刻，她陡直地往深渊坠落，还想要找一个陪绑的。等她昏睡过去后，他轻轻坐起身，换好衣装，在她脸上吻了一下，蹑手蹑脚走向卧室门口；关上门前，他回头望了一眼，占据眼帘的是陈玫君婴孩般的脸蛋，沐浴在天堂般的光焰之中。

酒过三巡，屈尚成擎举着高脚酒杯，踱到正中央："再给大家公布一个好消息：今年第一季度我们千里眼公司的营业额实现了两位数的增长，创历史新高；而利润也达到8.88%，预计全年也可达到两位数，这样我们营业额和利润双双达到两位数，对一个成立不久的独角兽公司来说，那是非常不容易的。这全赖于在座各位的大力支持，我再次表示衷心的感谢！"

掌声再次响起，屈尚成将一满杯红葡萄酒饮下，手指反扣空杯，朝前方扬了扬，"今天真是个好日子，我再向大家透露个机密消息——"宴会厅中顿时静寂无声，他清了下嗓子，"为了不断壮大实力，我们正开始新一轮融资。在这个突飞猛进的时代，做什么事都要不断进取，稍稍松劲就会被别人甩在后面，所以在形势好的时候也要居安思危……"他鹰一般的目光扫视着全场，"我正和安徽省的发改委洽谈一个项目，要在安庆那边兴建一个新的大型主题乐园。和迪士尼、环球影视不同的是，这是一个立足本土、充分展示我们的传统文化精华的项目，它充分开掘传统资源，与现代高科技无缝对接，让人们在游乐时感受中国古老文化的熏陶，真正实现寓教于乐的宗旨，它绝对不是个一般意义上的游乐项目。"

嗡嗡的声音从各个角落响起，人们开始七嘴八舌。屈尚成捋了捋卷折的袖管，"大家猜一猜，它的名字叫什么？猜不出吧。它叫赤壁空城八卦乐园，是以三国著名战役为蓝本，设计出的一套全新项目，将古老的军事智慧熔铸在里面，提供新奇、富于刺激性的3D体验，让人们仿佛穿越到了那个年代，置身于战场之中。就拿空城计来说，你可以像诸葛亮那样戴上纶巾，披着鹤毛大氅，在栏杆前焚香弹琴，好不潇洒！我们最大的亮点在于，每个项目都是开放的，你如果有足够的定力，便可以让曹操在赤壁活捉刘备、孙权，也可以让司马懿识破空城计，一举拿下诸葛亮。一切皆有可能！"

人们的目光变得呆愣愣的，迷惘与期待、怀疑与信赖、贪婪与恐惧交织混杂。屈尚成挺直了腰板，"这个项目很大，需要分三期才能建成。首期投资三亿，我们现已融到一亿八千万，也欢迎在座的各位入股。鉴于它辉煌的前景，首期投资的回报率最高可达40%，我们还打算专门注册成立一个新公司，到华尔街上市，进行全球融资。机会难得，大家千万不要错过！"

他的话像五彩绚烂的泡沫在空中飘浮，霎时间人们仿佛置身于围竖着晶亮的落地玻璃的淋浴房、碧波荡漾的游泳池、开阔起伏的高尔夫球场，大捆大捆崭新的美元从天空刷刷刷散落而下。大家瞪大了眼，蜂拥而上。

一个身着黑色绸缎衬衫的瘦高个子悄然走到屈尚成身边，趸转到背后，猛地揪住他的领子，胳膊箍住脖颈，踮起脚跟，原地旋转180度，腾地把屈尚奇绊倒："吹，你再吹！你这个混蛋，害人害得还不够啊，还要来害更多的人——我让你吹——吹——吹！"

短暂的冷场，随即激起一阵骚动，几个身强力壮的中年人向高个子冲去，叉住了他的双臂。尖锐的惊叫声此起彼伏，快报警，打110。徐生白摇晃着脑袋，站起身来，突然手机铃震响起来，是妈妈打来的："你快过来吧。"嗡嗡的声音浮漾在滚涌不息的嘈杂声浪之上。"你爸昏迷了，医生说是急性心梗。已发了病危通知，你快来医院吧。"

他得先到家里接妈妈。保不定是最后一面了！徐生白左拐右转，走出混乱的宴会厅，乘着电梯快速下楼，碰巧有一辆出租车在大门口候客。他一坐上车就机械地拨通女儿的电话，平时响一两秒钟就会接听。此刻长久的铃声在耳畔回响，无人接听。

再熟悉不过的街景，过江隧道，高架桥，密匝林立的高楼，顿时在徐生白眼里变得那么黯然无光，像被抽去了精血，只剩下一具具干瘪的骨架。

再过两个路口，就到父母家了。此刻，女儿打电话过来，她喘着气说，婆婆上吊了，正在处理后事。

徐生白瘫坐在椅背上，脑海中炸响了一串连环炮。

十二 困

困卦（坎下兑上）

困：亨,贞,大人吉,无咎。有言不信。

I

这一个心跳的日子终于来临!
你夜的叹息似的渐近的足音,
我听得清不是林叶和夜风私语,
麋鹿驰过苔径的细碎的蹄声!
告诉我,用你银铃的歌声告诉我,
你是不是预言中的年轻的神?

我激动的歌声你竟不听,
你的脚竟不为我的颤抖暂停!
像静穆的微风飘过这黄昏里,
消失了,消失了你骄傲的足音!
呵,你终于如预言中所说的无语而来,
无语而去了吗,年轻的神?

霎然间，徐生白的耳畔回响起何其芳的诗句，寂静中灼热的期盼、渴望、萦回不去的惆怅。他长时间飘浮在睡眠苍白色的浅层，间或滑入深渊，不久便会浮漾而上。他的灵魂仿佛挣脱了千疮百孔的躯体，踯躅穿行在冰窖、冻土、冰碛、荒原上的石楠丛、沼泽与沙丘间。瞬时间，他沉滞黏腻的呼吸变得顺畅、轻松起来，凛冽的空气使脑神经为之一振。但一旦返回功能紊乱、血气恶浊、异物疯长的躯体，一切都变得难以忍受。

如何好好地活下去，幸福而平静地活着，哪怕老天留给你的时间只有一年——太长了，最多半年，也许只有三个月，一个月，十天，一星期，一天，一小时，五分钟，一分钟……

其实每一分钟对他都是负担，鸡肋般的累赘，日常生活被简化成了一长串断断续续、僵硬的动作。还不如早点结束，一了百了。

尤其到了后半夜，各个器官轮番作怪，子夜时分腹部剧烈胀痛，徐生白急忙下床，摇摇晃晃冲进卫生间，哗啦啦排出一摊稀薄、奇形怪状的屎团屎片。他松了口气，但浑身一阵虚脱，颤巍巍踅回到床头。一束银灰色的光焰从窗帘缝隙间衍射而入，陈玫君昏睡中的脸庞浮漾其上，半隐半现的皱纹深深地嵌入惨白的皮肉组织中，像是遭受战火蹂躏的一片焦土。他忙转过头躺下，拉上毛巾毯，合上眼帘，重新沉入无边的黑夜之中。

他现在玩的是针尖上的舞蹈——自从搬过来和陈玫君同居之后。其实那妖媚的舞步早在癌症俱乐部活动中就悄然迈出，先是效仿着华尔兹的雍容气度，在优雅的旋律中寻觅着早已烟消云散的古典的情韵，随后节奏加快，大幅度的身体接触，搂抱交叉踢腿跳跃旋转，浪漫的奔放中透着难以掩饰的哀婉。当一曲终了，迪斯科狂野破碎的节奏滚滚袭来时,徐生白的体能已无法承受,只得退缩到一旁,茫然无奈地望着投入其间的众多忘情无忌的舞者。

重重的打鼾声勃然而起。一阵惊惧从他脊梁骨上渗漫而出,微微眯开眼,仿佛在祈求苍天:结束,快点结束吧。呼噜呼噜的声波掠过鼻翼,他情不自禁推了她一把,她迷瞪地张开眼,无辜之至的表情,轻轻埋怨了一声,朝里翻了个身,沉沉睡去。

最近陈玫君不时死命地和他作——好似她头脑中安装了定时开关。她早已不满足于做临时性的伴侣,而是渴望有法律上的保障,从变动不居丝丝缕缕的岁月中抽出一段,烙上无限期保鲜的鲜红印章。但出于某种模糊晦暗、自己也不明就里的畏惧徐生白却不愿意。于是她不停地数落他的虚伪、薄情,是不是已经腻烦她了,一旦得手就翻脸不认人,真是个不折不扣的骗子。

有点厌倦是真的,尤其在这座黄梅天从早到晚浸泡在绵绵不绝雨水中的城市。几个简单的肢体位移动作,便浑身上下汗涔涔的,像是在蒸桑拿浴。徐生白睁大双眼,茫然地凝望着奶黄色的天花板:他给自己挖了个坑,掉进了自己编织的笼子。真天真,从自己家跑出来,和她同居,仿佛一步踏入了天堂——那只是另一场漫长的与时间的博弈,他得再次投入忠实、谦恭、忍耐、宽容的囚笼中,承受没完没了的细碎的折磨。仅有的那点欢乐与陶醉在旷日持久的拉锯战中消耗殆尽,先前让他心动不已的古典美已沦为僵硬的面具。怪不得他会时不时逃回到自己家里住上几天,调整一下起伏不定的心绪,以及脆弱不堪的病体。

然而,女儿待在家里也滋生出莫名的烦恼。没想到,紫彤的婚姻这么快就碰触到了暗礁,而她婆婆的自杀成了压倒骆驼的最后一根稻草，为一切画上了休止符。并不是说婆婆对她有什么成见，心里有过不去的坎，她完全是长年病痛难挨——不是每个人都有毅力和耐心走完老天分派好的全部时光。徐生白至今记得婚礼那天她脸上兴高采烈的神情，但芯子里已是疲惫之至，生命的游丝瞬息间便戛然折断。只是她一点都不顾忌家人，再怎么样也可以找种好的死法，结果趁亲家公去超市购物的大半个小时在屋里吊扇上系根绳子上吊，让它成了凶宅，以后出手卖都困难重重。她是撒手去了，永久地解脱了，但就像肋骨被抽去后，一个家庭就哗啦啦塌陷下来。仿佛是对亡灵的敬畏，在断七前小夫妻暂时不提离婚的事。

更要命的是，徐生白近来觉得和紫彤间也生出一层虽触摸不到但又实实在在的隔膜。女儿表面上还镇定，但他看得出她深陷在难以自拔的惊惶与迷惘之中：失败的婚姻，晦暗、压力山大的职场，她活脱脱成了个失败者，就是彻头彻尾丧的感觉。两人相处久了，隐隐的不自在悄然而生，横亘在他们俩当中，有时他甚至都不敢正眼看她，怕那股阴郁的气息一无遮拦将他吞没。

所幸父亲命硬，安然挺过了病危期，但就此卧床不起，一时半会死不了，也好不起来，只是返老还童，成了全天候需要有人照料的老年婴儿。他没有红卡，没资格进高干病房，只能在家护理，在社区卫生中心申请建了个家庭病床，护士可以上门抽血打针，出了什么紧急状况再送大医院。起先，母亲嫌贵，还不愿请护工，但没几天便尝到了泥菩萨过河自身难保的滋味，焦头烂额之余由妹妹从介绍所里找了个安徽的阿姨来。不到三周，便被妈妈炒了鱿鱼，在妈妈眼里这个保姆从头到脚一无是处，"讲出来吓死人，她一点都不会做，什么野鸡介绍所弄来的！笨手笨脚不去说，换张尿不湿搞半天,弄得老头子差点从床上摔下来;最气人的还那么自以为是,尾巴翘到天上去了,我耐心算得好,要别人家当天就不要她了!"

迷蒙的曙色渐渐豁现,淅淅沥沥的雨水时断时续。一阵剧烈的头晕猝然袭来,像海潮后浪推前浪,徐生白发出一串喑哑的呻吟,陈玫君只是眼皮抖了抖,翻了个身,依旧沉落在无底的睡眠中。他搓揉着头皮,合上眼,贾欣怡的脸容清晰地显现出来:依旧是那副刻毒冷嘲的表情。他打了个寒噤:他们俩的婚姻依旧悬垂在半空,像断了线的风筝。从那天因离婚协议书发生争执以来,他再也没有她的音讯。他用力摇摇头,想将贾欣怡的形象和起伏跌宕的晕眩一同甩开:随她去吧!

写作的梦想也摇摇欲坠,一点点破碎。《大江东去》进行了大半,但文稿粗陋芜杂,难以卒读。文学不但拯救不了世界,连自己都救不了。即便侥幸地将自己的梦想升华到清晰的字里行间,自己却落入了更漆黑的深渊。那些大致成型、闪烁不定的词句从大脑的皱襞间滑逸而出:

裴邦济在湖南讨债不成,他和几个同伴反被分别关押在荒僻的乡间小屋中。他从装了铁栅条的窗户往外张望,清澈的天空上繁星点点,飘浮着乳白色雾团的山峦下溪流潺潺,葱翠的田畴交错其间。好一派世外桃源的景象。然而,在这祥和宁静的福地乐土里,他这个贸然闯入的外来者则是呼天天不应,叫地地不灵。他下了决心,一旦脱身,便向公司递上辞呈,立马飞回美国。

II

　　盛夏午后三点火烫热辣的阳光下，紫彤轻巧地开着淡乳黄色的丰田车，驶过熟悉的街区。徐生白坐在她右侧的副驾驶座上，目光倦怠地扫视着熠熠闪亮的店招广告，大团蚂蚁般蠕动游移的人群。

　　车身稳稳地在横贯中心区的高架路上奔驰，他们俩趁周末去探望徐生白的父母。成片破败简陋的弄堂全被拆除了，取而代之的是密密匝匝的高楼，前后左右的玻璃幕墙燃起一簇簇银白色火焰，霎时间汇成了一片汪洋大海，澎湃咆哮。他合上了眼睛，口中呢喃：这还是不是我的上海？我的上海去哪儿了？它丢失了，从记忆中被强行删除了。

　　徐紫彤向左偏斜着头，双手捏着方向盘，嘴唇时不时向上噘着。徐生白好久没细细打量女儿了。她没有绝色的美艳，青春的活力远远超出了浅淡的妩媚气息。在时间的磨蚀下，那赏心悦目的姿色会慢慢枯萎下去，化作一堆枯枝败叶，或是留有几丝火星的余烬。时至今日，他还是不明白她的婚姻怎么会那么快触礁。做爸爸的心里免不了有些愧疚，但父女之间不需要廉价的安慰，不需要强颜欢笑，只当是遇人不淑，或纯粹是运气不好。婚姻本来就是一场豪赌，而貌似温雅的慕仁却成了那枚招来厄运的骰子。但思来想去，到底意难平。真该狠狠揍一顿这小子，真想得出，刚娶进门没几天便要离婚，还要女方赔偿操办婚宴、装修新房的钱款。明明是他的错，还要倒打一耙！

　　前方出现了匝道口，一长列汽车挨挨挤挤艰难地蠕动着。天空上飘过几簇银白的浮云,金色的阳光在拱卫着楼房的绿丛上摇曳,青翠的绿色海洋中浮动着血红的火焰,仿佛要把自身染成一片焦黑的灰烬。

紫彤的手僵硬地捏着方向盘,微微发颤。车轮滚动了几步,又停下了。徐生白支起身,从后座抓过一瓶冰红茶递给她。她摆了摆手,撸了撸披散在前额的发丝,从驾驶座右侧抓起一罐深红色的可乐,拧开盖子抿了几口。徐生白盯视着她,"还是爱吃垃圾食品?"

车身缓缓驶下匝道。她撇了撇嘴,咬着嘴唇,"管他呢!索罗斯最爱吃可乐,不是照样发大财,照样活到八十多岁?"过了红绿灯,她左转拐进一条僻静的马路,"垃圾食品就垃圾食品,我无所谓了。我知道我自己就是垃圾,只配给人家丢弃!"

徐生白愣了愣,"这么灰心做什么?你还年轻,这次离了,再找个好的!"

紫彤嘿嘿笑出声,"老爸你别安慰我,我知道自己是什么货色,老菜皮了,谁还要!"

徐生白绞缠着双手,垂下了头。一大团刺目的白光在眼帘上弥漫、游走:女儿心中有股无法消释的情结。如果问她既然不爱慕仁,为什么还要结婚呢?他完全想象得出她会高高扬起眉毛,你们不都说是该结婚了。大家都这么说,都想看我结婚,我就试一下,结一次给你们看看。圆满还是崩盘了,我就管不了那么多了。她也许也在怪罪父亲吧。

小车驶到前面一个十字路口,再次戛然停住。她又喝了一大口可乐,嘴边啧啧有声,"老爸,说句实话,我实在是受不了了。等离婚的事情办完,我就辞职,在家里歇上半年。我要换种活法,出去旅行散散心，也好好想想以后怎么过。反正我是不会再结婚了，我看透了男人，那些臭男人，没一个好东西！什么感情不感情的，我算看透了，这是天底下最大的谎话！我有什么离不开他们的，一个人活着挺好的。"

此刻，车子驶入了一片老居民区。离父母家不远了。徐生白默然地看着街边杂乱的各式小店，来往不息的人流，"暂时歇歇我不反对，但你总得有个长远的规划，老是这样耗下去不是个办法。"

她扭过脸，淡然笑了笑，"那都是你们上一辈人的想法了，要踏踏实实一步一个脚印走。反正都是丧！到哪儿都没劲！我是觉得自己快被压扁了。你别为我担心，我总能活下去。我已经练了一段时间长跑，准备去参加一下半马比赛。"

徐生白抬起头，惊愕地看了她一眼。紫彤打了个喷嚏，"我是听一个朋友劝导才去跑的，开始有点不习惯，后来慢慢适应了，每天把运动量加上去，过后好爽，一天不跑都难受。上周去杭州，沿着西湖跑了几圈，正是天堂的享受！吃百忧解还没这么灵呢！"

在路边把车停下，父女俩一前一后进了小区。好几栋楼外门罩着深蓝色的防尘罩，里面搭着脚手架，看来正进行小区修缮更新工程。时光的痕迹，在斑驳破旧的墙面屋檐过道随处可见，给人一种死水一潭的停滞感。盛夏烈日暴晒下的水泥地，坑坑洼洼，像老人枯竭干涩的肌肤。

III

又一次迈出灰扑扑、脏兮兮的电梯轿厢，踏入17楼环绕着六家住户的方形过道，徐生白仿佛又一次站到了黑漆漆的死胡同前。过道上高高低低垒满了形状不一的杂物，恍然间成了人生暮年的一面镜子，无情地昭示着此路不通。

按响门铃后，房门先是豁开一道细窄的缝口，母亲瘦长、遍布皱纹的脸上那双老鹰般锐利的眼睛警觉地向外扫视（这一目光徐生白再熟悉不过），"喔，大弟来了"，随后敞开大门。客厅里一股逼人的热浪旋即扑面而来，徐生白皱了一下眉头，赶紧走进父亲所在的主卧室。

十余年高龄的空调机吱吱嘎嘎运行着，让人联想起萦回在墓穴四周绵长、起伏错落的叹息，幽眇、寥远，蕴含着无法破解的谜团。父亲头向右，脸色苍白，侧躺在一张双人床上。他双眼微微张开，一抹神秘的微笑挂在嘴角：好像他退回到了婴孩期，只能做些最笨拙简单的机械运动，生命的抛物线不可逆转地下沉、坠落。他精神也处于衰颓中，脑细胞好像是锈蚀出了硕大的窟窿，繁多的记忆碎片汩汩不息地流失，好在前些天郁雯给他买了一个智能音响机，从早到晚可听各类音频节目，他尤其爱听历史演义故事，诸如话说汉朝、唐朝、明朝之类的，会翻来覆去地听上无数遍。

窄逼的屋里飘浮着一股难以名状的气息，那是衰败腐朽的肉身行将解体时释放而出的缕缕游丝。徐生白在床畔坐下，握着父亲枯瘦的手，手臂青筋稍稍突隆而起，手背、脚跟处浮现出灰黑色的斑块。父亲肩膀抽动了一下，睁开眼，呆呆地凝视着儿子。徐生白俯下腰，凑近他的脸，"爸，感觉还好吧？"

斑白稀疏的头发下的小眼睛眨动了几下，老人点点头，想撑坐起来，呼吸一下急促起来，徐生白忙扶着他，让他安稳地倚靠在

233

床架上。此刻,紫彤疾步走到床前,和老人打了个招呼。老人先是困惑地望着她,嘴角慢慢绽出笑意,像是夏日池塘中盛开的莲花。他干咳了几声,"小彤结婚后过得好吗?现在年轻人工作压力重,要——要当心身体!"

三人不紧不急地寒暄着,突然间母亲推门而入。父亲转过头,搔了下头发,咕哝着要小便。母亲连忙转过身,揪开门缝,"小周,快点来,快点呀!"一个五十来岁的小个子护工推门而入,她格式化、貌似甜美的微笑中不经意流露着不屑和难以驯服的倔强。她和徐生白、紫彤点头打招呼,母亲引领着他们俩走到另一间屋里。

母亲安顿徐生白父女俩坐下,随后匆匆出门,过了十来分钟才踅回。她捋了捋额角,不停地摇头:"你看,弄个小便尿盆也这么不利索,让人看不上眼。现在到哪儿去找好点的护工,能干点的开口就是天价,真真让人吃不消;要么就是笨手笨脚,什么事都要教,在旁边看着也要出差错!你说怎么办!这个小周只做了一个多礼拜,有次搬尿盆都滑到地上,弄得一房间臭气熏天!腻心死了!你想想看,这种样子还好意思出来做事!"

徐生白思忖了一会,她日趋衰朽的躯体竟然还洋溢着如此丰沛生命力,着实让他惊愕、感佩,"妈,你脚骨折了没好透,多休息休息……"

母亲扫视着他们俩,"人好着就是要多动动,不动就越来越不行了。你爸就是懒到根了,不肯动,所以一天比一天虚,不是讲生命在于运动嘛!——你们再坐一会,时间不早了,我还要去准备菜,小周烧出来的菜你们十有八九咽也咽不下去,不是太咸就是太淡,脑子里一点没有数。"

霎时间,徐生白仿佛从睡梦中惊醒,"妈,你别忙了,我和彤彤坐一会就走……"

母亲瞪大了眼睛,"你讲什么——好不容易来一趟,饭不吃就走,不作兴的!彤彤结了婚,走动的机会更少了。也没几个菜,等一歇雯雯也会来帮我烧的,她带小童上数学补习班去了,五点钟就回来了!"她意味深长地望了徐生白一眼,"等会我还有事要和你商量呢!"

从框架破旧的窗户望出去,高空蒙上了一层浓淡不匀的阴霾,毫无节制的酷热开始退潮。他们俩起身拐入老父亲的卧室,小周正坐在床头,一勺勺地给倚靠在床架上的老人喂食。父亲转过脸,瞟了徐生白父女俩几眼,口中发出一阵奇特的喧响,咳嗽了几声,摇摇头,"吃不下了!"

小周愣了愣,手中端着青花碗,"不吃了?徐老师吃得太少了!是天太热吧!师母特地关照煮粥给你吃,你现在营养不够,所以特地加了肉松、半块皮蛋,再加以绿豆清清火。要么先歇歇,等会吃——吃得这么少,师母那儿叫我如何交代,又要讲我没有尽心尽力好好喂你了!"

老人噘了噘嘴,合上了眼睛。徐生白和女儿对视了一眼,深深的无奈攫住了他们的身心。正是在这一瞬间,徐生白又一次感悟到了难以言状的悲哀,那种对生命流逝的哀婉。岁月一刻不歇地流逝,但人们总会沉浸在错觉中,以为这样祥和平静的日子会一而再再而三地重复,永不止境地延续下去,仿佛凝固在时间的长河中。只是在某个节点上,它会咔嚓一下拗断、崩裂,变得面目全非,所有温馨的霓彩顿时消隐无形。

蓦然间，徐生白想起了什么，起身向小周招了招手，示意她出来。她将粥碗放到床头柜上，跟着他步出门外。他将装有500元的信封塞到她手中，"你照顾我爸爸辛苦了！我妈脾气不好，你不要太在意！"

小周不无惊讶地觑视了他一眼，赶紧将信袋推回他手中，"不作兴的！怎么好意思！"经徐生白再三坚持，她连声道谢，塞进了裤袋中。他叮嘱着，"全靠你了！"

不久，父女俩拐到客厅。大团郁热的空气顿时将周身围裹住，徐生白急忙关上窗，打开空调。从高楼俯瞰而下，一切都变得轻飘飘，阳光中的浮尘晶莹闪亮，将滔滔不息的喧嚣吸吮了大半；棋盘般密匝的街市、过往不息的车辆、左右穿梭的行人恍惚而悠远，仿佛成了精雕细作的微型模具。徐生白口中念念有词：天高地迥，觉宇宙之无穷。

紫彤侧身坐在长沙发上，专注地翻刷着手机屏幕。徐生白在她身边坐下，她漠然抬起头，又垂下了。丝毫没有交流的意愿，他不无尴尬地往另一头挪了挪身子。清凉的空气弥散开来，徐生白重重地喘着气，额上沁出一串饱满的汗珠。长久坐着并不舒服，仿佛那股淡淡的腐朽气味已从相邻的病室中渗漏而出。他搔了搔头皮，猛地站起身，踱到玻璃柜前，从中抽出一张CD——父亲还是古典音乐的爱好者，收藏了不少光碟。他将碟片放到播放器转盘上，随即勃拉姆斯的《第四交响曲》宁静、诚挚而略带伤感的旋律在小提琴的合奏中袅袅而至，在这夏日的黄昏时分在他心头激惹起丝丝缕缕温柔的回忆，交织着深重、难以排遣的眷恋、怅惘与怠惰。

不知不觉间，徐生白眼眶里噙满了咸涩的泪水。他忙转过头，不想让女儿看见。随后他起身往厨房走去。老母亲戴着阔边老花镜，在昏暗的光线中坐在灶台前捡着毛豆；看到儿子进来，她起身，示意他坐下。徐生白不无惶恐地咕哝着，"天这么热，妈别忙了……"

母亲就着水龙头冲了一下手，"有桩事体要和你说。这一年你爸爸身体一天不如一天，进进出出医院好几次，病危通知书医生也开了不止一次。估计是撑不了多少时间。我在想，你和雯雯分财产的事最好在你爸爸在的时候讲定，省得日后起纠纷，怪我们偏心。你也晓得雯雯的情况，本来家里好好的，就是忍不过一口恶气，离了婚后一直辛苦，除了上班还要带小童。小童明后年要中考了，搞得她夜里觉也睡不着。"

一束阳光照射在浅绿色的地砖面上，母亲侧过头，半边脸浸润在炫目的光焰中，"长话短说——你妹妹这辈子活得太苦，四十多岁了，要再嫁人也不太现实。我和你爸爸想把这套房子以后就留给她和小童了。我们不是偏心，做事要实事求是，你条件比较好，彤彤已经成家了，除掉医药费，你负担不算很重。小童是男孩子，将来结婚总要为他准备房子，否则哪个小姑娘肯嫁过来？而且这几年雯雯一直住在这儿照顾我们，忙七忙八也实在是操劳。我先征求你的意见，最好你爸爸在时把公证做掉，到时候大家省心省事。你看这样好吗？"

徐生白一时语塞。他的头脑像被格式化清空了的硬盘，充塞其间只是窗外飘入的一波波蝉鸣。它们的音值渐渐提升，达到一个峰巅后便保持了恒定状态，盘缠萦绕，不绝于耳。他觉得自己从来没有细心揣摩知了的叫声，再熟悉不过的声响，夏日的背景音乐，此刻显得如此密匝，携着遮天蔽地的气势，占据了所有的空间。

　　防盗铁门吱地打开，郁雯带着小童回来了。当兄妹俩的目光碰触的那个瞬间，徐生白脑中还是回荡着高亢不衰的蝉鸣，她眼中隐隐闪烁着愧疚、惊惶与凶蛮。猛然间，周围的暑热一下变得不可忍受，它榨干了人们的精力、血气。徐生白感到一阵恶心，想要呕吐，将肠胃中的污物清空。虽然手脚疲软，他还是想迈步出门，逃离这个让人憋气、沮丧的所在，将这帮背叛了他的人统统抛在身后。

十三 姤

姤卦（巽下乾上）

姤：女壯，勿用取女。

I

刚过七点，徐生白便匆匆离开了陈玫君的寓所，下楼拐到两侧密密麻麻停着车的主路（它已被日渐增多的私家车吞食成了羊肠小道），走出小区大门，来到街头。

前边街口开着一家店面不大的咖啡馆，虽然不是星巴克这类大牌的连锁店，但每到夜晚和周末也是顾客盈门熙熙攘攘。徐生白推开镶着磨砂方形玻璃片的木门，走到靠窗的角落，等倦意未消的老板走过来，便点了一杯卡布奇诺，外加一份煎蛋，一大一小两片羊角面包。

他望着窗外渐渐为早高峰的喧哗所淹没的街市，并不宽敞的街面塞满了汽车、电瓶车、自行车，还夹杂着三三两两的行人。背着书包、穿着校服的男女学生行色匆匆，牵着哈士奇、吉娃娃、秋田犬、金毛犬漫步的中老年人，一长溜桑塔纳、丰田车间夹杂着靓丽的奔驰、玛莎拉蒂。一缕分布不均的油烟悬垂在半空，时不时散溢出浓烈的熏香。它们像污浊滞重的潮水，缓缓流淌着，偶尔爆出几声喇叭的啸叫。不多会儿,高个子服务生便将咖啡、面包端到了桌面上。好久没这么犒劳自己了,陈玫君做的早餐让他腻烦透了,稀粥、油条、汤团,要么就是规整无比的切片面包,他实在是忍受不住了,今天抽空溜出来,呼吸一下清爽的空气。

灼热的阳光从绵薄的云絮中衍射而下,已是出了伏的残夏天气。但漫长的暑热已极大地损耗了他的精力,恍然间他觉得自己像一条毛皮肮脏的老狗,蜷缩在满是灰尘的墙角。咖啡的浮沫在舌苔上滚动,饱满的咖啡因镶上了柔滑的花边,沿着食管径直而下,刺激着那一撮惺忪迷糊的脑细胞。猛然间,仿佛被注射了高效强心针,徐生白一下感到难言的喜悦,生活不再那么沉闷难挨。

店堂里零零星星坐着几个顾客,他的目光扫视过去,老板双手叉腰,站在吧台一侧,对着他似笑非笑。一个四十岁左右的中年人,错过了事业的黄金期,不甘和无奈混杂在迷惘的神情中。徐生白扬了扬手,又点了一杯牛奶咖啡,他实在无法抑制自己对奶液的渴望。

几只肥墩墩的野猫趴伏在不远处的废物箱边,东张西望,眼巴巴地等待着从天而降的赏赐。咖啡馆室内的墙面颇有些诡异,暗黑色的基调,涂抹覆盖其上的是一长溜色彩艳丽的图案:阴森森的古城堡,狂暴的海水,硕大的烟斗,一望无际的薰衣草。它们混杂叠合在一起,没有明晰的边界线,就像这周围民国年代的老式里弄、五六层楼的砖瓦旧工房和新建的商品房小区(约三四幢高楼)比邻而立,陡然间让人生出几丝不安。

徐生白慢慢咬嚼着香味醇厚的面包,猛然间喉咙里发出一阵奇特的喧响,好像有什么硬物堵在里面,呼吸也变得急促起来。他无力地仰靠在椅背上，暗地里思忖着，身体到底哪里又出了毛病？

街面霎时间变得空空荡荡，高潮过后的间歇，众多小店铺的卷帘门纷纷开启，野猫四处奔窜，一只皮毛柔滑细洁的小白猫快步跃上窗台，隔着玻璃与徐生白双目对视，目光中闪烁着好奇与不屑。他抬腕看了看表，已过了八点，陈玫君大概起床了吧。他嘴角浮起一抹笑意，反正不经意间落入了圈套。

到处是陷阱。五花八门的邀请信堆叠在书桌上，形成了一座摇摇欲坠的小山丘，手机里、电子邮箱里源源不断地涌入应接不暇的研讨会、评奖会、高峰论坛、高端讲座的信息，它们异口同声喋喋不休地地向他呼吁求：来，快过来，作为一位德高望重的大师，助我们一臂之力，将文学的魅力分享给我们，那是你义不容辞的责任。

徐生白搔了搔头皮，方才体内的骚动渐渐平息下来。这些年（尤其是得病之后）他苦心修炼的功夫荒废了大半，尽管夜深人静之际力图入定运气，意守丹田，祛除万千杂念，但屡屡失效。他已丧失了原先坚韧的意志力，无法超拔于滔滔不息的红尘世界之上。更多时候也是随波逐流，做一天和尚撞一天钟。

徐生白喝下最后一口奶咖，但他还不想离开。店堂里轻柔的背景音乐萦回盘旋，从耳际掠擦而过。似曾相识的旋律，时光流逝，掐指一算，十年飞快逝去了。对他而言，终点随时会降临：此刻他并没有多大的恐惧，在死亡的国度中，他可以从容地卸下人生的枷锁，摆脱这副臭皮囊，获得永恒的宁静。此时此刻，陈玫君是醒是睡，早已失去了沉甸甸的分量。在梦幻般庄严的死神面前，一切都是徒劳，一切都是笑话。

一阵突如其来的烦躁袭上心头。他一下失去了原有的平静，浑身上下一阵阵抽搐，好似整个世界都在有意与他作对，他孤身一人在苦海中搏斗厮打。他所做的一切都被打上了醒目的问号：要么严谨刻苦，在堆积如山的海量印刷品中杀出一条血路，完成一部旷世杰作，了却心愿；要么及时行乐，游遍万水千山，尝遍山珍海味，过把瘾就死。

往昔的场景纷纷涌现，穿越时光隧道的影像，清晰透明，鲜活无比。春日繁茂的花丛，瞬间凋零殆尽，徒留一片空旷寥远的荒漠。猛然间他仿佛步入一个圆形大厅，金碧辉煌，但没有出口，全被封死了。对于他，一个头上时时刻刻悬着铡刀的人，卑微的虫豸，还能有什么奢望？

反正也没多少时间可活了，索性豁出去，好好任性一把！

徐生白神情漠然扫视着进进出出的顾客，懒洋洋地抓起圆碟边对折的餐巾纸，擦了擦嘴角。别再写了，尽是些狗屁不通的东西！

他伸了个懒腰，铆足了劲，站起身来，一步三摇地走出了咖啡馆。一辆120救护车在前方约百米处疾驶而过，蓝色顶灯左旋右转，闪烁不停；街角的灰色水泥灯柱下，一只黑白的花狸猫斜躺在破塑料袋上，肥硕的腹部沾着暗红的血迹，早已没有了生息。徐生白恶心地扭转头，匆匆朝陈玫君家走去。

II

开门踏入这套位于三楼的两居室公寓，迎面而来的是深不可测的静寂。徐生白喘着气，走到餐桌旁，一屁股坐下，竖起耳朵，悉心捕捉着潜伏在各个角落的窸窸窣窣的喧响。

他拿不准陈玫君是否已外出。应该没有吧，近来她常常拖到九点左右才起床。弥漫在屋内的死一般的寂静，将他牢牢吸附住，一股难以忍受的窒息感压在胸口。他咕咚咕咚喝了几口水，霎时间从左侧卧室发出一阵怪异的震响，他皱了皱眉，蹑手蹑脚走上前，伫立了片刻，随后轻轻推开门。

陈玫君蜷缩在铺陈着竹席的床面上，全身围裹着毛巾毯，她双腿高高拱起，时不时抖颤几下。徐生白僵立在床边，她先是发出一阵轻柔的低语，如泣如诉，像是吟诵着一首绵长曲折的叙事诗；忽而声音变得高亢激越起来，嘈嘈切切，尖利刺耳，让人联想起台风逼近时海浪狂暴无忌的啸鸣。

他往前迈了几步，她双手一扯，头部从毯面下方豁露而出：乍看之下，惨白的脸容上依旧流溢出淑女古雅的风韵，尽管眼袋耷拉下垂，眼眶蒙上了暗黑的阴影。她扫了徐生白一眼，带着病态的狂热，直愣愣地面向空邈的远方。

他低声问道："你哪里不舒服？"

陈玫君咽了一口气，默然无语。猛然间，一阵剧烈的恶心攫住了她，她四肢开始抽搐，口中不停地哼哼唧唧。他俯下身，捏住她的左手，轻轻抚着她的背部，"好过点吗？想不想吃点什么？"

她瞪大眼睛，凝视了他片刻，随后扭过头去，咳嗽了几下，呼吸变得急促起来。她用力抬起头，想坐起身，又无力地落在枕面上。几乎在同时，她的口中涌出一阵令人惊惧的呻吟，四肢扭动起伏，仿佛世间的所有病痛汇集到她身上。短暂的宁静，徐生白长长舒了一口气。霎时间，她发出一阵惨叫，胳膊上下挥动，双

245

腿重重地捶击床面，发出一长串歇斯底里的号叫：疼啊痛啊胸口闷啊，我快要死了，我活不下去了。没多久，她头歪斜着，陷入了昏迷之中。

徐生白慌乱中拨了120急救电话。不到十分钟，两个急救员便推门而入，快速给她测了血压后，便将她抬到担架床上，一前一后抬着下楼。徐生白紧随其后，一同坐进了后部的救护舱。

蓝色顶灯一路呼啸，穿过熙攘嘈杂的大街小巷，东拐西弯，驶入一家三甲医院急诊楼的车道上。此刻，徐生白脑海中一片空白，只觉得永别的那一刻终于来临。他遵照指令做着一连串机械动作：咨询挂号付费，向医生介绍病症，将她推到CT检查室门口。终于，那个脸蛋滚圆的中年男医师不紧不慢地告诉他诊断结果，不要紧——只是突发神经源性休克，注意休息，多喝水，避免刺激性食物，防止情绪激动，打几小时点滴便可回家。

陈玫君顿时精神饱满，病容全消，脸部浮上了鲜艳的红晕。她仿佛一下从阎王爷的手中挣脱了出来。她坐起身，挽着徐生白的胳膊，快步走出医院。此刻，她兴致勃勃，真不想回家。要么就到中山公园逛逛，吃顿饭。她只要得到关爱就好，逛公园就是一个关爱的仪式。他只得颔首同意。他们俩在大门口上了出租车，半小时后就到了公园。

逛完公园，两人步入餐厅，点了两荤两素，既像老夫老妻偶尔不甚铺张的享受，带着浪漫的余韵；又像情侣随意的小酌，奢华中带着日常的底色。午后的阳光映照在硕大的草坪上，一大片纤绵的绿色翻滚摇曳，波光粼粼。三三两两的孩童你追我赶，玩耍着五彩的小球，数个中老年人则牵拉着线绳，目送着风筝升入邈远的天穹。还有若干家庭铺着蓝色的垫子，周围竖着几个啤酒瓶，来上一顿简易而快活的野餐。右侧灰黑色调、呈琴键盘状的肖邦铜像，与不远处的西洋廊柱式的大理石亭子遥相呼应。

徐生白茫然中带着几分无奈的苦涩。云层渐渐加厚，遮蔽了阳光，一大片荫翳垂落而下。这不是第一次，也不会是最后一次：他们俩一同陷在泥泽当中。他们就像溺水的人，绝望中抓住了对方的手臂，死死攥住，一同缓缓沉入幽深而富于魅力的深渊之中。霎时间，他心中涌出一股难以抑制的敌意，想出手将坐在对面的陈玫君掐死，至少是揍上几拳。

窗外，嬉笑打闹不休的孩子，飘升直至隐没在天际的风筝，远处亭阁中悠扬起伏的吟唱，它们组成了一组甜美而忧郁的旋律，衍射出来，越过湖面，弥漫在半空，一直飘拂到矗立在公园暗角处有着一个半世纪高龄的大悬铃木苍老枯脆的树冠上；过后它又慵懒地折返而回，携着天荒地老的世故气，萦绕在他心头，久久回荡。他凝视着陈玫君苍白憔悴的脸蛋，日趋臃肿的体形（几乎所有的女人都无法抵挡的衰老），一股怜惜之情油然而生：他打算近期带她出去走走，不能就这样闷死在家里。

III

不明白，实在不知是什么原因——脑子竟然会如此僵化板结，仿佛被蛀蚀出了密密麻麻的窟窿。徐生白这些天神智长久地处于呆滞状态，不会是药物的副作用吧。他和陈玫君常常相对无言，呆愣愣坐上半天，聆听着死神的屠刀在脖子四周发出咔嚓咔嚓的喧响。

但就是不能这样下去了，完全不行。和贾欣怡的离婚官司也是久拖不决——两人分居已有半年了，和她请的律师见过两次面，为了财产分割的条款锱铢必较，吵得不可开交。他已完全失去了耐心，真巴不得她越过调解程序，直接起诉得了——他自己也可以起诉啊！来个干脆的了断，总比这样无休止地耗下去好。

天气凉下来了，一波波凄清苦涩的风雨，渗入屋内，黏附在散缀着点点疤痕的肌肤上，在内心的皱褶间催生出绵密不断的忧愁与怅惘。紫彤离婚事宜也陷于胶着状态。男方欺人太甚，死命纠缠于操办婚礼七七八八的开销，提出十万元的补偿要求。没见过脸皮这么厚的，紫彤还没提青春损失费呢！总是恶人先告状。

好奇葩——老爸和女儿双双办离婚！

最糟糕的是徐生白觉得绵长的时间从疲沓的手指间流泻而下，起先只是潺潺的溪流，随后音量节节攀升，轰隆隆作响、如喘急汹涌的大海。仿佛有一台怪兽般的巨型机器，将他体内蓄积的镇定自若、底气、意志辗得粉碎，化为乌有。一丁点风吹草动便会在他心中激起难以平复的涟漪。近日有关千里眼公司的负面传闻接二连三爆出，虽然屈尚成在电话里再三保证公司一切运行正常，资金调度有序，他大可安心，但徐生白心头还是蒙上了一层浓重的阴霾。他决定出去散散心，他急匆匆和俞日新通了个电话，约定在市中心的画室碰个面。

但徐生白不能独自一个人去，还得将陈玫君带上，同居的生活（尽管短暂，并且断断续续）在他们病弱的身体之间孵化出了一条厚实的脐带，将他们俩牢牢地捆绑成一团，像是一对连体的孪生兄妹，难舍难分。这次他非得带她一同去，否则过后不是将细节追问上半天，便是情绪失控下又会突发休克——老天！到时候他还是吃不了兜着走。

深秋的午后，他们俩步入邻近人民广场的一个老旧弄堂，残破斑驳的石库门房屋虽几经修葺整容，仍豁露出朽腐的颓相。他们打了两个弯，按了门铃后步入幽暗的门洞。过了好久，徐生白的眼睛才在黑漆漆的过道中勉强辨认出狭逼陡直的木质楼梯，小心翼翼地扶着栏杆往上攀爬。终于抵达了三楼，俞日新笑盈盈地站在门口，将他们引入室内。俞日新的画室足足占据了半个楼面，一长溜落地窗呈半圆形铺展开来，外面是一座椭圆形的阳台，高踞在绿树葱郁的街角上方，俯视着四周围迂曲交错、枝节横生、零零星星散布着租界时代风格不一的西式楼房的小路，从不远处的花坛飘溢出阵阵浓郁醉人的芬芳，久久地萦回盘绕。室内空空落落，沿着雪白的墙面堆放着众多的画框，粗厚的白色罩布披裹其上，让人恍然置身于仓库之中。

徐生白刚踏进画室，目光便一动不动地滞留在雪白墙面下那张灰蓝色的沙发床上。一个年轻的女人懒洋洋地倚在圆形靠垫上，睁大双眼，不无好奇地打量着上门的客人。她身材高挑，面色光鲜，目光中不时闪烁着钻石般的光焰，蓄势待发的热情，喷薄而出的渴望，无以排遣的哀愁，阴郁的绝望，它们汇聚成一团，将你的灵魂紧紧箍住。黑色的长发翻滚而下，从肩头披垂在她素白底色的连衣裙上，上面散缀着无数黑色的蝴蝶，让人联想起繁茂丰沃的热带雨林。顿时，徐生白的身躯变得僵直，原先干涩的喉咙中蹿起了一丛火焰，它沿着血红的舌苔一路下探，穿透了肠胃，直抵脚趾。他被这女人罕有的美艳击中了：他以往从未见过这么美丽的女人,她近在眼前,可望而不可即,将凛凛的威严与出水芙蓉般的柔媚集于一身——那是富于吞噬性的美,在她面前,男人会情不自禁地神魂颠倒、自惭形秽。

俞日新将他俩引至窗前的小圆桌前坐下,并殷勤地泡上两杯普洱茶。徐生白暗暗瞟了沙发上的女人几眼,又觑视着满脸好奇的陈玫君。俞日新走回到画架前,操起画笔,"不好意思,怠慢了——让我再画几笔!"

这幅画作已大体成形。画布从上到下涂抹着紫蓝的大小色块,繁多的花卉点缀其间,女人坐在覆满艳美花瓣的林地上,仿佛置身于金灿灿的仙境,后方是澄碧浩瀚的水面。她侧着脸,仰望着星空。徐生白觉得画框中的女人比后方的真人更多了几分难以捉摸的魅惑。

俞日新搁下画笔,在水龙头下哗哗冲了一下手,"琳琳,歇会——"他转过身,笑笑,"来,介绍一下,这是我的模特儿刘娅琳!"女人轻轻噘了噘嘴,坐直了身子,脸上浮出了一丝浅淡的笑容。

俞日新在徐生白身旁坐下,"这幅画怎么样?"

徐生白皱蹙了一下眉头,"不错——和你以前的风格不一样,有点波提切利《春》的味道!"

俞日新重重拍了下膝盖,"不愧是大作家,到底有眼光!从去年起,我对自己原来那套画法有点腻了,好长时间提不起兴致。我得变一下了,不变不行,变则通,不变则死路一条。半年前我在法国普罗旺斯时,猛然间来了灵感,开始创作一系列新的作品,取名《沪上新仕女图》,着力推陈出新,想在陈逸飞的风格和新潮手法间摸索出一条新路，添加进现代元素。这阵子画下来，感觉还真不错！"他掏出一支中华烟，金黄色打火机火光一闪，呛人的烟味扑鼻而来。徐生白转过脸，陈玫君站起身，右手掩住鼻孔，疾步走到画架前。

俞日新扫了陈玫君一眼，低下头，笑了笑，随后招招手，"琳琳——过来，一起喝茶！"他捶了捶徐生白的肩，"你什么时候交了桃花运，也不和我打招呼！我们是哥们，你顾忌啥！你就是每次来换个妹子，我百分之百站在兄弟你一边，你说是不是！"刘娅琳懒洋洋地绕过画架，甩着胳膊，踱到桌边，在徐生白身边坐了下来。

徐生白勉强笑了笑，"玫君，过来一起坐吧。闻到点烟味算什么，我们自小不就天天吸二手烟吗？反正已经是这样子，再闻一下无所谓了！"他隐隐觉得脸上发痒发烫，像有只虫子在蠕动——刘娅琳的目光射过来，摇曳游走，还有不无暧昧的探寻。俞日新掐灭了烟头，扔入琥珀色的烟灰缸。陈玫君在画架前端详了一会，踅回到圆桌边。

俞日新起身沏茶，"前几天一个从云南来的朋友送的普洱，今年的新茶，味道的确醇厚，来——多喝点！"陈玫君神情缓和下来，披上黄褐色驼毛披肩，对俞日新笑了笑，端起茶杯，一口口抿着。他们东一句西一句闲聊着，气氛渐渐活跃起来。

从半掩半开的落地窗涌入的空气恬静安逸，带着果实烂熟的气息，掺杂着若有若无的桂花馨香，人沉溺其间，恍然间浑身血肉酥软，融化其间，臻于物我两忘的佳境。一阵钢琴声从楼下响起，若干和弦如溪流潺潺流淌，随即火箭般攀升到极强的高度，如沉闷的钟声，缓慢而庄严，蕴含着激发人心的感召力。徐生白听出那是拉赫玛尼诺夫《第二钢琴协奏曲》开头的引子,那一沸腾激越的波浪音型滚涌而来,浩荡澎湃,不可限量:高难度的曲子。俞日新打量着徐生白和陈玫君,"听说老弟你近来和屈尚成走得很近?"

徐生白愣了愣,"喔,还不就是他组建的千里眼公司,聘我当顾问……"

俞日新撇了撇嘴,"他也来拉过我,我才不干呢!你以为这顾问那么好做,光拿钱不做事,世界上哪有这样的好事?你也投了不少钱吧?"

徐生白沉吟半晌,"投了一两百万,应该承认收益还是不错的。"

俞日新拍了一下头顶心,"我说你还是上钩了!你啊你,这么个目光犀利的大作家,怎么这么幼稚,这点名堂都看不明白?都是老得不能再老的套路了!他当然先给你点甜头,把你套住,让你信任他,随后有得好戏看了!"

一阵沉默。徐生白搔了搔头皮,陈玫君瞪大眼,惊惶地望着他,又看看俞日新。刘娅琳伸了个懒腰,嗑着瓜子,一种幸灾乐祸的超然与漠然浮漾在她脸上。

俞日新喝下一大口茶水,"你也不早点来咨询一下我,尽管我不是专家,但他们这点戏法我还是看得一清二楚的。是不是最近关于他的公司有不少传闻,说什么资金链要断了?"

徐生白点了点头。俞日新将茶杯砰地放在桌面上,"果然不出所料。说句知心话,老兄你快点把投在里面的本金拿回来,要果断,不要犹豫,否则不知哪一天崩盘,你就血本无归了!要记住,任何时候都是现金为王!"

徐生白额头冒出了一长串汗珠，俞日新盯视着他，"我这是真心话！不要不好意思，否则等着吃后悔药吧——你如果实在拉不下脸，我去为你讨……屈尚成啊屈尚成，你再想发财也不能急吼吼地动兄弟的歪脑筋！"

他猛地站起身，掏出手机，"事不宜迟，我现在就给他打电话，把这事给办了——搞的什么鬼名堂！"

他侧着头，按下了键码，"哎，是尚成兄吧！你听得出我是谁？你连我都听不出了——别激动，我不是骗子，日新你都听不出了！到底不一样了。别以为多赚了几个钱，整天西装笔挺人模狗样的就可以到处招摇撞骗。你也看看对象——连我们的大作家都不放过，你真了得！"他清了清嗓子，"我告诉你，限你三天之内把生白兄投在你公司的全部本金外加利息统统还给他，听懂了吗？一分都不许少。你这点立身还是有的！现在说好了——到时不兑现诺言，我就剥你的皮！别怪我不客气！看我哪天来收拾你，我说到做到！"

俞日新将手机往桌上一丢，耸了耸肩，"别太书生气了，这混蛋你得盯紧点，盯到他把钱吐出来为止！"

一阵深沉的疲惫滚滚而来，攫住了徐生白的肢体。他微微合上眼，勉力在椅子上撑住沉甸甸的躯体。不知不觉间变得灰白的光线，潮汐般起起落落的市嚣，莫名的近乎歇斯底里的啸叫，绚烂的画幅，美艳的女人，在他头脑中混合成了一个吱吱冒烟的火球，它仿佛从血红的火山口蹦跶而出，一路翻滚，使三维空间内一切有形物原本清晰的轮廓趋于消解融化，也将他体内的精气蒸发殆尽。

他喃喃自语：也好！快点结束，一切都逼近终点。

陈玫君打着哈欠，抿了几口茶，揉了揉太阳穴，抬起身，对俞日新说，"时间不早了——让我看一眼你的画吧！"

她跟随着俞日新走到墙角，罩布掀开，豁露出更富于刺激性、挑衅意味的画面。还是桌边这个女人，她全身赤裸，斜躺在铺着猩红布罩的床上。和眼前这幅尚待完成的画作相比，她更显出一丝未被成人世界污染的稚气，好似创世后在伊甸园中安静度日的夏娃。但从身后敞开的窗户中衍射而入的柠檬黄的月光下，她全身的姿态更像一个妖媚的女人，敞开柔美成熟的双臂，随时准备将撞入怀中的英俊男子占为己有。

俞日新双臂叉在胸前，对着陈玫君淡淡一笑，"好看吗？"

陈玫君用手掌反复搓摩着脸颊，一边凝视着画框，一边转过头不停地觑视着刘娅琳，嘴唇张开，好像被施了魔法，乖乖匍匐在丰盈的肉体的光焰之下。

徐生白顿时变得亢奋起来，邻座刘娅琳飘来的目光从头部掠过，下沉到胸部，在双臂、腹部、大腿和腿胫间游走，像个诡秘的幽灵。一时间他浑身奇痒无比，与此同时，早已沉埋在被癌细胞摧毁的血肉废墟下的火焰刹那间重新闪烁出夺目的光焰。

俞日新踌躇满志地踱到桌边，"我已和欧洲那边的一个画廊签了合同，明年去罗马、那不勒斯那边办展览。这批作品将是第一次展出。"

陈玫君拍了下手掌，转向徐生白，"去意大利，那太好了——我们到时去给你大哥捧场去！"

徐生白挠了挠后颈，"对——我们到时一起去吧。那边的那不勒斯大学曾请我去讲学。我因为身体原因，一直拖着。"

俞日新上前紧紧握住徐生白的手,"我本来还不好意思开口——有你老兄同行,那再好不过了!"

俞日新走进厨房,拎出一瓶原产法国波尔多的红葡萄酒,利索地割开封帽,插上不锈钢开瓶器,顺时针方向一拧一转,轻巧地将软木塞拔出,"那就一言为定了——一起去意大利!干杯!相聚在意大利!"

暝色从苍白色的天穹流泻而下,弥漫在周边层层叠叠的灌木丛里,在沧桑味十足、斑驳暗淡的墙面上投下深浅不一的阴影。此时此刻,在徐生白心中萦回盘桓的是秋日的奏鸣曲,带着湿漉漉的忧郁和伤感。他猛然发现这阔大的画室成了一个舞台,从俞日新和刘娅琳对接交换的目光不难看出,他们正沉陷在一幕浪漫意味极强的戏剧之中。他几乎想不起来俞日新曾经如此动情过,女人在他眼里只不过是画笔碰触展示的对象,而不是鬼迷心窍的尤物。他曾经不止一次嘲笑别的男人,鄙视他们如此轻易地被女人俘获,拜倒在她们高高飘起的裙子下。这回是轮到他自己入戏了。红色的酒液在喉咙中翻涌,他瞟了他们俩一眼,看这架势,结局恐怕够惨烈的!

陈玫君也喝下了一满杯,脸色绯红,让人联想起粉白的百合花瓣上一簇簇殷红的斑点,蓄积了过于丰饶的精华,在陨落化作尘土前的瞬间迸发出令人心悸的美艳。

悲凉之情在徐生白心中泛冒而出。在那一瞬间,灵感相伴而生,《大江东去》滞壅不前的情节又往前跨了一步:

裴邦济被人救出后,在上海歇了一周,便启程回旧金山。他步履迟缓地穿过熙攘狭小的机场,脸色苍白。要回美国了。

刹那间,他产生了几许畏惧,还是不回去了,咬咬牙,挺一下,在上海待下去。这么多年了,能否和妻子雅晴共同生活下去,成了悬在他头顶的一大疑问。正是在这一刻,他明白了唐诗中"近乡情更怯,不敢问来人"中包蕴的苦涩。他也有了这样的心态。

十四 无妄

无妄卦（震下乾上）

无妄：元亨，利贞。其匪正，有眚，不利有攸往。

I

暗沉沉的机舱,生命在此踏上了不归的末路。徐生白闭着眼,躺在头等舱180度平直铺展而开的椅面上,悄然在不同时区中穿越滑行。一抹抹微弱的光焰隐隐闪烁,像是从躯体残损的骨骼上发出的呼唤——它正一步步地迈向解体、崩解的途中。那些伤口边缘环绕着繁杂多样的血丝,如春天绚烂怒放的花丛。

他侧转身来,伸了一下大腿,脚趾噗地碰触到柔软、凹凸起伏的棕色壁面。就这样,他任自己飘浮在虚渺无垠的海面上。他只打了一会瞌睡,此刻难以入睡。徐生白曾不止一次地问自己:为什么千里迢迢跑出来?蜗居在家中,太平,安全——一眼望到底的宁静,死亡的前奏曲,但他还是出来了,一时间无法折返。

然而,一股散漫无定形、青灰色的火焰在他病弱的体内燃烧。生命流逝,一大片潮水汩汩涌流而过,零星的沙丘沉落其间,但总有会几幢坚固的塔楼巍然屹立不倒。

机身时不时在漩涡中颠簸摇晃。右侧的陈玫君途中多次辗转反侧。她苍白的脸膛浮现在暝朦的暗色中，扭曲抽搐的嘴唇浮起一道起伏颤动的弧线，仿佛溺水者释放求救、挣扎的呼喊。他发现她脸部明暗参差的轮廓依旧完整地带有当初打动他的古典的美艳，但此刻每个毛孔都分外鲜明地沾上了死神的印记，举手投足间隐隐露出丝丝缕缕特有的气息。

徐生白不是初次来罗马。十多年前他曾随一个作家代表团造访意大利。当机轮落地、发出砰然轰响的那一瞬间，他又一次踏上了这座永恒之城的疆土，将自己病弱、污浊的气息接续到这片恒久、坚韧的大地上。

下飞机时，后座的刘娅琳伸了个懒腰，打了个长长的哈欠，对他嫣然一笑。徐生白此刻才明白过来，为什么这些天会如此烦躁不宁，好像潜伏在体内隐秘、锈迹斑斑的管道中的病毒肆意发作。这不是因为病痛时重时轻的折磨（他的器官、神经早已习惯），也不是陈玫君反复无常的性情——虽说这的确高强度地消耗着男人的耐心与决心。去年在俞日新的画室中，这骚乱的种子早已撒下，日日夜夜在不见天日的暗室中孕育孵化，终于结出骇人的果实。尽管他竭力否认，不遗余力地将它驱逐而出，但它却执拗、带着胜利者的嘲笑牢牢地在他心里扎下了根。他是爱上了刘娅琳，这不是感官上的短暂玩赏，而是中了邪般的狂热、迷恋与奉献。

第二天一大早，俞日新包租了一辆商务车外出游览，他和刘娅琳并肩坐在第二排，徐生白和陈玫君坐在后排。罗马古色斑斓的街景反射到司机背后的茶色玻璃面上：众多的钟楼穹顶，楼房奶黄色的外立面，圆形广场，邻近向四周分岔而出的道路，阴郁的老教堂，狭窄的街巷，满溢而出的垃圾桶，叼着香烟的女子，轩昂老旧的大门内空阔的内庭，黑色边框的六角形报亭，门楣上繁复的花叶装饰图案。让徐生白怦然心动的是玻璃面上若明若暗地映现出来的刘娅琳的脸庞，她心不在焉地听着俞日新滔滔不绝的说辞，到了这艺术之都，他的神经变得异常亢奋。一片云絮飘过来，将她蒙在神秘的面罩后方。霎时间，一阵风吹过，她的额头、眉眼、鼻梁霎时间皱缩起来，散裂成了一叠凌乱的光束、色块。

徐生白不时挺直身子，近乎贪婪地盯视着那妖魅的投影，悉心捕捉着一颦一笑间微妙的褶皱起伏。他咬着嘴唇，手指微微发颤，陈玫君的话在耳膜上成了空洞的回音。他恍然间醒悟过来，转过脸，挤出几丝微笑，唯恐露出什么破绽。

没多久，他们四人抵达梵蒂冈。尽管不到九点，路上已是熙来攘往，圣彼得大教堂的两个入口处前聚集起了长长的人流。明丽的阳光垂照在广场两侧柱廊的多立克圆柱上，徐生白换上了墨镜，凝望着前方矗立的花岗岩方尖碑，随后又将目光移至邻近的小圆盘石。刘娅琳满腔好奇地左顾右盼，举着手机对着教堂啪啪啪地拍了一圈，还按了全景照，并不时要俞日新为她拍照。俞日新渐渐变得不耐烦起来，"拍得够多了！旅游画册上都有——快要进去了！"她噘起嘴，扭过脸去。徐生白从他手中接过手机，默默为她照了几张。取景框中的刘娅琳格外妖娆迷人，和俞日新相比，他在不经意间更恰到好处地勾摄住了她的风采。

陈玫君静静地旁观着这一切，偶尔也拍上一两张。入场的队列缓慢前行，徐生白要陈玫君摆个姿势照几张，她摇了摇头，扭过头望着从广场边缘径直向东延展至台伯河畔的和解大道，一座褐黄色的圆形城堡蹲伏在桥头，隐约可见。

迈入暗绿色的铜门，他们四人在宏阔幽深的竖长十字形大教堂里不急不慢地游逛了一圈，俞日新想再多待一会，细细观赏米开朗琪罗描摹马利亚在耶稣死后悲恸情形的雕塑《圣殇》等作品，其他三人虽有些疲惫，但余兴未减。刘娅琳提议登上中央圆顶俯瞰罗马全景，陈玫君稍稍犹豫之后也同意。三人买了票，先乘电梯，又爬了一段台阶，到了教堂上方的圆形长廊内。

从数十米的高处望下去，巨大的教堂恍然间成了令孩童陶醉不已的微缩玩具。昔日查理大帝登基加冕之处的红斑岩圆盘，笼罩在主祭坛之上的青铜铸就的巴洛克式华盖，以及零散的人流，都显得那么渺小、微不足道，失去了原先的坚固与强悍，成了一抹微尘。刘娅琳变得愈加亢奋，一刻不停地拍，从各个角度拍，也让徐生白给她拍，仿佛想将每个瞬间都留存在电子像素中。平时徐生白并不擅长拍照，甚至将它视为令人憎厌的俗务，此刻却格外轻松自如，让刘娅琳连连叫好。的确，她被大大美化了，他将她的美艳强化，鲜明地凸显出她迷人的神韵。陈玫君走过他们俩身边，自顾自地观赏着黄灿灿的穹顶上繁多的镶嵌画。

猛然间，一串尖厉的哨音从她口中飘逸而出，在浸润着天主圣洁之光的空气中震颤摇摆，四周围众多的游客瞪大了眼睛，不无惊诧地左右张望。

不好，又要吃醋了——徐生白心中暗暗嘀咕。

然而，这只到了中途，还要爬两三百级台阶才能步入最高处的圆顶，刚上到一个圆环形过道处，陈玫君喘着气，摆摆手，"你们俩上去吧——我爬不动了！"徐生白扫了她一眼，和刘娅琳默默前行。曲曲折折的斜坡，陡直狭逼、螺旋状盘绕的石阶，两人走走停停，时不时向对方微笑。快到终点了，徐生白收住脚步，抚着太阳穴，等那阵突如其来的晕眩退潮，刘娅琳则倚靠在石壁上，静静地等候着他。随后，她拉了他一把，做最后的冲刺。突然，她的身子剧烈地摇晃，向一边倾倒下来，徐生白赶紧上前，托住了她。她的头落到了他胸口，银白色的颈链扎到了他的脖颈，脸部绽出了一抹绯红。

上到顶部的环形阳台，他们俩在密密匝匝的人群中艰难地挪动着脚步，从各个角度俯视起横卧在百余米下方的罗马老城：大教堂正门屋檐上方一长排白色的圣徒像，宠辱不惊地阅尽人事沧桑，他们的目光掠过被两侧圆弧形的柱廊拱卫着的方尖碑，沿着和解大街越过台伯河，沉入繁密的褐黄色屋顶、坡面下涌流漫溢的人群以及绚丽多彩生机盎然的世界；而威尼斯广场上白色蛋糕般的维托里安诺纪念馆，以及宫殿豪宅园林中拼缀出古老徽章图样的草坪，更是为这座遍布诸多伟大业绩废墟的城市增添了多重韵味。

他们俩凝神屏息，霎时间灵魂冲出了躯体僵硬的边界，在这座千年古城的上方飘逸，沐浴在早春的阳光中，所有的荣辱得失瞬间化为乌有。往昔的一切并没有死去，它们留存在大街小巷的角角落落，徘徊在大斗兽场的断壁残垣间，紧随着喧嚷欢闹的人群，簇拥在特莱维喷泉许愿池周围，随着涌动不息的泉水蹦蹿跳跃，最终融化在凉爽而亘古长存的空气中。

两天后，他们四人乘坐高速铁路，一路南行，颠簸了一个多小时，到了俞日新画展的举办地——那不勒斯。

II

时届正午，温煦的阳光，连同浓稠、尖利、热烈到沸腾临界点的喧嚣，源源不断地涌入旅馆昏暗、狭逼的房间。徐生白打开落地门扇，迈入狭长的阳台，再一次眺望起那不勒斯这座陌生而又充满神秘魅惑力的城市。

视野尽头的地平线上一座山丘突隆而起，顶部矗立着庞大的黄褐色城堡；不远处破败的钟楼，华彩褪尽的黄色钟面，穹形的门洞，灰色的穹顶和在风中微微摇颤的银色十字架，装饰着繁杂图案的铸铁栅栏——这一切像是锁闭在悠长、雾霭重重、难以苏醒的梦幻之中。从门口到阳台，再从阳台到卫生间，徐生白不停地在这沉滞的狭小空间中来回踱着步，这座城市在他脑海中激起的震惊感还没有完全退潮：众多蒙上了厚重风尘污垢的教堂、豪宅大院镶嵌在幽暗拥挤肮脏破败、迷宫般的街巷中，汽车、摩托车、行人在凹凸不平的石板路上比肩而行，各式垃圾从弃置在暗角的箱桶中无所顾忌地漫溢而出，一股温热的酸臭味从早到晚浮漾在密密匝匝的店铺周围，衍射到纵横交错的墙面上，那里被令人眼花缭乱的涂鸦（格瓦拉的巨幅头像赫然其间）所覆盖。更让人难以忍受的莫过于在餐厅的遮阳伞篷下，菜碟边时不时有苍蝇嗡嗡飞掠而过。

街头艺人弹唱的歌声从空漠无涯的市嚣中升腾而起，刺戳着脆弱的听觉神经。徐生白将目光移到双人床上陈玫君灰白的嘴唇上。让人颇为扫兴的是，到了那不勒斯的第二天，陈玫君就突发腰肌劳损，躺卧在床上无法动弹。俞日新则是一大早便出门，在一座古老、周围搭着脚手架的大宅内为布展忙得头头转。刘娅琳想让徐生白陪她去逛景点，但他羞于启齿，默默地陪伴在陈玫君身旁。刘娅琳无奈之下，只得独自去了大教堂、考古博物馆。

徐生白感到沉甸甸的时间从额角、眼睑上滑过——瞬间他衰老了好几岁。此刻的他活生生成了陪葬品：昏昏沉沉，胃口全无，疲惫之至，又难以入睡。这样活着还有什么意思？他真想爬上阳台的栏杆，纵身一跃，一了百了。

对于陈玫君他渐渐变得不耐烦起来——你说什么？你到底要什么？

她转过脸，瞪大眼睛，仿佛穿透了对方的五脏六腑：不要什么，我要你！我要的就是你！

久久的冷场。沉静的空间中沸腾的气流上上下下左冲右突，像邻近的维苏威火山喷发前长时间的酝酿。无数期盼、怨愤的颗粒萦回盘绕，蒙罩在他脸上，将他变成了密室中的罪人。

他垂着头，长时间地绞弄着手指，在咯咯的碰擦声中想象着刘娅琳独自一人在街头徜徉的情景。猛然间，他浑身打战：她会不会被小偷瞄上？

到了第二天，陈玫君病势大为缓解，已经能下床走动。徐生白双手抄在背后，望着她摇摇晃晃地踏入卫生间，目光中混杂了怜悯与憎厌。户外的天气依旧晴好和暖。不多会儿，她踅回床边，左手撑着床架，侧着身，艰难地爬了上去，仰面平躺下来。徐生白在桌边的皮椅上坐下，搓着手，不紧不慢地问道："感觉好点了吗？"

她用力点点头，纷乱的长发翻落到泛黄的白色枕面上，左右摇颤，随后微微抬起上身，低声说："你，你出去转转吧——不用管我……"

这句话像是一道从天而降的特赦令,紧箍着他脑袋的锁链顿时松弛开来,徐生白长吁一口气,伸开双臂,站起身来,浑身仿佛飘浮在空气中。

他出了房门,下楼步入旅馆的咖啡厅。俞日新和刘娅琳已并排坐在一张长方形餐桌前。他对他们俩招了招手,操起硕大的圆碟,走到食物台前:永远是半软半硬的羊角面包、鸡蛋、火腿肠和燕麦片,最让人犯腻的便是涂了一层暗红色糖浆的杏仁脆饼,竟然连蔬菜色拉都没有。这几天口中满是浓郁的甜味,连平日里喜爱的冰激凌和布丁也变得索然无味。

徐生白向身材矮小、肥墩墩的女服务员要了一杯卡布基诺(他实在不敢点浓缩咖啡,原本孱弱的肠胃会不堪一击),在俞日新、刘娅琳对面坐下。俞日新用纸巾擦着嘴角,不停地抱怨意大利人的办事效率,"以前到意大利来过,时间短,只是旅游,那时还是挺喜欢这国家的,除了有点脏有点乱什么的。这次真来办画展了,真是让人够呛。明天就要开展了,三个月前运过来的画竟然还没完成报关手续。中介公司的那小伙子脾气算好的了,这次也忍不住了,但对方还是一脸无辜的表情。那些具体办事的人长得是漂亮,一个个就像是从波提切利、拉斐尔油画框里走下来的,但那种做派真让人受不了,真是不可理喻。有人赞助办展,付了那么多钱,到最后好像还是我们欠着他们。你大概也有感觉,这里的人竟然这么不思进取,从早到晚打着瞌睡,只知道吃喝玩乐,没一点做事的样子。想想文艺复兴时期,那是个多么辉煌的时代!"

他伸出手,将杯中的咖啡一饮而尽。刘娅琳噘了噘殷红的嘴,

"谁让你自己心甘情愿地跳进这个火坑的？没人强迫你来！"俞日新瞪了她一眼，"好不容易有这样一个走向世界的机会，你还说风凉话？你们慢慢吃，我得去现场看看，不要再出什么乱子。"

徐生白嚼着面包，"昨晚的讲座怎么样？"

俞日新欠起的上身又落回到椅面上，"别提了！说是联系这边的孔子学院，让我做个中国当代美术新潮流的讲座，也算是为我自己的展览热热身，但要命的是对方时间都搞错了，明明说好是晚上——这在邮件中写得清清楚楚，他们打出去的广告却是下午。发现差错后临时改了一个海报，结果只来了不到十个人。还雇了个翻译，总共一个半小时，我其实讲了半个小时都不到！"

徐生白漠然地笑了笑，"你上次到法国办展也吃了不少苦头——这就是走向世界要付的学费。不要灰心丧气，能展出来就是成功，现在是成者为王的年代。不是说恭维话，我也真佩服老兄你旺盛的创造力，这几年你的创作真是跃上了一个新的台阶，这次展出的都是新品，不像有的人名声很大，总是炒冷饭。你画作的两大板块都很有看头，一是沪上仕女，在陈逸飞他们基础上有新的开拓，古雅细腻中有现代的简洁大气；另一部分展示是四川云南那边雄伟奇丽的山水风景，和美国黄石公园相比，一点都不差，甚至还高出一头。你在油画的基础上渗入了明清文人画的神韵，和那些帛画有截然不同的风格。"

刘娅琳眨了眨眼，"到底是大作家，你这样夸他，他又要飘飘然了。"

俞日新垂下头，浅浅笑了笑，"还是老兄你理解我——那我先走了！"

刘娅琳起身倒了两杯苹果汁，一杯放在徐生白面前。他说了声谢谢，随后压低了声音："昨天玩得怎么样？"

她的脸霎时间变得僵硬，随后长叹一声，"能怎么样——就逛逛嘛！"

"开心吗？"他小心翼翼地追问。她扬了扬浓眉，"你说会开心吗？"随后咬着下唇，"哼，谁让你不陪我一起去！"

徐生白在桌底下轻轻踢了下她的脚，"别生气——今天陪你去！"

刘娅琳眨了眨眼，"那好——那你那一位……"

徐生白捋了捋额角，垂下眼，"她好多了。再说我也不能成天做她的保姆。"

两人不无默契地对视了一眼，随后是一阵哑然。餐厅里的客人陆续增多，五六个法国人占据了左侧靠墙的一个大桌子，叽叽咕咕说个不停，一个年过半百、头发微白的华人坐在他们中间，恭敬地倾听着。一个中等身材的胖子倚靠在吧台边，和女服务员眉来眼去，说笑个不停。另一侧高悬的大屏幕电视上滚动播放着繁丽多彩的服装美容美食广告，既俗不可耐，又洋溢着市井生活浓酽的烟火气。徐生白呷了一口果汁，笑盈盈地问她："还想吃点什么？那奶油煎饼卷不错，甜到心坎里……"

刘娅琳扑哧笑了一声，"你这坏蛋，明明知道我不吃，还故意来吊我胃口，想把我拖下水！"

徐生白定睛望着对方，稍稍露出鄙夷的神色，"你不就是怕胖嘛！——怕没人找你做模特。"

刘娅琳虎起脸，抡起拳头，"你这讨打的——可恶的直男！"

从上周两人在梵蒂冈结伴登上穹形顶楼之后,他们的关系就发生了微妙的变化:不经意间流泻而出的亲密与强烈的渴望与无名的惶恐、愧疚形影不离。那一刻,沿着长长的坡道缓步下行,徐生白长久地凝视着她柠檬黄的风衣围裹着的修长的脖颈,香草色的宽松裤腿随着矫捷的步伐有节奏地摇摆。恍然间,一股不成形的气流在他身边盘绕,黏湿、阴郁,掺杂着些许甜腥的腐败,像施了魔法般将他牢牢锁定。好不容易到了一处转角,又是一长段螺旋形石梯。然而,他只看见她雪白的脖颈晶晶发亮,好似层层叠叠凹凸起伏交错折射的云母片,霎时间燃成了一团白色的火焰。他内心起了一阵骚动,仿佛中了邪,迷迷糊糊间觉得自己站立在悬崖边,闪电撕扯开肆虐无忌的飓风,雨水哗哗倾泻而下。在神力的驱动下,他纵身跃入滚涌直下的瀑流中,沉入极乐与虚无的深谷,是终结也是开始:他快步上前,搂住了她的腰,在她柔滑的脖子上重重亲了几下。刘娅琳浑身僵住了,上身微微抽动了几下,随后轻轻推开他,轻声道,小心别摔跤了!

从此之后这一暧昧的关系处于僵持阶段,徐生白没有主动推进,但也不甘心退缩,更不想放弃。

III

步入那不勒斯老城的核心地带,顷刻间时光倒流,他们俩仿佛穿越到数百年前,置身于西西里王国的鼎盛岁月:正是在那个年代,在繁花似锦、璀璨辉煌外立面下的芯子中,衰败的蠕虫悄无声息地孵化繁殖,直至将内在的精华吮吸殆尽。密密匝匝破旧的建筑群一眼望不到底，不经意间一座座规模不一的教堂、豪宅豁然显现，各式各样的广场穿插其间，成了连绵不断的古老街巷中的休止符。破旧阴暗的大宅院门口，一群人在街角围聚着闲聊，个个眉飞色舞。前方正是俞日新举办画展的那幢大楼，正门前暗灰色的廊柱上悬着红色的画展宣传条幅，一侧还搭着脚手架。拐入一条阴暗的侧巷，一个老女人正站在窗口晾晒衣物，她不时转过头，向屋内高声埋怨着什么；噗的一声，一条深褐色的裤衩从窗户的栅栏后掉落到路面上。刘娅琳见状赶紧捂住鼻孔，疾步前行，躲避着从早到晚悬浮在半空、隐约弥漫开来的那股沾染着腥臊腐臭颗粒的气流。

没多久，他们俩来到了一家知名的比萨店门口，数十个人排成了蛇形的队阵，他们俩艰难地从人群中穿过，还要躲避迎面驶来的汽车、摩托车。刘娅琳感叹了一声，"怪不得人那么多，这家是旅游书中特别推荐的，回来时去尝一口？"徐生白皱蹙起眉头，"我最讨厌吃比萨饼了！"刘娅琳张大了嘴，"为什么？"他颇不耐烦地回答："不喜欢就是不喜欢——哪有那么多理由！"刘娅琳白了他一眼，"那我就自己一个人来吃——哼，你们这帮爷们，就这副德行，一点都不肯尝试新鲜事物！"

往西穿过熙攘的老城，便是宽敞的但丁广场。但丁的白色雕像面朝车流不息的大街，左臂探伸而出，仿佛向在嫩黄、洋黄色楼房下匆匆而过的人们倾诉郁结在心头的思乡的愁怨。八百年前他创作出了全欧洲最伟大的诗篇，四周围一片哑然，无人喝彩。广场周边环绕着三三两两的餐馆，虽然还不到正午，一些游人已坐在店铺门前白色的桌椅边惬意地饮着果汁、酒水，悠闲地抬起头，透过白色的遮阳篷，凝望着洁净明丽的蓝天。

随后，徐生白紧随着刘娅琳，上了地铁一号线，来到了特雷多站——一个人气超旺的网红打卡地。迈出车厢，一阵剧烈的晕眩袭来，徐生白发现自身置身于光的海洋中。一长排马赛克墙面在众多LED灯衍射而出的光焰中一片蔚蓝，一位面容憨厚的少妇为童车中的一对双胞胎姐妹照相，她们俩被点缀在身后浅蓝色墙面上的多色圆形图案吸引，不停地手舞足蹈。而车站最酷的亮点无疑是站在陡直的自动扶梯上，天顶上豁露出一个硕大的圆孔，海蓝色的光焰喷薄而下，核心部位则浮漾着一团黄白色的光焰。刘娅琳兴奋地伸出双臂，仰面掀着手机拍个不停，像是在向浩瀚的星空虔诚地致敬。一次还不过瘾，到了楼下，她又一次快步从另一侧乘扶梯上行，想从各个角度侧面将这令人心醉的工造美景尽揽到手掌之间。

在市政广场出了地铁站，清丽绚烂的阳光披洒在大块方形草坪和海神尼普顿喷泉上，全裸的海神在黑色的三叉戟后方威武地扬起右臂，粉白的肉身多处泛出锈黄。徐生白猛然感到一阵疲惫：它像滚滚而来的海啸，瞬时间将他吞没。他上身剧烈摇晃，费了好大劲才站稳。刘娅琳惊愕地张大嘴，紧紧挽住他的手臂，左右张望，扬手叫了辆出租车。

小车左拐右转，驶上了滨海大道。戴着墨镜的年轻司机不时用支离破碎的烂英语和刘娅琳聊着天，徐生白歪斜着头，口腔中弥漫着一股酸涩的气味。白云袅袅，青灰色的海面向着廖远的地平线铺展，从近到远，繁密细柔的色调参差交融，变幻不定，一层层涟漪在深湛的宁静中潜伏着骚动的种芽。一长排熙来攘往的渡船码头，用中世纪厚重的砖石垒砌而成的灰褐色新城堡，邻近的铁锈红色的王宫，隔着开阔的公投广场，矗立着一座有柱廊环绕的宏伟教堂，新古典主义风格的圆形穹顶覆盖其上：这一切在他眼里变得模模糊糊，像是蒙上了一层厚重的荫翳。他觉得自己轻轻飘升而起，凝望着熙来攘往的芸芸众生。好久没这么糟糕的感觉了，他觉得此刻已到了弥留之际。

好不容易缓过一口气。他合上了眼帘，时不时睁开，私下里近乎贪婪地凝视着刘娅琳的衣领，追踪着前后扭动的脖颈。渐渐地，目光挪移到她腰部下方多处泛白、豁露着大大小小窟窿的牛仔裤上，入迷地欣赏着腿弯间凹凸有致的线条，以及晒成小麦色的小腿肚。

恍然间，他记起了里尔克《杜伊诺哀歌》中的诗句：

> 是的，春天大概需要你。某些星辰
> 大概要求你察觉它们。从逝去的事物
> 曾经涌起一朵波浪，或者当你路过
> 敞开的窗门，一阵琴声悠悠传来。
> 这一切皆是使命，但你是否完成？
> 你不是始终分心于期望，仿佛一切
> 向你预示了一个爱人的来临？

狂喜的战栗，夹杂着丝丝缕缕的恐惧。也许今天是生命的最后一天，也是他最后一次机会。牢牢抓住它，像溺水者，攥住，一同沉到漆黑的海底，陡直地、一无遮拦地跌落，跌落到苍老、皱褶累累的岩壑里，跌落到星空下萌生寂灭轮回的千姿百态的波纹中，跌落到堆叠着宫殿纪念碑宏大的废墟发出的啸叫与叹息之中，跌落到钻石般耀眼的虚无之中,在狂风骤雨般的喜乐之中融化。我为美而死。

到了蛋堡大门口,他们付了十欧车费,司机笑眯眯地说在后方转角那边等他们,一个半小时散散步吃顿饭够了。刘娅琳不置可否地点了点头。

踏着城堡外侧凹凸不平的坡道缓步上行,他们俩仿佛穿越时光隧道,折返到了往昔血雨腥风的征战时代,在塔楼、垛堞、孔洞间探寻着鲜活的躯体拼死相搏的遗迹。地中海的阳光依旧璀璨绚丽,恍惚之间,徐生白觉得体力在慢慢恢复,方才的晕眩招致的不适悄然褪去,但脑神经依旧处于半麻木状态。他暗暗庆幸,正是在这一刻,久违的宁静重又降临,倚靠在褐色的墙体上,眺望远近明丽的景色,人世间的荣辱得失刹那间显得那么无足轻重,面对滚滚红尘,他心静如水,化成了洁净无瑕的水晶。

刘娅琳戴着淡绿色边框的墨镜,妩媚中透着英武之气,依旧风风火火地四处拍照留影。徐生白揿下按钮时,不禁迷醉在她浑身流溢而出的美艳之中:黑色的上衣配牛仔裤,微风吹过,披肩的长发窸窣作响,勾画出一道道轻快秀美的弧线。如有神助,徐生白毫不费力地将她的倩影凝固下来;他甚至觉得,以前爱慕过的所有女人瞬息之间从一去不复返的虚无中浮现而出,汇聚在她身上,叠合成一尊丰盈饱满的雕像。

一股罕有的幸福感涌上心头。他凝望着左侧山丘上的埃尔莫城堡,目光随后移到远处若隐若现的维苏威火山。猝然间,他感到脚下一阵剧烈的震颤:莫不是又一次大地震,蓄积了多少个时代的熔岩足以将十座庞培城吞噬殆尽。他等候着,等候着古堡摇晃、崩塌，轰隆隆沉入海底，而他将在这短时间的幸福中坦然地迎接永恒的安眠。

走出蛋堡，两人就近找了家濒海的餐馆。他们点了海鲜色拉、意面、牛排。刘娅琳吃得津津有味，"不像有的人出了国没几天就急吼吼地找中餐馆，我可吃得惯了，"她嫣然一笑，"我甚至觉得自己前世就是个意大利人。"

她瞟了一眼身着白衬衣腰系黑围兜的侍者，一个个标准的地中海帅哥。她放下叉子，噘了噘嘴，"怪不得考古博物馆中那些男男女女的雕像都那么漂亮——都有原型的！"

徐生白眨了眨眼，"你迷上这帅哥了？"

刘娅琳白了他一眼，"你文雅含蓄点好嘛！我只是欣赏一下，不动心！"

徐生白搔了搔头皮，淡然一笑：想不到她竟然能达到无所动心的境界。

她好奇地问起作家的工作方式。徐生白苦笑了笑，"和画家相比，我们作家可惨了，一点观赏性都谈不上。画家、雕塑家，还有书法家，他们创作时你都可以站在他们身边，看着他如何将一件件作品弄出来。当然时间有长有短，有的几个月甚至几年，有的只要几分钟，像写狂草，在一阵疾风骤雨的节奏中水到渠成。"他扭过头，打了个饱嗝，"说实话，写作一点没有可观赏的地方，哪天你到我书房来看看，就看到我不停地在电脑上码字，加加减减。尽管没有模特儿，但写作非常私密，任何一点细小的打扰都会使它停顿下来。所以很多作家在写作时间根本不允许别人走近，静静地待在一边也不行，就算是他的家里人都不行，德国作家托马斯·曼就是这样，他的书房每天上午对孩子们来说就是禁地，连门把手都不许碰。"

刘娅琳伸了个懒腰，"这么孤单单一个人啊，好歹画家还有个模特做伴！"嘴角上浮起一丝妩媚、略带嘲讽的笑意。

徐生白望着波光粼粼的海面，一长溜细碎的礁石，林立的桅杆，轩昂地矗立在海滨大道里侧的圣·露西亚大饭店——强烈的阳光令人晕眩，他心中滋生出几许烦躁。他惦念着陈玫君，也想到了俞日新。

又落入了一个陷阱。

刘娅琳斜倚在椅背上，打量着进进出出的客人——在他眼里，她比刚到罗马那天显现出更浓酽的美。结账时那面容干瘪、驼着背的老板双手一摊，只收现钞。她做了个鬼脸，"这么落后！"

出了餐厅，他们俩沿着海边不急不慢地往回走。渐渐地，他们俩的身体贴靠在了一起。徐生白感到一股温热暖心的气流从对方身上噗噗衍射而出，将他团团裹住。他乘势拉着她的手，她垂下头，也没挣脱。他用拇指抚摩着她的掌心，轻轻捏了一下，她转过头，挑了挑眉毛，瞪了他一眼，坏蛋！她随后走到低矮、粗粝的水泥围墙边。

他紧随其后，炫目的阳光在澄澈的空气中跳荡，幻化出诸多五彩绚烂的图案。不远处一个男高音深情款款、雄浑饱满的歌声飘逸而来。猛然间，情欲的激流涌流而上，滚烫的高压电流从他躯体上横贯而过，发出一股浓郁的焦煳味，他用力将她拥入怀中，她挣扎了一下，随后便乖乖地倚在他胸前。从额头到脸蛋，再到殷红的嘴唇，他急切地将一长串亲吻向她扑撒下来。白茫茫的地平线尽头，一艘游轮正从几团雾霭中脱颖而出。

临近转角处的豪华酒店,那司机向他们挥着手。他们犹豫了一下,上了车。

过了大半个小时,两人在旅馆大门口一前一后走下出租车。加上等候费,足足付了20欧:果然中了圈套。不多想了!

他们俩满脸倦容,在旋转门边遇上了行色匆匆的俞日新。打过招呼后,俞日新回过头,皱蹙起眉头,狐疑的目光尾随他们俩的背影,直至他们隐没在哐当关上的电梯门后。

徐生白神色凝重,推门进屋,陈玫君倚靠在床头,入迷地盯着电视屏幕,MTV震耳欲聋的喧响源源不断地滚涌而出。两个大皮箱,一绿一蓝,绑上了红白两色封箱带,竖立在门后侧。

"你——你好点了吗?"

"嗯……"她表情僵滞漠然。

长时间的沉默。

她扫了他一眼,慢慢起身,步入卫生间。

"你能走动了——那好!把箱子这样理了干什么?"

她的声音哑哑的,"不想待了,吃不消!明天就回家,免得受洋罪。"

徐生白稍稍平静的心再一次巅动起来:"开什么国际玩笑!刚好一点,马上去坐飞机,找死啊!"

陈玫君走回到床边,"和你在一起才找死呢!"她扑腾一下坐到床上。

"你什么意思?"

"你还好意思问我——不是被那狐狸精迷住了!"

"你胡思乱想什么——你不是让我出去散散心嘛！"

"我还不明白你是什么货色！当初你不也死皮赖脸地缠着我，好了，到手了，嚼得没味了，就想丢掉了！"

粉白色窗帘在和暖的微风中摇摆抖颤，徐生白双手叉在腰间，"醋劲真不小，不和你说了！"他走到床边，在她身边坐了下来，先是抚弄着她的头发、肩背，随后吻了下她的额头，她脸色绯红，一把将他推开。他愣了愣，"好了，别闹了——我们一起回去。"

陈玫君眼袋微微红肿，垂下头，"你得答应我一件事——我求你了！"

徐生白茫然地望着她。她瞪着他，一字一句地说道："答应我——你答应我，别再去找那狐狸精！求求你，求求你了！"

他四肢微微发麻，叹了口气，"我答应你！"

徐生白躺倒在床上，双眼长时间盯视着雪白的天花板。楼外老城区的市嚣一阵阵涌来，在欢腾雀跃的峰巅盘旋徜徉，又缓缓沉落下去，渗透到苍老黝黑的石板路面下方层叠混杂的废墟中，激活了众多彷徨无地的幽灵，它们悄然潜回阳间，在大街小巷随性涂抹起古旧瑰丽的色彩。

十五 临

临卦（兑下坤上）

临：元亨，利贞。至于八月有凶。

I

徐生白先前没有料到，方寸之大的卡普里岛竟会聚集如此众多前来度假的游客。海面上变幻不定的云雾不时洒下一阵雨水，狭小精巧的广场、街巷人潮如涌，阳光一无遮拦地垂落在沙滩、洞穴、陡峭的岩崖，人们心中长年累月郁结的忧虑会随风而去，取而代之的是莫名的轻松舒坦，与盘屈小径上奔驰的中巴、敞篷出租车混合成一组组欣快亢奋的旋律，让人恍如置身于仙境。

上岛后不久，他便感到了空气中滚涌的那股燥热。他们四人住在上卡普里一家稍加修葺的老旧旅店中，那是一幢建于18世纪的三层回字形石头楼房，一层楼面东西两翼各有两间客房，中间由狭长的过道连通，底层正中有个长方形的小院子，几排粉红洁白的夹竹桃在这修道院式静穆庄严的底色上灌注进几分绚丽的暖色调。透过百叶窗望出去，外侧是一条用白色鹅卵石砌就的幽静小道，形态各异的屋舍或豪华或素朴，掩映在繁密丰茂的花草树木丛中：青灰色的橄榄树，缀满金黄色果实的橘树，层叠错落地沿着斜坡铺漫而下，穿过松树林和玉兰花树，直至浩瀚无垠的大海。数千年来，它们和此地倾塌了多次又重建了多次的别墅小楼一样，阅尽沧桑，在生生死死的循环周转中，回荡着磅礴于天地间的生机盎然的韵律。

这两天天气不佳，蓝洞一直关闭，没法去游览，徐生白心里颇感沮丧。早餐前洗漱时，映现在水盆上方镜面中的那张面容让他大吃一惊：额头上那些深陷的皱纹且不说，原本并不浓密的头发丛中四处飘白，像是冬日雪后一座被遗弃的花园。对此他并不陌生，化疗过后也曾大面积脱发，但不像此刻这般触目、揪心。

九点起床，用过早餐后，他回到屋里，步履沉重地踱回到桌前，掀开黑色的笔记本，读着前些天写下的文字，时不时做着删改、补充：

　　裴邦济回到了美国家中，但惊愕地发现，尽管怀着诸多愧疚、期盼，他已无法和妻子雅晴共同生活下去了。一闻到她身上的气息，他心中陡然生出一股难以抑制的恶心。在中国的几年，那些女人，尤其是张颖玲已将他改塑成了另外一个男人，有时连他自己都认不出。

　　过了半年，两人便离了婚。他成了一具行尸走肉，浑浑噩噩地活着。上班之余，他醉心于跑马拉松、登山、游泳，以各种高强度的体力运动来释放郁积的能量。几年后，旧金山的老母亲突发心脏病去世，他便辞了职，搬到了阳光灿烂的加州，决意换一种活法。

　　他尚在中年，却像一个性情乖戾的老人，独自一人生活，与三个儿女以及兄弟姐妹绝少来往。他开始节食，渐渐发展到禁食，似乎踏入了魔道，在对可恶又可亲的肉体的折磨中寻觅到了巨大的快意，那儿闪烁着彼岸世界救赎的灵光。

猛然间，一阵打鼾声在床畔呼噜噜轰鸣起来，徐生白禁不住转过头，静静地觑视着仰卧的陈玫君。一长束灰白的光线从窗帘缝隙间渗入，她合着眼，慵懒地浮漾在昏暗的背景上，仿佛置身于一艘游弋于深幽浩瀚的大海中心的独木舟里，缓缓飘向未知的远方。她白皙的脸容有着雕像一般的凹凸感，依旧是那么美丽，就像最初她浑身洋溢而出的古雅气质打动他的那一瞬间。然而，他只觉得自己的感情已经被这个女人掏空，化为一缕袅袅的青烟。

而新生的恋情则使他陷入一种既亢奋欣喜又惶恐不宁的漩流中。这些天，他时常吟唱着音乐剧《巴黎圣母院》中"大教堂时代"的主题歌：

> 世界进入了一个新的纪元
> 人类企图攀及星星的高度
> 镂刻下自己的事迹
> 在彩色玻璃和石块上面
> 一砖一石，日复一日
> 一个世纪接着一个世纪
> 爱从未消逝

爱从未消逝——此刻，从唇角掠过的情意绵绵的倾诉成了对他尖酸无比的嘲讽。在他们俩之间，爱摇身一变，成了犀利的进攻性武器，肆意虐待的工具。而他和陈玫君之间便是这样。

徐生白弯下腰，蹑手蹑脚地走到床畔。她依旧是一副酣睡的模样。这些天她腰部已无大碍，但情绪依旧忽好忽坏。他屏住呼吸，轻轻搓了搓手掌，先是蒙罩住了她的双眼。陈玫君毫无反应，只是匀速呼吸着，他抽开右手，伸出食指，在她脖颈、耳垂、肩部和胳肢窝上点触、挠转，似乎想打开那扇储存着神奇宝藏的洞窟的大门。尽管没有言语和目光的交流，他霎时间仿佛又回到了从前，和她和乐相爱的时刻。

突然，她推开他的手，揪住他的左胳膊，坐起身，狠命一推，他扑腾滚落到床下，下巴重重地磕在灰扑扑的地板上。他捂着下巴，费力地站起身，瞪着倚靠在床架上、神情冷漠，有着母狮般狂暴的陈玫君。

"你——你……"

"滚开——你给我滚开！"

半夜里莫名的号叫已成了家常便饭，更让人心惊肉跳的是她会爬起身，走到窗前，呆愣愣地望上半天，随后回转身，抓起触手可及的物品狠命地甩、摔、丢，仿佛对它们怀着无法平复的冤仇，到最后连大衣橱中的睡袍也成了她泄愤的目标。

徐生白狼狈地推门而出，但他能去哪儿呢？气氛变得越来越诡异，微妙的尴尬和敌意弥散着，一个手势、一个眼神就足够了。他起先觉得自己是多心了，俞日新前些天为画展的事疲惫不堪，需要放松几天，不像先前那么热情那么亢奋完全可以理解。但渐渐地他发现往昔他们俩之间那种默契再也寻觅不到，有的只是隐隐约约、带着醋味的怀疑，不时分泌出黏腻的敌意。到了卡普里岛，尽管他们四人住在同一层楼，徐生白也变得谨小惧微，尽力避免与刘娅琳多说话多打照面，神经绷得紧紧的，几乎到了极限。他们去阿玛菲海岸时已是初露端倪，那两天他们的商务车在紧贴着陡峭崖石、仅容一辆车通过的迂曲的道路上前行时就是这种感觉：只要再添加一丁点力，它就会断裂开来。

徐生白走到过道中间，茫然地望着前方不远处紧闭的屋门：它们像是中世纪幽秘的修习室，掩藏着灵魂中一个个惊悚的秘密。刘娅琳也许就在里面，他往前迈了几步，又收住脚步，掉过头去。临近中午，四周围一片寂静，一阵温凉的风从他额头吹拂而过，阳光变得愈加耀眼。他揉了揉太阳穴，扪心自问，他怎么能如此糊涂，怎么能把俞日新想得那么迟钝呢？虽然这位老兄花心，风流韵事不断，但那次在画室中见到刘娅琳时就察觉到，至少这阵子俞日新对这个女人还是挺痴迷的，为了她甘愿献出一切。热恋中的男人能捕捉到最细微的异样气息，警惕披着各式迷人伪装的入侵者。

II

徐生白走出旅馆大门，沿着一条迂曲的小径缓步前行。羞恼与无奈的余波在他心头久久荡漾，慢慢化作丝丝涟漪，最后消隐在奔腾不息的血脉之中。到了合适的时节，它又会蜂拥而来，急切地溢出毛孔，汇成汹涌的波涛。

此时此刻，他并不感到饿，甚至连丁点的食欲都没有。甜腻腻的早餐令他反胃，他知道自己残损的肠道难以承受那肥厚的脂肪所蕴含的超常规的热量。

没多久，他拐入了一片幽静的街区。绿叶蓊郁的围墙栅栏后方三三两两矗立着粉黄、粉白、天蓝的小楼，绚丽的色调悄然间将它们装扮成了童话中的仙境，一个永不歇业的游乐场。他继续往前走，沿途红白两色的夹竹桃在微风中摇曳出一长串阳光与荫翳的碎影，与周边陈迹斑斑的旧宅、残破的教堂形成了醒目的反差，但它们都没有激起他的好奇心，他要做的只是往前走，近乎贪婪地嗅着紫藤和茉莉的馨香，渐渐地心中郁结的烦恼被滤洗掉了大半。

然而，除了方才与陈玫君因龃龉而生的不快外，徐生白心中还悬着更大的惶恐：刘娅琳万一变卦了，退缩了怎么办？自从那天从那不勒斯海边归来，他们俩就再也没有单独相聚的机会，只在餐厅、渡轮上打着客套的招呼。他有时还故意避开她灼热的目光，以免烙下难以祛除的瘢痕。她有着两副面孔，让人怦然心动的亲昵与拒人于千里之外的矜持交替出现。最气恼的是他发出的信息常常得不到回复，仅回的几条带着公文般的刻板僵硬与傲慢，像是一道无法穿越的铁幕。

猛然间，他看到一个女子拐入前方不远处的小广场。背影是如此熟悉：修长的大腿，有节奏地一扭一颤的苹果形臀部，油光闪亮的高跟鞋，柠檬黄色的风衣，配衬着蓝灰色的圆帽。是刘娅琳！他情不自禁地加快了脚步，高声喊着她的名字，快到与她并肩时，才发现自己搞错了：那是一个三十多岁的意大利女郎，她转过头，惊诧中甜甜地对他一笑。他尴尬地收住脚步，脸色绯红，转身往另一条小径走去。

走了十来分钟，明丽的阳光晒得他有些晕眩。左侧是陡直垂落、植被丰茂的山坡，在视野的尽头，松树与橄榄树丛间豁露出数个大大小小的缺口，碧绿的海面闪烁着金色的光焰，乍看之下悄然凝滞，深处则有一股股潜流来回奔涌，循环往复，酝酿着惊天动地的奇观。走近一座旧宅，游客三五成群，进进出出，原来是圣·米歇尔别墅。门票竟然要8欧，徐生白隐约记得在一本旅行指南中读到过对它的介绍，它背后隐藏着一段传奇故事。远在19世纪，一位来自极北地带瑞典的医生亚克赛尔·蒙特买下了这块废弃的土地，精心打造出了一座别墅，百年前欧洲上流社会的诸多名流，包括德国威廉二世皇帝也曾造访此地。他重重地搓了搓手掌，不妨进去看看，里面有咖啡厅，可以休息一会，把午饭对付过去。

徐生白踏着石阶，步入环绕着别墅的花园。小径两侧拱立着高耸的紫檀树交织而成的厚密的绿荫，大片绿丛中点缀着光叶子等红艳艳的小花；沿着大理石长廊走到尽头，是一个绝佳的观景点：趴伏在栏杆上，卡普里岛朝北一侧的海湾内的景象尽收眼底：蔚蓝的天空下，浅白色的屋舍层层叠叠、错落有致地散缀在绿意葱茏的山坡上，众多船舶游艇云集在熙攘的码头，险峻的岬角向外凸伸而出。透过山坡旁耸立的一长排赤松树，还可依稀望见云缠雾绕的维苏威火山，以及横亘在海面上的荒僻的岛屿。海水涨涨落落，昼夜不息地拍打着林林总总的石崖岩壁，激起高低不一的喧响；而近处的天蓝色与远处的青紫色掺杂相混，融入更远处的蓝绿色，不分彼此地浑然一体。

渐渐地，徐生白浑身感到一种罕有的神清气爽。他深深地迷上了这座花园，对于屋里昔日主人收藏的琳琅满目的古代雕像、器皿和其他稀有文物，他并没有多大的兴趣，但弥漫在花园的静谧与安详的气息使他孱弱的心灵一下找到了依托。如果在有生之年，与这样的景点错过,该是多大的遗憾。尽管如今病情尚属稳定,但他无法精确地估算出老天馈赠给他的时光。在这绝美的景色背后,他隐约瞥见了死神的身影,它正迈着优雅的步态向他逼近。此刻,它并不狰狞,反倒给他安详的允诺,散发着一股普泽天下的仁爱的暖意。

恍然间,腿部一阵剧烈的酸痛袭来,直抵脚趾。徐生白呆立了一会,慢慢登上石阶,步入平台边上的咖啡屋。他点了杯浓缩咖啡,又要了一份羊角面包。不多会服务生端上咖啡,浓香诱人,杯面上浮漾着大片天鹅绒般棕红色的脂沫,他一口气喝了大半杯,放眼打量周围零散的顾客。一对青年男女在小圆桌边紧挨着,低声闲聊,一个年轻母亲带着一双儿女,在柜台前叽叽喳喳地指指点点;靠墙另一侧坐着一个体形肥硕的东方人,头发斑白,近乎贪婪地大口咬嚼着奶油蛋糕,嘴角、手指上沾满了大团白色、红色的斑点。徐生白咬着脆软的面包,从侧面望去,觉得那人好眼熟,恰好对方回转过头,四目相遇,两人几乎同时一拍膝盖——哇!这位转战商界的郭先生是文学活动的一位常客,前些年时常遇见徐生白,虽谈不上熟稔,但也攀谈过,巧的是竟在异国他乡重逢了。

郭先生赶紧抓起餐巾纸,三下两下将奶迹擦去,随后殷勤地挪到徐生白桌边。数年不见,郭先生虽然银丝、皱纹增添了不少,但依旧精神矍铄,目光犀利。他右手握着一枚青绿色的玉石,不停地左翻左转,观音菩萨慈爱的目光晶晶闪烁,深情地凝望着身陷尘世苦海中的芸芸众生。相互寒暄了几句后,徐生白侧身凑上去细看:"老兄开始玩上玉了?"

郭先生淡然一笑,将玉石搁在桌上,"自从你生病,在读书会上见不到你后，我很是失落，一个偶然的机会让我迷上了玉——前年夏天到新疆旅游了几天，随行的朋友中正好有个懂行的，来回一星期几乎天天和他泡在一起，看他怎么品玉鉴玉，自己也慢慢开始琢磨当中的名堂，有天早晨醒来时，豁然开朗，成了半个行家。"他情不自禁地呵呵笑起来。

徐生白点点头，"这块观音玉上哪儿买的？"

郭先生搓了搓手，"上个月去了趟和田，有高人指点，才觅到这宝物。"

徐生白咬下一大块羊角面包，"你精力真好，一点看不出都六十多岁了！"

郭先生朝柜台招了招手，又要了一杯拿铁和一份甜点，"哪里，到底老了，不中用了，外强中干罢了！"

徐生白抿了一口咖啡，"要说有病我才是重病缠身，你要不算身体好，天底下哪去找有强健体魄的人！"

郭先生小心翼翼地将玉石揣入黑包中，"别看我东奔西走，点穿了只是兴致好，身体是早不行了！"他掰着微微泛黄的肥手指，"这每年必发的关节炎不说，还有痛风、高血压、心脏都装了支架，五年前就发过一次心梗，还好命大，抢救及时，否则早到西天报到去了！"

徐生白不无惊讶地望着郭先生，此时咖啡屋里空荡荡的，只剩下他们两个人。郭先生喝了一大口拿铁，"我不是不知道自己的病情，但只要一息尚存，我就要出来走走看看，憋死在屋里还不如不活——不都说生命在于运动嘛！当然我不是胡来，还是要按时吃药。要相信科学，相信医生！要好好地活下去，"他睁大了眼睛，

"你知道不知道,我们这一代人可能会经历前所未有的突变?"

徐生白愣了愣,"什么突变?全球变暖还是……"

郭先生摆了摆手,"到底是搞文的,科学素养还是不够!你难道没听说过,到了2045年,我们将迎来奇点,人类将实现长生不老的梦想,也就是说,只要活到那一年,我们将会永生!"

徐生白细细打量着对方,又转眼望望柜台,一男一女两个中年人步入店堂。他垂下头,勉力忍住笑,低声道,"怎么实现永生?"

郭先生挺直了身体,清了清喉咙,"奇点一到,历史将翻开全新的一页,那时将是后人类时代,我们每个衰老的器官将都能用人工装置替换,用上多少年,老化了再换新的,那具老朽无用的臭皮囊将被抛弃,而我们大脑中所有的意识将被便捷地上传贮存,这不是永生是什么?"

徐生白吐了吐了舌头,"全身器官都换过了,那还是你这个人本身吗?"

郭先生嘿嘿笑起来,"你还是老观念,好,我来给你启蒙一下。你想想,人活一辈子,到最后还留下什么?还不就是回忆嘛!如果人一旦失去了记忆,每天醒来将前一天的所作所为所思所想统统忘记,那才叫恐怖呢!有人说这才好,失去了记忆,也卸下了沉重的负担,每天的太阳都是新的,每天享受新生活——但没有了记忆,你还是你吗?虽然你的五脏六腑没动过,但你每天都变成了另外一个人。所以,记忆最重要,是生命之本,一旦它能保存,传之久远,真是永生了,那肉体器官只是无足轻重的玩意了!"

邻桌的一男一女断断续续地说着话,忽高忽低的声调呼应着各自情绪的跌宕起伏;午后绚丽的阳光披垂在屋外密匝成片的松树豆角树上。徐生白一时间默然无语，郭先生嚼着香甜馥郁的点心，眨了眨眼，脸上浮现出几许陶醉，"到了那时，就是2045年，即便是身体的病，也会有办法治。科学家正在研制新的纳米机器人，能对各种疾病进行精准治疗——你没听说过吧！不是我说你，大作家你是落伍了，连纳米机器人都不知道！"他用餐巾纸抹了抹嘴角，"现在人们说得沸沸扬扬的人工智能当然是改变未来世界的重要力量，人们在担心出现超级人工智能，会超越人的智能，最后主宰地球，像阿尔法机器人战胜围棋顶级高手那般，但这些在全新纳米技术面前就显得不值一提了！"

徐生白呆愣愣地望着郭先生，沉甸甸的脑袋向一侧歪斜着。对方继续兴致盎然地说着，"由于纳米技术是在极微小的空间内构建物质的，它的技术一旦成熟，将改变整个世界！从理论上说用纳米可以合成任何物质，只要将分子重新排列组合即可创造出新物质，它可以将胆固醇化解，将青草变成面包，碎石转眼间就成了钻石——每个人都能成为点石成金的魔术师，你想想，这是多么激动人心的前景！一想到这美好的未来，我真想张开臂膀来拥抱它！"

徐生白猛地感到腹部又在隐隐作痛，他叹了口气，随后嘻嘻一笑，"前景好是好，但离2045年还有近三十年，你怎么保证自己活到那一天呢？像我这样重病在身的人，是不指望那一天了！现在是活一天算一天，也不敢贪心，能再活上三五年就满足了！"

郭先生定睛望着徐生白，拍拍膝盖，"大作家，不要这么悲观！要有信心，要相信自己肯定能活到那一天。其实，奇迹那一刻离我们并不遥远，要安心服药，好好保养，一定会看到胜利的曙光！"他将盘中的甜点一股脑塞到口中，"我年纪比你大，身体不比你好，我这么有信心，你凭什么没有？"

疼痛慢慢缓和下来，徐生白坐直了身子，又抿了口咖啡，"这得有灵丹妙药才行！"

郭先生双手一摊，"药嘛，有的是，你消息太闭塞了！"他拿起手机，点开屏幕，快速搜索着相关信息，"我给你推荐最常见最靠谱的几种，首先是二甲双胍，它原本是治糖尿病的，但前些年人们发现它有延年益寿的功效，我自己也吃了好几年，感觉还是相当不错的，这几年虽然不能说百病尽消，但也相当稳定；还有一个叫NMN，美国产的，它能清除衰老细胞，让你长葆青春，价格当然不菲，有朋友在美国代买最好，你真想要我让朋友给你捎一点过来。"

徐生白将信将疑地点了点头。郭先生盯视了他一会，嘬嘬嘴，"说这些药百分之百有功效，也是胡扯。但近来的研究发现，它们的确有奇效，条件许可的话，能试就试试，错过了就只能吃后悔药了！"他悠然摩挲着手掌，"再有一种新药就是西罗莫司，临床实验的时间太短，还没有正式上市，这是一种免疫制剂，真想要的话网上也可以弄到！"

徐生白觉得肚子中有一股浊气从残损的肠子的暗角袅袅飘升，发出吱吱的喧响，随后注入腹腔。郭先生越说越亢奋，脸上浮现出一抹鲜丽的红晕，白色的唾沫星子飞溅而出，"你不想想，活着有多好，每天可以欣赏这么美的景色。人的求生欲望你怎么想象都不过分！怪不得从古到今那么多皇帝执迷不悟地求长生药，练仙丹——现在我听说就有人吃上百种保健品，实在是太强大了，强大到让人无法想象。"

一高一矮两个少女推门而入，浑身洋溢着不可阻遏的活力。郭先生久久地盯视着她们矫健的背影，"她们多幸福！这么年轻，有那么美好的前景在等她们！我已经老了，但我还是想活，好好活下去！你把我当作商人，其实我公司前几年就不管了，反正早就财务自由了，不再去操这份心思。我一年四季四处走走看看，优哉游哉，反正想住几天就住几天，不赶时间！看到想吃的，就买点，要么就看看书、演出、电影。我有信心活到2045年……"

对！活，要活下去！活到一百岁，二百岁，甚至五百岁。徐生白打了个呵欠，左右手食指勾连交缠，木然凝视着铺展在地面上的团团串串的光焰，它们悄然间黯淡失色、变形、膨胀、萎缩，四周围浓稠的阴影哗啦啦漫涌过来，肉搏似的相互拉锯。一阵剧痛突袭而来，他头一歪，上身深陷在黑皮椅面中，手紧紧按住腹部——时隔多年，他依然触摸到了手术刀烙刻在肌肤上的那条长疤痕。

郭先生惊愕地站起身，"怎么，哪里不舒服？——我叫辆出租车，送你回宾馆！"徐生白勉力笑了笑，点点头。

郭先生扶着徐生白走出圣·米歇尔别墅，正好一辆空驶的敞篷出租车路过，他们便上了车。司机三十岁上下，皮肤呈棕黄色，戴着金色细边框的墨镜，和他们俩用简单、错漏百出的英语聊了一会，便沿着迂曲回旋的盘山公路下行。徐生白仰靠在椅背上，一阵阵温热的风恣肆无忌地吹过脸颊，应和着远处海浪拍击沙滩的节奏；途中车载的音响设备不停地播放着既欢快奔放又忧郁悲伤的那不勒斯民歌，它汩汩流淌而来，缓缓注入他干枯冷寂的心灵。举目所见的一切，在视网膜上合成了立体感极强的画面：苍郁的树木，裸露的岩崖，奶白色的屋舍。他的意识渐渐变得模糊起来，觉得自己的身体变得轻飘飘的，悬浮在半空，翻转打滚，仿佛在游乐园刺激性十足的过山车上。郭先生时断时续的话语，同刘娅琳魅惑的眼神，随后又叠印上了陈玫君典雅而凄苦的面容，直到他们同从脑海深处浮现而出的贾欣怡、女儿紫彤的影像掺杂在一起，径直冲下山道，冲向人流熙攘的码头，冲向广漠浩渺的大海。

III

在卡普里岛的最后两天，时间的轮廓在徐生白脑海中慢慢模糊、风化，直至碎裂，尤其是夜晚多次起床排泄掉滴滴不休的尿液，更是将原本就摇摇欲坠的睡眠切割得支离破碎。临近黎明时分，一阵大雨兜头而下，起先像是活泼的快板，不久便转为噼里啪啦的急板，中间还夹杂着渐快的中板。

九点过后，稠厚的雨云霎时间褪去，澄碧的天穹下，阳光再次披照到覆盖着累累褶皱的巨大岩崖上，在它原有的奇崛之美上平添了几分绚丽。陈玫君依旧整天躺卧在床上，不是刷手机便是看电视中的MTV节目；要么就是闭目养神，脸部的表情似笑非笑，像是戴了一副僵死的面具。偶尔她会自言自语一番，或者咿咿呀呀地哼上几句老掉牙的歌词，让人浑身起鸡皮疙瘩。徐生白暗暗觑视着她的动静；尤其让他恶心的是她还不时吱吱咬嚼着手指。此时此刻，在他眼里，她成了一具爱情的残骸，沉甸甸的，先前燃起他狂热激情的火焰早已熄灭，只有不起眼的丝丝余烬在扑闪；那承载了古典美的肉身化作了一具干枯的木乃伊。

时光流逝，幽深无垠的寂静将徐生白团团围裹起来，他觉得像是陷入了一片空旷的沼泽地。不远处，海浪一如既往地潮涨潮落，恍然间他清晰地听见自己的心在怦怦跳荡：难道自己患了心律不齐？前天从圣·米歇尔别墅回来后，服过药，昏睡了十多个小时，腹部的疼痛才慢慢缓过来。尽管他对此并不陌生，但还是担心自己会在下一波突发中倒下，猝死在地中海畔弥散着华美无比棺椁般颓败气息的度假地。

好说歹说，总算联系上了刘娅琳。总算今天寻觅到了一小段空当——俞日新要去与一家画廊商谈秋天在英国办画展事宜，那位经理这几天恰好在岛上度假。难得的机会。她回复的语气也是不冷不热，期盼中掺杂着几分犹疑。他站起身，抚摩了几下干涩的额头，瞟了一眼侧躺着、死盯着手机屏幕的陈玫君，思忖了半晌，嘀咕出一句：你好好休息，我再到外面去逛一会儿！

陈玫君头也不抬，若有若无地嗯了一声。只要待在屋里，他几乎无时无刻不处于她貌似疲惫实则鹰隼般犀利的目光的监视下。猛然间，她坐起身，直愣愣、近乎迷醉地盯视着徐生白，仿佛他全然是一个陌生人，随后发出一阵歇斯底里的狂笑：走，你走吧，你快快走吧，快点走快点呀，别耽误了你的好事，哈哈哈，古人道君子有成人之美，你想干什么就干什么，我不拦你也拦不住你！你看看，碧云天，黄叶地；西风紧，北雁南飞，晓来谁染霜林醉？总是离人泪。你走吧，快走吧！原来姹紫嫣红开遍，似这般都付与断井颓垣。良辰美景奈何天，赏心乐事谁家院！似花还似非花……细看来，不是杨花，点点是离人泪！

徐生白做贼似的匆匆推门而出，不停给自己打气：真是疯了！不要怕，别怕，否则前功尽弃！

他和刘娅琳在离旅馆百来米的路口会合，两人相对无语，在灰扑扑的青色橄榄树下静静站立了一会,不久搭上了一辆路过的中巴,向山下的卡普里镇驶去。

刘娅琳换上了去年他初次见到她时穿的素白底色的连衣裙,林林总总的黑蝴蝶在绚丽的阳光下翩然起舞。她还披了件海蓝色的风衣,嘴角挂着一抹迷人的微笑。他们下车后缓缓步行到翁贝托一世广场,游人渐渐增多,兴高采烈地沉浸在浓醅的享乐气息中。他们在一家咖啡店外坐下,头上张着赫黄素白双色遮阳伞蓬,邻近的粉黄色外墙映衬着不远处褐灰色的古老钟楼。一直到入座,两人一路上话并不多,内在的默契将他们勾连在一起。

咖啡的奶泡涌涨到白色的杯沿上,清香袅袅飘升,在蓝天碧海间无拘无束地勾画着梦幻般的图案。刘娅琳摘下墨镜,打了个长长的哈欠。前两天,俞日新包了辆游艇,他们去岛屿周边的海上巡游了一番,还进了蓝洞。徐生白蹙了下眉头,忙问,"挺震撼吧?"

刘娅琳瞟了他一眼,"就这个样子——很多景点都是看照片让你激动不已,但真到了那儿也不过如此。再说出来这么多天,看得有点审美疲劳了!"她噘了噘嘴,抿下一小口卡布基诺。

阳光变得刺眼起来,狭小的广场被涌泄而出的人流吞噬了大半,四周围的餐厅礼品店门前熙来攘往,温热的空气在甜腻中夹杂着若有若无的酸臭气味。刘娅琳脱下风衣,转过头,凝望着后方耸峙的山崖,双手绞成一团,"其实想通了,人活着也实在是没意思——到最后都是一场空!"

徐生白惊讶地望着她,"你也这么想?你这么个大美人还有这么强的虚无感,其他人都干脆别活了!"

刘娅琳调皮地吐了吐舌头,"不是我矫情,我心里真的是这种感觉，而且随着年龄的增长，它越来越强烈——没有什么是值得你向往的。小时候我身材好，我妈让我学舞蹈，但我真没那个命，练了几年，到最后撑不住了，还是放弃！"

徐生白入迷地望着她的一举一动，"现在当人体模特不挺好？也算是物有所值，找到实现你价值的地方了！"

她淡淡笑了笑，"还是得信命！我妈一直唠叨我长得太高，将来十有八九找不着老公嫁不出去，一个偶然的机会朋友介绍我去给画家当模特。这么多年下来，钱是攒了不少，也就是吃口青春饭，不是长久之计！"

徐生白专心地切割着黑椒牛排，"你这么年轻，眼前是大好时光，没想到这么悲观，有点年少不知愁滋味的感觉！要说绝望，我才是，本来生活好好的，有一天查出来生了癌，一下全乱了套。虽然现在病情稳定，但头上好像悬着把刀子，不知哪一天就劈砍下来。我才是过一天算一天！"

穿着黑色制服的服务生擎举着镶着金色边框的托盘，迈着优雅的步伐在密密匝匝的桌面间来回穿梭，刘娅琳笑呵呵地打量着他们的背影，徐生白扮了个鬼脸，搓揉着腹部，真饱，有点撑了。她脸部顿时涌上一片红晕，"呸！你也是的，又笑话我迷上这些帅哥了，他们长得是帅，不让人迷死才怪呢——哎，我是挺佩服你，要是我生了你这种病，早吓死了！我好怕死，但也厌恶生活，眼前有那么多的麻烦和痛苦等着自己。真没意思！"她挥了一下被晒得泛着亚麻色光泽的胳膊。

四周围的市嚣时起时落，模糊了远方的海浪亘古不绝的涛声。徐生白将椅子朝她挪近，几乎挨靠在一起。她望了他一眼，并没

297

有退缩。他拉住她的手指，放到自己左手手心里，用右手轻轻抚摸着。猛然间，他低下头，快速在她脸颊上亲了几下，"你真迷人！——难道这也很空虚，很没有意思吗？"

时间再次凝固，前后左右徜徉而过的人流蓦然间被抽空了，虚化成了一长串绵薄的影子，在金光熠熠的空间里浮动；古老的穹顶，斑驳的廊柱台阶，粉白粉黄的外立面，彩绘玻璃窗，五彩缤纷的伞篷，山坡上葱郁苍翠的树林，像被施了魔法一般，脱离了原来的支点，招摇而过，云集到半空，仿佛一头扎进了一场空前花哨绚丽的化装舞会。

IV

徐生白伫立在这座老教堂的廊柱下，恍惚间打了个趔趄，差点一个跟头滚落到台阶下。时而激越、时而平缓的诵经声从掩闭的大门后传来，一场突如其来的大雨将整座小岛笼罩在半透明的雾气中。他慢慢回过神，挺直腰板，长长的身影投射在湿漉漉的台阶上，像一条盘屈纠结的蟒蛇。此刻，他透过雨幕，痴迷地盯视着刘娅琳修长的背影，她斜穿过寂寥空旷的广场，往右一拐弯，消失在盛开着玉兰花的林荫小径中。

雨势渐小，但徐生白依旧无法从梦幻般的亢奋中挣脱出来。他狠狠抓搔着头皮，额角微微发烫，背脊沁出几许凉意。总算是如愿以偿，就在方才，就在教堂祭坛背后那个狭小幽暗的卫生间里，他们俩的肉体顺势融而为一。那完全是一时兴起，没有预谋，就地取材而已，根本没有耐心去找家旅店开房。他们离开咖啡座后，信步踱到邻近的这座有着奶黄色外墙的老教堂，绕过灰暗斑驳的过道，默默地伫立在圆柱一侧偏殿深处的湿壁画前，观赏了一会钉在十字架上的耶稣。画面上的色彩早已褪去了原初的鲜丽饱满，但深不可测的怜悯、仁爱依旧清晰地浮现在弥留之际的救世主脸上。徐生白已好长时间没碰女人的身体，陈玫君于他已成了鸡肋，这回尽管只有倏忽而过的瞬间，但他全身心地感受着她的体温，被爱深深地撼动。她仿佛成了他阴郁生活中的启明星，在腐朽的大地上燃烧起青春的火焰。他心中充满了感恩，就像他某天早晨醒来庆幸自己没有丧失写作能力那样。

一阵海风吹来，徐生白猛然间感到异乎寻常的饥饿感：他孱弱的生命或许在动人心魄的欢爱中消耗殆尽，心跳骤然加速，强烈的胸闷，死神的翅膀在四周围扑闪。他紧紧捂住胸口，在台阶旁坐下——老天保佑，不要在此刻猝然死去！

心跳频率减缓下来，他全身感到一阵前所未有的疲惫，掺杂着极乐过后难言的悲哀。刘娅琳妩媚的脸腔浮现在眼前，她的热吻还在嘴角萦回——他们约定到上海后再会面。然而，他有种预感：他留不住她，她很快会离他而去，丢给他的将是苦涩、满是惆怅的夏日小夜曲。

阳光从灰白色的云絮后衍射而出，徐生白站起身，甩了甩胳膊，走下台阶，折返到翁贝托一世广场。斗大的雨珠从路旁高耸的橄榄树上滚落而下，打在他头顶上。霎时间，他觉得身后有一道怪异而灼热的目光尾随追踪，扭头一看，来来往往的都是陌生男女，谁也不会对他这个病恹恹的糟老头子感兴趣。他拍了拍额头，又在胡思乱想了！他步入广场另一侧的一家餐馆，点了一份意大利面和牛排。午餐的高峰期已过，店堂内外三三两两坐着散客。他抿了一口盐汽水，手机啵啵作响起来，是陈玫君发消息来了：你到底什么时候回来，我还想出去逛逛。

回来回来，回来个屁！徐生白悒恨地推开手机，噘着嘴，右手指猛打着响指，怏怏不乐地望着四周。陈玫君真成了缠绕在他身上的蛇，时不时吐出黏腻腥臊的汁液。他心中涌起一股杀气：想将她揪到跟前，先是狠狠刮上一顿耳光，随后打得她遍体鳞伤血肉模糊。

但现在先要稳住她。他皱着眉，回了一条：急什么！我吃完饭就回去。

徐生白咀嚼着边角烤得焦黑的牛排，懒洋洋地扫视着四周。山峦后侧灰蓝色的天空上云烟氤氲，屋外金合欢树浓郁的芳香、玉兰花淡雅的幽香与弥漫在店堂内各式菜肴诱人的香气糅和在一起，让他有点头晕。肠胃的蠕动，缓解了汹汹而至的饥饿感。猛然间，那道怪异的目光再次闪现，他定睛一看，俞日新头戴草黄色的遮阳帽，神情散漫地站在店堂门口。他们的目光刹那间相遇交接，徐生白浑身不禁抽搐了一下。他抓起纸巾，擦了擦油腻腻的嘴角，向对方招了招手，"进来——一起喝一杯！"

俞日新走近一步，瞥了眼狭小的店堂，"我吃饱了——慢慢吃，等会我们一起走走！"

终究还是逃不开，这尴尬而致命的四目对峙。霎时间，徐生白一下透不过气来，莫不是他和刘娅琳早被跟踪了，什么和经纪人会面根本是子虚乌有，是俞日新精心设下的圈套？

反正也是豁出去了。他按了按太阳穴，怕什么！他从容咀嚼着剩余的牛排，伴着长长的意面条，一同咽下肚去。

没多久，徐生白和俞日新一前一后，穿过广场，绕过邻近的教堂，踏上一条轩敞齐整的大路。俞日新忽地收住脚步，转过身，盯视了徐生白一会，勉力笑了笑，"没事的话，去看一下两千年前罗马皇帝奥古斯特修建的花园，离这不远！"

徐生白稍一思忖，便点了点头。两人一前一后保持着近一米左右的距离，两人间往昔维系了多年的近乎掏心掏肺的亲密与熟稔仿佛被注入了强腐蚀液，悄然间荡然无存。徐生白想起了水族馆中顶天立地的巨型水槽，只要注入一脉异质液体，瞬间清澈的水流便会陷于混浊，一堆残渣碎屑纷纷漂浮在水面上。

人流渐渐变得密集起来，旅行者中间偶尔插入几个裹着头巾的老太太，提着满载食物的篮子，叽叽咕咕说个不停。徐生白凝视着道路两侧繁密的常春藤从诸多花园门洞栅栏间盘垂缠绕而下，三叶草和薄荷的清香在鼻尖悠然萦回，古色古香的圆锥体和塔楼构缀成了远方的背景。俞日新有一句没一句地和他闲聊着：刚刚和经纪人谈得不错，明年到英国伦敦去办展。不过，俞日新并没有流露出多少喜悦。刺目的阳光变得暴烈，恣肆无忌，熔化了眼前的一切，将它们化成幽灵般的影子，在这个与世隔绝的孤岛上酿造出了一个迷乱奇诡的梦幻境界：它既使人血脉偾张，踩踏着激越狂放的舞步，想将体内蓄积的全部能量挥洒而出；又让人惶惶不安，预感到一场前所未有的灾祸正悄然逼近。

俞日新放慢脚步，拉了拉帽檐，仿佛从深长的沉思默想中苏醒，侧身凑近徐生白，"其实，我对去英国办展兴致也不高。"

徐生白愣了愣，"你这几年不是一直寻找各种机会到国外办展来扩大影响？"

俞日新耸了耸肩，双手一摊，"此一时彼一时，当时好胜心强，一心想冲出国门，走向世界，不能一辈子关起门来称大王啊！"他推了推虎斑纹框架的墨镜，双手合掌，使劲搓摩了几下，"这次在那不勒斯展览的情形你也清楚，以前在法国、德国也好不了哪儿去。说是走向世界了，但你只是处于西方的边边角上，老外闷了玩腻了想变个花法，寻求新的刺激，于是就看上了中国风格的画，像我们小时候在大世界里看哈哈镜那样。这大概就是教授们说的异国情调在起作用吧！"

徐生白稍稍松了口气，"你这次展出的画作在艺术境界上有很大的开拓，虽然我根本算不上专家，但看得出你有意识想把中国和西方的元素融合在一起，创造出中西合璧的风格——单单这一点你已经做得很成功了！"

一阵海风吹过，俞日新的太阳帽索索抖颤了几下。他笑眯眯地盯视着徐生白，"不瞒你说，我也是画得精疲力竭力，这次来也想找机会好好休整一下。这些年一刻不停地画，我觉得全身都被掏空了，好多天从早到晚关在画室中，一笔都画不上——搞得我差点跳楼了！你写不出来的时候也会有这种发疯的感觉吧！"

他嘴角浮上了几丝神秘的微笑，徐生白转过脸。前方有座简陋的小屋，大概是入口收费处，游客列队，缓步前移。俞日新清了清喉咙，"这次意大利也真是没白来，我渐渐对自己又有了信心，还可以画下去。主要是心中产生了一种新的感觉——现在说不清楚它究竟是什么，那是我以前从未有过的，意大利给了我一种强刺激，将我体内潜伏的某些东西激发出来了……"

他晶亮的目光在凹陷的双颊上方闪烁，"我真是得换换路子了，画出来的东西要和中国传统不一样，也不再去迎合西方人的口味。这都是一瞬间想明白的，我得听从自己内心的呼唤，听从一己生命的声音，画自己真正想画的，画出一种从古到今从未有过的风格，那是绝大多数画家想都不敢想的境界，你猜得出那是什么吗？"

徐生白咬了咬嘴唇，茫然地摇摇头。俞日新抬高了嗓门，手臂在空中比画着，"那是一种完全新颖的画，那帮教授也没能给出定义：它超越了古今之分、中外之分，高高凌驾在所有的风格流派之上——你想想，这是一种多么宏大多么激动人心的境界！"

一踏入这座昔日的皇家花园，徐生白顿感神清气爽，紧张的心情也松弛下来。穿过高耸的棕榈树掩映的下的迂曲小径，没多久便来到了庭园尽头的观景台。他们俩扶着黑色的铁栏杆，向四周围眺望：右侧高高凸起的岩壁上，邻近一簇暗红色的光叶子花，一棵松树孤零零地挺立在粗粝的石块的缝隙间，偏斜的枝叶时不时窸窣作响。栏杆外一大截陡峭险峻的山崖悬垂而下，直插迂曲的盘山公路，公路下方与海平面相接的一小段崖坡上覆盖着繁密的绿色蔓生植物，蔚蓝色的海水汩汩流淌，翻卷的白色浪花浮漾着大团肥厚的泡沫，熠熠生辉；不远处伸展着一方岬角，后方开阔的海面上耸峙着三座名为法拉里奥尼的硕大礁石，灿烂的阳光披照在层层叠叠、饱经沧桑的盐白色褶皱上。

前后左右人流熙攘不息，但徐生白感到一种怪异的寂静，但它并不能给人以宁静，相反那是一种瘫痪、遭受阉割后的空无。恍然间，他觉得这一切都似曾相识，像梦游者醒来后，浑然不知梦中曾去过何处。

没多久，两人走得腿脚隐隐有点酸麻，便在几株高大的棕榈树下的绿椅子上坐下。绚烂的阳光无情地灼烤着突兀的崖岩、崎岖的谷地，近乎贪婪地吸吮着天地间游荡的水汽，徐生白对持久不衰的艳阳天感到极度腻烦，乃至绝望。他梦里都渴望一场暴雨兜头而下，祈求这一切快快结束，打道回府。他偷偷觑视着俞日新，琢磨不出对方在打什么鬼主意。马上要摊牌了吗——但还不至于。他叹了口气，为自己的怯懦感到羞惭。

俞日新不经意地眺望着左侧铺展而开的坡面上密密匝匝的奶白色楼房，从包中掏出矿泉水，猛喝了几口。他转向右侧一米开外的徐生白，"你想没想过，我灵感的来源除了意大利，还有其他的吗？"

徐生白迷瞪地望了他一眼，摇了摇头。

四周围三三两两的游客徜徉而过。俞日新掏出纸巾，擦了擦额头上沁出的汗珠，"你还看不出？真是的，刘娅琳给了我多少灵感，说都说不清。"他咬着嘴角，"当然，这些年我结交的女人有一大把，现在想想也后悔，但刘娅琳不一样，她年轻当然是一大因素，到了我们这个年龄，有什么比年轻更难得更珍贵的，"他疾速瞟了徐生白一眼，仿佛带着挑衅的意味，"关键是她全身的生命活力将我这个半老头子的青春重新唤醒了，我好像又年轻了起码有二十岁，又像刚进大学那会儿精力充沛！"

徐生白有点紧张，摊开手掌，细细察看着上面纵横交错深浅不一的纹路。

俞日新双手举到头顶，十指交缠，"也真是个尤物，这样的女人可以把人迷死！我想想有些怕，为了她我可以豁出去，什么都敢干。"

他的眼里衍射出怪异的目光，徐生白浑身发颤，一阵凉意爬上背脊。此刻，俞日新满脸堆笑，声音变得异常亲切，"坐在这儿也没劲——到那边观景台给你拍几张照。"徐生白稍一犹豫，颔首起立。

他们俩快步趸返到阴影中的观景台。一时间，游客变得稀稀落落。俞日新让徐生白坐在黑色的铁栏杆上。徐生白仿佛被催眠了一般，臀部感到一阵硬实的凉感。栏杆左右隔着一定距离便有方形的柱子竖立着，柱子顶端呈半圆形。俞日新举着手机，一边不停比画着，要他摆出各种姿势，"不瞒你说，这几年我也迷上了摄影。虽然有人说它和绘画是誓不两立的死敌，我倒不这么看。钻研下来，还真有不少乐趣！摄影能表现出许多绘画没法捕捉的东西！我这苹果手机成像好，色彩的层次感和细腻度就是再牛的画家也画不出弄不像！再说，玩玩摄像还能给我不少启发——对，就这样，坐好了，张开双臂，想象一下，去拥抱世界，拥抱生命，拥抱青春……"

俞日新弯着腿半蹲下，双眼盯着手机屏幕："手臂再张开一点——再举高一点，对，就这样，再笑笑……"

徐生白感到上身在风中摇颤。不要摔下去——他有种不祥的预感。四周围阒无人迹。就在那一瞬间，俞日新像头发了疯的野牛猛冲上来，当他的拳头快撞到自己的胸部时，徐生白一闪身，重重地跌倒在地面上：脸部、肩背上一阵剧痛。俞日新扑了空，上身重重地扑倒在栏杆上，徐生白急忙撑起上身，抬腿对着他的腰部死命地踢过去。一声惨叫，俞日新仰面躺倒在地，一汪殷红的鲜血渗流而出。

　　过了半晌,他侧过身,恶狠狠地瞪着呆愣愣的徐生白,喘着气,发出一阵狞笑,"你这混蛋,算便宜了你——你这无赖,狼心狗肺的,色胆包天,把脏手伸到我女人头上来了:看你再敢!看我不收拾你这狗崽子!"

　　不远处几个游人疾步跑来。

十六 讼

讼卦（坎下乾上）

讼：有孚，窒惕，中吉，终凶。利见大人，不利涉大川。

I

不知从什么时候起，徐生白养成了叩齿的习惯：早晨睁开眼，便咯咯有节奏地上下敲叩，剔除丝丝缕缕黏腻的污垢、碴屑，疏通业已僵硬的血脉。

书桌上，电脑屏幕从早到晚扑闪着，从意大利返回上海后，永远是清一色的白屏，像一幅经典的抽象派绘画。白色，深不可测的雪白深处潜藏着宇宙的无上奥秘，它还将周边的一切活物吞噬殆尽。它成了对他念兹在兹的才华、灵感最刻毒的嘲弄。一章既了，键盘似乎被永久地锁上了，新的一章迟迟无法开启。

五月初夏潮湿的天气，郁热的空气中洋溢着丰沛的雨意，重重地覆压在密密匝匝的毛孔上；临近黄昏时飘落下一阵大雨，过后并没有迎来清凉感，相反高湿度使呼吸更为急促难挨。

徐生白早已丧失了对时间的明晰意识，活脱脱成了一具浑浑噩噩的行尸走肉。恍惚间，身体沉陷到了难以自拔的冬眠之中，对外界的刺激一无所感，拒绝接收任何新的信息；同时，他变得异常贪吃,在电脑的白色屏幕前坐上一会,便会焦虑不安地站立起来,不停地喝咖啡啜饮料嚼奶油饼干,还有黑巧克力——起先还奏效,还能勉强擎起他疲软的骨架,后来味蕾变得疲惫懈怠,原有的亢奋悄然沉落,像一块破旧肮脏的橡皮。

很多时候,徐生白起床后便琢磨着漫长的一天该如何消磨度过。刘娅琳上门幽会成了他幽闭枯涩的生活中盛大的庆典,是暗夜中一道雪亮的闪光。她每周来一两次,一般在下午。等待门铃鸣响成了他的一大念想,也是唯一拯救他的时机。她穿着一件短袖黄衬衣,下身套着一袭绿色短裙——愈加鲜明地映衬出她修长的身段。她进门后,徐生白急不可耐地将她拥入怀中,有时两人便倒卧在客厅的长沙发上。随后,徐生白搀着她的手上楼,进入卧室后便是一连串熟悉、古板而亲切的动作:她飞快地拧开纽扣,拉下衬衣,往床脚边的小圆沙发上一甩,接着她双腿一蹬一踢,短裙便哗地垂落在地,在脚趾的拉扯下黑色连裤袜也一齐褪卸到了脚腕。

两人躺在有些凌乱的床上,紧紧搂抱成一团。说实话,徐生白迄今为止对她所知甚少。在卡普里岛他们只是初试云雨,此时可以从容不迫地做爱了。

好多次,徐生白完事后精疲力竭——他再一次抵达了快感的峰顶,但也嗅到了死神阴冷的气息。他真想永久驻留在那一瞬间——那个失去的乐园。他喘着气,真怕心脏会在那一刻猝然停摆。

从窗帘缝隙间透入的一束束光线变得灰暗混浊,暮色悄然渗入晚高峰前宁静得恍如上了麻醉药的街市。徐生白侧转过身,双手捧着刘娅琳的面颊,近乎迷醉地欣赏着她喷薄而出的美艳。在那一刻,他觉得世间万事,不如尔尔,他已别无他求,只想守着这妖艳无比的躯体。

他不是不明白，和陈玫君相比，刘娅琳狂放的目光里缺乏那种古雅的色调，找不到娴静雍容的气息。和绝世的美貌不同，气质不是天生的，它需要慢慢培育熏陶。但他并不失望，她别有一番风味，就像地中海的阳光，绚丽火辣，一无遮拦，见不到半点阴云。他陶然沉醉在这场感官畅享的盛宴中。

激情过后，铁硬的沉默横亘在他们俩中间。人世间所有的苦痛、烦恼，断无胜算的挣扎的绝望，死亡的阴森以及背后吞噬一切的虚无——在情爱的高潮间被遮蔽的一切，霎时间又显露出原形，牢牢地箍住脖颈。徐生白浑身打着战，四周盘桓的空气冷飕飕的。

好像门铃又鸣响，他惊惶地坐起身，侧耳细听。不久，一切归于死寂。他搔了搔头皮：又是幻听了！如果是贾欣怡回来倒不足为惧，但他真正担心的是俞日新找上门来。

离开卡普里岛前那惊魂一幕在徐生白内心深处植下了恐惧的种子。它并没有因归途中长时间的默然哑场、故作轻松的敷衍而消解。相反，在返回上海后，在熙熙攘攘、狭逼拥塞到难以隐世的空间中找到了更加适宜的土壤，蓬勃生长，抽枝发芽，最终吐穗结果。好几次，徐生白半夜里仿佛听到了轻轻的敲门声，宛如一曲优雅的小夜曲，门外俞日新满脸堆笑，目光中放射出阴鸷的火焰，黑色的公文包中用柔滑的尼龙丝袋裹着一把雪亮的刀剑。

刘娅琳震惊之余与俞日新断然分手，但他这些天对她紧追不舍，反复骚扰，电话、短信、微信，甚至把切菜刀快递上门——无所不用其极。他甚至扬言要将她的裸照上传到网上。威吓之余，他又给她发来情意绵绵的邮件、消息，反复诉说自己对她的钟情，力图挽回她的心。因此，即便两人情意最为融洽之际，她也不让徐生白拍摄裸照。

渐渐地，沉默蜕化成了腐蚀性极强的无聊。徐生白打着呵欠，想找些乐子。他也找出一摞白纸，开始用削得尖尖的铅笔在上面涂抹，想做一回画家（即便是蹩脚的也无妨），将她靓丽的身影留存下来，将那一刻凝固为绝美的形象，高高地凌驾在滔滔不绝的时间之流之上。但老天没有赋予他这方面的才华，他草草尝试了几次便放弃了。照相也不成，他只能诉诸文字了。他笑吟吟地对刘娅琳说，我为你写首诗吧。然而，写作过程没有丝毫的观赏性，几经打磨，写出了下面的诗句：

　　忽然间　指尖的泡沫浑散
　　湿金色的灯光　荡漾在清瘦的街市
　　四肢重又臣服脊椎的管辖
　　汗毛集体倒伏向心脏的方向
　　亿万细胞同时炸裂
　　唯有喘息无问西东

刘娅琳朝纸上瞟了一眼，噘起嘴，叹了口气，笑了笑。不过瘾，读了没有心跳加速的刺激。此时，延续的沉默既令人不安，又感到无力挣脱，尤其在这密闭的室内。那是没有出口没有终点的倦怠，它不通向婚姻坚固而僵死的纽带，只有脆弱、风筝般盘旋的真情或假意承诺，一场度假别墅中无休无止的游戏，精微，细巧，但猝然间便轰然崩塌。他们俩现在能憧憬的就是8月份去挪威旅游，但徐生白隐隐感到无法成行——他的身体状况难以支撑。但此刻又难以明说，免得惹她生气。她会觉得身体不好无非是借口，他这病不是一天两天了，只是不想花钱不想多和她在一起罢了。

徐生白再次懒懒地躺下，侧身搂抱着刘娅琳，大腿上盘旋着一股灼热的气流。他贪恋着她的身体——但实在是力不从心，只能眼馋地抚摸着她，从头皮到脚心，想将她捏在手中，搓揉成碎片，永远占有。

猛然间，一只笨重的活物跳窜到他的肚腹上，喵喵叫了几声：原来是猫咪凯撒来凑热闹了。皮色黑白双色相间的小宠物瞪大眼睛，目光好奇到近乎痴迷；它趴伏了一会，又挪移到他大腿上，伸出舌头，先自顾自专心地舔了一会爪子，随后又舔起徐生白的手背来，同时眨着媚眼：一股滑腻腻的温凉沁过他的心坎。他皱了皱眉，抽出手，搂住刘娅琳的腰，不料凯撒蹦到了她的背上。刘娅琳转过脸，与凯撒双目相视，哈哈大笑：好极了！看，它还吃你醋呢！

此时，一阵响亮的铃声鸣响而起。它不是响了几下便停歇，而是绵长持久、韧劲十足，不依不饶地呼唤着，粗暴地锲进对方的时间之流。徐生白愣了片刻，会是谁呢？手机响了——果然是贾欣怡。

"你在不在家？"

徐生白稍稍迟疑，"在……"

"那你为什么不给我开门？换什么锁，以为我是贼啊！"

"来的话怎么不事先和我说一声！"

"还不快下来开门！"

313

"我就来——"他绷着脸,匆忙站起身,穿上衣服,低声对刘娅琳说,"我下去一会!"

刘娅琳伸了个懒腰,撇了下嘴角,拖长了声调,"谁这时候来找你啊——还真是你老婆啊!哈哈哈!"

徐生白迈着迟缓的步子下楼,顿时就陷入剪不断理还乱的烦恼中。他摇摇晃晃,仿佛置身于一艘飘浮在茫茫大海上的橡皮艇上。他还依稀记得那个密室般的法院调解室,它位于长长的黑黝黝走道的尽头,白色纤维板的长方桌,黑皮的椅子。就是在那儿,坐在正对面的贾欣怡当面抛出了两个方案:A方案是在以前切割财产的基础上,考虑到房产增值的状况,女方再追加给男方三百万;B方案是如果男方执意要持有房产,那应向女方补偿两千万元,最少不能低于一千八百万。

简直是笑话!他什么都可以放弃,就是不能放弃这套复式房子:这成了他的执念。他提出的C方案是,可以补偿女方八百万,最多一千万封顶。其次,他还要提出对过错方的民事赔偿要求,这样补偿款就要减半。双方争得火药味十足,徐生白涨红了脸,喘着粗气,好几次掏出手绢擦干额头的汗:下次真该请个律师来代理,单有女儿陪着还远远不够。

他还记得那天坐在桌子朝里一端的调解员一脸威严的神色。调解员双手十指相握,斑白的鬓发在凝滞的空气中闪烁着晦暗的光焰,当双方争辩白热化趋于失控之际他会出面制止,一阵大棒挥舞式的恐吓过后便换上甜腻腻的笑容,诱使当事人各退一步。那天散场后,调解员还特意将徐生白留下来,拍拍他的肩膀,说上几句悄悄话,像是尽心尽力出演一出滑稽喜剧。

徐生白走下楼梯，又一阵尖利的铃声响起，捶击着耳膜。他上身摇晃了一下，疾步上前开了门。贾欣怡狼一般窜进门来，差点将他撞倒。她依旧戴着琥珀色边框墨镜，那条淡紫色连衣裙尽管已经有多处褪色，但高耸的乳房依旧在柔滑的皱襞下突隆而出，只是下腹部添了几处赘肉，脸色也略显憔悴。她一边往客厅尽头的储藏室走，一边扭头说她来是想找几份得奖证书，申报中国新闻奖要用；顺便再拿几本书回去。

望着她的背影，徐生白缓步走到长沙发前，双腿一阵发软，一屁股瘫坐下来。他捋了捋披散在额角湿漉漉的头发，呆呆地扫视着茶几、餐桌、餐椅、垂落的窗帘、落地椭圆镜，摆满五花八门礼品的装饰橱，橙黄色的壁纸，微微泛潮的地毯——这一切在他失焦的眼里渐渐消失了现实的坚固性，化成一股股混浊的波浪，无情地将他裹卷而去。昔日爱情的亡灵在此徘徊，窃窃私语，诉说着那难以追觅的幸福与甜美。

储藏室中黄灿灿的灯光洒落在地面上，他望着贾欣怡的身影在明暗交错中前后挪移，心中滋生出一种深深的遗憾：她还是这么美，而他早已失去了她。残余的温情从漫长的冬眠中苏醒过来，像一阕轻柔的小夜曲，怀恋起他们俩共同度过的岁月——而这一切都是他们俩一手建造起来的。慢慢地，这一刻骨的依恋转变为痛苦，他暗暗希望，她能回心转意，与他重修旧好。

贾欣怡提着包走回到客厅正中，"开庭通知书收到了吧？"

他所有的幻觉顿时化为泡影。徐生白咬了咬嘴唇，轻轻点了点头。上周法院派人上门送来了通知书，下月开庭，他还得找个律师朋友咨询一下。

她盯视了他一会，嘴角微微一噘，"你挺好吧？脾气还这么倔——真是不到黄河心不死！"

徐生白默然无语。她眨了眨眼，"你头发这么乱……"随后拍了拍头顶心，禁不住哈哈大笑起来，"我忘了，真对不起，打扰你了，侵犯你隐秘了。到底是老当益壮，生命不息，战斗不止！"

在这一瞬间，所有的温情流泻得干干净净，余下的全是浓酽的敌意。徐生白猛地站起身，攥紧拳头，朝她扑过去。

贾欣怡惊惶地后退了几步，"你，你想干什么？"她拧开门锁，逃之夭夭。

徐生白满脸通红，喘着粗气，如崖石坠落般躺倒在灰扑扑的地毯上。

II

临近黄梅天的上海，异常郁热难挨。徐生白早晨起床，整了整凌乱的头发，懒洋洋地撩开雪白的绉纱窗帘，阴郁的天空直愣愣地扑入眼中，覆压在这座超级都市林林总总的楼厦街市之上。临近中午时分，绚烂的阳光霎时间熔化了大团灰蒙蒙沉甸甸的空气，楼下开阔的绿地中，环绕着长方形花坛，一簇簇一丛丛迷宫般盘缠交错的绿色枝叶郁郁葱葱，格外亮丽。住宅区外的大街上，照例是车水马龙奔流不息，日常生活仿佛会如此永久绵延下去。在浮泡起起伏伏的喧嚷的表层之下，则是深不可测的沉寂，包蕴着众多细小怪诞的漩流，酝酿着下一轮黑天鹅式的爆发。

一睁开眼就有闹心的事。刘娅琳发消息来说，她昨晚临时接了个模特的活,今天一整天都没空。嗯,不来就不来吧。失去了俞日新的宠爱,她手头不像以前那么宽裕,失去了购物时从不问价格的从容。反正徐生白这些天来体力渐渐不支,也有点腻厌了。

早餐后徐生白的心情并没有增添几许亮色。无数潮湿的细胞涌入胸腔,他喘着气,时不时收住脚步,力图最大限度从周边狭逼的空间中汲取氧气。没多久,他步入书房,打开笔记本电脑,又开始了《大江东流》的写作:

> 精神迷惘直至崩溃之际,裴邦济染上了毒瘾,沉醉在那飘飘然、羽化成仙的高峰体验中,像是重新回到了母腹温暖的羊水之中。他要死死抓住那一刻,让每个瞬间都变成永恒。此后他几度进出看守所,一次情急之中在街头与毒贩子交易,被一名凶神恶煞的黑人警察开枪打中胳膊,昏倒在地。过后,大儿子将他送进了东海岸的一家戒毒所。疗愈的效果差强人意,但他一直沉溺于对社会的愤怒中无法自拔。
>
> 几年后,他专注于阅读欧洲无政府主义者的著作。他想起马克思曾说,哲学家用不同的方式解释世界,重要的是改变世界。1990年代,他加入了一个具有无政府主义色彩的小型恐怖组织,买了多种枪械,参加了对邮局、警察局、医院等诸多公共设施的袭击。虽然不乏危险,但他感到一种在悬崖边走钢丝的快感,它超越了性爱、毒品,像是将攀岩运动挪移到社会生活中。在一个初夏的夜里,他参与了对一家远处闻名的同性恋酒吧的恶性枪击,后被捕入狱,给自己这段狂放无忌的冒险画上了休止符。

一阵近乎虚脱的疲惫涌上来，仿佛霎时间将他拖入虚无的深渊。徐生白合上电脑，躺倒在靠墙的小沙发上，不停地用手揉搓着太阳穴。一种难以言表的遗憾，准确地说是失落困扰着他、咬啮着他脆薄的心灵。他对刘娅琳娇美的身体充满依恋，但这些天来他搞不清自己和她究竟是种什么样的关系。只是单纯的两情相悦？她难道会爱上他这个病病歪歪的废人！要么只是一次奶茶般可口廉价的情感消费。

一块长方形的光斑在天花板上游漾，像是充满了启示的天外来客。徐生白机械地叩击着牙齿，脑海中时而清晰时而模糊还原着她在床上欢爱时的面容。

情绪高昂时，她也会向他倾诉内心的苦恼。她来自一个双亲离异家庭，父亲在她读初中时便有了外遇，到她高中时便与母亲离了婚。这些年来，母亲将全部的情感倾注在她身上，极力将她塑造成心目中成功出色的优秀女孩。但这种无微不至、近乎苛刻的关爱在她身边织就了一张硬茧似的保护网，使她难以动弹。她仿佛一下又折返到幼时的襁褓时期，于是她开始了激烈的抗争，与母亲三天两头争吵，不断地离家出走，又回归——一个看不到头的怪圈，周而复始地循环。讲完这一切，她打着呵欠，仰面躺倒，长时间默然无语。

一段华丽、洒脱的回旋曲从楼外袅袅飘来，徐生白揉了下眼皮，专注地听了一会：那是维瓦尔第的小提琴协奏曲《四季》，尖锐的颤音洋溢着万物复苏、百鸟齐鸣的欢快气息。他猛然想起，下午女儿紫彤要来：不仅要来，还要带着她的新男友上门。

他很佩服紫彤的心理素质，刚离婚也没多久，还气鼓鼓地返还了男方八万元婚宴费和婚房装修费,这么快就从阴影中走出来,寻觅到新的幸福了。她今天要带新男友上门见老爸,还特意在餐厅订好了位。但这位男友具体情况怎么样,她一直支支吾吾,只透露是马来西亚的华裔,在上海的一所大学里读研究生,马上要毕业了。徐生白咂了咂嘴,眨着眼睛,天这么热——真不想去!

不会结出什么好果子。

小提琴的乐曲渐渐变得微弱下来,如微风簌簌吹过纤绵的青草地。在空调机时断时续的喧响中,徐生白胸口一阵阵发闷。他索性合上电脑,走出书房,步入卧室,躺倒在大床上,双臂摊开,两腿挺直。在围裹着脆弱的躯体的寂静中,他仿佛听到连绵不断的轰隆隆的噪嚷:那是各个脏器在下行的坡道上加速衰颓、崩溃。他屏住呼吸,双手抚在胸前:莫非这已是生命的最后一刻!

就这样,他悉心追踪着血脉气血的运行轨迹,等候着生死拐点的降临。真是上天的惩罚,他是认了!谁让自己抵御不住诱惑,背叛了陈玫君!由此打开了潘多拉的盒子,不仅仅是肉体,也是心灵的堕落。而他以往孜孜以求的圣人的超拔于世、无所动心的境界也成了一个刻毒的讽刺。然而,庄子的声音却又一次在耳畔隐隐回响:

> 夫圣人未始有天,未始有人,未始有始,未始有物,与世偕行而不替,所行之备而不洫,其合之也若之何。

徐生白瞪大双眼,小提琴演奏的速度在加快,从徐徐的微风到强劲的北风,电闪雷鸣接踵而至,夏日狂野的暴风雨在逼近。

III

　　临近黄昏时分，乳黄色的丰田车驶过飘溢着高冷华贵气息的淮海路，左转右转，拐入了昔日法租界的幽静区域。狭窄的道路两侧繁密的悬铃木丛洒下一片片浓稠的阴影，仿佛将一张厚实的渔网披罩下来，徐紫彤的手指时不时在黑色方向盘上打着战，与车轮的震颤构成了隐秘的呼应。恍然间，她觉得自己就像戈雅的画作《梦》中那个惹人怜爱的小女孩，她侧转着脸，酣睡着，单薄的外衣只褪去了一半，明丽的光线照亮了她的胸部：在这睡梦的静谧下方，诸多凶险的暗流奔涌回旋。那幅画还是她大三暑假去英国、爱尔兰修学时，在都柏林的国家美术馆观赏到的。在她浏览过的林林总总的画作中，这一幅没来由地扎根在了她脑海中，尽管戈雅并不是她心仪仰慕的画家。此刻，初夏的暑热稍稍退潮，星星的灯火散布在这座城市幽暗诡秘的空间中，疾步行走的路人，装饰饶有情调的小店里寂寞枯坐的店员。车前灯衍射开来，与前方车辆血红的尾灯交汇融合，如一束束清冷的星光，从高远的苍穹坠落而下，铺漫在犹如史前岩石般铁硬、势利的路面上。

　　不远处的十字路口闪亮起红灯。徐紫彤瞅了一眼后视镜，徐生白干瘪、面具般僵硬的脸容在明暗交错中一起一伏。反正都这样了，他不在乎，没有人会在乎，右侧副驾驶座上的段志清更不会（在马来西亚他习惯了左侧行车，在路网繁杂、枝杈横生的上海，还是得由她来开）。她时不时地侧脸瞟他几眼——硕大的圆脸，泛着古铜色光泽的略显黝黑的皮肤，一双大眼在浓密的眉毛下闪烁着憨厚、温馨而快乐的光焰：她正是被它散射出来的魅力俘获的。她还是得有警惕心，这一切也许只是迷魂汤，只是精心设计的一场骗局，只要看看他偶尔展露的调皮狡黠就可以明白。但和他一起，她就是感到快乐，感到寻觅到了久违的真正的幸福。他再坏，坏得让人怜爱，无论什么时候他都会哄她开心，像吗啡，霎时间便将沉甸甸的痛苦祛除了，至少是麻痹住了，将尖利的刺一齐拔下。

丰田车转入一条僻静的小街，导航仪上显示离目的地还有几百米远。平日里口若悬河的段志清从下午踏入她家门后就没说几句话，长久地默然无语。父亲也显得无精打采——徐紫彤猜不准他到底有什么心事，只知道病情最近还算稳定。他问了段志清一句，那你工作稳定吗？一切都掉冰窟窿里了。什么年代了，还成天算计着稳定不稳定，紫彤觉得自己的岗位也是风雨飘摇，明年这时节她还不知飘落在何处！

三人下了车，来到一幢三层西洋式楼房前。按了墙角上的门铃按钮，黑漆木门吱呀打开：楼前有一座小庭院，高大挺拔的老榆树矗立在长方形的水池背后，楼内的灯光洒落到池面上，一串细碎的波光悠然荡漾。

上了二楼，台桌边蜡烛般的小灯勾勒出昏暗的店堂的大致轮廓。服务生将他们仨引领到里侧一张中型台桌边。徐紫彤心里咯噔一下：怎么选了个这样的地方，完全被大众点评误导了，走到这种拗情调的地方来了。这本来是他和段志清两人幽会的场所。真是昏了头，就像她当初看走了眼，挑了慕仁那么一个男人。直到今天，对于这样一个软弱、无趣、猥琐的男人，她怀着深深的鄙视和难以遏止的敌意，自己掉进了一个近乎骗局的圈套，搭上身体不算，还赔上了八万块钱，呸，这样的男人！

她只恨自己无法将他完全从脑海中抹去。

徐生白听凭紫彤点了五六个性价比不高的菜肴，四周围客人的喧哗时高时低，再激昂慷慨的语词，被弥漫开来的暗色吸吮、吞噬。几口法国波尔多红葡萄酒下肚，气氛比方才舒缓轻松了不少。仓储式粗陋质朴的天花板上垂射而下的光焰，撒落在浓淡不匀的暗色中，宛如一首单调绵长的催眠曲。她坐在父亲和段志清中间，费劲地选择话题，操控节奏。父亲的话大半是敷衍，心思完全在别处。最近她对老爸也越来越看不惯了，离婚还拖着，女人缘倒是一点都不缺，那做模特儿的前几天又来过。这把年纪了，这样的身子，真是不要命了，作孽啊！

紫彤不时望着段志清，目光中豁露出几分怜爱。他们俩见面的机会并不多，他三天两头出差，飞遍全世界各个角落，为一些大公司、政府部门递送珍贵的邮品。霎时间，她陷入烦躁的旋涡中，猛地站起身，疾步往卫生间方向走去。虽然交往了近两个月，段志清在她心目中依旧是一个难以解开的谜团。就像此刻，她就沉陷在一个谜团中，在大堂边角延伸出的一块诡秘的区域中行进，左右前后都是昏暗的玻璃立面，她自己的身影穿梭滑动，像一阵阴风飘掠而过。径直前进，铁硬的死角拦在跟前，她差点一头撞上去，左右都被封死，她只得折返回去，重新摸索出路。这不是第一次陷入这样的窘境，那年夏天在欧洲旅行时，在维也纳郊外一座宫殿门外的广场上，她也陷入高大的灌木丛构缀而成的绿色迷宫中，大半天都兜不出来。此后，她看见迷宫心里就暗暗害怕。真是要命！她的尿有点憋不住了，泪水瞬间涨满了眼眶，志清也没想到来陪她一会，在那儿和她爸干坐着，有什么劲！

徐紫彤微微踮着脚跟，一步步往回走，左探右询，像闯过了多道鬼门关，才找到了卫生间：阿里巴巴探宝也没这么费劲。刚踏进门，她打了个趔趄，腾地滑倒在银灰色的地面上，左脸重重地擦过冰凉的瓷砖，一阵锐利的痛感弥漫全身，她扭动着身躯，仰面躺倒在地，手掌不停地揉搓着面颊。

卫生间门外传来窸窣的脚步声，紫彤急忙双手撑地，摇摇晃晃站了起来。她整了整翻翘而起的衣裙，又捋了捋凌乱地披垂到额头的长发。一个三十多岁的女子牵着一个五六岁的女孩走了进来，女孩惊惶地瞟了紫彤一眼，赶紧钻到母亲的怀里，嘤嘤哭了起来，"妈妈，这是在哪儿呀！我怕，我怕！"

段志清是个谜，虽然同是华人，但他生活的槟城是隐伏在赤道附近的一个谜团，他的家族在那生活了百年之久，他已是第四代；他的目光也是谜，从他们第一次在一个上海图书馆的文学活动（那次他的导师受邀做讲座）上见面时便是这样，但却是如此具有魔力，迅速俘获了她伤痕累累、苍白空虚的心。她反正已办妥了离婚手续，心像风一样自由，百无羁绊，明知这谜团中蕴含着陷阱，也许是超级毒药，她也情愿飞蛾扑火般冲上去——生命只有一次，让自己好好燃烧一回吧。

那些天里，她感到一种罕有的纯真的快乐。喧嚷的酒吧内，高脚杯中微微晃动的殷红酒液中泛着绚丽的阳光，翠绿的枝叶在春天的暖风中咯吱作响，游泳池中翻皱的水流上一长串游弋而过的或矫健或妖娆的深黑色影纹，黄昏时分快步行进在摩天楼群中，四周围高低错落的霓虹灯、LED广告灯箱衍射出火红的光焰，与密匝的车流汇聚成的晚高峰汹涌跌宕的潮汐，出城之后在高速路上以160公里时速亢奋地飙车，仿佛向着天堂一路狂奔，尽情无忌地挥霍青春、挥霍生命。

此刻，她又从高处跌落到绝望沮丧的深坑中。接二连三的失眠，喉咙里黏着厚实的痰液，胸口好似有一块硕大的异物堵着，一场永不终结的噩梦。

悲郁的情结萦回不去，一直延续到他们伫站立在电梯轿厢中（一座垂直的牢笼，悬浮在无底的深渊之上，镜面上衍射而出的影子大面积交叠、震颤），延续到他们踏上幽暗的街道，尚未挥发殆尽的暑热弥漫在四周，侵蚀着她的肌肤。不远处的暗影中矗立着一幢三四层的小楼，进进出出人流不断，走近一看招牌，方知是一家培训学校。这时，一个中等个子的中年女子牵着一个十多岁的男孩，推开玻璃门走了出来。

男孩的身材高出女人大半个头，他挣脱了母亲的手掌，女人无奈地摇了摇头。徐紫彤感到有些眼熟，莫不是郁雯姑妈！女人紧紧跟着男孩，"你脑子也生进点，下个月就要考了，再这样谁吃得消！你不想想，补习用掉了多少钞票……"

徐生白仿佛从深长的睡梦中惊醒，他疾走几步，喊道："小妹……"

郁雯回转头，"哥哥——"她拍了拍小童的肩，"哎，快叫舅舅！"

徐生白走到他们跟前，淡然一笑，"几个月不见，都长这么高了！"

郁雯努了努嘴，"长得高有什么用！脑子不生根筋，下个月就中考了，成绩还是原地踏步，死活上不去——急死我了！"

小童机械地抡甩着胳膊，时不时瞄视着邻近闪烁着银色光焰的灌木丛。

郁雯定睛看了眼紫彤和身边的段志清，"紫彤，最近好吗？这位是……"

紫彤的脸微微泛红，咬了咬唇角，"我的男朋友段志清，马来西亚来的！"段志清稍稍犹豫，低低叫了声姑妈好！

他们在丰田车前收住脚步，乳黄色的车身在夜空下晶莹闪烁，仿佛是精工镂雕而出的艺术品，它正铆足马力，准备驶向美丽的新世界。郁雯凝视了一会车身，"你们开车来的，我们要到前面坐地铁——哥哥，你最近好吗！你也不过来看看，家里爸爸妈妈的事搞得我七荤八素，吃力得要瘫在床上了——实在吃不消。"

一阵近乎窒息的沉默。零零星星的灯火刺破了四周围的幽暗，仿佛在这静谧的时刻窥探着这座癫狂的都市芯子里的秘密。紫彤从黑色小坤包中掏出银色的圆形钥匙，放在手掌中，低下头，轻轻往上甩着。

郁雯不停地向徐生白唠叨，"本来觉得父母寿命长是个好事，没想到变成了灾难，比多养几个小孩吃力上百倍。带小孩再苦，看到他们一天天长大，心里总是高兴的，老人正好相反，他们只会一天天坏下去，没什么指望。像爸爸，现在每过一两个月就要住医院，医保规定也是天晓得，住满三个礼拜不管你好不好，不许你住了，要你办出院手续。东奔西跑去托了人，最多给你再办次住院手续。烦——"她掏出手巾，擦着脸上的汗，"再次住院，又是一整套检查，不是不肯给他们赚钞票，老人身体这么虚弱，再CT、核磁共振兜一圈，没有病也搞出毛病了！有什么办法，还欠了人情再住进去的,再说待在家里肯定要出事的……"

她重重地喘了口气,"一个老人还不够,妈妈年底前又查出糖尿病,叫她好好调养,根本不听的。人越老越固执,一条路走到黑,再这样下去变成胰腺癌都可能的。还有,好几次医生要给爸爸做搭桥手术,妈妈死活不肯,最后劝了半天只同意装了支架。治标不治本,三天两头发病,苦啊,大家都受罪!谁让老爸没有官运,要有张红卡,医院高干病房一直住下去!——你和紫彤什么时候一道过来看看,前些天你发病也不好意思叫你……"

徐生白含糊地应了一声。紫彤杵立一旁,越来越不耐烦。她的心里窝着一团火,焖煮着奔流不息的血水。她眺望着前方,眺望着黑夜的深处:她要冲破边界,像一把利剑,戳入混沌都市肋骨的暧昧的缝隙中。

其实她并不需要房子,只是受不了被赤裸裸剥夺、侵犯、蔑视的感觉。受不了好像她不是他们的孙女,只是一个局外人,一个虚拟场景中的演员。

所有的悲伤,所有的委屈,所有的憎恨,在这一刻倾泻而下,好似一场火山喷发的奇观——淹没了她,淹没了街道,淹没了远远近近的灯火。她只感到窒息,想呕吐,想撒泼,想杀人放火,想拿着AK47自动步枪扫射,对着所有的障碍。

紫彤打开车前门,跳上车,对徐生白和段志清招了招手,"快上车吧!"看到他们疑惑犹豫的表情,她啐了一口,砰地拉上车门,疾驰而去。

徐紫彤一路狂奔,恍然间前后左右的楼群在夜幕中皱缩、矮化,视野的尽头便是黑黝黝的地平线,苍灰色的云絮飘游着,罩上了浓黑色的面具。车速越来越快,从100码到120码,再攀升到140码、150码,她站立在极速运动的巅峰。她半闭上眼,想象着自己从数十米的高楼上坠落:摔个稀巴烂!过瘾!

此时此刻,她要的就是过瘾。

十七 未济

未济卦（坎下离上）

未济：亨。小狐汔济，濡其尾，无攸利。

I

恍恍惚惚间，徐生白瞅见一只蝙蝠在眼前翩飞盘旋。定睛一看，原来是在胸前轻轻摆动着的手背上蔓延开来的一团褐灰色老年斑：它像是卫星云图上显现的被深度污染的深色区域。他没想到它扩展得如此之快，就像蛰伏在体内狰狞的癌细胞，一层层鱼鳞般的皱纹交错叠合在一起，让人想起死神口中喷吐而出的黑色毒液，坠落在苍老的肌肤上，渗入肌理，牢牢扎下根来，贪婪地吞噬着四周围流淌的丰饶的蜜汁。

又到了蒸笼般的三伏天，一整天蜷缩在空调屋里，奄奄一息。徐生白挠了挠头皮：自己竟然还活着，能活下来就是奇迹。虽然没有像去年年初从南方回来后那样大病一场，但近几个星期也是麻烦不断：好几次觉得罩在头顶上的寒凛凛的刀刃终于要落下了！但上天保佑，没事，只是身体的过敏反应。

然而，陈玫君的病的确是转移复发了。从意大利返回上海后，他一直没再见到她。徐生白本来以为是一段如火如荼的恋情寿终正寝，在那妖媚的卡普里岛上将最后的余热挥发殆尽。但不可否认的是——她这次复发和他有着剪不断理还乱的纠葛，毕竟是受了刺激。如果没有他和刘娅琳的情事，陈玫君也不会复发（谁也不能保证），但至少不会这么厉害：在医院里住了几周，在ICU中好不容易捡回一条命，但康复还得有漫长的时日。她现在带着儿子住到父母家中，专门雇了保姆照料。

直到现在，徐生白都无法挣脱内心的愧疚。陈玫君阴郁痛苦的脸容时不时在眼前飘荡，成了对他最为刻毒的诅咒。他应该去看看她——但在短信中（他要发上三四条，她才冷冷回复上一条）她一口回绝。

徐生白很早就察觉到这种若即若离的交流成了陈玫君精心设计的惩罚与折磨。这在他心灵上烙上了难以抹去的阴影，而且内化成了挥之不去的瘢痕。过上几天，没有任何催逼纠缠，如果他不去问候她一下，他便得不到安宁。这注定是一条漫长的炼狱之路。好多次，对她那种不冷不热、公文般客套的语句厌烦了，徐生白下定决心将她从心底剔除干净：忘记，忘记她吧！这不是他的过错，每个人都有爱和不爱的权利。的确，当初那种奇异销魂的感觉变得无影无踪，甚至还滋生出几分烦厌憎恶。当你不爱她了，还装出一副深情款款的模样，那是欺骗，自己也成了不折不扣的伪君子。但没过多久，深重的内疚幽灵般游荡在他周围，发出一长串吱吱呀呀叽叽咕咕的呢喃，如怨如慕，如泣如诉。

此刻，徐生白端坐在写字桌前，浏览回复了累积多日的杂七杂八的邮件。首先要回复德国女汉学家卡特琳的邮件：她正在翻译他的《烟雨楼台》，提出了十多个细琐的问题，大多涉及作品对江南小镇风情和建筑的描写，而其中人物悲凄的心绪，他当时化用了南朝江淹《恨赋》篇尾的词句："春草暮兮秋风惊，秋风罢兮春草生。绮罗毕兮池馆尽，琴瑟灭兮丘垄平。自古皆有死，莫不饮恨而吞声。"但在书中并未注明。他生病前最后一次去美国开会时遇见过卡特琳，长长的脸蛋，一副蛋灰色的晶亮闪烁的眼镜后衍射出热情而略带羞怯的微笑。她曾在北大和台湾大学进修过汉语，从一名热衷于传播八卦消息的留学生口中得知，她先是和台北一个男子成婚，生养了一对混血儿女；离婚后携儿带女居住在莱茵河畔的杜塞尔多夫，以翻译为生。

猛然间，空调机寂然无声，仿佛停止了运转。室内的空气依旧清凉，但户外滚烫的热流越过稀薄的冷气层，从天花板上垂掠而下。附近传来一阵窸窸窣窣的喧响，他扭头一看，原来是凯撒一扭一摆地走近桌子。徐生白伸了个懒腰，与它对视了半分钟。它歪斜着脑袋，瞪大两眼，高冷中带着娇媚，同时步步紧逼。他站起身来，凯撒一下窜到了电线盘绕的桌下，伸出利爪，揪住打印机的插头，开始啃咬起来。他弯下腰，在它屁股上重重地拍了两下。它惊惶地逃开，转身跳上桌面，与他面面相觑了一会，又大摇大摆踩上键盘。徐生白哎哟叫了一声，稀里古怪的乱玛覆盖了大半屏幕。他恼怒地瞪着它，伸手揪住它尾巴，但它还是矫键地跳下桌面，奔到门口，回过头来，顺势抛来一个媚眼：一脸无辜的模样。他无奈地叹了口气，重新坐下，发现键盘上的P字母已经松脱开来。

写完邮件，徐生白倚靠在藤椅上，长长吁了一口气：也是难得，这年头还有西方人对他的作品感兴趣。这部作品的英文和法文译本七八年前就问世了，隔了这么多年，德文翻译也将大功告成。

这一刻,他对自己的创作潜力增添了几分信心:自从他患病淡出文坛后,一批聚集在"新浪潮"旗号下的孤傲的年轻批评家和作家肆无忌惮对他展开了一场攻势:他成了下一代眼中的老朽,一个过气的偶像,而他最为他们诟病的则是崇洋媚外,缺乏民族特色,一心想博取外国人的欢心。对此类胡搅蛮缠的指责,徐生白大多一笑了之,但有些话(诸如江郎才尽、矫情、暮气沉沉)还是隐隐刺痛了他。

临近正午,火烫的空气将整座城市蒸煮成了稠厚的雾气,白茫茫一片,一切有形物似乎都在熔化消解。此时此刻,徐生白心里真正放不下的还是刘娅琳。近来他们只见了一两面,而且她来去匆匆。原本他感到不无腻烦,正思忖着如何甩掉她才不至于掉入上床容易下床难的窘境。但现在情形完全反转过来,她将主动权捏在手心,他倒成天变得惴惴不安,唯恐被她一脚踢开。好些天他醒来后第一件事便是盼望看到她的信息,听到她的声音。

对此他不是没有反省。在她扑朔迷离的目光中,徐生白看到了自己的好色、贪求、无耻——最致命的还是无聊。以往他对此没有如此明晰的意识,她成了一面纤毫毕现的照妖镜。谁也没逼你,还不是他自己迫不及待扑上去的。

这完全是惰性——说得好听点就是惯性,徐生白觉得自己逆时间之流而行,蜕化成了顽皮贪吃的小孩,一心咬嚼着香喷喷的奶嘴不放。而刘娅琳真成了他鸡肋式的奶嘴,是他孱弱的身体飘浮在虚空中的唯一支柱。

想想不可耻吗?他不是知名的大作家吗?有着绝大多数人奋斗一辈子都不会有的名声荣誉。但他已经不在乎了,对他而言这只是游荡在阴暗空旷的宫殿里的回声,肉身依旧受折磨,依旧一天天迈向死灭。他现在恍然大悟,自己一度孜孜以求的无所动心的境界,其实就是死亡。

其实他并不陌生,这些天他真切体验了死,不是过把瘾就死,而是过了把死瘾。切断所有与外界的联系,将自己密不透风地封闭起来,像古印度的瑜伽大师将自己埋入土中,不管刮风下雨,喜气洋洋还是死气沉沉,他一概不知不晓,世界没有了他,一刻不间断地抽风前行,而他永远凝固在断舍离的那一瞬间,沉埋在西天极乐世界的深处。名声,只是人们嘴里不经意咳嗽吐痰时发出的轻微的噪响。

给刘娅琳发消息,她好多次不回。徐生白实在按捺不住焦虑,便打电话过去,一次次清脆的铃声在耳郭边震颤——她终于接听了。声音模糊不清,像是从悠远的太空延时传回。见面次数一少,连对方的声音都变得生疏。她答应明天和他见面,但不巧正好有个与经纪人的约会,对方打算将她介绍给实力雄厚的影视公司。不要紧,他等她。说好了,在南京路和西藏路交叉口的世茂商厦门口,不见不散!

II

过了三点,午后的烈焰依旧无情地灼烤着被人工水泥沥青胶合板大面积覆盖的街市,将零零散散飘浮的水汽吮吸殆尽,三三两两的路人在稀疏的行道树下匆匆走过,仿佛置身于空茫无际的沙漠,徒然躲避着令人窒息的热浪。时不时有人擦拭着额头上滚涌的汗珠,抬头凝望着云絮荡然无存的澄碧的天穹。

徐生白提前一刻钟到了邻近南京路和西藏路交叉路口一座商厦中的咖啡厅。他机械地抚按着太阳穴,透过四周围透明的玻璃幕墙,想在迂曲的过道中前后挪移的人流中捕捉到屈尚成的身影。估计最早见到刘娅琳也要五点过后。

稀稀落落的顾客进进出出,但他们并没有搅动弥漫在这狭小空间中的寂静所带来的惬意,这些起起伏伏、霎时间沉落无迹的喧嚷强化了原有的静谧。好长一段时间以来,徐生白分明感到头脑、眼睛、毛孔上蒙上了一层半透明的荫翳,筛滤着一切强烈的光焰、嘈响,将它们重塑成一种节制、温和的形态。这个时候你不得不承认自己老了,即便没有癌细胞的侵袭,身体也踏上了漫长或短暂的下坡路。

拿屈尚成经营的那个千里眼公司来说,近期关于它的传言滚雪球般越来越多。此类公司平台崩盘早就不是传闻,今天还堂堂正正地营业,半夜就能关门走人。徐生白自己已经陆陆续续抽回了大部分资金(反正回报率已让你在梦中笑出声来),还有四五十万在里面。屈尚成赖皮得很,一直不肯回电话,催要了好几次,老是推说资金流紧张——连他自己都承认了;但他答应在原有的利率上再加5个百分点,到15%,走遍天下哪儿找得到这样的好事。他不止一次在电话中拍着胸脯,我能坑你吗兄弟?这世上你不相信我相信谁!

徐生白垂下头,上身微微倾斜,沉没在瞌睡清浅的溪流之中。猛地有人拍了拍他的肩膀,他睁开眼,屈尚成已经端坐在圆桌的对面。他依旧那么潇洒、从容,脸上没有泄露出一丝一毫的焦虑,更不用提愧疚了。他扬手点了一杯蓝山咖啡，随后顺口问了下徐生白近期的身体状况。徐生白摇了摇头，"你这不是明知故问嘛！我就这样，能有什么指望——不死不活的！"屈尚成抿了抿嘴，"别老是那么悲观，能稳定下来就好，关键是心态要好！哎，我们年纪都上去了，是该发掘点新的爱好——否则整天过得暮气沉沉的！"可不，他最近请了个教练，每周学习三次马术。没想到上了瘾，想索性到加拿大温哥华那边买个马场经营，价格估算下来也不算贵。他笑吟吟地扫视着徐生白，使劲搓着手掌心，"我退休后的生活都计划好了，除了马场，我还想在那边买个大农场，搞它几百亩地，自己做回庄园主玩玩。"他举起杯子，喝下一大口浮着白色泡沫的咖啡，脸上沁出一抹梦幻般的笑意，洋溢着孩童才有的幸福与满足。

屈尚成又续点了两杯鲜榨饮料，他搓了搓手掌，微微一笑，问徐生白最近女人缘还是不断吧。徐生白愣了愣，摇摇头，你老兄想哪儿去了。屈尚成调皮地眨眨眼，"这种事你到现在还瞒着我呢，说出来听听……"一时间冷场。

他挺直了身子，直盯着屈尚成，"你倒是老实告诉我，公司那边经营情况到底好不好？"

屈尚成瞪大了眼睛，打量着徐生白，仿佛对方是稀有动物，"你还是不放心！这样吧，我保证下月将那几十万余款打给你。"他拍了拍胸脯，"我说到做到，这下你该定心了吧？你到时候不要吃后悔药！"

徐生白扭过头，漠然地扫视着玻璃墙外林立的店铺。已经过了四点，他抓起手机，给刘娅琳发了条微信：你什么时候结束？想死你了！

过了好几分钟，回复才弹跳到屏幕上：还没完，大概要六点了。

徐生白叹了口气，重重地咬了咬嘴唇。屈尚成啜了一口橙汁，不无鄙夷地扫了徐生白一眼，"公司经营得不错，这千真万确，兄弟你别听信外面的谣传。人最大的弱点就是不自信，所以美国前总统罗斯福说我们所要恐惧的就是恐惧本身。"他将杯子重重地搁在桌面上，"做生意经营当然有风险，但正因为有风险，它才蕴藏着那么多的机会，可以爽爽地赚上一大笔钱的机会。对了，绝大多数人都是既没有眼光也没有胆量，所以他们只能乖乖地给人打工，挣上一份可怜的工资，成天担惊受怕，这就是他们的命！而我们和他们完全不一样，我们是强者，是狼是狮子，不怕撕咬不怕打斗，不怕倾家荡产，但也会有赚得钵满盆满的那一天！所以我说兄弟你现在退出，将来肯定要后悔的！"

此刻，一位身着白衬衣、系着黑色围兜服务生殷勤地将一对男女引领到他们左侧，那张中型圆桌面朝楼外，可以俯瞰十里南京路上涌动流溢的繁华景致。那男子四十岁上下，头顶微微秃谢，上身笔挺的海蓝色丝绸衬衫与下身黑色闪亮的皮带箍吊着的雪亮的白色长裤形成鲜明的对照；女人则是三十岁左右，脸容娇艳，略带几分羞涩，上身围裹着一袭纯白色网格披肩。两人相对而坐，男人不紧不慢地举起纸页光滑的饮品单，转动着小眼珠，侧头对服务生嘀咕。没多久，热咖啡、双层慕斯蛋糕和冰激凌球端上桌面。两人不紧不慢地闲聊着，女人诉说着上班的烦累琐碎，男人则漫不经心地夸耀着自己教训下属的威风。

屈尚成扫了他们俩几眼，低下头，努了努嘴，嘻嘻一笑，轻声说，"看到了吧，又是来相亲配对的！哎，男的十有八九离过婚，但经济实力强,手里肯定有几套房;女的看得出家庭条件好,长得又美,但漂亮反被漂亮误,挑来挑去,最后只能和这样的老男人相亲了!"

徐生白侧眼望着他们,擎举起杯子,将苹果汁一饮而尽。虽然观察世间的众生相已成了他的第二本能,但此时他没有一点心绪。刘娅琳的事挠得他心头时不时发痒,随后渗流到四肢的各个暗角。

其实真要黏在一起,早已没有多少新鲜的刺激。仅仅是一瞬间,机械重复的动作终究填补不了极寒深渊中的空无。

徐生白对于这种空虚并不陌生。多少次他发誓起愿永远放弃写作,最好将电脑也砸个稀巴烂,一了百了。那部时作时辍的《大江东去》几年来搅得他不得安生。在生命临近终点前,过几天清闲日子不好吗。但没多久他又忍耐不住,又一次在屏幕前写起来。

屈尚成打了个呵欠,眉毛向上一挑,"这样吧——等天稍微凉快点,我带你一起去安庆那边转转。上次说起的那个三国八卦乐园第一期已经开工,靠着长江还要建个超五星级宾馆。你可以带任何你想带的人去,我们哥俩有什么不好意思的!我们一同叙叙旧,重温年轻时的梦想。过几年全部完工后,会给你留套房间,你什么时候想去都可以去——这下你总可以放心了吧!"

徐生白不置可否地点了点头。快五点了,他瞟了眼手机屏幕,刘娅琳那边依旧杳无消息。不知不觉间,垂照在邻近层层叠叠犬牙交错的欧式屋顶、窗户、外立面上热辣辣的光线变得柔和起来,深邃而神秘的蓝天上冒出几绺银白的云絮,仿佛向人们允诺着一个美妙而惬意的夜晚。同时,它也隐含着些许遗憾与怅惘,那是对即将逝去的辉煌的夏日的悲悼与挽留。

III

黄浦江畔海关大楼的时钟敲响了六点，悠扬的旋律沿着熙攘的南京路飘掠而过。徐生白站在靠近商厦大门的内侧，茫然地凝视着滚滚热浪下街面上川流不息的人群。

先是袭上胸口的那阵疼痛，随后便是长达数分钟的眩晕——发作时他正站在楼内中庭自上而下的自动扶梯上，他紧紧抓着黑色的扶手。徐生白只觉得天旋地转，人浮漾到了半空，灵魂倏然间冲出躯壳，像微型侦察机嗡嗡绕场飞行。好不容易到了坚实的底层，他站稳脚步，倚着柱子摸了摸头皮，验证一下自己是否还活着。

徐生白的身子在空调机强劲的冷风中左右摇摆。他慢慢踱到门口，望着自幼年起就烂熟于心的南京路：欧式洋楼奶黄色的墙面，狭长的阳台上围竖着的黑色铸铁栏杆，飘出阵阵沁人甜香的新雅饭店，浙江路转弯口的沈大成老字号，从永安公司门扇开合间翻涌而出、直抵路过的20路电车的冷气，里三层外三层、人流蜂窝般密匝的食品商厦——即便改成了步行道，昔日繁盛艳丽的气息依旧在半空中萦回、徜徉。

和屈尚成分别前才收到刘娅琳的消息：估计今天要晚了，你先吃吧！徐生白默默挠着头皮，反复琢磨着这句话的意味，仿佛它成了令人迷惑的谜面。现在已经不早了，她和经纪人谈得那么投机？此时，她娇美的脸容浮现在明暗交错的落地玻璃面上，叠映在时浓时淡、枯枝败叶般的人影上，像是夏日里最后的梦幻曲，温馨而伤感。这些天他半夜里醒来后，一时间难以入睡。他只得回想着她，将散乱的思绪沉溺在她全身飘溢而出的温热妩媚的气息中,直至悄然来临的黎明。

不知从何时起,昏暗下来的天空变得灰蒙蒙的,堆叠着厚密的阴霾,不仅显露出苍穹的真实面目,而且渗透到人内心的深处,与长年盘踞在那里的黑暗融为一体。徐生白机械地迈动着沉甸甸的脚步,头脑中一片迷糊。咕咕叫的肚子顿时唤醒了他的饥饿感,总得找到地方吃点东西——但这是到哪儿了?他木然地环顾四周,重重地挠了几下头皮:在大众点评上找找,总有一家适合的。

穿过热哄哄、嘈杂异常的地下通道,徐生白走到了人民公园边门一侧。国际饭店褐色的楼身耸立在混浊的暮色中,与周边新式高楼一起像在梦境中飘摇不定。霎时间一阵微温的雨水哗啦啦倾泻而下,他连忙躲到邻近地铁入口的门檐下,茫然地凝望着在滚烫的地面上飞溅而过的灰白色水珠。不到五分钟,雨水消歇下来。他皱了一下眉头,抖了抖半湿的裤管,打了个喷嚏,低垂着头进了地铁站,钻到坚实稳固的地面下方。

到了人流疏密不匀的站台,徐生白不假思索,踏入了一列正要开启的列车。随便去哪里,反正现在没法回家。强劲的冷风使他胳膊肘感到几分寒意,他轻轻搓磨了几下。他在座椅中间的夹缝中找到了一个空隙。坐稳后,他便给刘娅琳发了条消息。这次她倒是回复得很干脆:与几个朋友在吃饭,还要去人艺那边看戏。

他瞬间觅得了灵感,索性就到安福路人艺剧院那边等她。他猛然想起,她曾经提到过就住在安福路一处高档公寓内。她似乎要他到那边等她。他抬头望了一眼车门边粘贴着的地铁运行图,这班车正好往南开——天意难违!

341

徐生白走上常熟路路面，一股热浪围裹着他，他停住脚步，掏出小毛巾擦了擦额头，汗水已渗入眼眶。他喘着气，尾随着三三两两的路人，往北走了数百米，拐到了安福路上。好多年前，徐生白受邀参加西班牙总领事馆文化处举办的一场作家交流活动，地点就在离人艺不远的地方。那边还有好几家口味上好的西餐馆，上次活动结束后他们去其中一家美美地饱餐了一顿，海鲜炖饭鲜美的滋味至今还在舌苔上游漾。

他再一次踏入那家餐厅，被服务生引领到二楼靠窗的两人座前。他点了两人份的海鲜焗饭，两碗蔬菜冷汤，两杯咖啡，两杯鲜橙汁，并低声对一脸疑惑的服务生说有个朋友等下会过来。此时此刻，他全身心地沉浸在这幕私密的祭典中。恍然间，仿佛刘娅琳正坐在他对面，两人静静地品尝着这异国的美食佳肴，给他们甜蜜的关系添加进重口味的调料。天色渐暗，徐生白望着街面上匆匆而过的人影，期盼着从中捕捉到刘娅琳的身影。快七点了，剧院演出最晚七点半也该开始了。

他抓起白色餐巾，抹了抹嘴角。实在是吃多了，否则还想叫碗墨鱼汁饭尝尝。他思忖了半晌，抓起手机，给刘娅琳发了条消息，说自己已经在安福路这边了，无论如何想见上她一面。过了约莫五分钟，她发回来：你还在等我啊？我还在丁香花园这边呢！戏只能看下半场了。

猝然间徐生白变得分外平静，原先的担忧、焦虑飘散得无影无踪。他恋恋不舍地瞟了眼盆碟中五彩斑斓的剩菜，缓缓起身，行了个深长的注目礼，随后走出餐厅，踏入郁热难耐的夜色之中。

室内外强烈的明暗反差让徐生白的视野陷入一片昏黑。黏湿的热气驱使着他疾步走下台阶，不料最后一级踏空，他疲累的身子摇颤了几下，朝外侧瘫倒下来，直扑扑地撞到过路的一个年轻女人的肩头。她发出尖利的嚎叫，喷出毒液四溅的咒骂：神经病啊！下流坯！作死啊！没有这样花痴的！徐生白如梦初醒，站直身子，揉了揉隐隐作痛的胳膊，只得连声说对不起。

此时此刻，他觉得全身残剩的能量已被淘空，一阵虚脱死死攫住了他。他仿佛在一个深幽迷混的梦境中踯躅，身后有一长列莫名的杀手盯梢，越野车、摩托车的啸鸣刺戳着耳朵。他心里明白，此刻自己最需要的便是休息，就是老老实实地回到卧房中，无所动心地沉入深长的睡眠。但他不能，一股神奇无比的魔力推动着他往前走，在这暑气逼人的夜晚执拗地走过林林总总光鲜的橱窗（闪烁着迷人色泽的衣裙，色彩绚烂的拼版图，以及散发着诱人馨香的糕点：一派当代大都市精致生活的景象），摇摇晃晃地来到一处华贵轩昂的高级住宅区的大门口。

徐生白深深吸了一口气，茫然无措地望着绿荫掩映中那几幢灯火点点的楼厦。前几个月有天晚上送刘娅琳回家时车就停在门口，但太晚了他没有上楼。突然间，一阵暴雨瓢泼而下，雨势比方才在人民公园那边威猛多了。他连忙站到保安室边，躲避那一束束兜头而下的雨珠。白天蓄积的热量化成了滔滔不绝的雨水，一刻不停地倾泻奔腾，目力所及，白茫茫一片，仿佛整个坚固的世界都消融其间。不一会，一个身着深蓝色制服的保安浑身湿漉漉地走过，他打量着徐生白，一脸狐疑、鄙夷的神情。

徐生白心头仿佛被尖刀狠狠地戳了一下。这样的羞辱！他被当成流浪汉！瞧瞧他这副失魂落魄的模样，也难怪别人这样想！是时候了,是该断舍离了:彻底了断,放弃这段恋情!荒唐,想想都丢人现眼!他浑身打战,舌头上浮漾着一股腐臭味。最好就像他笔下的裴邦济,年近六十,脱胎换骨,到伯克利攻读中国古代史的博士学位,研究中国边疆史。

百无聊赖之际,裴邦济偶然在一家大学图书馆读到了中国、蒙古历史顶级权威专家拉铁摩尔的《中国的亚洲内陆边疆》,一下沉浸其中。到了这把年纪,他不指望攻读博士学位会带来任何物质上的收益,他只是想潜下心来读点书,让荒芜杂乱的心灵寻觅到一块坚实清静的锚地。

雨势趋缓。徐生白抬腿往对街走去,眼前又浮现出刘娅琳妖媚的笑容。色欲的魔力,实在难以戒除。几辆黑白色的高档豪车从大门左右两侧进进出出,徐生白专注地盯视着车窗玻璃,暗暗希冀她会从车里款款走出。即便要去看戏,她说不定要回家换套行头。

徐生白顶着淅淅沥沥的雨水往前走,脑海中时不时浮现出娅琳与制片人、导演或者其他演艺人士嬉笑玩乐的场景。虽然也许是一时兴起,仅仅是逢场作戏,但这些鲜明无比的图景刺扎着他柔弱的心,成了难以承受的酷刑。在十字路口,他猛地收住脚步,重重地挠了挠头皮,突然掏出手机,找出她的号码拨过去。

一长串鸟雀鸣叫般轻盈的铃声,越过广袤的街区,探入一个个幽秘的暗角。无人接听。他颓然放下手机,穿过马路,耳畔嗡嗡回响着那串漫向世界尽头的铃声。来到一家小餐厅门口,他又掏出手机,再一次拨叫起来。又是熟悉亲切的铃声,后又变成嘟嘟嘟的忙音。他按掉后又重新拨叫，这次人工智能话务员清晰、公式化的话音传来：你呼叫的用户正在通话之中，请稍后再拨。

徐生白狠狠往地上啐了一口痰，揣着手机往前走了几步。雨后的空气涌来一股清凉的气息，随后又沉没在不断升腾的暑气中。前方不远处就是人艺剧院灰黄色的楼厦了。他揉了揉眼睛，茫然地注视着密度渐稀的人群。他上下牙齿咯咯打战，狠搓了一把手，再次掏出手机，颤抖的手指按下了呼号键。起先又是洋溢着早春气息的铃声，随后变成机械的提示音：你呼叫的用户不在服务区域，请稍后再拨。

他走到剧院大厦一侧的空地上，三三两两的人在台阶周围漫不经心地盘桓游荡，还有一个女孩怀里捧着一大簇艳美的鲜花。要不是台阶上湿滑，徐生白真想一屁股坐下。在方才短短的时间里，他已变得筋疲力尽，一股歇斯底里的狂潮在心头奔涌而过。他隐约记起有次出差凯撒在家里孤独地待了几天，等他回家后一个劲地发泄怨气。整整三天躲在床底，不吃不喝，硬将它拽拉出来。不料它探出爪子，狠狠地挠了他手背几下——那次血流不止，他不得不去医院打了防疫针。

徐生白机警地环视四周，不想错过娅琳。对，今天晚上他一定要见到她——不惜任何代价。他觉得自己从来没有像这一刻这么爱她，迷恋她。他一定要找到她，要告诉她他爱她，他们要一直恩爱下去。他还想娶她，这样就将一切都敲定了——正好欣怡在闹着离婚，千载难逢的好时机。

天大的笑话！醒醒吧，别做春秋大梦了，她会要你这个病病歪歪的糟老头？你还有多少天可活！

香樟树在湿热的街面上投下一簇簇厚密的暗影，应和着此时此刻都市特有的沉静与寂寥；霎时间一道雪亮的车灯衍射过来，将人行道镶边石粗糙的纹理映照得纤毫毕现。一辆全黑的奔驰车停在剧院门口，小心翼翼地避开水洼，门缓缓开启，先是两个男子迈出车厢，年长的那位弯下腰，殷勤地将一位年轻女子搀扶而出。女子身着银白底碎花丝绸长裙，修长的身材显得愈加婀娜多姿。徐生白愣了愣，她正是娅琳！

他们三人登上台阶，走向灯光通明的前厅。徐生白悄然尾随其后。突然他们在门口停步，那中年人对年轻人嘀咕了几句，后者快步往停在路边的奔驰车跑去。苍灰色的天穹上云絮散尽，星辰璀璨闪亮，似乎允诺着一个甜美的夜晚。徐生白稍稍犹疑，走近他们俩，叫了声娅琳。她转过身，惊愕的神情中流露出不快，点了点头，又转过身去，勾住中年人的手。身着枣红色制服的检票员隔着落地玻璃门，不无诧异地凝望着这一幕。

不一会，那年轻人走回到剧院大门口，手中攥着三张戏票。徐生白情急之中，往前几步，将手搭在刘娅琳肩头，"等等——听我说句话……"

她噘起嘴，颇为不屑地蹙蹙了下眉头，"有话明天说！"那中年人拉着她的手，踏入门厅。徐生白紧追了几步，喘着气，"求求你了——不要多少时间，就跟你说几句话！"

那中年人转过身，冲到徐生白跟前，一把揪住他衬衫半湿的领子，"你是谁？胆大包天，骚扰到老子头上来了！滚开，你到底走不走？"

此时，对方嘴里的酒气，掺杂着各式重口味的菜肴的余香喷射到徐生白的腮帮上。他已丧失了清晰的意识，只凭着动物的本能行事。他伸出手,抓住中年人的手腕。秃头一跺脚,"你真找死啊!"一记重拳打来,他的眼镜哐当掉落在地,滑出去一米。随后又是几下拳击,徐生白孱弱的身躯摇晃巅动,如风中飘落的叶片,砰然倒地,骨碌碌滚下肮脏潮湿的台阶。

迎接他的是一个幽暗的世界,林林总总的色彩、纹理、砖石,加上滴滴答答的水流,顿时将徐生白紧紧地围裹起来。今晚上它们要还他躁动焦灼的心以安宁,和天上的繁星一起,浅吟低唱,诉说古往今来一个个惊悚而动人的秘密。

十八 节

节卦(兑下坎上)

节:亨。苦节,不可贞。

I

徐生白瞪大双眼，久久凝视着灰白色的天花板。他慢慢伸出瘢痕累累的手指，舔了舔，狠命抓挠了几下头皮：似乎是要验证一下自己是否还真活在这世上！

我还是死了好！死了好，一了百了。人人都怕死，但人人都没有想到其实活着是一件多么可怕的事。尤其到了深秋时节，萧瑟的秋风吹掠过大街小巷，缤纷斑斓的落叶铺就成了一长块厚实的地毯，但寒意还是源源不断地渗入骨髓。

他翻了个身。但不要以为我心好心太软，是个随意拿捏的柿子。我是一头嗜血的狮子，想张开黑幽幽的大口，从南到北一气咬上个成百上千。血腥味是最佳的滋补品。

想想也真可怜。这几个月他都像一条癞皮狗一样活着。没想到，没想到和刘娅琳的那段桃色事件结束得那么快，那么没有廉耻。几个月身体完完全全瘫痪，像被抽去了一切，耗尽了一切。他仿佛置身于生命的废墟之中，环顾四周围，只有他一个人匍匐爬行。他被箍在一个硕大的黑色方框内,无法穿透的黑幕。他别无他求,这深重的苦涩与哀痛,有谁会理解,又有谁会怜惜。他受到了惩罚,把自己活生生地变成了赎罪的道具,但其实又会有谁在乎?

徐生白坐起身,背脊倚靠在床头板上。有多少次,耐心被消磨、耗损到了极点,分分秒秒都成了苦刑般的重压,没有人能伸出手来救他——其实很简单,跑到阳台上,攀上栏杆,向外纵身一跃,便一了百了,将那漫长得令人无穷倦意的生命之线扼断;如果觉得那太粗暴鲁莽,还有诸多选项,稍稍费点心思,找到一根有韧性的绳子,打个圈结,悬在高处,随后搬个凳子,头探伸到圈内,脚一蹬将凳子踢开,也就一两分钟光景,便可了断一切;或者在昏睡前打开煤气开关,让微微泛着甜意的气流悄然弥漫,像一首悠扬飘逸的安魂曲,将自己送入天国的大门。如果太挑剔,觉得上述做法不合心意,还有条捷径,用一把水果刀,或者刮胡子的剃刀,往血管的要害部位一扎,殷红的血流将把不大的居室装潢成极富刺激性的行为艺术展室。

那真是噩梦般的日子,他完完全全沉潜在黑暗的底部:开始只是个细小的孔眼,一旦侧身探入,一大片浩瀚的空间向着视野的极限处延展,无穷无尽的山丘、丛林、深谷、沙漠交错横亘其间——仿佛是另一个平行的宇宙。几年前初次切除癌肿也没这么疲累衰竭。医院几进几出,连累女儿紫彤好多天从早到晚陪护,吃了不少苦头。他的意识处于悬浮在半空的模糊状态,仿佛它已脱离了枯朽的肉体,袅袅飘到半空,漠然地睨视着包括自己在内的大千世界的纷纷攘攘。

其实这都无所谓了,他已沦为非人,变为一具任人操弄的物品、部件：穿刺、注射、移置、扫描、吸出。让徐生白惊讶的自己竟然还能活过来，有时还那么兴致勃勃地活着。他还记得主治医生在电脑前细细审视了CT扫描片后，不无惊愕地告诉他，没有任何癌细胞的痕迹。他这次发病主要还是突发的神经性紊乱，加上身体受寒导致的并发症。可以放心了，根本不是癌症转移复发。关键就是要好好休养，尽量避免受刺激。现在他对女人已是一无所感，一无所欲，连精神上的欲念都消失得无影无踪。但他还是摆脱不了陈玫君，一种难以推卸的罪责将他们俩牢牢地捆绑在一起。

徐生白长长吁了口气，重新躺倒下来，脑袋重重地覆压在皱巴巴的枕面上。其实他是希望切断一切联系，就这样永远在床上躺下去，直至起伏的心电图荡成一条平直的线条。还没到上班时间，手机微信中早已注满了她发来的信息，像是一场雷暴雨。一个个字词，一句句话，隐含其中的语气，五花八门花哨无比的表情符号，无一不是责备、埋怨——全是他的错！霎时间，徐生白觉得四周围的墙上布满了审讯的鬼眼，上下左右密密麻麻，他已经置身于一座360度全景式监狱中，每一个表情，肢体的每一个微小的拉伸位移，甚至脑电波的颤抖都被完整地录制下来，存入无处不在、威势赫赫的大数库中以备调动。

总是这样的语句：你不相信我！你不再爱我了！你一直就不爱我！你从来就没有好好理解过我！它们构成了一个死结，一个所有出口都被堵死的密室之中，一个恶性循环的闭环。你能做的只能是长久的陪伴，无微不至的共情，到最后成了不折不扣的感情勒索。这只是因为他出于好奇的热情，或者只是荷尔蒙率性肆意的燃烧，但不经意间就落进了这个圈套。

徐生白再次撑扶住床面，慢慢坐了起来：呸！统统见鬼去吧！突然，手机嘟嘟响了几下，竟然还有人发来短信：不是银行的通知，便是垃圾广告。他颇不耐烦地从床头柜上抓过手机，原来是区法院发来的，下周四下午三点和贾欣怡的离婚案开庭。调解了两次无果，只有开庭审理了。他扭了扭嘴角，口中涌上一束浓稠的痰液。

此时此刻，他鼻孔中嗅到一股挥之不去的酸臭味。莫不是自己衰朽的身体散溢而出的？然而，徐生白认定它是一股女人的气味，一种雌性哺乳动物特有的腥臊味，当它逼近某个临界点，会让男人恶心、昏厥，陪伴她们成了一种苦刑。现在想想，和欣怡坐在一间狭小的审判室中，他大概也逃脱不了那种熏人的气味的侵袭。

徐生白快步走入卫生间，擦了把脸，用淡绿色的毛巾在额头、鼻孔捂了一会，又在太阳穴上抹了点清凉油。洗面池上方硕大的镜面映现出一个让人讨厌的糟老头，一头黑白杂糅的乱发，耷拉的下巴，沟壑遍布的皱纹。下午还得陪陈玫君外出散散心，去世博会旧址那边一个博物馆参观一个时新、极富刺激性的数码沉浸式体验展览。她最近身体好了点，想出去散散心，在网上订了票；而此刻这已引不起他的任何兴趣，他只觉得四面八方都是这股极富渗透性和腐蚀性的气味。

他在微波炉中温好牛奶，煮了杯浓咖啡——总要调整一下心情。他慢悠悠地烤了两片切片面包，在上面涂了一层薄薄的花生酱。面包咬嚼起来还是硬硬的，大概过保质期了，要么就是胃口不好。他呆呆地冥想了一会，打开手机中一个音乐公众号，听起加拿大席琳·迪翁为多年前风靡全球的大片《泰坦尼克号》唱的主题歌

《我心依旧》：

> 每一个夜晚，在我的梦里
> 我看见你，我感觉到你
> 我懂得你的心
>
> 你就在我身旁，以至我全无畏惧
> 我知道我心与你相依
> 我们永远相携而行
> 在我心中你安然无恙
> 我心属于你，爱无止境

谁的心属于我，我的心属于谁？几许回忆，几许淡淡的怅惘，几许青涩的热情，在旋律线上萦回盘桓，沉入空蒙灰暗的远方。虽然音质、音色远比不上CD唱机，但听起来到底方便。猛然间，仿佛灵光一现：徐生白想自己是不是该去认认真真算个命，自己究竟带病还能活上多久？这样他可以从容地安排后事，坦然地离开这个世界。他还惦记着一件事：能不能把时断时续的《大江东去》写完，起码要完成初稿。

II

在徐生白眼里，陈玟君迈出的每一步都散发着优雅雍容的情韵，在这光影灿烂的世界里。从方才底层深幽暗黑、原始森林般的阔大空间，到此刻绚丽艳美、花团锦簇的地面，像铺设了一条图案异常繁密的波斯地毯，她径直沿着上下左右闪烁腾跃着林林总总红黄蓝绿橙紫影像的过道往前走——他得时不时给她拍照，留下最美的倩影。都说女人十八像朵花，其实到了三十四五岁，才是美艳的峰巅。

回来了，所有的日子都回来了。他又一次回想起当初相恋时陶醉地凝视着她的每一张照片。此刻，她坐在隆突而起的坡面上，双手合拱，活像是在念佛祈祷。浓稠无比的彩色光影流淌满溢，她一脸专注、沉静，仿佛真超越了尘世的纷纷扰扰，臻于冰清玉洁的圣境。瞬息间，一抹厚重的阴影从她身上飘掠而过，她迷人的神采顿时消隐不见，一副恹恹的病容。就像早春的樱花，呈献给世界的只是瞬间之美，转眼便零落成泥，回归茫茫尘土。

徜徉在这新奇不断的沉浸式体验展区中，满眼缤纷的花雨，迷人的影像，绿茵上盛开的向日葵，飞流直下的瀑布，随物赋形的图案文字——这一切都是摩耶之幕，都是一触即溃的幻景。在背后蠢蠢欲动的是荒芜空漠的虚无，是浮漾着一串串肥腻泡沫的黑洞。

看得到隐约的身影——这儿就让你来体验这种如梦似幻的感觉。一个支离破碎、若断若续的轮廓，不光是灵魂，将骨骼和丰盈肥腻的肉团都剔除得干干净净，只留下一个影子，细薄脆软的影子。

明明是和他两个人站在这妖艳绚丽的走道上，怎么在墙面上映现出的只是她一个人！同在不同心。一切都恍如梦境，而且是被塞到了一个多层的梦匣子中，梦里套梦，梦也是梦。

一阵潮红涌上陈玫君的脸膛。有段时间她是多么爱他，她感到自己真幸福，从早到晚陶醉在这种幸福中。虽然中间有波折，有疑惑，但直至一同去那不勒斯去卡普里岛，她还是沐浴在温煦的阳光中。这把年纪了，又生了这样的病，她至今对他还存有深深的依恋——无怨无悔。本来也不知还有多少时间可活。但自从那个女人出现后，一切都变了。这是再明白不过的事，刹那间幸福的楼厦就崩塌了，只留下废墟般的残墙断壁和焦黑的础石。

这是在哪儿？好大一个荷池。黑黝黝的荷叶一团团一片片，悬在光影中，她漫步其间，做着一场名副其实的梦幻之旅。江南可采莲，莲叶何田田。鱼戏莲叶间。鱼戏莲叶东，鱼戏莲叶西，鱼戏莲叶南，鱼戏莲叶北。她就是一条鱼，游弋其间，他也是。时间凝固了，悬置在宇宙的半空，陈玫君的意识开始变得模糊，就像前几个月发病住进ICU时那样：她觉得自己缓缓地萎缩，好像是沿着生命的轨迹线逆向而行，穿越时光隧道，皱纹慢慢消去，肌肤重新充满了胶原蛋白，变得那么柔滑光亮，又变回成那个羞答答的怀春少女。来去匆匆的医生、护士，昼夜滴答不息的输液，心脏监视仪，都只是一个个被抽去了内涵的空壳，像丧失了重量般四处飘浮。她与周边世界的纽带在一点点消失、断裂，往昔的一切在一瞬间凝聚浓缩，高速奔驰闪回而过。她知道自己是到了地平线的尽头，世界的尽头，一片清澄廖阔，阒寂无声，仿佛无形的网罩环箍着，她就此止步，再也无法挪出一步。她合上眼帘，只感觉到自己还在一呼一吸，和荧光灯闪烁的节奏同步合调。

走不完的花墙，绕不尽的花壁，踏不到头的花径，层出不穷的翻新，一个个让人头晕目眩的惊喜。江南可采莲，莲叶何田田。白莹莹的荷叶，转瞬间变为暗绿。人游走其间，循梦而行。他们俩,像两条鱼,在荷叶间穿梭盘桓。灵魂缓缓飘升,在扑面而来的光的瀑流中净化。

纯洁的莲花,是青春梦幻的象征。总有梦醒时分,这都是光与影的梦幻曲。青春早就不在,无法重来,想明白了这点,就不会对娅琳心生怨恨。毕竟爱过,浪漫过。

那可真是甜美无比的陶醉。那时候他心里只有她一个人,她占据了他的整个身心,她的一举一动一颦一笑吸引了他全部的注意力。即便合上眼帘,她依旧飘然而至,从早到晚,成为他整个生命的支点与核心。从未享受过的天堂里才有的幸福!心心相印到了这样的境界,一方在对方身上看到了自己。然而他知道这一切无法持久无法永续,总将是烟云。这种甜蜜从一开始就带着忧郁的色调,仿佛预感到世界将面目全非,上下颠倒。一曲悲郁凄怆的旋律,安魂曲般抚慰着破碎、外表灰扑扑内里阴湿湿的心灵。

陈玫君不明白,实在是不明白,为什么就落到这样的境地,窘迫、苦恼、郁郁寡欢。前几年丈夫有了第三者,她平心静气地分了手,没有摆出泼妇的姿态大吵大闹。和他之间的裂缝早就存在,她并不是没有看到,只不过视而不见。它在暗中默默累积,有朝一日撑破了原来的外壳,一时间物是人非。男人都是贪心贪色,都像被甜食惯坏了,那么容易感到腻烦,那么想要换换口味尝尝鲜。她至今还记得在签完离婚协议书后,男人长长地吁了一口气。他说你以为自己是谁?不要自我感觉太好!有什么了不起的!像你这样的女人,街上随手可以抓上一大把。你看这人损不损?你去一抓一大把,但就是抓不住她。

这一次她才不做淑女,不想成天在人们面前显露出娴雅的风度。当然要报复,要以血还血以牙还牙,谁让他毁了她原本平静的生活,毁了她的后半生(尽管已是残损不堪)。不能放过他,不能让他占了便宜还卖乖,搞得是自己伤害了他似的。

在目迷五色的展厅中七转八拐,前方尽头有银白色的瀑布汩汩不绝地从天而降,粉红、翠绿的图案杂然纷呈,摇曳生姿。反正要让他付出点代价,不能就这样算了,就是不能让他这样侥幸逃脱。

徐生白嘴巴张开,一呼一吸。脑袋左右像患了强迫症般扭动。通往胸腔的血管仿佛被堵塞了大半,平日里的滔滔激流刹那间变成了涓涓细流。他委实觉得自己的躯体疾速瘫痪下来,像个失去了控制的陀螺,沉陷于高速的旋转中而不能自拔。一种濒死的预感牢牢攫住了他。他觉得从陡直的山崖上滑落下坠,无可救药的自由落体。他想,只是想逃离这地方,逃开,躲到清静的世界中,做个隐士——随便什么,只要能安安稳稳地躺倒在床上,将身外喧嚷虚荣抛弃得一干二净。

他心中滋生出深深的厌恶:假的,全是假的,周围这无休无止跳动变幻的绚烂之致的光的图案,没完没了的高科技骗人把戏。最让人受不了恐怕就是那些摇首弄姿摆拍的女人了。她们的贪心也是一个永远填不满的沟壑,几张远远不够,远远无法满足她们的渴望。拍,就这样一直拍下去,让她们美颜永驻,至少是在绵绵不绝的电子影像的瀑流上,这没完没了的拍摆成为永无休止的仪式。

他拖着疲惫到近乎僵直的双腿,跟着陈玫君东转西逛。前方豁现出一片开阔场地,她兴奋地嚷道,你看大瀑布!但瀑布悄然隐形,各式花草图案蜂拥而上,黄艳艳的向日葵,穿梭翻飞的紫蝴蝶，血红的杜鹃，妖媚的海棠，粉黄色的兰花美人蕉……他扭过头便走。走吧，他累了，吃不消了。她噘了噘嘴，等等嘛！她要拍大瀑布。一会它还会转回来的。不，他要走。她揪住她的手，别走，给我拍一次嘛！

拍就拍吧！徐生白双手一摊，烦躁地踱着方步，刚踩上突起的坡面，没想到双脚站立不稳，一个踉跄，便摔倒在地。还好，头没着地，手臂擦破了点皮，最刺伤他心灵的莫过于旁人从漠然的面具的缝隙里迸溅而出的诧异而略带幸灾乐祸意味的神情。

没多久，两人一前一后步出展馆，几许暮色渗入清亮的天光，空气中浮漾着一股阴潮的气味。环顾四周昔日的世博园区，空空落落，人迹稀少，仿佛置身于一个繁华灿烂的文明遭受浩劫后的废墟。徐生白时不时揉着臂肘，刻意与陈玫君保持着距离：如今肢体亲密无间已成了难以忍受的折磨。就这样熬着，一直到通过软件预订的出租车停靠在大门口的车道上。

车轮在空阔宽敞的主干道上疾速滑行，驶向熙攘的闹市区。车道两侧矗立着一道道浓密蓊郁的绿化带，在光亮渐渐减弱的氤氲里向着远方延展。恍然间，它成了一道坚硬的绿色铁幕，让人心中滋长出倦怠与厌倦，直至窒息。徐生白深深吸了一口气，转过头，望着脸上蒙罩着悒郁的陈玫君，"想去哪儿吃饭？"

她木然不动，神情僵滞。他摇了摇头，叹了口气，打开大众点评的APP，搜寻了半响，找了家邻近大世界的一家老字号，将手机挪到她眼前，"这家怎么样？"

她噘起嘴，"随便！"

"不要随便——到底想不想去？"徐生白焦躁地搓着手掌。

又是长时间的默然无语。出租车经隧道越江到了浦西,沉陷在更为浩大的密密匝匝的车流中,前方十字路口的红灯仿佛是永恒的禁行令。他揪住她的肩膀,力量如此之大,她的皮肉发出一阵咯吱的喧响,仿佛顷刻间碎裂开来,"快点决定,我要告诉司机停哪儿!——你倒是说呀!"

陈玫君沉吟着,瞪了他一眼,仿佛演员上台前最后的情感酝酿。猛然间,她猫一般弓了下上身,使劲拉开右侧车门,一个箭步窜了出去,疾速地穿过死水般凝滞的车流,像丛林中一条色彩斑斓的眼镜蛇,往相隔了两个车道的人行道奔去。司机转过头,哎哟叫了一声,真碰到赤佬了!他冷冷地瞟了徐生白一眼,"到底什么事?这地方好下车啊!怎么这副腔调,搞得像逃犯一样!被警察捉住了,罚款扣分还不是我全部吃进!真吃不消这样的女人!"

徐生白只得赔着笑脸,连声道歉。不用当真!不过是情场上一幕司空见惯的杂耍表演罢了!

III

下了出租车过了好久,徐生白脸上还是感到一阵阵发热。他鼓不起勇气和司机大吵一场,只是觉得自己成了滑稽戏中的丑角:丢脸都丢到大马路上来了!

徐生白在汹涌的人流中笨拙地东躲西藏,好不容易在街角一家星巴克的落地玻璃窗前收住脚步。他整了整衣衫,捋了捋披散在额角的乱发,茫然四顾:现在去哪儿呢?肠胃隐隐分泌出一股生猛的饥饿感,在屈辱感的映衬下愈发强烈。

随后他拐到了西藏路上，人流变得愈加稠厚，就像一条暗黑色、散发着腐臭气味的河流，日夜奔腾不息，流入邈远昏黑的阴曹地府。此刻，他就像一个不合时宜、被人嫌弃的废物，东撞西颠，不经意间便滑落到繁华街市背后黑黝黝的下水道中。

幸好他还四肢齐全，黑色的旧拎包也完好无损。一抹温煦的夕阳投射到他的眼帘上，仿佛被施了黑魔法，他顿时神清气爽，萦绕于心的诸多烦恼消隐无形。徐生白脸上挂着微笑，安心地享受着黄昏时分老城区特有的喧嚣亢奋，那些从租界年代流淌而来、烙刻在奶黄色阳台、立柱、塔楼、券式门窗内外洋味十足的格调、色彩与节奏。

可算是祸兮福所倚。让她走，随她去吧！他好歹卸下了一大负担。他的心一下轻松下来，像在一阵热风吹拂下叠积的冰块悉数融化。

心就像风一样自由！轻风渗着丝丝缕缕的凉意，众多神情疲怠、戴了面目般漠然的行人，长蛇阵的车流——晚秋的甜美时刻，它现身在沿街餐馆、点心铺、咖啡厅飘逸而出的浓得化不开的甜香美味之中。全身每个细胞在温软得催人昏昏欲睡的空气中瘫痪、融化。徐生白细细打量着这熟悉无比的街景，四周围弥漫的略显伤感的氤氲带着挽歌式的庄严与辉煌，向一个个白昼道别，向那逝去了的青春、夏日默默致敬。

不远处便是人民广场。天圆地方造型的博物馆大楼巍然矗立在半空，收纳储备了林林总总的青铜器皿、家具、字画。猛然间，徐生白瞅见一幢圆筒形商务楼前的空地上，三三两两的人们聚集在一起，情绪亢奋地交谈着。他起先以为又是什么商品促销打折的盛会，但嘈杂切切的话语起起伏伏，汇成了火药味十足的漩流。

"都是我们的血汗钱！这副样子怎么行？没这样便当的，总得给我们有个说法吧。"一个脸上堆叠着重重皱纹的老妇人身着一件黄色缀花的殷红小袄，瞪大双眼，射出困兽孤注一掷的凶光。

"至少把本金讨回来。"一个戴着深色边框眼镜的中年女人连声附和。

"你倒想得美——人家拍拍屁股跑路了，现在寻谁去？"一个年轻女子噘噘嘴，一脸无奈。

"哼，跑得了和尚跑不了庙——公司不开在这儿，我们总要寻他们的，冤有头债有主。这么大的事情，国家要管的，要他们赔的！"一个老年男子头发秃了大半，蹙紧眉头，一串吐沫星子飞溅而出。

"到底是怎么回事？本来红利拿拿蛮好的，刚刚满一年，怎么会说倒就倒！"中年女人一脸严肃，歪斜着脑袋。

"哎，你不晓得里面的窍开，这是做生意的老套路了！什么千里眼独角兽，都在背后串通好了，就是骗我们老百姓钞票的！再破再烂的东西，一包装镀层金，就变成凤凰了！"老年男子甩动了一下胳膊，转过身，冷冷地朝眼前的那幢高楼抛去鄙夷中带着仇恨的目光。

人群霎时间起了一阵骚动，不少人往前涌。大门口拉起了长长的警戒线，数十个身着深蓝色制服的特勤保安伫立在两旁，几个手持警棍、腰带上悬佩着手枪的警察来回踱步，威严而冷漠地盯视着外形轮廓形变幻不定的人流。人流冲破了警戒线，不一会与密实的保安队列碰撞在一起；僵持了半响，又逆转回流。蓄积了多时的烦躁、焦灼在人们滚烫的胸腔里沸腾起来,汇聚成一股湍急的水流,东奔西突,寻觅着肆意排泄的出口。

一个五十岁上下的中年胖子捋起袖管,凸隆的肌肉在晚风中微微颤动,"他们的头儿到底出来不出来?"

旁边一个三十不到的年轻人不停地搓着手掌心,"这礼拜已经跑了好几趟,他们真是一点点诚意都没有,根本不想解决问题!真是不顾别人死活!"

"连这点协商的姿态都不表示一下,真个是白相我们了!"中年胖子气哼哼地瞪着眼。

一个瘦高个的中年男子挠了挠头皮,环顾四周,"哎,那两个主持人到哪里去了?我们应该去电视台找他们算账,那女的好像叫黄——黄什么的,黄雯,男的,对了——男的叫郁文清,想起来了!他们还是金话筒呢。那天聚餐要不是听了他们的话,我真不会把钱投进去呢!"

"对了,他们要负责的!不能这么便宜了他们!"中年胖子抡起右手臂,朝着高楼狠狠地劈砍下去。

此时此刻,一长串挤挨贴靠在一起的脸膛,在徐生白的眼里化成了模模糊糊的一大团,他们间细微的差异似乎齐刷刷被抹去,成为一种仅仅留存在印象中的抽象符号。好多脸似曾相识,但又是如此陌生,在记忆幽深的水面上激惹不起一丝一毫的涟漪。

虽然疲惫渗入每个细胞,徐生白还是不想马上离开。置身于喧闹的人群中,对于长年离群索居的他,仿佛是一剂超强的兴奋剂。他揉了揉眼睛,木然地凝望着高高耸峙的商务楼,浅蓝色的玻璃幕墙层层叠叠,在惨白的余光中闪烁、折射出迷离恍惚纵横交错的图案线纹。他似乎在祈求窗户猛然间洞开，屈尚成便探出身来。这完全成了童话故事中的场景了。大伏天那次见过屈尚成之后，他一直是杳无音讯，电话打不通，发消息一概不回，仿佛真从地球上蒸发了。明知没有希望，他还是徒然地做最后的尝试：掏出手机拨过去，依旧是无法接通的提示语。不撞南墙不回头，徐生白再次尝到了绝望的滋味。

他往前走了几步，不料去年千里眼公司晚会上遇到的翟老先生和那个身材娇小的女作家也挤在邻近一圈人边上。女作家见到他，没像上次那么急着上来和他套近乎，只是笑了笑，挥挥手，同时专心倾听着旁边一个长者亢奋而绵长的演说。徐生白上前，和翟老先生打了个招呼；老先生转过身，笑眯眯地和徐生白寒暄了几句，说他和女作家俩去附近赶赴一场饭局，恰好路过这儿。千里眼公司的事在网上沸沸扬扬，成了爆炸性新闻，好几个星期位列热搜词前列。还好他将持有的份子钱早转让出去了，没什么损失。翟老先生挺直腰板，叹了口气，"人为财死，鸟为食亡——没一个逃得了！"

徐生白心中暗暗骂道：怪不得你这么超脱，早就跑路了，三十六计走为上策，我还有四十多万烂在屈尚成公司的账户上，恐怕要竹篮打水一场空了！他咬紧牙齿，一阵阵吱吱嘎嘎的喧响从其间滚涌而出。

人流越聚越密，左中右三面将商务楼团团围拢。保安严厉僵硬的叱责不时激起巨浪般唾骂的回击。徐生白犹豫了半晌，左穿右折，想钻出稠厚的人流。没想到，此刻四周厚薄不均凹凸不平的肉体已经垒筑成了一堵堵密实的墙，他还得费心寻觅着潜藏其间的缝隙裂口，伺机突围而出。他记得幼时上下班高峰时挤乘公交车时的情形，那已不是坐车，而是每日每时面临的肉搏：一平方米要容纳16只脚，最极端情形会增长到20甚至24只脚。与人冲撞后的埋怨诅咒自然免不了，但只要离开这个鬼地方，就是胜利！

谢天谢地！徐生白摇摇晃晃，活像喝醉了酒，走到不远处的拐角，差点撞到迎面而来的一个人怀里。他抬眼一看，竟然是千里眼公司办公室的刘主任，以前打过几次照面。徐生白兴奋地嚷道，"你怎么在这儿——"

对方将食指贴在嘴唇口，快速将他引领到更远的僻静处。他们公司的融资业务崩盘后，这儿三天两头有人聚集讨要钱款，办公室也关了，只有几个人留守处理善后事宜。徐生白好奇心陡生，想上办公室去看看。刘主任稍事犹豫，便领着他折转到大楼后方，踏入了车库边的一个货运电梯。

千里眼公司在这幢大楼租了八至十层三个楼面。迈出电梯厢，四周围一片肃静，其间偶尔从远处爆出毫无规则的喧哗，空落落的走道上胡乱堆放着橱柜桌椅，好些门上贴了工商公安的封条。徐生白觉得恍如踏入了一个昔日金融帝国的废墟，人去楼空的虚无感在他心中涌涨而起。他问刘主任在安庆建的那个赤壁空城八卦乐园上半年是不是已经开工了。刘主任眨了眨眼，"你也太真天真！这个项目投下去的钱至少十个亿，屈总刚刚筹到一个亿，其他的八字没一撇呢！一家银行贷不了那么多，有几家还没谈成。就是一片空地晒着，到时喝西北风吧！"

他们走到屈尚成朝西的大办公室，废弃的文件书籍遍地狼藉，垒成了一座座迷你的山丘，人穿行时得小心翼翼，唯恐将它们撞翻，只有那张气势显赫的深棕色老板桌和后方镶着黄色锦缎面的大座椅让人追忆起昔日的荣光。徐生白走到落地窗前,俯瞰着下方涌动不息的人流。

方才那一张张鲜活、表情丰沛的脸从高处望下去,缩瘪成了一个个模糊的点块,它们聚合在一起,外形轮廓从方形、长方形、菱形到弧形直至不规则的块团,时不时前前后后,进进退退,膨胀收缩。徐生白隐隐地听见嗡嗡的喧响,他胸口也积蓄了不少愤懑的气流,在喉管边萦回跳荡。他仰起头,几束夕阳的余晖垂照到眼帘上,仿佛至高无上的神灵在此显灵。此刻,他真想吼叫,向着点缀着片片舒卷的云絮的苍天,向着绚烂的晚霞,发出一声声狂暴的啸叫,让它们直抵云天,在上面戳出个大大的窟窿,让他的愤怒与人群的咆哮形成完美和谐的共振。

十九 睽

睽卦（兑下离上）

睽：小事吉。

I

他有个梦想。

但这个夜晚恣意闯入脑海深处那一大片崎岖、弯弯折折沟壑的梦幻却是一个狞厉的暴君。他只看见上方是漆黑的屋梁,一根粗硕的白色绳索悬垂而下,层层盘绕在他脖颈上。他双腿腾空,浮漾在布满污浊、散溢着致命毒素的灰屑的空气中,貌似壮实的躯体不堪一击,一旦分解,除了一大摊腥臭的血水、松塌塌的肉团和脆软的骨架外,什么都没有,它们都将化为碎碎屑屑的尘土,回归到大地母腹之中。

急促狂野、飓风般奔涌的爵士乐在四周围震响,黑暗深处涌来一波波嘈嘈切切的击鼓声,好像正举行一场盛大豪华的仪式:他被悬吊在半空示众,黑黝黝的空间里聚拢起那么多的看客——一场沾带着血腥气的消遣,恍然间众多看客变身成了阎王殿里跳上蹿下的小鬼卒,手舞足蹈间将铁箍铁棍铁钉哗啦啦甩向他摇晃不停的腿肚,以及时而柔软时而坚硬无比的命根。

徐生白浑身抽搐了一下，猛地睁开眼，呆愣愣地扫视着厚窗帘围裹下昏暗的卧室。秋雨淅淅沥沥地下，飘飘停停，大半个天穹仿佛罩上了一张厚实而阴郁的面罩。霎时间，胃部泛起阵阵酸水，他忙撑起上身，从床头柜里抓出几张卫生纸，紧紧捂在嘴边。庆幸的是只有一小股黄灰色黏糊糊的液体漫溢而出，与屋檐上时断时续滴淌的水珠形成了奇妙的共振。

下午三点钟法院开庭审理他和贾欣怡的离婚案，还有大半天时间可以挥霍。徐生白挠了挠头皮，垂落在鬓角上的那绺头发沉甸甸的——该去理发了。再去不远的那家日料店，好好款待自己一下，点上一份丰盛的牛排定食：活着就要尽情尽兴地享受生活。

临近中午时分，他稳稳当当地坐在了那家日料店靠窗的火车座上，大口咀嚼着鲜嫩的牛肉块。街市上依旧人来车往，徐生白的脑子模模糊糊，长久地处于瞌睡状态，好像被致命的瘟疫侵蚀过。缺乏饱满的激情尚且不说，他惊惶地发现自己的精神慢慢地瘫痪下来，注意力涣散：好多个念头连番不断地浮现出来，他只能匆匆忙忙地实施其中一个，其余的转瞬间就忘得精光，找不到一丝一毫的印痕。

最要命的是所有的念想都疲软无力，像中了致命病毒的程序，只等着卸载。他吃得时快时慢，浑身软绵绵的，仿佛躺卧在一大片明暗交错的水面上，缓缓沉陷到深水层，被繁茂的水草和广袤无垠的淤泥吞噬殆尽。

此刻，黑漆底色红色边框的餐盘中只剩下了一小堆金黄色的小薯条。徐生白用小巧的湿巾纸擦了擦嘴角，伸了个懒腰，倚靠在松软的咖啡色皮革椅背上，漠然望着厅堂中悬垂的林林总总的纸灯笼,随后将目光挪移到窗外变动不居、寻常中现出几分奇崛的街景上。

滚滚不息的车流,大众、奥迪、奔驰、宝马一应俱全,红灯亮,疾驶的车流像中了枪弹一般霎时间凝固在路面上,组成僵滞的车阵;当红灯转为绿灯时,它们像水坝开闸泄洪般向前奔涌滚动。身着各式服装表情各一的老老少少男男女女或疾或徐地穿行在人行道、斑马线之间。又是暂停,这段街面打着短暂的瞌睡——重新开启。开开停停,停停开开,永恒的节奏,正如万物的盛衰荣枯生生灭灭。就在那一瞬间,徐生白往昔绵长琐碎的岁月,当下绵延流逝的时光,未来越来越逼仄灰暗、直通不可测探的深渊的路径,一起涌现到眼前,梦幻肥厚的泡沫中掺杂了现实粗粝的元素,他好似将一生又重温了一遍,再次亲历了一遍,尽管是在浓缩的版式中。也正是在那一刹那,他恍然间臻于顿悟的境地,袅袅飘升于滚滚红尘之上,所有的利害得失,所有的喜乐悲苦,一下失去了原有的分量,只是过眼烟云,只是沿途缤纷靓丽的风景。

徐生白抬起手,默默地打量着手掌手背。猛然间,那灰白色的长指甲跳入眼帘,污染了他的视野。刚才出门前太匆忙,在嘈杂的理发店也忘了修剪一番。别去管它了——反正就这么回事!

街角传来几声轻柔的鸟鸣声。徐生白挺直身子,瞟了一眼手机屏幕,才一点多,三点钟才开庭,打出租车去太早,五六公里路走着去又太累,就乘公交去吧,沿途顺便看个风景。不久他踏上了久违的公交车,从前门至尾部,黑压压的人头像密密麻麻簇拥在暗黑的水面上的蕨类植物,穗状或圆锥状分布的孢子直扑他的脸部,粘在微微翻翘的鼻毛上,激发出微微的不适。他挤过两侧拉着悬吊环的男男女女，站在后门附近的空隙处，深深喘了口气。一阵晕眩袭来：真倒霉！谁叫自己自找苦吃！

才过一站，车厢霎时间竟变得空敞起来。徐生白在左侧中后部坐下，细细观赏着熟悉而陌生的街景：宽敞、中间竖了隔离带的六车道主干道，玻璃幕墙围裹的巨型商厦（外形让人联想起远洋邮轮），广场上三三两两的行人，中央区域是喷泉和多层花坛：它是新时代的象征，与不远处破败、仿佛被铁锈水浸泡的老旧小区形成了鲜明的对照。他眼睛望得疲倦了，便拿出手机，怔了怔，给陈玫君发了条问候的信息。他有近一周没有收到她的回复了。那天参观过新潮展览分手后，就再也没有她的消息。他打电话过去，无人接听；发了多条消息，无人回应。此刻依旧是没有回复。他长长吁了口气，如释重负：再好不过了！是她不想联系他，是她主动想和他了断。

还有三站就要到了。一幢文艺复兴风格的欧式大楼闪掠而过，灰黄色的侧墙上有几串野葡萄藤披垂而下，犹如一支蜿蜒起伏的旋律，略带哀怨地诉说着这座城市若隐若现、幽秘浪漫的前世后生。现在他是该安心了，已成功将她删除，全然抹去，成为一片空白，仿佛抹上了厚厚一层涂改液。然而，深埋在心度的负疚感时不时浮上表面，用带刺的道德感（尽管闪烁着古董般的色泽）在他镀金抹银的幸福感上划戳出几个窟窿。

又是一站，乘客又渐渐增多起来。徐生白扫视着周围的人，在脑海中勾画着待会下车时穿出人墙的路径。车身又一次停住了。猛然间，司机侧转身，对着站着前门不远、身着土黄色夹克的男子吼道："你这赤佬又来了！——大家看好包。你听好，别当我不晓得你是什么货色,每天上上下下摸皮夹子你是老吃老做,今天又想来钓鱼了是不是?"

众人愕然地注视着这一幕。那男子双眼向外侧凸出,仿佛眼球随时会掉落在地,脸部肌肉剧烈抖颤了几下,拉了拉紧束在腰上的青蓝色牛仔裤。他扭过头,张了张嘴想说些什么,但最终没有开口。司机冷笑了一下,"你还装什么孙子?哼,老实说你一上来,我就瞄牢你了!这条路上就你们这几张面孔,想哄谁啊!当我们都是白痴啊!真胆大包天!再手脚不干不净,马上打110送派出所!"

一阵难堪的沉默。那男子嚇嚇嘴,尴尬地挤出几分笑意。车身戛然停下,后门打开,他讪讪地弯着腰,脖子挺得僵直,快步下了车。

司机清了清嗓门,往窗外唾了一大口痰液,抓过餐巾纸抹了下嘴。徐生白目送着那男子渐行渐远的身影,捋了捋那一绺垂落在额角的头发。此刻仿佛另一个自我悄然飘到车厢顶部,扮出一副鬼脸,睨视着盘踞在临窗座位上正版的自我,他呈现在世人面前是这样一副干瘪萎靡的尊容。

II

直到那一沉甸甸的瞬间,徐生白方才明白自己失去了什么——他失去了生命中最珍贵的宝物,在法庭上站在他面前的贾欣怡风韵依旧,而他却失去了她,永远失去了她。

要不是出于愤怒、傲慢,更多是自尊受伤后熊熊蹿升而起的复仇的火焰,从而对她的美貌风情视而不见(准确说是选择性忽视），他此刻也不会一脚踩进懊恼悔恨湍急的漩涡中以至于一时间手足无措。

那剧烈的震撼其实在进入审判室前就开始了。法院入口处那绵长、挤挤挨挨的队列，在一片嘈杂中查验过身份证件、全身上下安检扫描后随着焦灼躁狂的人流东穿西折，直至步入中型会议室大小的法庭。这场审理因涉及隐私不对外公开，内侧暗红色的帷幕上悬挂着色泽鲜明亮的国徽，酿造出威严的氛围，刹那间将人们心中萦回的种种轻佻侥幸、恶作剧式的不逊冻结成了纹路形态各异的化石。

刘律师已安坐在辩护人席上，喉结从脖颈上向外凸伸而出，嘴角向右侧撇着，双手懒洋洋地搁在桌上，左手无名指上佩戴着银光闪烁的婚戒，中指和食指则漠然叩击着厚实的真皮公文包。见到徐生白进门，他颔首致意，脸上挤出几许机器人般标准化的笑容。这样一宗案子，赚不多，就是在他的履历表上加加分，食之无味弃之可惜。因而他给出的永远是模棱两可的答案：要看法官怎么权衡。在正式判决前一切都有可能。要是能找到内部关系最好，但疏通的花销很大，有点犯不着。一审输了还可以上诉到中院，必要的话那时再去找个有分量的人去说说。关键是都得花钱！

没多久，贾欣怡在一个戴着金边框眼镜、头皮光秃的中年人陪伴下步入法庭。在他们俩四目交接的那一刻，徐生白仿佛被突如其来的雷电击中了。她身着一件敞开的浅黑色风衣，豁露出质料考究、领角笔挺的白色棉衬衫，这没有压制、抹杀她潜在的美艳，反倒是将其烘染得愈加鲜明夺目。几个月不见，她似乎成功地抵御了时间的侵蚀，将丰沛的青春活力贮藏在添加了神秘的保鲜剂的体内,显得愈加妖娆妩媚。他低下头,咬着嘴唇:她已经不属于他。在那一刻,往昔甜美的时光如起伏跌宕的音乐,一起涌流到心头。深情真挚的旋律盘桓徜徉,像探出了温热的舌苔,抚摸着脸膛。霎时间他泪水盈满眼眶,缓缓滴落到唇角,咸滋滋的。

整个庭审过程中徐生白几乎一直处于恍惚迷离之中,他时不时望着她,跟踪捕捉着她的一颦一笑。他嗅到了她依旧魅惑的身体上飘溢而出的缕缕馨香,或浓或淡,和萦回在街头香樟树、悬铃木的清气混杂在一起,像是调制成了刺激性特强的鸡尾酒,在他心头激发起邀约、允诺的渴念。一时间他好似置身于梦幻的仙境之中。渐渐地,她施加的魔法退潮,变得黯然无光,取而代之的是望不到头的贪婪与黑稠无比的邪恶。双方唇枪舌剑,寸步不让,各自有关房产和其他财产的切割安排的构想无法在同一个平面上交汇,况且她还想染指他的婚前财产。先是零零星星、慢慢凝结成块成团的敌意在徐生白心中弥漫。

两个小时倏忽而逝,法官在最后询问双方的态度,用棕色的棒槌捶击了下桌面,宣布休庭,择日宣判。徐生白霎时间变得精疲力竭,他沉落到与昔日幽灵无望的搏斗中——他实在舍不得将宝物拱手出让。他想约她私下聊几句,但一看到她那张盛气凌人、带着难以测量的深度蔑视的脸,怨气在他体内升腾而起,梗阻在心头。一切都作罢吧。

这股滚滚不息的怨愤一路伴随着他走过多个街区,直到那个神秘而令人尴尬的电话打来,才将徐生白的思绪从玫瑰色的梦幻中拽回到铁灰色的现实之中。

"你是徐生白,徐先生吗?"

"是我，你是……"

"我，我是玫君的妈妈。"她的声音苍老，打着抖，像是从邈远的沙漠中传送而来。

徐生白愣了愣。长久的空白。"伯母好……"

对方清了清嗓子，"我知道你是玫君的朋友，打电话来想告诉你……"

"她怎么了？——我这几天一直联系不上她！"

长长的叹息，"她在医院里，在急救室……"

他的脸部肌肉抖颤了几下，随即僵滞成一坨灰黝黝的泥块，"她，她出了什么事？"

又是沉默。"一言难尽……"

"到底怎么了？"他的气息变得急促起来。

"上个星期日她吞下了几大版安定，上吐下泻的，结果……"

"在哪个医院——我马上过来！"

又是难堪的停顿。"徐先生，有句话不知该讲不该讲？"

"怎么？"

她的声音陡然提升了几个梯度，"你对她做了什么？告诉我，你们究竟发生了什么事？"

徐生白一时语塞。"没什么……"

"哼！男的都是这么坏这样没良心，怪不得要生癌这种恶毛病！还没什么，搞得我女儿要自杀了，还没什么，有脸皮说得出这种话！她有什么三长两短，你要负责的！"

他慢吞吞地回答："我和她上周外出看个展览，后来吵了一架——就是这样！"

"哎,做人不能这样不厚道,要遭报应的!我也晓得点你们的情况,不是说非结婚不可,但男人家总要负点责任,不能就拍拍屁股跑路了!"

他一骨碌滚落到懵懂迷糊的黑洞中,四肢僵直,仿佛逃脱了神经中枢的操控。他的生命就此被剖分为两半。晚风阵阵袭来,徐生白打了个寒噤,双脚笨重地踩在零散的枯黄的落叶上,激惹出吱嘎的喧响。一股黑色的毒汁,带着硫黄呛鼻的气味,汩汩渗流到他的筋骨血肉间,以非同寻常的杀伤力吞噬着所有残余的同情、善良、浪漫和正义感的枯枝败叶。

III

午夜时分,徐生白的手机莫名地鸣叫起来,犹如外星人从天而降。

"你是徐——徐先生吗?"

"是啊,您是哪位?"

"哎,谢天谢地,给你打了多少次电话,总算打通了!"

"找我有什么事……"

"是就好,我当然晓得你是大作家,大名鼎鼎,全世界都有名气。"

"你到底是谁……"

"先不要管我是谁。我不是一个人,而是一大帮子人,一大批被你们害苦了的人。"

"绕了半天,你到底想谈啥事体?"

"啥事体——你们这么没良心,一点没想到千里眼公司出了这么大的事,多少人的血汗钱有去无还,你还问我啥事体!老早要寻你们来算账了,亏你还有面皮说风凉话!"

徐生白愣了愣,揉了揉眼皮。"我也是受害者,这次出事也蚀了不少钞票……"

对方发出一阵冷笑,让人联想起在墓园中游荡的幽灵,"喔,你也是受害者,也没有责任,我倒要问,最后谁有责任?当初将我们骗进来,现在倒好,拍拍屁股跑路了!"

"你们应该去找公司负责人!"

"又在瞎三话四了!公司倒闭了,现在你叫我们去寻谁?你不是董事吗?"

"那只是挂名的……"

"我们小老百姓才不管你挂名还是管事的,反正你也逃不掉。那两个主持人更恶劣,为骗子站台吆喝,诈我们的钱。你看怎么办,总不见得就这样算了?"

一阵沉默。对方声音陡然抬高,"我认得你的,不要自我感觉太好!我和你没完——当心你的脑袋瓜!当心点喔!"

直到通话结束,徐生白还没从迷糊的瞌睡中清醒过来。他觉得自己在病房墨黑、飘散着众多污物的空气中滑翔、沉浮。一阵恶心涌上来,他急忙拐入卫生间,往正方形的小水池中吐了几小口,随后从水龙头下捧掬起一汪清水,浇泼在脸上。此刻,肠胃正翻江倒海地巅动起伏,他好渴,好想喝口热水。随后他走到过道尽头的窗户前,大口吮吸着新鲜空气。他双臂支撑在窗台上,方才对方话语的余音仍在耳畔萦回,渐渐变为一长串单调沉着而凶兆频现的噪响。一阵夜风刮过，住院部大楼前数排香樟树剧烈地抖颤摇摆着，最后将几许窸窸窣窣的余音撒落在章鱼爪子般向四方伸展的幽黑静谧的街面上。

恍恍惚惚间徐生白觉得自己置身于海底世界，脱胎换骨，活脱脱变成了一尾丑陋畸形的鱼，鳍背上沉积着层层叠叠的杂质污垢，汩汩滚动的海水流进腮颊，又回流而出。他的身躯摇摇晃晃，像个醉汉，一摆一趔趄回到可容纳12人的大病房，喘着粗气，在陈玫君的床头坐下。她被心电监护仪、吊嘀架围拢着，双目微合，像一座陈列在博物馆中的古代雕像；随着光影的变幻霎时间又变身成了锈迹斑斑的面具。

已经是第六天了，总算将她从死亡的门槛上硬拽了回来。她间或会睁开眼，但常常认不得人，傍晚徐生白匆匆赶来时就没有认出他，仿佛在数十片安定片的密集狙击下所有的记忆顿时化为乌有，沉入空茫的虚无。她的眼神躲躲闪闪，随即变得呆滞，含着羞愧与难以驯服的倔强。

一阵剧烈的咳嗽刮破了病房死水般的沉静——左侧隔了两排的那老头又陷入无法控制的喉咙与肺部联手酿成的震颤的浪潮中。仿佛是受了感染，里侧有人在呻吟，忽高忽低，那是突发心梗的老太太呼唤着女儿，央求她解去结扎在床架上的束缚带。而婴儿的阵阵哭泣声从邻近的楼里飘过来，对外部世界凶险的畏惧与生之欢乐的热流汇聚在一起，与四周围潮水般涌起而疾速退落的奄奄一息的挣扎、乞求、忏悔、虚渺空洞的憧憬、无法却的意愿掺杂成一长串气势宏伟的合奏，诞生与死亡在此构成完满的圆圈。

先是倚靠在床架上，后又趴伏在床头柜的边角上，徐生白迷糊了一会，不知不觉已临近两点。沉寂的大地正敞开黑色的怀抱，吸纳着四处游走的疲惫的生灵。但他被剥夺了睡眠，丧失了短暂死亡带来的歇息。他理了理乱蓬蓬的头发，瞟了眼陈玫君沉没在昏暗中的脸庞——此刻她呼吸变得平缓均匀，那是疾风骤雨后的安详与宁静，超越了此生此世的纷扰。他叹了口气，走出病房，再次用凉水抹擦着脸膛，随后踱到不远处的休息室，倚在松塌塌的咖啡色仿皮沙发上，合上了眼帘。

不知过了多久，走道中响起一阵喧哗，手推车在地面上吱吱嘎嘎地碾压而过，留下一串幽灵般沉滞的回声。徐生白睁开眼，起身站在门口，几个护士急匆匆跑过，怀中揣着瓶瓶罐罐等医护用品，白大褂的下摆向后方翻翘而起。陈玫君所在的那个病房门口聚集了三四个人，一缕弧光灯投射在粗粝的门框上。那个前天刚入院的老人已是肺气肿晚期，白天精力尚可，神志清爽，但午夜过后的那口致命的痰液将业已衰竭的器官推向全面解体。显示屏上血压经历了断崖式坠落，切开喉管，加上呼吸机也无法阻挡它和心电图被拉直为一条光滑冷酷的线条。

负责抢救的中年医师默然无语，垂下了头。三三两两的指示灯在灰黑的墙壁面摇曳了几下，一一熄灭，应和着生命猝然陨灭的节律。没有尖利的哭声，一阵忙乱。同室的病人大多惊醒过来。护工阿姨和护士低声说早已打了电话，家属一会就赶到，随后她在绿色的洗脸盆中将温水装得满满的，准备为死者擦身。

徐生白走到床边，陈玫君依旧安睡着，和先前相比她脸上似乎洋溢着更多的生机。他机械地搓磨着手掌，再次来到走道尽头的窗户前。他双肘撑在水泥窗台的边沿上，托举着瘦削的下巴。他不是不明白，自己是在履行赎罪的仪式。他当然明白自己不是个好人，罪孽深重，烙上了洗不净的烙印，像花里胡哨的文身图案。然而，也正是在这一瞬间，他也分外清晰地看到了无从逃避的结局：一旦她病情好转，出院后一切又将重新开始！这将是他难以承受的恶性循环，新一轮的爱恋、嫉妒、仇恨粉墨登场，对于生命与虚荣的执念，而祈求长生不老不就是最大的贪欲嘛！要么就是长眠不醒，在熊熊火焰中化为焦黑的灰烬，憩息在松柏环绕的墓园中。而他也将面对无法穿透的虚无之境，一切化为永恒的幻梦，永远无法苏醒的连环梦，梦中有梦，梦也是梦。

一个迷迷糊糊的声音在他耳畔回响，一个他早已听见又一直想回避的声音：悔罪吧！你悔罪吧，至少认个错！的确，她目光中残存的迷蒙的意识似乎也在发出一声声谴责与审判，但他内心有个执拗的声音在反抗、辩驳：悔恨什么呢？两人都患了绝症，来日无多，相恋不是一件很正常很美好的事？万物皆有所终，恋情的终结也是再自然不过的事，他和她相恋，但没有卖身给她，凭什么来指责他，把她出于种种难以控制的晦暗心理所引发的自残自虐归罪于他！那太不公正了！

黑灰色的天幕上渗漏出几许惨淡的晨曦，从暗影婆娑的树丛刮来的一阵阵风寒意凛凛。猛然间，一辆手推车缓缓推出病室，上面覆压着一长坨东凸西凹的白色包袱。它像是被运载而走的废品垃圾，永远从活人的视野中消失。那具干瘪的遗骸中承载着多少世代祖宗血液的密码，它们通过他撒播着未来的种子。才咽气一两个小时，全身大概也变成暗淡的黄色，不知从头到脚是否开始变黑；大概脸部、胸部、腹部已开始大面积畸形地肿胀，在某个节点腹

383

部四处爆裂，分泌出一堆污秽腐朽的流质。

　　此刻，上海在慢慢苏醒，打着慵懒的哈欠，林林总总的喧响，各式各样的气味，从沥青水泥钢筋上擦掠而过，应和着涨潮的江水，一波波涌逼到鼻孔，花香，风风雨雨，江水，弥漫在大街小巷中的腥臭肥腻的浮沫残损的黄叶，汇聚成嘈杂的巨浪，随后又沉寂下来。徐生白大口吸吮着冷冽的晨风，它像是病床前的吊滴滚落而下的晶亮的液体，净化着骚动不宁的灵魂，将他带入温馨可人的母腹之中，再次蛰伏在胎盘之中，静静等候着又一次重生。

二十 谦

谦卦（艮下坤上）

谦：亨。君子有终。

I

徐生白在黑暗中睁开了眼。只有一团暗黄色的光焰在天花板一角闪烁着,那是从窗帘不起眼的缝隙间渗透而入的。足足有半分钟时间他不清楚自己身处何地:难道是地中海的卡普里岛?随后恍然大悟,这是自己那套复式公寓房二楼的卧室。难以阻挡的尿意将他从睡眠的深海中拽了上来。

首波寒潮汹汹而来,室内残留着的夏日的热流依旧萦回游走。猛然间,一声尖刻的吼叫爆裂开来,像垂死的野狗在凄厉的夜风中咆哮。是从隔壁女儿房里传来的,前些天他就隐隐听见那边有异动。她从段志清那儿搬回来已有一星期了,但没有和他说是什么缘由,一道无形然而厚实铁硬的栅栏将父女俩阻隔开来。

又是几声绷拉到极限点的吼叫,应和着墙面上应声而起的一阵砰砰的撞击。徐生白睡意全消,披衣下床,轻轻踱到门口,拉开了门。左侧的房门紧紧闭合着,门框下方泄漏出一截惨白的弧形光线。

他稍稍犹豫,站到了女儿的卧室前,轻轻敲叩了几下。

深邃的寂静。

徐生白扭动古铜色的门把手,门吱嘎一声往后退去,他侧着身,慢慢踏入室内。床头柜上方的荧光灯照亮了双人床的半截,紫彤像是一团废弃的杂物,躺在斑驳的暗影中,头发散乱,脑袋歪斜,高举着双臂,两腿抬起45度,撑压在床架后方的墙面上。

一本摊开的书滚落在床边橘红色的地毯上,徐生白弯腰捡起,是米兰·昆德拉的《不能承受的生命之轻》。他用食指抚按了下皱翘的封面,在床角默然坐下。

紫彤扭了下头,双腿朝墙面狠命地踢蹬了十来下,口中发出一长串阴森的吼叫,仿佛在召唤荒野中栖惶游荡的孤魂野鬼。

徐生白慢慢伸出手,碰触到了她的一绺头发;又移到她沁着汗珠的额头、微微发烫的脸膛。她默默地转过头,望着他,眼袋肿大,呆滞的眼神中透着绝望。突然,她侧转头,推开他的手。

"你到底怎么了——哪里不舒服?"徐生白齿间泄出咯咯的震响。

"我不想活了!"她柔声说道:"我——想去死。"

"老爸生了癌,还挺着撑着活下去,你的人生才刚开始呢……"

"我是活够了,也腻了!"她的声音霎时间变得极富沧桑感。

徐生白扫视着黑黝黝的房间,床头柜上放着一把寒光凛凛的切菜刀,一把黑色大号剪刀,还有一团红色尼龙绳。他挪了挪身子,抚按着她的脑袋,"我知道你心里有委屈。是和志清闹别扭了?"

"拗断,分手了——这日子实在没法过下去。"

"没什么大不了的,分了就分了,你还年轻,再找一个帅哥。"

"不找了，没意思。我一个人挺好的。"

"一个人就一个人。"

楼外飘来一阵模模糊糊的钢琴声，音量从弱到强，像黎明报时的钟声，缓慢、均匀，带着庄严的气度。紧接其后的是沸腾的波浪音型，旋律气息宽广，傲然的欢呼，奋激的热流。徐生白侧耳聆听，真是奇了，是谁在午夜时分播放拉赫玛尼诺夫的《第二钢琴协奏曲》！

紫彤坐起身，瞪视着他，"我也不想去上那鬼班了！"

徐生白瞪大眼睛，"那你要做什么？"

"搞音频录音实在是无聊透了，我想自己写写，翻译点东西。"

"也好，要是真喜欢，也是条出路。"

"但想想也没什么大意思——真做了也就这么回事，太晚了！我已经老了，花没开就凋落了！"

"别这么灰心！你还有很多机会……"

紫彤歪斜着嘴角，"我算是看透了，男人就是这么回事，就像和志清那样，开始兴致那么高，没想到后来会是这样。"

"他到底怎么了？"

"也没什么大不了的，无非是厌倦了，真实面目就暴露出来了，一发脾气就打人……"她抬起胳膊，一道暗紫色的疤痕赫然在目，一团淤血，"实在是没法和他过下去了！"

拉赫玛尼诺夫的乐声渐渐沉落到黑夜空茫的谷底。一阵头晕袭来，徐生白感到前所未有的疲惫，上身颤摇不止。猛然间，紫彤腾地躺倒在床面上，哇哇地吼叫着，剧烈地左右打滚，大腿再次踢蹬着墙面，随后索性爬了起来，用头抵住白色墙壁顶撞起来，像是个

389

街头表演杂耍的艺人。

一切都失控了。徐生白束手无策，眼睁睁地看着女儿像陀螺般在这疯狂的力之舞中翻旋腾挪。

II

一切都失去了控制。

命若悬丝。

徐生白什么都怕。首先是怕自己的身体。隐藏在机体深处的癌细胞的胞芽又一次像野地上绚丽的罂粟花般疯狂地繁殖膨胀，浑身的气血被裹挟绑架，在日渐加深的寒意中瑟缩、抖颤，原本严丝合缝的器官像精美的七宝楼台随时会崩塌下来散落开来。

他怕在寒意渐深的日子中外出，尤其是去医院探望再次发病的父亲。前天凌晨，妹妹郁雯打电话来说爸爸半夜里发急病，已打了120救护车送医院。这次是中风，进了ICU，神志处于昏迷状态。徐生白当天立马去医院跑了一趟，和父亲在床头匆匆打了个照面。昨天郁雯没有打电话过来，他也懒得再打听再奔波，懒洋洋地窝在家里。今天上午郁雯发来消息说老父亲人是醒过来了，但半身瘫痪，几经转托熟人才转进了普通病房。徐生白实在无法面对父亲，这并不是有什么难言的愧疚，而是不忍目睹死神再次得意扬扬地收割战利品。他怕，但还是不得不去，踏上每个生灵都无法逃避的不归路。

他怕警察的骚扰。刚刚接到电话，要他过几天去分局经侦科接受询问，虽然他不是千里眼公司的高层，但作为董事似乎有着连带责任。一个细微的痒点，不断向外扩展。此时他慢腾腾地走在路上，风烛残年的衰败感在心头弥漫开来。这世界无可奈何地走向终点。灰扑扑的楼厦透出一股浓郁的废墟的气息，那是文明的裹尸布。曾几何时，衰老对他而言还是遥不可及的远景，此刻他已经嵌进了这片苍灰色的背景中。

大街上，一夜过后人们便纷纷换上了冬装，呢大衣高领羊毛衫滑雪衫，沉甸甸地压在城市的天际线上。一阵大风袭来，枯黄色的叶片纷纷扬扬地飘落而下。一切都是那么可厌可憎，没有一点悦目的色彩，他在这座既日新月异又充塞了大量废墟的城市中变成了游荡的幽灵。刚从公车下来不久，他便浑身发颤：不是好兆头，每一声喘息，似乎都会耗尽全身气力，仿佛在空气中凿开一道道缝穴。如果在这里摔下去，连个搀扶的人都找不到。

他还怕，怕陈玫君喋喋不休的倾诉与公墓中肃穆的宁静像冤屈重重的幽灵一般盘绕萦回在他脖颈上，成为一道永远无法祛除的魔咒。世界真小，老父亲这次进的医院和陈玫君是同一家。医院的楼群矗立在前方，占据了整整一个街坊，像是一座阴森的堡垒，灰白粉黄暗绿色的外墙面交错叠合，像多头丑陋畸形的怪物蹲伏着，伺机而动。离医院大门只有数百米，此刻徐生白觉得无限漫长。为陈玫君住院陪夜的情景再次浮现在他眼前——那是永远还不清的债！他心头滚动着一道道愧疚的溪流，同时深深地鄙视自己的软弱与贪念。医生反复叮嘱要好好调养，不能再受刺激。

来日无多。她明明知道，尽管这次没有复发，但这是在折磨自己，也折磨他。她有那么多念想，未了的心愿，比如想搭乘豪华邮轮周游世界。一旦徐生白的反应达不到期望值，她便会沉下脸，嘤嘤啜泣：反正我也活不了几天，你待我好也罢不想理我也罢，也就这样了。到哪一天我两脚一伸，你也就清静了！他垂着头，皱蹙的眉宇间厌恶与惊恐交织盘绕，双手合抱，发出嘎吱的震响，仿佛有根手指霎时间折断。

深黑色的铁栅栏向右一弯折，林林总总的药店、医疗器材店、水果店、小饭店便在这家三甲医院的大门四周围铺蔓开来。人们从四面八方汇聚于此，仿佛在向冥冥中的神灵虔诚地祈愿求福。他们拎着包袋，腋下揣夹着硕大的牛皮纸片袋，神色凝重，云集在住院部的电梯门前，穿行在熙攘的挂号大厅，神色中时不时流露出几分焦灼与绝望；三三两两身着白大褂的医生、护士鱼贯而过，与弯腰小跑的快递小哥擦肩而过，嘎吱作响的医护床、轮椅、输液吊架在人堆里挤榨出一条通路，扑面而来的消毒药水、腐臭、烟尘的气味将徐生白团团围裹住，他不得不收住脚步，使劲攥了攥鼻孔，左顾右盼，想冲出这混浊气体的重围。

恍如置身在雾霭沉沉的梦境，徐生白尾随着稠厚的人流，踏入住院部大楼。此刻，多日盘桓在心头的疑问再次浮现：身为医生的老父亲应对病魔并不比其他人更有经验更有优势。就拿他拿手的皮肤病来说，近年来他时常为间歇性发作的老年瘙痒症困扰，发作时像一头疯狗抓搔不休，浑身布满了斑斑点点的抓痕、血痂，仿佛覆上了一层阴湿的苔藓。两扇电梯门前围满了人，还有两辆轮椅车混杂其间。他等了几分钟，不耐烦地挠着头皮——病房在五楼，就从楼梯爬上去吧。

他喘着气，步入悠长幽暗、被静寂挤压得沉甸甸的椭圆形走道，瞪大双眼扫视着病室门上的号牌。快到519门前了，一阵呼天抢地般剧烈的咳嗽声轰然而起,连带着浓稠的痰液。"爸爸,你喝口水……"那是妹妹郁雯的声音。

徐生白愣了愣,收住脚步,侧耳聆听屋内的动静。"好了,晓华,可以开始录了。"郁雯的声音抬高了,有点急躁,"妈,你等爸念完再给他擦吧!"

又是几声轻咳,老父亲熟悉的声音响起,像结着一层锈斑,"我,我徐天章,将我名下的XX路XX弄3号1704的住宅赠予女儿徐郁雯一人所有……"

"晓华,你再放一遍,听听录清楚了吗?"

徐生白的心顿时抽紧,病室的门虚掩着,一道惨白的光焰镶镀在门框的底边上。过了半晌郁雯说,"爸爸,还有几个字录得还不太清楚,你再说一遍,慢慢说……"

徐生白四肢僵滞,眼前好似一道炫目的火球从天而降,吞噬了一切,那是原爆的瞬间,微微泛红的白色团块凝滞在视网膜上。

老父亲仿佛屏足残剩的气力,声音抖颤但仍大致清晰地将遗嘱逐字逐句又念了一遍,随后是两个见证人的声音,"我是林晓华"(郁雯昔日的闺密,现在市博物馆工作),"我是傅勇力"(是母亲的老邻居),录像完毕后还要他们俩签名留证,以备日后如果利益相关方提出异议可例行查验。

所有这一切进行得好利索!徐生白转过身,摇摇颤颤地往电梯口走去。猛然间,雪白的天花板疾速旋转起来,他本能地倚靠在过道的墙壁上,双手攥住腰线。一个手提吊液瓶的护士迎面而来,她好奇地打量着他,随后目光变得漠然,一声不吭地拐入邻近的病室。

393

他总算进了电梯厢，下降到底层，双门洞开，刹那间等候的人群蜂拥而入，徐生白挤出轿厢，在与众多肉体的肉搏中硬生生地撞到了一辆轮椅车上：一声惨叫，他的脚被老太太脚下的踏板重重剐蹭了一下。护工阿姨高声叫嚷起来：你发啥神经啊！看看清爽好吗？！老太太经得起你撞啊，出了事体你负责啊！徐生白不得不连声道歉，小偷似的溜出了医院大门。

妹妹郁雯也没再打电话来。

天气变得暖和起来，风变小了，徐生白松了口气，仿佛所有的重负霎时间都脱卸而下。残余的秋意从街角弥漫而来，潮湿的空气轻柔地滋润着人们干枯的肌肤。他叫了一辆出租开到了外滩，登上绵延数里的观景平台，在瑟瑟的江风中凝望着对岸密密匝匝的高楼：东方明珠、金茂大厦、国金中心，还有后来居上有世界第二高楼之称的上海中心。邻近的外白渡桥、上海大厦、外滩源在熟稔中透出一股陌生的气息，栅栏后方草地尽头的前英国领事馆轩昂大气，似乎嘲笑着不远处光鲜、富于赝品气息的教堂尖顶。他慢慢挪动脚步，并不感到疲累，也不知自己想去何处。他拐入南京路步行街，一头扎进了滚涌而来的人流之中：色泽不一的皮肤、血液和气息混合成了无边无际的漩涡，他一时间头晕目眩，仿佛在泳池中呛了水。渐渐地他变得镇静下来，自如地游弋在这肉身丰盈的河流中，在踢踢踏踏的脚步声中感受着跌宕起伏的亢奋、狂放、愤怒与欣喜，自身隐没其间，成为不起眼的匿名的微尘。没多久，他有点累了，折转到匍匐在西洋古典风格大楼阴影下狭逼灰暗的后街，那一刹那恍如置身于晚清民国布景的戏台上，穿越时光，融化在亘古常在又常新的悲欢喜乐的潮水之中。

徐生白在一棵繁茂的香樟树下停下脚步，掏出手巾擦了擦微湿的额头。右侧开着一家花店，一个身材修长的女子背对着店门，手中捧着一大簇鲜花，正细心打理着：红白两色丰满的玫瑰花瓣与错落其间的百合花、康乃馨交错辉映，给周围并不宽敞的灰暗的空间注入了一脉清新的光焰。那个年轻、长得挺帅气的店员脸上堆叠着笑容，"小姐，我保证它十天之内不会凋谢，否则我们将双倍赔偿！"

女子嗲嗲地说，"不是不相信你们，你们开的价真真有点辣手！"她回转身，左手捧举着花束，小心翼翼地步出店堂，徐生白和她四目相遇，他顿时愣住了：没想到在这儿会遇上刘娅琳——真是冤家路窄！她上身披着奶黄色的风衣，在寒意初露的日子里还套着深驼色长裙，黑色的连裤袜与风衣的浅色调形成了醒目的对照。在徐生白眼里，她依旧是那么妩媚，但此刻镀上了一层罕有的娴雅高贵的色泽，此时此刻，除了猝不及防的尴尬，揪心的痛楚刺戳着他的心灵：他曾经拥有她，如今已永远失去了她。

还是刘娅琳在最初的慌乱过后，摆出落落大方的姿态，"好久不见——真是巧，我们真有缘分啊……"

徐生白苦笑了下，她撒娇般噘了噘嘴，"你有空吗？正巧，我和一些朋友今晚搞个茶叙会，有古琴演奏，你没事的话一起来吧，好久没见你了！"

三三两两的行人穿梭而过，徐生白木然点了点头。不远处一辆海蓝色出租车缓缓驶来，她高扬起胳膊，使劲挥了挥，出租车随即戛然停在了邻近的路牙子边。

III

  出租车向着城郊接合部地带全速驶去。徐生白和刘娅琳坐在后排座椅上，膝盖间保持着微妙的距离。一抹西沉的斜阳照射在她的脖颈上，将凹凸有致的曲线淹没在惨白的光焰中。没多久，一阵剧烈的晕眩袭来，他感到喉咙中一阵痒感发芽抽枝而出，弥漫开来：一阵不由自主的咳嗽。他只得狼狈地侧转身，紧紧捂着嘴。车窗外飘掠而过的楼房、灌木丛、立交桥纷纷向徐生白头顶覆压下来，仿佛变成了一曲激越疾速的摇滚乐，在墨西哥湾飓风般狂野的节奏中，所有的一切（连同他们俩往日的恩恩怨怨）顿时烟消云散，排成长列的汽车、比肩而立的楼厦、丰茂葱郁的大树刹那间恍如被一股蛮力从地面上擎举而起，在半空醉汉般地东倒西歪，滚翻踢蹬。

  他们俩下了车，从后侧的十字路口穿行到了对街，红绿灯信号灯杆边横陈着一方掘开的土坑，四周围竖着防护栏。徐生白尾随着刘娅琳，绕行百来米，一家门面店招灰扑扑的日本风格的茶室豁露在眼前，几株桂花树簇拥在屋檐周围，虽然花期已过，但仍若有若无地散溢着沁人的馨香。刘娅琳亲热地与门口一位女服务员打着招呼，对方低声说有几位客人已经到了。她哇地发出一声呼叫，匆匆撩开老旧的竹帘，穿过狭长幽暗的石砌过道（众多细碎洁净的碎石上覆压着一块块凹凸起伏的石板），两侧陈设雅致的榻榻米包间一一闪现而出；随后她步入正中的庭院，顾不上瞧几眼池塘里游弋着的数尾锦鲤，便踏入后方宽敞的厅堂。

  这间屋子两侧木质墙面上挂满了古雅的书法绘画，间有新潮的装饰小品穿插其间,而长方形的条桌上已摆满了各式盆盏,色拉、法式羊角面包、香蕉、红葡萄酒——它们组缀成了一幅鲜艳繁复的图案,会同周边林林总总色调幽暗中透着华贵气息的茶具,逗引着人们的食欲。三四位宾客散坐着,刘娅琳忙上前打招呼,并将他们一一介绍给徐生白。天色渐渐昏暗下来,他在一张小圆桌边坐下,心中涌泛起浓重的悲郁之情:大半年不见,刘娅琳就变了一个人,这会他才注意到她左手中指上戴着一枚戒指,镶嵌其上的蓝宝石闪烁出迷离的光焰,将她手腕上珍珠母般的肌肤映衬得愈发妖艳。

客人三三两两陆续到来,交谈声此起彼伏。徐生白一时间不知如何与其他人交谈,便啜饮着茶水,呆愣愣地凝视着杯中一片片悠然舒卷浮沉的茶叶,随后观赏起室外庭院中小巧幽静的景致来。临街那排曲字形弯折的茶舍当中留着一方小庭,一棵粗厚的雪松微微倾斜,层层爆起的开鳞的树干拔地而起,穿透屋顶,向四方伸展的繁茂枝叶好似撑起了一面天然的网罩。

此刻,一个头皮大半光秃、鬓角花白的男子从水池畔缓步走入室内,他对徐生白颔首微笑,静静地扫视了下四周,随后踅转到屋外,与里外奔忙张罗的刘娅琳匆匆交谈了几句。徐生白挠了挠头皮,与坐在左侧的那个中年女子的目光不期而遇,两人欣然一笑,开始攀谈起来。

对方是一名资深的心理咨询师,开办多种辅导班课程,"幸会幸会,我好多年前就拜读过您的大作《烟雨楼台》,您把中国古典美表现得淋漓尽致,真让人着迷!佩服,实在佩服!我开展心理咨询时从您书中获得了不少灵感……"

徐生白苦笑了笑,"你说客气话,其实我自己的种种心理问题都没好好解决,怎么能希望解救别人!"

女子嫣然一笑,"徐老师您太谦虚了!不是当面恭维,你对人性奥秘的洞察非同一般,而且文笔那么富于中国的神韵气息,不但中国人喜欢,也会吸引很多外国读者。"

徐生白低下头,慢慢搓摩着手掌。女子挑了挑浓描的眉毛,"像我做心理辅导的,说复杂其实也简单,就是诱导人们,循循善诱,让他们把心中的烦恼一点点倒出来——只要倒出来,就可以想法疏解,最怕就是像闷葫芦一样从早到晚憋在心中!"

暮色渐浓,徐生白猛地感到一阵头晕,他仰起头,背脊半瘫在椅背上,肚腹中升腾起一股汹汹的饥饿感。他咕噜噜喝下一大口茶水,女子见状不无妩媚地笑了笑,"徐老师您看起来也是精神压力大,谁叫你是远近闻名的大作家!不瞒你说,我的很多客户都是大老板,他们承受着常人难以想象的压力。他们的确赚了很多很多钱,但他们不单单是为了个人享受,而是投身于事业,将做生意赚钱看作是他们的使命。你想想,他们把赚来的钱绝大部分再投入生产,为社会创造财富。所以他们的财富也是社会的财富,你说是不是?"

窗外传来一阵喧哗,阴寒的空气在夜幕上哗哗抖颤着,不一会又复归平静。女子定睛瞅着他,随后双眼下垂,抿嘴笑了笑,"其实和一般人想的完全不一样,我们搞心理咨询需要做很多精细的工作,否则这些老板怎么会信得过我们?谁也没有那么傻,会把钱白白扔到水里!他们的烦恼也是多种多样的,很多来自现实生活中的人事纠葛、经营中遇到的困难,像是贷不到钱、收不回钱,还有与政府部门的沟通——您知道这都挺烦心的,当然也有个人情感上的，还有就是精神层面上的。他们不光要赚钱，更重要的是追求自我实现，回报社会，甚至还想青史留名。所以针对不同的问题，我设计了初、中、高多个层级的课程，根据他们的不同需求进行疗治。不是我说大话，徐教师有兴趣的话也来体验一把，我给你打六折！"

徐生白嗯了一声，点点头。这时刘娅琳端着一套暗褐色的茶具步入屋内，小心翼翼地放它们搁在墙角的多层架上。那女子站起身，兴奋地与她攀谈起来。徐生白暗暗瞅了刘娅琳几眼，伸了个懒腰，踱到门口。室外漫涌而来的寒意让他浑身打战，他走回到长条桌边。一个三十来岁的男子正细细地打量着室内的装饰，见他进来便点头致意，"这功夫还真不差。整体上看是日本风格，也渗入了不少中国元素——哎，我说哪儿了，日本的很多东西不就是中国传过去的！这样就不分彼此了！"

徐生白赞许地点了点头。他们问过彼此姓名职业，他是刘娅琳的校友，一个化妆品推销员，常年奔波于全国各地。他眨着双眼，"这已是我的生活方式了，在家里待上三天就闷得慌！干这行的确是需要有天赋，否则再努力也是白搭！我就有做推销的天赋，大学二年级就进了一批DVD，轻轻松松赚得第一桶金——八千元。"

刘娅琳转过身，嘻嘻一笑，"真是本性难移，一见人就啵啵啵吹这个了，我听得耳朵都生老茧了！"那男子吐了吐舌头，"今天来给你琳琳捧场，你请来的客人也不能怠慢，总得说点什么开开心！你说是不是？"

他的脸上绽出灿烂的笑意："她没说到我大学时就把浙江每个县都跑遍了。我不是坐着小轿车或者大巴车路过，而是用脚走过一个个县城——在我看来,一座城市,不管是大是小,只要你没有用自己的脚过走过,其实上你根本就不能算到过,一点地气都接不上。我中学时就喜欢上地理课,在你走的时候那些地图上的点在我脚下变得具体了。你是大作家,我不好意思在你面前卖弄,司马迁,对,是他,他说读万卷书行万里路……"

不远处刘娅琳正将几枝白色粉色红色的康乃馨插入高颈花瓶中,听到此番高论,转过头来,"又在瞎吹了,你万里路行下来用那些劣质产品骗了小姑娘多少钱啊——还好意思说!还读万卷书呢,十卷有没有读完我都怀疑!"

他搓搓手,嘿嘿一笑,"反正你今天就把我当靶子了!我既然来了,也就认了!大作家跑的地方不会少,其实生活中最大的乐趣就是不确定性,总会有什么意思不到的事,超出你计划的事,这才是真正奇妙的地方。如果一切都定了,像人们编好的程序一样做事,那还有什么意思!所以我不喜欢待在家里,太沉闷无聊,一切都可以想象出来,连你百年之后骨灰盒埋哪儿都一清二楚——说老实话,这家里有什么好待的!"他调皮地眨了眨眼。

门外暗沉沉的庭院里飘浮着丝丝缕缕细薄的雾气,夜上海大街小巷流泌而出的细碎光点升腾而上,在苍灰色的天穹上盘桓游走,好似荡漾开来的一圈圈繁密的涟漪。徐生白打了个颤,饥饿感再次袭来,头晕目眩间他伸手从盆中抓了一片羊角面包,咯咯咬嚼起来,几口便吞咽得一干二净。那男子见状,赶紧摘了一只香蕉递到他跟前,"徐老师,吃一个吧——别饿着了!"伴随着血糖含量回升,他的精神渐渐恢复过来,眼前的世界再次变得光鲜。

门口响起一阵嘈杂的人声。一个年近四十的女子身着银白色风衣，怀里捧着一大簇百合步入屋里，刘娅琳放下手中活计，忙迎上前来。她接过粉白粉红、散溢着浓烈香味的百合，"太感谢方大姐了！"那女子甜甜一笑，"恭喜妹妹！"随后刘娅琳将她引领到徐生白身边坐下，转身将百合插到一个宽口青瓷花瓶中。

从望见她第一眼起，徐生白便觉得这个女子似曾相识；当她略显肥硕的身体近在咫尺时，他猛地想起这是贾欣怡过去的同事方昱，他们前几年在俞日新操办的一次晚会上打过照面。几乎在同时，方昱也认出了他，两人一阵寒暄。她离开电视台后，跳了几次槽，目前在一家粉丝上千万的公众号中任职。言谈间两人都隐隐感到不自在，小心翼翼地避开昔日的雷区。她扫视着刘娅琳的背影，"徐老师和娅琳这么熟？我前几个月才认识她，正好在做一组传统文化方面的专题，她对古琴有兴趣，经常组织朋友聚会，来往就多了。"

徐生白淡然点了点头。此时客人纷纷从周边聚拢到长条桌边，刘娅琳换上了一件猩红色的中式绸面短褂，一把沉甸甸的棕色古琴放置在桌边，她纤长的手指伸缩弯折，轻轻抚弄着细长的琴弦，那谢顶男子坐在她一侧。徐生白隐隐记起她曾提起幼时学过古琴，难道最近放弃了模特专攻古琴？一阵深重的困倦袭来，他的躯体不由自主地往下沉落，三三两两的人影、盆盏霎时间被抽空，失去了立体感，瘫铺在二维平面上。

那做推销员的男子举起斟满了晶亮白色酒液的小杯，"今天先请刘娅琳小姐给大家演奏一曲《潇湘水云》。"掌声响起。男子笑呵呵地抬高了嗓门，"她从五岁起就开始学习弹奏古琴，近年来琴艺突飞猛进，现在就让大家欣赏这首高难度的名曲！"

刘娅琳嫣然一笑，向众人鞠了一躬，随后俯下身子，右手拨弹起琴弦。在手指的擘托抹挑间，飘泛的一串串泛音在周边烘染出碧波荡漾、烟雾氤氲的意境；云水奔腾，旋律上升又回折，天光水影，泄露出难以排遣的忧郁与惆怅。悠扬的余音如温柔的催眠曲，抚慰着焦灼疲惫的心灵。在略显单调沉着的旋律中徐生白悄然打起了瞌睡。

一阵稀稀落落的掌声过后，众宾客纷纷取食进餐。不多一会，方昱站起身，走到那秃顶男子和刘娅琳间，"恭喜你们两位！虽然没有吃到喜酒，祝你们白头偕老！"

一阵热烈的掌声，伴随着嘈嘈切切的说笑。徐生白睁大了眼睛，不知所措地扫视着他们俩。不会在梦里吧！他转过身，揉了揉眼皮，低声问折回座位的方昱，"他们俩结婚了？"

方昱愕然瞪视着他，"是呀，你还不知道？听说那位邹先生是大学里数一数二的名教授，工程院院士，还开着一家生物制药公司，专门研究抗癌药，产品抢手，生意不要太好，钱不要赚得太多喔！现在在虹桥那边有幢别墅，郊区外地还有好几处房产，宝马、奔驰好几辆，日子不要太好过！"

仿佛一记响亮的耳光掴在脸上，深重的屈辱感压倒了徐生白。在这一瞬间，刘娅琳在他眼里仿佛戴上了厚厚的白色面具，一会变形为白玫瑰，转眼间又成了娇艳的百合。

他不知道自己吃了什么，听不见人们在说什么，看不见人们做了什么，感觉功能霎时间荡然无存，只觉得周围的一切在上下翻旋，失去了重心。它们化成了众多的碎片，一个斑斓绚丽的万花筒——他费力将它们拼合起来。一阵激越的乐声从远处滚涌而来，婚礼进行曲，皇帝进行曲……恍然间又成了葬礼进行曲。

不知是谁三番五次殷勤地劝酒，他一杯接一杯地喝，红葡萄酒、白酒。他放开了，抛开了所有的矜持，喝——尽情地喝！让嘴唇浸泡在清香的酒液中，在身体在酒液中内燃，即便世界一片冰天雪地，他的血还是那么滚烫。

一个个蓝色圆圈在旋转，化为一团团乳白色的浓雾。人人都在痛饮，都情不自禁地搂抱在一起，在酒精的漩涡中寻求温暖，哪怕只是一点点。有个人向徐生白走来，是那心理咨询师，是那个推销员，是那个秃头，是刘娅琳本人——卡普里岛的夜晚，她性感魅惑的身体在地中海的波光中再次浮现。她身上衍射出一束束激光，使他昏厥，好像到了弥留之际。他大口喘着气，耳边飘掠过喃喃低语：你还好吗？你好吗……

不知过了好久，喧闹渐息。宁静，一种从未有过的宁静弥漫在徐生白体内。他推开门，走到庭院中，让绯红的脸膛与夜晚凛凛的寒意相拥相抱，让大地混沌莫辨、深澹幽秘的元气贯注全身。远处响起一阵尖利的笛声，救护车、警车在街面上呼啸而过。猛然间，他的牙缝中滚出一阵笑声：先是支支吾吾咿咿呀呀的低语，随后音量陡然攀升，变成疯狂、毁灭性的笑声，像地狱中的熊熊烈火，喷向这污浊的世界。它碰到了一堵墙，无法穿透的黑色的墙面，刹那间世界悄然变色。

此刻头上星空灿烂，璀璨的天堂，也是遥不可及的彼岸。他的手心湿淋淋的，酒精在水池上盘桓游弋，最后跌落到摇篮曲般上下起伏巅动的鱼鳍上。

不知到了几点，他迷迷糊糊地上了出租车，四肢张开，瘫倒在后座上，好似一条午夜时分搁浅在沙滩上的海豚。最后他抖抖索索下了车，一步一颤摸回了住所，一觉睡到第二天中午。

　　过了两天，徐生白如约前往区公安分局经侦科，当即被外省赶来的警官拘押，星夜驱车驶往千里之外，禁闭了整整两个月。

二十一 小畜

小畜卦（乾下巽上）

小畜：亨。密云不雨，自我西郊。

I

贾欣怡细细打量着蒙上了一层淡淡雾气的镜面中的容颜：还是那么迷人，那么漂亮。但微微松弛的肌肤，浮肿的眼袋以及焦黑的眼圈已是不祥的征兆，它们是焦虑和时间之流侵蚀的战果，最触目的当数丝丝缕缕隐伏其间的皱纹和刚刚发芽抽枝的雀斑——再发展下去她就会升级为出土文物，成为博物馆阴暗角落中长眠不醒的标本。

她一晚上睡得不太安稳，在睡眠深浅两层平面间上下浮游。到了后半夜，窗帘缝隙间透泄进一长束晶亮的白光，下雪了！纷纷扬扬的雪花弥漫在半空，将远近街区层叠密匝的高楼轮廓悉数抹去。

此刻从32楼高处望下去，草坪四周围车顶上的雪融化了大半，路面变得污浊不堪，骚动不宁的雪，冷酷无情的雪。她稍做犹豫，便敞开窗扇，让冷冽而清新的空气尽情涌入，将黄建文的气息清除干净，连同一年半来沉积下来的影子、热量。

总算有了了结,干净利落的分手。原本模糊、隐晦的意向长时间潜伏在她的血脉里、神经末梢上,瞅准机会泛冒了出来。昨晚,恰恰是昨晚,她和黄建文参加了一个朋友圈的聚会,回到租住的公寓后意兴阑珊。进屋后贾欣怡突然对黄建文说起房东急吼吼地追讨一万五千块的房租,已过期一周了,他拖着没付。黄建文低下头,目光躲闪,这些天资金紧张,寸头一下子调不过来。

　　她的疑心刹那间放大。钱去哪儿了?他先是支支吾吾,后来总算坦白:他的公司经营惨淡已濒于倒闭,员工的工资都拖欠了两个月。就是关公司也是走漫长的流程,几年的账目税单要清查。他正琢磨找个下家盘下来。但谁会为下三烂的盲肠式公司买单!

　　他一把搂住贾欣怡,相信我——我马上会付的。她翻了下眼皮,老实告诉我,你现在还有多少钱?

　　黄建文像当场抓获的小偷,两眼露出绝望的神色:500元,不,498元。

　　贾欣怡火山熔岩般的怒气顿时喷涌而出:滚——你滚,你这个流氓、骗子,给我滚出去!

　　顿时她觉得神清气爽,仿佛报了一箭之仇。她将他从床上一脚踹下去,将他所有的一切都扔到门外,连同大橱中的衣物鞋袜,还有剃须刀。

　　过后,一阵罕有的沮丧攫住了她。毕竟和他一起生活了一年多——自己当初真是瞎了眼,怎么会那么迷恋这个孬种!几乎同时,物是人非的伤感袭上心来。当初好歹还是自己相中了市中心的这套房子,连定金都是她付的。还得再去找新的房子,这边得退租。贾欣怡疲沓地躺倒在床面上,浑身伤痕累累,好似经受了深重的蹂躏。过了半响,她猛地坐起身,走进卫生间,开了暖气,在莲蓬喷头下冲淋了好久,她觉得自己好脏。

当初和黄建文亲热厮守是多么销魂多么陶醉。她每次都会浑身战栗,那一刻大地在撼动,床面仿佛哗啦啦塌陷下去。那时她是多么迷恋他的身体,就这样平躺着,下身被他修长的大腿缠绕着,她手指长时间地抚弄着他光洁、麦色的皮肤。一种奇异的香味袭来,混合了汗臭、迷迭香的气味,配上那俊美的脸,雕像般的脸膛,高耸的鼻尖,一下将她推向极乐的峰巅。

雪片轻轻地叩击着窗玻璃,发出一阵阵平缓的喧响。她捋着头发,开始打点出门去单位的行装。突然,手机发出一阵悠扬的鸣叫声。这么早谁打来电话!原来是徐生白被拘押后公安为他请的靳律师。她的神经顿时紧张起来。没什么大事,他要她向婆婆报个信,一切安好,可能不久就会获释。至于是否会被起诉,检察院还在斟酌商讨中。

贾欣怡恨恨地挂断了电话。这都是什么事,都要离婚了,还让她给他妈报信——直接让律师打给她不就行了!谁让你还是他法律意义上的妻子。当她首次听到他被拘捕消息时,心静如水,仿佛那是一件和她完全不相干的事。但她还是硬着头皮参加了他父亲的葬礼。也不知道他家那边人对他们关系的实情知晓多少,本来都好长时间没来往了,形同路人。但让她揪心的是离婚诉讼案一审她竟然落败。难道他们俩感情还没破裂,或者还没到鱼死网破的境地?从那一刻起,她对律师滋生了深深的厌恶,尤其是那位头皮光秃的王律师在听了判决后,满脸倦容,勉强挤出几丝笑意,不要灰心,看来上诉也没多大戏,那就过半年重新起诉。要做好打持久战的准备,这种情形他见得多了。

说得多轻飘,再过六个月。到那时候,她早就枯萎了。

贾欣怡坐在化妆台前,开始描画眼线。雪停了,天穹一片苍灰色。尽管开着暖空调,寒意依旧源源不断地侵袭而来。平时全天候叽叽喳喳的微信工作群此刻寂然无声。她的目光猛然间僵滞在弯折的眉毛一端,手臂无力地耷拉了下来。她的口中仿佛盈满了苦水:今天不想去上班了。就在这一瞬间,她被一股突如其来的无形力量击溃了。不想去上班,不想再为《你好我也好》这个节目操心——它曾为千千万万年轻人营造了绚丽的梦幻乐园,诱使他们如痴如狂地迷醉其中,但"已迈过了"其鼎盛的黄金期。在网络的冲击下收视率断崖式下降,广告费逐年减少,台里正酝酿策划推出新节目,她这些天一直起草方案,但领导们还是不满意。这些天真倒霉透了,离婚办得不顺,和黄建文说掰断就掰断。到现在连孩子都没有一个。还不到四十,人生失败的凄凉图景已展示在地平线的尽头。

她缓缓站起身,摇摇晃晃走到床前,砰地躺倒下来。没多久,她沉入了暗流涌动的睡梦之中。时不时有一只手在抚摸着她,既温情脉脉,又强悍无比——那是男人的手。她想睁开眼瞅个究竟,但霎时间又滑落下来,沉没在昏沉沉睡眠的潮水中。迷糊中她看清了那个男人的脸:竟然是徐生白。霎时间她惊醒过来。她咬了咬牙,下定决心睁开眼:已经三点半了。她揉着双眼,茫然地盯视着天花板。不知不觉间她对徐生白徒添了几分牵挂。

她拨了下披挂在额头的头发,忽然想起今晚法国总领馆有个招待晚会。负责文化交流事务的米歇尔领事即将离任回国,借此机会与上海文化界人士道别。本来她没打算去,但不能再这样睡下去,还是去晃一圈，十有八九能碰见个把熟人。

贾欣怡坐回到梳妆台前，细心地用腮红、口红、眼影将自己打造成一件精美的人体艺术品；出门前再配上一串奶黄色的珍珠项链，裹上暗黑色的貂皮大衣，这样可获得几分惊艳的效果。要命的是叫车太难了：用软件叫车等候了七分钟才有一辆车接单，而且还得等上十分钟，尽管路不远，但弯弯绕绕，都是单行道：司机大概会后悔，一心指望她撤单。

对此她并不陌生。这些年往返奔走于父母家、医院，早就成了打车常客。老爸的命也真是硬，每年医院进进出出两三次，病危通知书一张接一张，但总是有惊无险，神气完好地回到家中，而母亲则是不停地抱怨诉苦，听得她耳膜上都长出了一层厚厚的茧，当面说还不过瘾，几乎每次打电话过去都是叨唠不休，贾欣怡的耐心被逼到了极限，不止一次摔了电话。

车轮驶过苏州河上新建的拱桥桥面，往左一拐，沿着河畔狭窄的小路缓缓前行。冬日的黄昏里，三三两两的行人裹披在厚实的羽绒服、大衣、围巾中或疾或徐地前后蠕动，灰黑色的河水慵懒地滚淌着，时不时急剧跳荡，仿佛有瓢泼大雨倾泻而下，而一圈圈细密的涟漪让人联想起耄耋老人脸上的皱纹。粼粼的水波在堤岸墙前升腾而起，耸峙的水立面在残阳最后的余晖中熠熠闪烁，与两侧楼房森然的倒影混成一团，染上了梦幻的迷离色调。没多久，出租车稳稳地停在了一幢洋楼的大门前。今天领事馆特意借了昔日法租界内一幢大洋房办晚宴。

尾随着陆续到达的宾客，贾欣怡步履轻盈地步入院内。阔大的草坪中央矗立着一方圆形喷水池，泉水从白色的爱神雕像四周汩汩喷射而出。正后方一幢的文艺复兴和古典主义风格混杂的砖红色三层楼房映现在眼前,二楼正中的凸肚窗敞开着,流泻出几束鲜亮的灯光。几位工作人员在椭圆形的柱廊上迎候来宾。底层大厅镶铺着暗红色的细木地板,透着一股冷傲的华贵气息;沿着盘屈的楼梯,一支由长笛奏出的旋律飘逸而下,它孤单而暧昧,又带着几分甜美。它不停地延展回返,恍然间将人们悄然引入芳香四溢的林间空地。贾欣怡觉得这旋律略显单调的乐曲似曾相识——想起来了,是德彪西的《牧神的午后》。

数十人聚集在二楼大厅里,四十来岁的米歇尔领事身着淡蓝色衬衣,垂系着猩红色领带,面带仪式化的微笑,向众人致了热情洋溢的道别词。随后众人纷纷涌向几个长方形条桌,急不可耐地品尝起各式美味佳肴。大厅东西两侧还有两个不大不小的房间,门打开后彼此融为了一体。贾欣怡遇见的熟面孔并不多,彼此间寒暄几句,便一头扎进味觉的盛宴中。墙角细木护壁板周围摆放的百合、玫瑰、大丽花、兰花散溢出浓郁的芳香,与四处弥漫的暖气,还有香菇烩羊肉、香蒸龙俐鱼的气息混杂在一起,时间一长她不禁感到有些头昏脑涨。她擎举着一杯波尔多红葡萄酒,不无落寞地走到僻静的角落,慢慢啜饮着,不经意间抬头,一个熟悉的面孔在近前方——原来是久违的俞日新。

两人都略显尴尬。俞日新整了整雪白色衬衫外微翘的海蓝色领带,殷勤地向贾欣怡敬酒致意。不远处叽叽喳喳的说笑汇集成了巨大的声浪,碾压着人脆弱的神经。客套了几句后,俞日新撇了撇嘴,"生白兄弟最近好吗?"

他们间的空气顿时变得僵滞。贾欣怡咬了咬下唇,"你这个老朋友还不知道我们都要离了？"

俞日新点了点头，"手续还没办完吧？"

她努了努嘴，"还早着呢——"

一阵冷场。德彪西乐曲中那梦幻般的主题再一次在耳畔回响，和先前相比，旋律变得活跃起来，随后又低沉下去，比开场更添几分慵倦的气息，最后犹如水面上的浮沫消隐于天地之间。俞日新走到邻近的餐桌，给贾欣怡端来了一块欧培拉，"我记得你爱吃这个……"

她脸上一阵发烧，低下头。俞日新正眼望着她，苦笑着摇了摇头，"没想到，生白那么不够朋友……"

贾欣怡避开他的目光，齿间透出几声冷笑，"他那点丑事，想想都恶心！"

俞日新淡然笑了笑，"还有谁比你更了解他——但你还是那么迷人！"

她默然无语。此时此刻，酒会臻于高潮，人们在面具的保护下，纵情投入喧哗不已的漩流中，而整个上海沉落到浓酽的黑夜之中。

一切都那么无聊！她回转头，定睛望了俞日新一眼。

II

两个月的空白，硕大的缺口。

世界照旧不停地转动。

已是临近年关——全年里最绚丽璀璨的嘉年华。空气冷冽而清新，风不大，夹杂着几许温柔的叹息。徐生白穿行在上海闹市区的大街小巷，熟悉而陌生：外白渡桥，外滩观景平台，南京路，人民公园，大世界，这座大都市的明信片景观，一枚枚华贵富丽的徽章。残冬的阳光时断时续地垂照下来，整个街市恍然间变身成了一座梦幻花园，沿着江岸耸峙的那一长排巍峨的洋楼像是一座座水晶宫殿，矗立在时间长河之上的永恒纪念碑。霎时间，澄碧的天空上飘漾的云絮构缀成了一个大十字图案，清晰无比，仿佛是天堂馈赠的礼物，格外惹人瞩目。

徐生白搓揉着略显僵直的手指，摇摇晃晃地在熙攘的人群中踟蹰前行。回到上海后他这是第一次出门逛街。他努力想调整自己的步伐，但四肢好似挣脱了中枢神经的控制，时不时恣意而为。他有种直觉，这或许是此生的最后一次过年了。一股浓郁的悲凉感攫住了他，他咬咬牙，前面便是和平饭店南楼。此刻，从旋转门里走出来一男一女，那男的极为眼熟。一缕阳光从金属门框周围的阴影中突围而出，将他晒成了阴阳脸。徐生白愣了愣：那岂不是慕仁——离了婚的混账女婿。大半年不见，他体态更显臃肿，身边的那个女孩牵着他的手，瘦高个子，染成金黄的长发，远及不上紫彤漂亮。慕仁油腻腻的脸蛋上泛着幸福满足的光泽。这一瞬间，他零碎残损的记忆点点滴滴地浮出水面，慢慢拼缀成一帧帧轮廓依稀可辨的画面。

白色的床单，裹尸布的色调。几件简朴的木质家具——粗看上去颇有北欧风情，但粗粝不堪，只要手指一弹，霎时间便会坍塌下来。

逼仄的房间，不到十平方米，室内弥漫着老处女般矫情冷漠的气息。

他在那张狭小的桌子上写着情况说明。一次次交到审讯警官手里，一次次被退回，搜肠刮肚地重写，无休止地修改。老旧的台式电脑间歇性地死机，僵死的屏幕让人想起字迹剥落模糊的墓碑。

老式吊扇的叶片微微颤抖着，在褪色的地板上投下丬丬阴影。一缕缕灰尘悬浮着，游动的颗粒像发了情般战栗。

徐生白张大嘴，大口吸吮着自由而新鲜的空气。不再是那被软禁的宾馆房间中沉滞、酸臭的气流。寒意渐深，他打了个哆嗦。随后他拉起滑雪衫衣领，缩着头，穿过空阔的世纪广场，前方浙江路转角处沈大成小吃店门口排起了长长的队列。正对面是永安公司大楼，一阵阵菜品糕点的香气从邻近人头攒动的新雅粤菜馆飘逸而出，在鼻孔边萦回，悄然撩拨起他的食欲。他咽着口水，痴痴地凝望着成群结队的人穿过时装公司沿街幽暗的拱廊，拎着大包小包的年货，满面喜色。而第一食品商店门口更是人潮如涌，恍如置身于熙攘的庙会。

他住的房间推拉窗下方是一个方形大院，在密匝的榕树、棕榈树间吉普车面包车小轿车穿梭不息。丁零乒乓轰隆，一阵阵喧嚷的波浪从四面八方涌来，又渐渐沉落下去。

院子外侧是沿江的马路。几座不同式样的桥梁横跨在江面上：这边是老城，对岸是新城区，视野尽头是一座绿意葱葱的街心花园。他长久地眺望着脚下这座无法用脚掌丈量的城市。

他一次次徒劳地在昏暗的记忆中搜寻着往昔岁月的细枝末节。一抹阴影，若有若无的印痕，萦回不散的低徊的吟唱，编织不成一个完整的故事。

熟悉的是扑面而来的阴湿，淅淅沥沥的冬雨。他的头发，皮肤，关节，肌肉，僵滞的血液，蒙上了厚实的霉菌，慢慢地腐烂、解体。

门反锁着。他想象得出昼夜守候在右侧墙角的便衣那张狭长的脸，一对细眼射出枭鹰般的凶光。

他跟随着密集的人流，懒洋洋地穿过西藏路，来到对街的绿地边，那儿矗立着五卅运动纪念碑。他记得十多年前带女儿紫彤多次到此，改建前它位于人民公园围墙内侧。那时紫彤饶有兴致地观赏着弧形的花岗岩碑体背部的锻铜的浮雕，重温那一段如火如荼的激情岁月。她还在银白色的不锈钢雕塑（整体呈放射形，像一团飞舞的火舌）前留影，张开双臂，和它一同奔腾向上，叠映在不远处国际饭店褐石色的墙体上。

这么多天一直没有紫彤的消息。他回家后就没有跟她打过照面，给她发消息也没有回音。卧室里被褥叠得异常齐整，桌面也收拾得纤尘不染：她好长时间没回来了。到底去哪儿了？

有其父必有其女。紫彤不正是徐生白自己映现在镜面中的形象！血浓于水，她继承了他冷漠孤僻的性情。他自己不也是一直没给母亲打电话吗？回上海后也没打过。

一次异乎寻常的审讯。一个中年女人中途闯入，声泪俱下地诉说。她妈妈因为千里眼公司崩盘而跳河自尽，四十多万积蓄全部打了水漂。对此他难道没有一点良心谴责吗？

女人泪泪滚淌的泪水，闪着刺目的光焰。连绵不绝的哭泣像是叙事谣歌，音量渐次升高攀跃，将悲情化为一股漩流，将周围的一切淹没，吞噬，一大片残骸飘游在酱紫色的水面上。

精心设计好的表演，摧毁性的心理战。他像一只漏了气的足球，瘫软下来，萎瘪成皱巴巴的一团。

兜转了半天，他拖着疲沓的步伐回到那套复式公寓。什么都变了，就连家里的洗脸池、浴缸都变了形。它们原先的样貌还得他一点点从记忆中发掘、复原。楼梯也不是原来的样子——当心，不要一脚踏空摔落下去。

他匆匆吃了晚餐，掀着电视遥控器，看了半部老贺岁片，心中感受不到一丝欢乐。他关了电视，将遥控器往沙发上一扔，摇摇摆摆登上楼。他步入浴室，打开热水龙头，等水积了大半后，脱光了衣服爬进浴缸，浸泡在温热的水流中。雪白的泡沫在水面上浮漾扩散，他将头枕靠在浴缸边沿，两腿伸直，双手抚按着微微起伏的水波，让周转的水流冲击周身的经脉。

在那一刻，徐生白回复到了昔日无所动心的境界：无欲无求，无痛无乐，悲痛喜乐仿佛哗啦啦从身上蜕落而下，自己又变成了一个纯真的幼童。他再一次意守丹田，驾驭着周身运转的气流，冲刷、洗涤着层层叠叠的污垢，复归于太初的宁静。

他仿佛浸泡在创世者瑰丽的荣光中，就像释迦牟尼在菩提树下体悟到的那样，天地万物的图式、轨迹、阴阳幽明、刚柔交错的全景图案，上下千年的流变会通瞬间铺陈在眼前。在命运诡谲幽秘的面容前，他呢喃着：我来了，我看见了，我征服了！他觉得自己身轻如燕，袅袅浮出水面，凌驾于滚滚红尘之上。

他擦干身子，披上白色棉睡衣，步入卧室，躺倒在床上。窗外偶尔有零星的噪响飞掠而过；有时一阵大风袭来，将窗扇撞击得吱嘎摇颤。虽然困乏到了极点，但一时间竟无法入睡。他烦躁地坐起身，从柜子中取出一张CD碟片，放到播放机中。

那是他百听不厌的柴可夫斯基的《悲怆交响曲》，当年俞日新嘲笑他口味那么俗，怎么就不听听巴赫、莫扎特！阴暗、抑郁的引子,缓慢沉滞,由此演变而成的第一主题从沉重的呻吟变成了高吁长叹,而由中提琴引入的第二主题豁露出几分明丽的色调,平静、清新而又温暖。最打动他的第二乐章是流畅轻快的五拍子圆舞曲,欢乐中潜藏着拂之不去的伤感与迷惘。

在深情而悲郁的旋律中,徐生白迷迷糊糊地沉入了睡眠的浅滩。不知过了多久,乐曲声音安然中止,身外的世界依旧如故,一派岁月静好的和乐景象。他勉力睁开眼,觉得体内正悄然酝酿着一波疾风暴雨般的骚动,它将把早已残损的五脏六腑撕裂摧毁。

像是慢慢浮出浩瀚的水面,枕边传来一阵呼噜呼噜的鼾声,酣畅,悠长。猫咪凯撒侧身趴伏着,在狭窄、短暂的猫生世界中梦游。徐生白轻轻捋着它背脊上柔滑干爽的毛皮,轻声哼唱起一段破碎而熟悉的旋律。凯撒半睁开眼,懵懵懂懂地望着他,双方沉浸在相看两不厌的境地中。随后它翻转身,抓挠起脸腮来。

不久,《大江东去》中的人物场景占据了脑海,他与主人公合为一体。他起身,打开笔记本电脑,手指嗒嗒嗒地叩击着键盘:

初冬时节,裴邦济又一次回到了母国。这一次,他来到重庆合川,凭吊十三世纪中后期钓鱼城保卫战的遗址。他正全力投入写作自己的博士论文,这次回国除了搜集文献资料,还多次实地考察。

他在昔日城池遗址中流连徜徉,在古炮台的垛口处久久伫立。陡直的峭壁下方,嘉陵江、涪江、渠江三江会聚于此,江水涌流不息。而1259年蒙古大汗蒙哥便在此中箭受伤,没几天便不治身亡。席卷欧亚大陆的蒙古大军随之北撤,历史为之改写。

　　从古军营出来，前方多层石级之上矗立着巍峨的护国门。恍然间他的灵魂穿越到六百多年前的战场中，伤痕累累的心灵寻觅到了难言的安宁。

　　一阵窸窸窣窣的噪响，在午夜的寂静中显得分外刺耳。徐生白转过头，小圆沙发上空无一物。他拍了拍额头，回过身，想将刚才写下的文字再润色一下。又是一阵骚动，一条黄白相间的小腿从书橱旁探了出来。他笑了笑，捋了捋下巴，站起身，蹑手蹑脚走过去。就在这一刻，凯撒伸出头，快步跑向书桌，咯噔几下跃上台面。这一刻，他和凯撒再次四目相对：在昏黄的光焰中，他嗲地喵了一声，目光中流露出年岁渐老的迷茫、悲哀，撒娇的渴念和从孑然一身的孤寂中挣脱出来的期盼。

III

　　那是一间阴暗的厅堂，正当中停放着一具深褐色的棺木。昏暗的阴影中烛光闪烁，父亲的身体躺卧其中，四周围堆满了鲜丽的百合玫瑰康乃馨。他的脸膛比生前最后一次见到时更为瘦削，下巴朝下合拢的两条斜线构成了哥特式教堂的尖顶。他面色貌似安详，仿佛蒙上了一层蜡制的面具。摇曳的香烛在静寂中散溢出浓酽的气味，时不时让人喘不过气来。

　　徐生白睁开了眼——在被子中一阵哆嗦。一阵隐隐的内疚袭上心头：回来这么些天，还没有去看过母亲。就这么难吗？的确，就这么难。父亲去世时他被软禁在南方，没能赶上大殓。一切恍如隔世，他觉得像刚从战场的死人堆中爬了出来。就是迈不过这道坎，它像一块粗硬的石块，横亘在心头，无法消解，无法缩减，让人想起飞机失事后留存的黑匣子。

腿脚在发颤、抽筋，因为寒冷而僵直——那是局部性提前死亡。死亡又逼近了一大步。空调热力不足，咿咿呀呀地呻吟着。一年中最为阴寒的日子，贪婪地将整座城市吞噬而下。

他勉力坐起身，望着窗外苍白灰暗的天空。尽管这幢公寓楼位于闹市区的一角，厚实的墙壁、铁栅栏和四季常青的树木筑起了高高的防护罩，将汹涌起伏的市嚣挡在了远方，成了一座防卫严密的城堡。望着街上间歇驶过的车辆，他仿佛置身于人迹罕至的荒僻小镇。自己也不知道再活几天。他记得好多年前有人说一个人一辈子也就三万天好活，掐指一算，总共八十二岁多点，他已经活了两万来天。一阵忧惧袭上心头：如何面对那一无所有的深渊？在这硕大的黑洞面前，他经多年修炼而达成的无所动心的境界也无济于事。

绵薄的云絮间散溢出几缕微弱的阳光。徐生白甩了个胳膊，朝自己左右脸上狠狠地抽打了几下，随后露出满意的笑容：懒鬼！昨天和妈妈打了电话说好，今天去的。不能再拖了——但一想到她冷冰冰的声音，他不禁皱起了眉头。

但还是得去。他咬紧牙关，像幼时发烧母亲抱着他去医院打青霉素时那样，浑身打战，静候着针头刺戳进屁股的那一刻。

他搭乘上地铁，过了三站便从静安寺下了车。临近年关，返乡高峰已过，黄昏时分的街头弥漫着节前特有的欢快气氛。走过人潮如涌的黄金饰品店，澄亮光鲜的店堂与邻近一长排行道树上悬挂的彩灯交相辉映，将整座街市装扮成了一个狂欢庆典的舞台。虬结交错的树枝从上到下垂挂着一串串小圆灯球，它们在白色的六角形灯饰旁不停地喷射着光焰，由红转蓝，又变为绿。对街是一排华贵、冷冷清清的钟表首饰店，徐生白霎时间想起前些年他好多次和陈玫君路过此地，观赏这光的盛宴，尤其在圣诞节前商厦大门口披挂着七彩灯火的高大的圣诞树，成为记忆深处永恒的背景。然而，他返回上海后还没有和她联系过，也不知最近是好是坏？他猛地感到一阵揪心的痛楚。

没多久，他走进父母所在的小区。对陈玫君的思念转瞬间变得黯淡无光，她憔悴但又颇富风韵的面容沦为一具风干的木乃伊。小区外墙新近重新粉刷了一遍，粉黄色的立面像涂上了一层细薄的奶油。照旧是那幢30层的高楼，照例在电梯轿厢中掀下17楼的按钮。

徐生白踮起脚跟，做贼似的溜到了那熟悉、老旧的单元门前。刚走到一半，妹妹郁雯的声音从门缝里渗了出来：

"妈妈，你做啥这样？你是不是存心和我过不去。不是我来表功，你想没想过这两年为了照顾你和爸爸，我有多少辛苦！哥哥出了事撒手不管，家里就我一个人撑着！你想想我容易吗？"

母亲咕嘟了一句。郁雯继续说着："不是我多嘴，你就是不晓得，讲得再直接点就是拎不清。你只晓得自己，年纪一大，搞得像小毛头一样。哎，连小人也比你懂得事体！"

母亲的声音提高了，"朱阿姨，快点准备热水，我要洗头洗澡——听见了吗？"

"朱阿姨，不要去睬她！讲不听的！人家阿姨也是为了你好，天这么冷，不像北方家家户户有暖气，只有浴霸，不冷不热的，你非感冒不可！老年人最怕着冷，一着冷感冒，动不动就并发肺炎——这点道理妈你不清楚？"

"朱阿姨，去弄热水——你到底听她的还是听我的？"母亲声音中带着愠怒。

"朱阿姨，不要理她！——活了这么一大把年纪，将心比心还不会！你着冷了谁负责？"

"我自己负责——要死要活我自己做主！"母亲气哼哼地吼道。

长长的冷场。徐生白思忖着要不要推门而入劝解一番，但稍一犹豫，手指僵在门面上。

一阵嘈嘈切切的喧响。郁雯的声音变得尖利起来："我不和你搞了！还要去送小童上课。老的这么难弄，小的也不让人省心。去年中考考得不好，现在赤了脚追也追不上。只好每个周末从早到晚上补习班，上得昏天黑地也没办法。高考只有两年多一点点时间，再也输不起了！"

"好了好了，晓得了，总之白养了你这个女儿！只晓得儿子，哪里把老娘放在眼里——阿姨不肯，叫你帮我洗个头总可以吧。连这点事也不肯做。小童看你这样待外婆，你老了他也不会对你好的，会有报应的！"母亲喘了口气，"早晓得这套房子也不会给你一个人……"

这一刻，门砰地打开，徐生白和妹妹打了个照面。郁雯在尴尬中泄露出诸多无奈。她朝里面卧室努了努嘴，"哥，你来了——你坐一下，我要去接小童了！"

他走进狭长的起居间，和朱阿姨打了个招呼。她四十来岁，身着深黑色羽绒服，微笑时眉目间透着一股妖媚。他走到四方餐桌边，墙面上悬挂着父亲的标准照，临时搭起的台板上放着香烛水果供品。七七四十九天还没过完！他默然肃立了几分钟，点上一根细长的香，插在圆形小炉中，随后鞠了三个躬。

徐生白步入卧室，母亲坐在叠放了厚厚坐垫的皮椅中，脑袋歪斜。前些年骨折后就腿脚不便，不久前患了类风湿关节炎后，她的手不停地颤抖，但目光中依旧葆有鹰隼般的锐利。左手食指去年切菜上不慎受伤，微微凹陷的伤口至今尚未痊愈。

一缕惨白的光线照亮了她的半边脸膛，唇角不停抖动着。

长长的沉默。她抬起头，"你回来了？"徐生白嗯了一声。

母亲挺起腰背，"哎，一点没有讲错，子女都是讨债鬼！叫你当心点，不要外头乱跑，你看不当心搭了坏道，现在吃到苦头了……"她猛地打了个喷嚏，"你没看到：你妹妹不是个东西，只晓得儿子，你爸爸一走，老娘都不要了！也是的，当初什么东西都给她了，她一点都不求着我了！真真没良心！"

徐生白咬着牙齿，想说什么，但又控制住了。母亲挥了挥胳膊，"我当然晓得她照顾我蛮吃力的，人活着做啥事不吃力！都想不劳而获。"她转过头："不是我讲你，你出了事关进去也不给我个消息，让人从早到晚吓牢牢的！"

他使劲搓着手背，"我和欣怡早就分居了，找不到人转口信！"

母亲瞪大双眼，"老早和你讲了，年纪轻的女人靠不住——现在尝到苦头了。你心里啥地方有老娘，反正你老早就不需要我了！我完全是你的负担了！"

他有点不耐烦起来，"话好好说，你到底要怎么样？"

母亲哼了一声，"你和小雯还把我当娘吗？你走好了，我就当没有养你这个儿子！你们走，统统走光，过你们自己的小日子，让我一个人待着，死掉算数！"

最终徐生白还是屈服了。他和朱阿姨将母亲扶到浴室，开启镶嵌在天花板上的浴霸，并将三台小取暖器（有一台还是临时到隔壁邻居那儿借的）搬到浴池。母亲一下变得很温顺，坐在从龙头中汩汩滚涌而出的温热的水流中，朱阿姨从上到下尽情地搓揉擦洗着她的肌肤。在那一刻，他仿佛被感动了，母亲沉浸在庄重的仪式中：这是怪癖，也是坚守，坚决不让一年中的晦气污浊带到新年当中。

徐生白额头上沁出了汗珠。不断地往池子中加添热水，保持一定的温度。奔涌不息的水流和取暖器的噪响形成了奇妙的共鸣。在那一刻，在他眼里，母亲返老还童，变成了婴孩。浑身皱缩、瘢痕点点的皮肤恍然间成了一件精雕细琢的艺术品。她半张开的嘴角，挂着一丝笑意，那源自天真无邪的幸福。

二十二 讼

讼卦（坎下乾上）

讼：有孚，窒惕，中吉，终凶。利见大人，不利涉大川。

I

徐生白长长舒了一口气。

微湿的空气中飘浮着丝丝缕缕的馨香，黏附在鼻孔边，淡淡的，若有若无。此时他和陈玫君悠闲地站在京都西郊横跨大堰川两岸的渡月桥上，纵目眺望着不远处葱绿的松枝和粉白的樱花密密匝匝交织披裹着的岚山。桥面下清澈的水面上重叠的绿影微微荡漾，时不时拖曳出一圈圈繁密细碎的涟漪，静静地呼应着四周围三三两两游人起伏顿挫的语声足音。

总算是心想事成。好久之前徐生白便答应陪陈玫君到日本来游玩——两人心里都明白，这已是生命的诀别之旅。他们三天前在关西机场降落后，坐JR火车直奔京都安歇下来。几天游玩下来，她丝毫不觉倦怠，今天用完早餐后两人便坐了公交车，在迂曲的公路上左转右折来到岚山公园。此时他的心情是轻快的，甚至带有几分亢奋。他专心为扶栏倚立的陈玫君照相：她灰蓝色的风衣上点缀着众多的白色小圆点，尽管在古风雅韵上稍稍逊色于头次见面时那件蓝

427

底白色印花丝绸短袖衫，但沾带上几分和服的气息，与日本的赏樱时节更加熨帖契合。

呈露在他相框内的陈玫君脸色苍白，满是倦容，但也散溢出一种慵懒病弱的美艳，就像细砂路上遍地零落的樱花。霎然间一缕阳光将她照得通体透亮；化疗后新近长出的头发披落在肩头，饱满的额头上奔突而出的生命力正在替吉奥胶囊的辅助下与体内流窜肆虐的癌细胞做着殊死一搏。这是最美的瞬间，四周围大路小径旁樱花零落成泥前的美艳。

这是出门的第四天，徐生白丝毫没有为她的身体状况省过心。她处于生命与死亡的临界线附近，仿佛一个小小的喷嚏就足以让他俩阴阳两隔。他不停地祈求老天保佑旅途平安，让她尽情啜泣生命中的最后一杯甜酒。前几天大德寺内精致之极的枯山水，上面两层覆满金箔、岸边垂柳飘拂的金阁寺，给了她极大的满足。她近乎贪婪地攫取着，抓住生命最后的色彩、光影、气味，最后的梦幻，抓住生命的每一个瞬间。

他们俩走下桥来，步入邻近的岚山公园。踩踏在细砂路面上，饱览着四周围一簇簇一团团繁盛华丽的樱花——在和暖的空气中，它们化成了林林总总的小精灵，欣快地游漾；同时也渗入了忧伤悲郁的基调，当它们振翅一跃、美艳臻于极致之际，便是陨落之时。过上十天半月再来光顾，零落的花瓣将会铺陈出层层叠叠粉白粉红的花垫，而花魂四散飘浮在温湿的空气中，寄生于漫天飞卷翩飞的细密的粉絮之中。沿着齐整的石阶，他们俩登上一座低矮的山岗。走了没多远，久闻其名的周恩来诗碑映现在眼前，徐生白走近黑褐色碑石，凝望着上面镌刻的诗句：

人间的万象真理，愈求愈模糊；
——模糊中偶然见着一点光明，
真愈觉姣妍。

渐渐地，眼前的景象变得模糊起来。徐生白觉得呼吸变得急促，身边坚实的世界和躯体内的五脏六腑一起悄无声息地崩溃、瓦解。他收住脚步，搓揉了下太阳穴：难道他会比陈玫君先垮下来！要挺住！恍然间他又一次见到了华贵庄严、挺立在滚滚红尘之上的金阁寺，顶部那镀金的铜凤凰那张开的光灿灿的翅膀，在风中咔嚓嚓摇曳颤抖。

时届正午，陈玫君略现疲态，他们俩一起朝出租车上车点走去。突然间，她喔唷了一声，蹲伏在路面上。徐生白上前一步，扶着她肩头，"怎么了？"

几声低低的抽泣——她瘫坐在树荫下，"完了完了——这下完了！"

徐生白打量着她柔白的脖颈，一小瓣樱花投射其上，弧形的阴影在脖际间默然滑动："到底出了怎么事？哪里不舒服？"

她努了努嘴，"你看——"

她的脚微微翘举而起，黑色的鞋后跟脱落了大半截，鞋底也松脱开来。她垂着头，"真不该穿它出来的——已经好几年不穿了，没想到会这个样子！"

徐生白愣了愣，弯腰抱住她："没事的——叫车去买双新的！"

她又哇哇哭泣起来，"完了——什么样子！丢死人了！"

徐生白咬紧牙,"别担心——我抱你上车——搀着你,你走慢点。坚持住!"

他小心翼翼地搀扶着她,一颠一摇上了出租车。返城途中她垂着头,哭丧着脸,徐生白从左侧搂着她,不停地搓揉着她裹着大腿的黑色长丝袜,同时在她耳畔呢喃,一会就到,再给你买双好看的新潮的,日本这边店里款式挺多的,别担心!她对这种甜言蜜语的抚慰上了瘾,终于露出了一抹微笑。

到了大丸百货店,左挑右看纠结了好大一会儿,总算买到了一双合意的浅黑色Clark牌中筒靴。此刻,陈玫君脸上豁露出一抹浅淡、酸涩的笑意,闪现在靴面浑厚鲜亮的光焰中;随后他们俩步入邻近的一家日式餐馆。

临街橱窗里琳琅满目地摆放着逼真诱人的陈列食品,略显幽暗的店堂,门口侍立的服务员殷勤地鞠躬引领,前后左右悬垂着的白底黑字的灯笼,红漆黑色边框的餐具匣和酱油、芥末等瓶罐,连同需要脱鞋入内的铺设着榻榻米的餐室,一同洋溢着浓郁的东洋风情。尽管陈玫君并不习惯在席面上盘腿而坐,但此时却怀着劫后余生般的感动,大口咬嚼着鲜红的刺身。虽然它们没有烹饪后的美味,但却有一股原生的活力充斥在她的口中。没咬几口,她浑身精神为之一振:仿佛来自大地深处的生命原力通过潜藏着腥味的生鱼肉片灌注到了她病弱的体内。

不知不觉间,云絮增厚,天光暗淡下来。陈玫君肚腹中涌起了一阵奇异的骚动,一波波恶心袭上心头。她轻轻揉了揉手术后残损的胃部,强颜欢笑地看着徐生白大口吞咽着红酱色的鳗鱼饭。她不想败他的兴,她要看着他吃完,看他咽下最后一口——反正是最后一回了。忍忍吧，这种不适她并不陌生。店面外不时有车辆零星驶过，短暂的喧哗过后邻近的街市沉落到更为深湛的宁静之中。

淅淅沥沥的雨水下了一整夜。黎明时分，徐生白迷迷糊糊地睁开了眼。眼前是狭小幽暗的客房，陈玫君侧转身，弓着背，躺卧在薄薄的被子下。从窗帘透入的晨曦沾染上了苍黄的色调，从檐端汩汩滴淌而下的水流在四周围的清寂中捶击着脆弱的心扉，啪啪滚落到地面上，林林总总褪了色的樱花花瓣飘浮其上，豁露出最后一抹娇媚与美艳。

他重重地吐了一口气。东瀛之游即将收尾，今天还要去奈良转上一圈。他瞅着陈玫君的身影，一绺绺凌乱的发丝，干涩皱缩的皮肤。昨晚再次失败了。其实他早该料到，生命的寒冬骤然而至，昔日滔滔漫涌的情欲的残迹涂抹在干枯的河床上，令人怅惘之余，徒然滋生出几多愧疚。

从起床到用早餐，他长久不敢与她目光直视，说话也变得前所未有的客气，仿佛在日本待了几天，也披上了日式烦琐礼仪的盔甲。他时不时觉得和她说话就像哄一个幼童，时常要劳神费思地搜寻字句，令人疲惫不堪。而两人的心境不知不觉间发生着蜕化，欣快的情绪飘散坠落，难以抑制的悲郁应和着淅淅沥沥的雨声在心头长久地萦回。九点过后，雨水稍止，他们一同搭乘近铁线火车，不到一小时便到了奈良。这座迷你精巧的古城宛如一座大公园，敞阔的草地上三三两两的梅花鹿穿梭往来，与人相处无间无碍。陈玫君向路边的小贩买了包鹿煎饼，刚抽出一片，几头鹿便放肆地冲上来争抢。徐生白见状咧嘴笑了笑，转身又去买了一包，从袋里抽出两片，举到头顶；几头鹿围聚到他身边，他将饼片晃了晃，划了大半个弧圈，最后慢慢伸触到鹿的嘴边。

随后他们俩朝公园深处的东大寺走去，据说这是唐代鉴真和尚东渡日本后最初的驻地。进得山门，随着三三两两的游客步入轩敞阔大的中院，双层大佛殿赫然耸立在眼前。那一瞬间，徐生白恍然间感到生生死死的奥秘，难以摆脱的轮回，连同天地间生生不息的节奏，纷纷掠过森严的佛像、摇曳的香火和飘荡的经幡，都汇聚到这宏伟古老的大殿之中。

突然间，陈玫君身子向后倾倒下来——那一刹那，整个世界在她眼里天旋地转，上下颠倒，她处在滚涌不息的漩涡的中心。徐生白忙扶住了她，问身上哪里又不舒服了。她慢慢睁开眼，勉力挤出一丝笑，"没什么——别担心！"

"那回去休息！"

她半合着眼，摇摇头，"不——唐招提寺还是去一下吧，别留遗憾！"

他们俩又上了出租车。刚开出一条街，天色霎时间变得昏黑下来，随后一场豪雨瓢泼而下。车辆行进在奈良幽深闲寂的郊区，雨水恰好给大片干燥的土地注入了一脉生命之泉。陈玫君仰靠在椅背上，大口喘着气，上身时不时抽搐一下。徐生白掏出清凉油，敷抹在她太阳穴上。她微微睁开眼，睨视了他良久，随后头颅剧烈摇晃着。

"你到底哪里不舒服？"徐生白急切地问道。

她忽地睁大眼，用手指点戳了下脑部，"我要死了不行了要死了，哇。"同时双腿也跳颤起来。徐生白猛吸一口气，按住她的肩部，"不要这样，不要这样——我求你了！不要紧的，你会好的！

没事的！"

她的神情瞬时间平静下来，"好了，我也想明白了，这样也好，一了百了，你也解脱了——可以再去找她了！"

始终没有忘记。其实往昔发生的一切都不会消失，它们积聚在阴暗的底层，一到时机成熟便会再次抽枝发芽，再次长出新的毒牙。即便现在，她还对刘娅琳念念不忘，还要再次点燃他良心的愧疚。

徐生白皱起眉头，在她脸上轻轻吻了一下，"你胡说啥！我爱你喜欢你，你到现在还怀疑吗！早说好了我们永远在一起，永远不分离。你看看我有多爱你，多把你放在心上。我们这次出来不是结束，而是新的开始，把身体养好了，以后还有很多次机会，我们还要再去欧洲去美国，甚至去非洲，看看那儿真正的原始森林，看看狮子、大象。别急，你会好的，会一天天好起来的，医生和我说过，关键是心态要好，要乐观。"

徐生白仿佛听见昔日零星的幽灵越过时间的沼泽，低低地发出哀怨。此时此刻，陈玫君身心濒于崩溃，他像奶妈一般精心照料她，将绵软可心的情话灌注到她日趋沙化的心灵之中——哪怕只有几分钟的滋润。她的脸现出些许痴傻的表情，近乎贪婪地吸食着他的甜言蜜语，直到将他掏空为止。

车到了山门前停下，上方横额上四个红色大字"唐招提寺"赫然映入眼帘，据说它是古时日本一个女天皇模仿王羲之笔墨写的，堪称是在中华的模子中浇注进和魂的气息。年老的门房不无矜持地和他们打了个招呼，他嘀咕的一串叽里呱啦的日语里徐生白只听得懂"中国"这一个词汇。

雨水依旧汩汩洒落而下，游客稀少的寺院更显幽寂。徐生白左手打着伞，右手搀扶着陈玫君，一步一颤穿行在错落的殿堂间。他一时间觉得自己的嗓门干涩，竟然发不出任何有意义的音节——脑海中一片空白，所有的记忆图像刹那间都被抹去。他想象着当年鉴真和尚圆寂前结跏趺坐的情状，他双手拱合，面朝西方，脸面上露出迷人的微笑，而紧敛的双唇显露出不可摧毁的意志。徐生白相信自己听到了他默然的召唤，它源自西方极乐世界，源自普度众生泽被万物慈悲无限的菩萨心肠的至爱。

没多久，雨水猝然停歇下来，一片温煦绚丽的阳光垂照到了寺院中。

II

一抹铜黄色的光焰，披照在皱巴巴的白色床单上，在凹陷处聚集成了斑驳的光焰。徐生白翻了个身，又合上了两眼。虽然还只是五月，初夏鲜活的热力已在午后弥漫着瞌睡哈欠、近乎凝滞的病区中游走浮漾。

尽管从ICU转移到了普通病房，徐生白还是在阴阳两界的门槛上盘桓。白天他大半时间在昏睡，子时过后头脑变得异常亢奋。夜深人静之际，他耳边时不时回响着天籁之音，宏伟高亢，庄严肃穆，他觉得自己正在经历一场死亡的预演，一次盛装的彩排。他目光中残留的意识的余光不时被大团厚重的阴影遮盖，周围的世界悬垂在惨淡的绿色之中。

不知什么时间起，四人病房内又开始了新一轮吱吱嘎嘎的骚动。他清晰地听见窗外繁密的香樟树丛中麻雀的鸣叫——好像也不是，一点不悦耳，那么嘶哑，不会是灰喜鹊吧，他仿佛看到了它摇颤着细长的蓝尾巴。

脖颈上泛出一阵隐隐的瘙痒，是小猫凯撒回来了吗？——不会在这儿，它早在住院前几天就突出重围，逃之夭夭了。它能跑到哪儿呢！霎时间好似有一股湍急的潮水涌来，他又一次呛水了，跌落到清醒的水平线下方。

那是邈远广阔的世界，他意识的余光匍匐在厚密的阴影中。好神奇，偌大的世界悬浮在无边无际晶晶发亮的深蓝中。仿佛往昔世代的幽灵一起从暗角中涌了出来，发出一声声尖厉的呼喊，在阴惨的风中流转起伏——它们来自生命的源头，腐臭的气味盘绕其上。

一个个热气球般大的肥皂泡，五彩缤纷。一场雨洒落，飘落到一方红色大理石墓穴上。转眼间它们变成了火，全宇宙的精灵汇集其间，寄生在绚丽芳香扑鼻的玫瑰、百合、绣球花中。催人昏昏欲睡的香气，烟雾中凸露着神魂颠倒的眼睛，满怀饥渴，那便是唯一的光。

手指轻柔地按捏，来来回回擦抚——徐生白半睁开眼，护工钮阿姨正在黄色塑料盆中搓洗毛巾，随后一次次拎出水面，用劲绞拧干。对此他并不陌生，好长时间了，他对于肉体的羞耻感已荡然无存。他裸露的身体坦然地承受着诸多中老年女性无遮无掩的碰触，就像是一双双编好程序、制作精良的机械手臂在他全身上下抚搓而过，除了霎时间肌肤的震颤，他已全然无动于心。

肋骨发出一阵阵刺痛——她下手太重，膝盖嘎嘎作响，仿佛已全然僵直，瞬息间便会碎裂开来。他差点叫起来，但还是尽力忍耐着，很快会好的。

钮阿姨将蓝白条格毛巾挂到系在床架上方的细绳上，掏出手绢擦了擦沁满汗珠的额头。她四十来岁，左眼下侧有一方深褐紫色瘢痕，大概是在一次火灾中受了伤。她是个直性子，脾气好的时候如沐春风，一不耐烦也会咆哮上几句。但她对每天翻身擦身的事一直不敢有丁点闪失。要是生出褥疮，天大的作孽！

徐生白长长叹了口气，脑子一点点清醒过来。入院后他便感到一种难以安抚、平息的痛苦：沉陷在半瘫痪状态中，真是生不如死！要是能这样沉沉睡去不再醒来，安然离世，也不失为一种福分。

更重要的是他可以与陈玫君在阴间重逢了。她是上个月谷雨那一天走的：一直悬在头顶上的那只黑色靴子终于落地。这样的时刻并不陌生，他心理上早就有准备了，但那一刻他还是沉浸在从未体验过的悲恸之中。心脏轰然塌陷，他滚落到无限膨胀的空白的窟窿之中。想哭，泪水在眼里打转，但没能哭出来。是她妈妈发来短信告诉他的——他找不到气力去做最后的告别。其实，在日本那些天里，他每时每刻都等候着那致命的一刻猝然而至。

午后的阳光从灼热的峰巅转入缓缓下行的坡道，弥漫在周围空间里的热力悄然间衰减着威势。钮阿姨在电视剧、综艺节目、购物频道间不停地来回冲浪。猝然间，走道里传来一阵吱吱嘎嘎的噪响，一个身材高大的男护工步入室内，将紧邻门口床位的那个老人抬上滑轮床，去做CT检查。徐生白转过身望了一眼——他早已神经麻木，在上上下下进进出出的喧嚷中依稀看见了生死轮回的轮毂轰隆作响。

邻床张先生是个七十多岁的老人，因肠梗阻前几天才动完手术，照料他的护工是个三十多岁的女人。她站起身，将床头柜上堆放的杂物扔进众多的红色塑料袋中，并随口啐了一口。灰白色的痰液飞落到地面上，她头也不回地走出病室。钮阿姨见状站起身，绷着脸，盯视着她的背影，翻了个白眼，"什么样子，一点卫生都不讲！"

张先生欠起身，摆了摆手，"别和她一般计较！我等会叫她擦一下——钮阿姨，今年春节回老家去了吗？"

钮阿姨腾地坐回到方凳上，搓了搓手背，"回了！只待了五天！东家病人要照顾，离不开人！再说，回去多待没大意思，亲戚送礼花掉一大笔钞票。现在要买点东西，价钱贵得不谈了！你看看，超市里一百块进去，连两箱牛奶都买不着！"

张先生嘿嘿一笑，"你不想想，你赚的钞票不也比以前多得多了。五年前你一个月拿进多少？三千不得了吧！"

钮阿姨噘噘嘴，抓起遥控器，将电视机音量调到低档，对徐生白转过脸，"时间不早了——你女儿怎么还不来？"

张先生扫了徐生白一眼，叹了口气，"没办法！现在年轻人也不容易，上班多少忙，清闲的单位到哪里去寻！"

随后他清了清喉咙，"你福气算好的！还有女儿经常来看看，关心关心。现在多少老人在医院里，子女十天半月不见影子。她还能来跑两趟，算孝顺的！"

天空霎时间变得阴沉起来，窗外涌入的热风饱含着西太平洋升腾而起的湿气，直抵骨髓深处。徐生白感到一阵头晕，仿佛全身残

437

剩的元气又被吸走了大半。突然走道上传来一阵吵嚷，几声尖利的哭泣直戳耳膜。医生护士匆匆跑向相隔十米的病室，笨重的呼吸机轰隆隆尾随其后。一阵沉甸甸、令人窒息的静穆。此时，徐紫彤悄然闪进室内，坐在了徐生白床头。她额头披垂着一撮刘海，眼圈蒙上了一层黑影。她抓着父亲的手，按了按脉息，"今天怎么样，还舒服吗……"徐生白淡淡一笑，勉力张开嘴，点了点头："还好——还可以。"老是这几句话，每次都是不得不说不咸不淡的套话。苍白的话语宛如暮春时节凋落的花朵，飘荡在污浊的空气中，连同黏附其上的寡薄的亲情一同挥发，归于白茫茫的尘土。

紫彤转身抓过双肩包，从中掏出一小盒点心，"爸，你尝尝——这是国际饭店做的蝴蝶酥！"

徐生白欣慰地笑了笑，拎起一块，拆开塑料包装袋，往嘴里塞。钮阿姨见状，走到床边，"徐老师，你女儿心真好，还想得着买点好吃的东西来！"紫彤笑了笑，抓起一块塞到她手里，"你从早到晚辛苦了，尝尝！"

此刻，不远处爆了一阵凄厉的哭泣，医生护士来来往往，深灰色呼吸机又一次嘎嘎嘎碾过水泥地面。钮阿姨走到门口，探头张望了好一会，摇了摇头，"完结了，死了！五十九岁！公安局的，听说是查毒品的。本来明年就好退休，偏偏肺癌这种恶毛病寻上门来，东看西看也白搭，还用掉那么多钞票！"

众人一时间默然无语，仿佛谦卑地向威严赫赫的死神致敬。钮阿姨折回到床头，对着紫彤笑了笑，"差点忘记和你说了——到医生办公室去一下，你爸爸过几天做CT检查要你家属签字的！"

紫彤愣了愣，随后起身，急步往走道斜对面的医生办公室而去。一切都是这么心急慌忙火烧火燎的，不给人一丝喘息的机会。紫彤敲门进入，和张医生客套地打个招呼，心不在焉地询问一下父亲的病况，随后在检查单上签字。签就签，一了百了，签了就了结了，就你自己百分百负责了。

这和三天前在办公室向项主管发飙几乎是同一节奏。不错，她在这家主业经营音频的新媒体公司做了快两年，是老职工了。但项主管老是看她不顺眼，百般挑错，而且发年终奖时总要狠狠截去一大块。这次到了季度考核时节，项主管双眉紧蹙（她从来没向紫彤露出过笑脸），先是斥责最近几期节目录得音质太粗，随后郑重通知她一季度业绩不合格，产出质量下降，工作量也不足，扣奖金5000元，外加严重警告。紫彤只觉得一股血流涌上头顶心，她脸色苍白，上身颤摇了几下，然后沉下脸，低声说道，"喔，这样，那我辞职……"

一切都画上了休止符，在经历了那么长时间的折磨那么多犹豫不决愤怒羞恼之后。当然是一时冲动，但也不后悔。很早之前她就不想干了，一个成天围着上司、嘉宾屁颠屁颠的数码民工，越做越沮丧。她在家中静静地躺了三个整天，除了早晚进点食外一直蒙头大睡——要把多年欠下的睡眠都补上。就像前几个月去妇幼保健院打胎回来后那样，炖煮了一大锅鸡汤。真是万念俱灰，手机不看不接，消息不回，将自己彻底隔绝出来，自我隔离。

但无法彻底消音。声音是有毒的，尤其是铺天盖地的噪音。一道道源源不断翻涌而来的声波，腐蚀性的声波，耳根慢慢溃烂，扰乱神经平衡。她抓着头皮，感到恶心——只想呕吐。声音，到处有声音，几十亿张嘴发出的噪音，在地球上空汇集成汹涌的声波声浪，矗立起一道道森严的声墙。那么讨厌，尤其是男人的声音。男人都一个个那么讨厌，志清看上去老实巴交，一样让人恶心，蔫不拉几的，像个木偶，一点男性气质也没有，雄性荷尔蒙全被抽空了。

要命的是她竟然还怀上了他的骨肉。他们刚好就要分手拗断，只好怪自己太大意，安全期不安全。但察觉自己怀孕后她第一时间便决意打掉。不是她太狠心，只是出于绝望——简单极了，和段志清在一起绝没有前途，一条狭逼的绝路。起先的好奇和热忱霎时间蒸发殆尽，她再一次陷入了循环的死胡同：和慕仁在一起时没多大区别。甚至还不如慕仁，他好歹还有个体面稳定的工作。

相好不久，在段志清租住的简陋寒碜的两室公寓内，他们这两个熟悉的陌生人在一次次匆匆完成了肉体交欢的仪式后，便各自缩在床的一角，专注地盯视着手机屏幕，沉迷在绚丽多彩的画面之中。有时候他也会打开电视，用咋咋呼呼的喧嚷填满周围的虚空。说实在的，也不能全怪他——他三天两头在全世界各地飞，从香港、东京、新加坡、首尔到伦敦、巴黎、苏黎世、纽约、旧金山，身上吸足了五大洲各地繁富馥郁的气息，但他成了一条拼缀而成的百衲布——唯独没有他自己，他看上去拥有一切，其实什么都没有，什么都不是。

黄昏的阴影投射在青灰色的地面上，渐渐朝病室深处伸展。又是一阵喧嚷，送餐车吱吱嘎嘎推到门口。钮阿姨急忙站起身，领了菜盘返回到床头。她甩了甩胳膊，小心翼翼地将徐生白扶起，倚靠在金属床架上，随后在胸前方套上白底缀花围兜，放上一块搁板。徐生白苦笑了笑，心头猛然间浮漾起几许凄凉：虽然已不是第一次，但他又一次感到自己成了婴儿，一个年近六旬的婴儿。绿叶菜，肉糜蛋汤，家常菜的味道，煞是亲切！他一口口咀嚼，慢慢吞咽而下。紫彤坐在床尾，默然凝视着。

徐生白时不时望着女儿的身影。有多少次他期望能和女儿敞开心扉，诉说种种苦恼，修复日趋疏淡的父女之情。但一旦碰面，他先前的热情不知不觉间一落千丈：千言万语，不知从何说起。心里蓄积的情感如一条绵长的河汩汩流淌着，刚鼓起勇气，话语涌到嘴边就噎住了。此刻，胃部一阵痉挛，喉咙里泛起酸水。他对钮阿姨摇摇头，"好了——吃不下了！"

钮阿姨用毛巾使劲擦着他的嘴角，"你今天吃得不多，能吃还是多吃点！"她转身对紫彤笑了笑，"徐老师这两天胃口蛮好，医生说这次检查下来好的话，就可以出院了！也不用你跑来跑去了，你每天上班下班有多少吃力！"

紫彤不置可否地点了点头，神情漠然。她低垂着头，盯视着自己投射在黑黝黝地面上的影子，它不停地伸缩、扭曲，像是变成了一尾鱼、一条狗，过后被深不可测的黑暗吞噬。她抚了下脸腮，站起身来，烦躁地来回踱了几步，最后站到窗前。透过银灰色网格状栅栏望出去，不远处一条狭小的河溪蜿蜒而过，沿着河岸铺设了一条齐整、标准化的小型步道，几束残阳披照在周围环绕的葱绿的树丛间。更深远的背景上，东方明珠、金茂大厦、国金中心等超级庞然大物巍峨地屹立在大都市的地平线上。飘溢的菜香，此起彼伏纷纷扰扰的喧嚷，浓稠、掺杂进诸多浊臭的呼吸，一齐升腾而起，将她团团围裹住。她浑身燥热，仿佛误入了乌烟瘴气的地狱。恍然间，她觉得自己置身于更宏阔邈远的五维空间，先前世界中的种种悲欢离合生死枯荣尽收眼底。霎时间，暗沉沉的天花板、四周围的墙面竟然神奇地转动起来，一股浩大的激流摇撼着她周身的血脉，像一枚枚蓄势待发的火箭、巡航导弹。一切都到了忍受的极限，顷刻间折断、迸裂：她想象着自己的身体袅袅飘升，咔咔弹射到墙上，撞个头破血流，随后从窗口撬开密实的金属栅栏，一跃而下，一了百了。

霎时间，仿佛有千百个虫子在脑中嗡嗡鸣叫，发出密集的求救信号，紫彤猛地转过身，父亲快吃完了。她抓着自己的头发——只觉得自己快要疯了，不能再在这地方多待上一分一秒。她快步走到床前，"爸——我走了，过几天再来看你！"

徐生白吃了一惊，"喔，要走——不多坐会？"

张先生笑眯眯地瞧着他们父女俩，"小妹妹，你不知道你爸多想你来陪陪。好不容易来一趟，就多待会吧！"

紫彤满脸通红，白了他一眼，"少啰唆，关你什么事！知不知道我都累垮了！他有多少时候为我着想！"

众人顿时默然无语。徐生白捋着下巴，上身颤抖着，挥了挥手，"去吧，去吧——快回去，回去吧！"

暮色渐深，暑气消减了大半，病室里再次平静下来，浸渍在清凉的空气中。徐生白静静地躺卧下来，目光疲惫地扫视着四周，胃部方才翻江倒海的不适已悄然而逝。不久，钮阿姨用热毛巾擦洗着他的脸部，"徐老师，你肚皮饿吗？要么再剥只猕猴桃给你吃。"

徐生白嘴角浮上一丝笑意，摇了摇头。远处传来几声尖锐的狗吠声，绸缎般柔滑的天空下，星星点点的霓虹灯店招LED广告牌闪烁着五彩斑斓的荧光。他合上眼，霎时间记忆的闸门打开了，往昔生活的片段急速地滚涌而出，像海面上漂浮着的一大串残骸。那么香——香味逼人的百合、玫瑰，还有康乃馨。他好像又站在中山公园里那棵有着150岁高龄的巨无霸悬铃木下，抬头仰望着宽阔的树冠，吐纳着清纯的空气，与繁盛错落的枝丫呼应共鸣，构成了一个能量丰沛的小宇宙。他忽然想练会气功，再次意守丹田，在这个纷乱混杂的世界中剔除林林总总的杂念，为自己的肉身搭建一个从容淡定的庇护所。但他尝试了几下，孱弱的意念无法驾驭奔窜游走的气脉。此刻，他隐隐听见走道尽头传来哼哼唧唧的吟唱：

好花不常开，好景不常在。
今宵别离后，何日君再来。
人生能得几回醉，不欢更何待。

春来春去俱无踪，徒留一帘幽梦。
谁能解我情衷，谁将柔情深种。若能相知又相逢，共此一帘幽梦。

徐生白入迷地听了一会，心境一下变得悲凉起来，随着邓丽君深入骨髓的柔靡的旋律，沉落到无穷无尽的哀怜之中：对一去不复返的流水般的岁月，对日趋衰老的躯体，还有就是曾经剪不断理还乱的情愫。乐曲渐渐隐去，他咬着嘴唇，侧转身，趁钮阿姨不注意抽了自己几下耳光：多年苦心培育的功夫全废了，癌细胞不仅摧残了身体，还将精神肢解得七零八碎。

霎时间，手机在床头柜上蹦跳起来，像一头发情的猴子。钮阿姨忙将它递到他手里。他听出是刘律师的声音：你太太再次向法院提起离婚诉讼，我们要准备一上，说不定很快会开庭。

徐生白嗯了声，手机滑落到枕边。在那一刻，他觉得自己停止了呼吸。

终 曲

是故变化云为,吉事有祥,象事知器,占事知来。天地设位,圣人成能;人谋鬼谋,百姓与能。八卦以象告,爻彖以情言,刚柔杂居,而吉凶可见矣。变动以利言,吉凶以情迁。是故爱恶相攻而吉凶生,远近相取而悔吝生,情伪相感而利害生。

——《周易·系辞下传》

已到了九月初，尽管已是残夏时节，灼人的暑气在上海这座亚热带城市依旧萦绕不去。但在那个夜晚，徐生白在阳台上感到有一股清凉之气悄然间扑面而来，新鲜、爽利，顿时将他拽出望不到头的幽暗隧道。

冤有头债有主。他其实早就该预感到会有这一天。在他再次逃过一劫从医院回家后的第二天，小猫凯撒便回来了。他只听得门外有喵喵的叫声，久久不散。这莫不是幻觉吧，就像他重新躺在自己的卧室内，半夜时分耳边时不时会有一长串爆裂的声响滚碾而过，仿佛有人在地下室、楼顶平台偷偷埋设了雷管，想出其不意地将整幢公寓楼炸毁夷平。

他嘴里哼哼哈哈，全身摇晃，从二楼一步步蹒跚着下到一楼，拉开厚重的棕褐色大门，凯撒飞速窜进屋内，先是躲藏在长沙发底下，随后半惊惧半羞惭地探出身来，徐生白迈前几步，与它四目对视——没错，是它回来了。他弯腰将它搂在怀中，轻轻地抚摩着沾上了几片污迹的背脊。凯撒抬起头，专注地盯视着他好大一会，紫黄色的目光闪露着浓重的哀怨，饱满沧桑的疲惫，以及热切的渴念。它怯怯地扫视四周围，慢慢重新融入熟悉的桌椅、橱柜、阳台、灶台、浴缸构缀而成的美丽家园之中。

也是在一个残夏的下午，徐生白忽然间想到久违的市中心逛逛。他得走出自我囚闭的居室，到户外活动一番。五月份病情汹汹之际，他原本就没抱希望能再回家。但老天有眼，又宽限了他一次。在世上余下的日子已是屈指可数，他的生命已经耗尽，徒留一具嘎吱作响的空壳，从早到晚机械般地举手投足。

他叫了辆出租车径直驶到外白渡桥畔，下了车，慢悠悠地踱过百来米长的桥面，不无疲惫地扫视着左右两侧伸展而开的X形钢质桁架。下午的阳光还有点灼人，一旦站到树荫下，便沉浸在舒适的凉意中。他懒洋洋地走着，暑日里肆意张开的毛孔感到了热力的衰减，悄然摆出了收缩内敛的姿势。

苏州河北岸是一条新修葺的水泥步行道，徐生白走过古铜色外墙的上海大厦，这座昔日的百老汇大楼历经岁月磨蚀，临街硕大的玻璃面仿佛蒙罩上了一层厚重的雾气，连同大堂中那台从英伦运来的钢琴，也沉溺在慵懒无力的梦幻之中。三三两两的游人抢占着最佳位置，以外白渡桥和浦东的东方明珠、国金中心为纵深背景，将自己的倩影镶嵌其间。已经有好多年没来这里了。他不紧不慢地往前走了一段，街面渐渐变得冷清寂寥。他回转过头，久久凝望那幢古铜色大楼，它竟幻化成了一组巨型玩具，叠垒在江河交流处。而前方便是四川路桥，邮政大楼巍然矗立，诸多科林斯立柱和巴洛克风格的塔楼赫然映入眼帘。

徐生白拿出矿泉水，吞咽了几口。阳光慢慢收敛着锋芒，在和暖绵软的空气中，回荡着一串串温馨悠扬的旋律。恍然间，他又回到了许多年前,和紫彤妈妈在新婚后手牵着手,在老上海的核心区漫步,一家家店铺看过去,在像被施了魔法的商品散射出的绚丽的光焰中痴迷地消耗上大半天。那时上海的店铺商厦的数量还少得可怜。不知不觉间,他如今也投身于一场寻梦之旅:走过外立面轩敞、曲折有致的河滨大楼,从河南路桥踅回到苏州河南岸,沿着河一路西行,再从福建路走到南京路步行道。在世纪广场稍做歇息后,一路走到人民公园外侧,随后再沿着西藏路往南弯折到人民广场。

昔日的广场早已被大道截成互不贯通的两半,那震天动地的集会游行、孩童们无拘无束的踢球玩耍的乐园早已沉落到时光的潮水深处。徐生白心中荡漾着一股淡淡的伤感,好像这已是人生的告别之旅。在这一瞬间,记忆的阀门哐地打开,流逸出一长串已逝岁月中的影像,三三两两的伙伴熟人,那一再重现的场景,那萦回不散的气味以及独一无二的氛围,幽灵一般浮现在不远处车行道的隔离栏上。它们尾随着他,走过森严的市政府大楼,绕过大剧院,从黄坡南路拐入广场南侧,擦过一度异常喧闹的迪美广场,弯到天圆地方造型的博物馆外侧。渐渐地,他的心又一次变得宁静从容,像是一枚筛尽了杂质的宝石。

邻近几对情侣嬉笑着相拥而过,时不时亲昵地依偎着,鲜活青葱的声音在空气中抖颤。徐生白盯视着他们,在那一刹那,他久已逝去的青春仿佛在这些陌生的躯体上复活、重生。所有的一切都回来了——他咂咬了几下嘴唇,一种罕有的幸福感涌上心头。他停住脚步,晕乎乎地环顾四周:纤柔的绿地,悬垂其上的高架路桥,博物馆门外蹲伏的诸多神兽,川流不息的车辆和人群,它们汇聚到这一刻，不停流淌的当下的时光，千千万万人同享共有的分分秒秒，顷刻间凝固成了永恒。他就站立在永恒之中，稳稳地处于天堂的中心。

一阵温软的风拂过徐生白的脸颊，几缕干涩的碎发垂落到额角。他挠了挠头发，隐隐的不适悄然在体内发酵。阳光不再那么刺目，他感到了些许疲惫，便走到邻近的水泥花坛旁，腾地瘫坐在狭长的边沿上。饥饿感顿时膨胀起来，天地竟然开始上下翻转：不会是缺糖吧！腹部又沉陷在一阵罕有的痉挛中，随即他感到了剧烈的恶心感，想呕吐。不是个好兆头！

猛然间，包袋里的手机一阵跳动。徐生白忙抓到手里，是庄梦晴发来的消息：你有空吗？我有急事想找你聊聊！

徐生白的眉头皱蹙了一下：已经有一两年不联系她了！天晓得她是从哪里冒出来的。消息往返几个来回后，他得悉她带着读小学四年级的儿子刚上完初习班，正在西区武康路复兴路一带。于是他们约定就近找个咖啡店小聚一下。

沿着绿地间迂曲的小径，他穿行到延安路，坐上了新近开通的横贯东西的中运量71路公车。它在公交专用道上顺畅地行驶，不到半小时便抵达目的地。徐生白下了车，转入迷宫般弯折交错的小路。道路两侧年代久远的一排排法国梧桐树枝繁叶茂，遮天蔽日，在半空织缀成了巨大的暗绿色穹顶。这片昔日的法租界地块，如今摇身一变成了新一代年轻人的网红打卡圣地，他们三三两两聚集在众多小店门口，仿佛正虔诚地举行着一场场膜拜仪式。周边虽经粉刷修葺，但仍日益衰败的楼群散溢出一缕缕生锈霉变的异国情调。

穿过一个中等规模的庭院，徐生白步入约定的西餐馆。庄梦晴已在左侧靠窗的桌边坐着，一个十岁左右的男童坐在她边上，正侧身盯视着手机屏幕。他坐到了他们俩正对面，她拍了拍男孩的头，"好了，别玩手机了——叫伯伯！"

男孩噘着嘴，将手机交还给母亲。庄梦晴专注地点单，在徐生白眼里，那张鹅蛋脸变得圆润起来，尽管那一度令他心醉的妩媚的气息尚存，但已消折了大半。没多久，服务生端上了咖啡。他喝着不放糖的蓝山咖啡，扫视着光线暗淡的店堂，又望着窗外来来往往着装时髦的顾客，他们无拘无束地说说笑笑，尽情地享受着晚夏时节最后的荣光。

男孩使劲搓了搓手，猛地站起，先是走到店堂深处，在一幅红黑交错的抽象画前伫立了片刻，随后又折回到吧台前，好奇地望着店员身后长木架上堆叠着的一排排晶晶闪烁的酒瓶。庄梦晴转过身，扬了扬手，"别乱跑，过来——听伯伯说说话！一点不懂礼貌！"

男孩垂着眼，双手紧紧绞着，老大不情愿地回到了座椅上。此刻，他开始细细打量起徐生白来了。庄梦晴瞪了他一眼，又为他点了份鲜榨胡萝卜汁，"你看，让我怎么办！才四年级！到考高中还有五年，考大学还有八年，我算是被套住了，刚刚陪他上了数学补习班，晚上还得去上英语课，这苦日子真看不到头！"

男孩的脸霎时间变得通红，随后侧过脸，暗暗扮了个鬼脸。徐生白会意地一笑，昔日甜美温馨的记忆如一首小夜曲，在心头悠然回响。庄梦晴只顾一个劲往下说，"你得给我出出主意，老这样下去怎么行！他爸成天出差在外，什么都不管，我从早到晚在学校里管那么多学生累得够呛，这样时间长了肯定撑不住……"

沉入岁月底部的纯情的记忆仿佛一下子被玷污了。徐生白咬嚼着刚出炉不久的牛排，目光躲躲闪闪。他真后悔，后悔不该来这个地方，不该再和她碰面——那样至少可以留存一份弥足珍贵的回忆。现在，一切都被糟蹋了，他面对的只是仰卧在时光之流中惨不忍睹的尸骸。一切都变得那么俗气。

庄梦晴扫了他一眼，"你多吃点，胃口不好吗？"她用纸巾抹了抹嘴角，"到底是年龄上去了，精力一年不如一年。再加上焦虑——看看周围人，哪个不为孩子的事操心。为了上个好学校，大家一齐不要命地上来争上来抢，学区房都炒到十几万了，你说疯狂不疯狂——我也没这个实力，再说现在政策说变就变，你拼死命买下房子以前的规定万一又不作数了，白白花了那份冤枉钱！"

顾客渐渐变得多了起来，店堂里桌椅几乎被占满了。徐生白耷拉着脑袋，硬着头皮听她诉说。他能有什么好建议？他知道的对方都懂，只是想从他那儿获得确证，增强信心。餐后甜点送上来，徐生白顿时来了精神，拿起银质小匙，津津有味嚼起奶油蛋糕来。他对着表情越来越不耐烦的男孩笑了笑，"还有条后路——在上海考不上好学校，那就送出去留洋！"

庄梦晴瞪了男孩一眼，"听见伯伯的话了吗！好好学外语，将来好去美国读书！"她咣地放下刀叉，双手撑着下巴，"没出息的家伙！我怎么养了个这么个讨债鬼！给他创造了那么多的条件，他一点没志气，就只想窝在家里看手机玩游戏。你看我失败不失败，自己还是个老师！看看别人，不要说钢琴、小提琴，有人光乐器就学了七八种，还学马术打高尔夫。他呢，一样都不会，一样都不感兴趣，就这副蠢样！人比人真是气死人！"

她咬了咬牙,右拳在桌面上擂了一下,"想想真不甘心!有时想也不缺这点钱,老娘索性辞职不干了,省得那么多烦心事,做个全职太太,一心将他培养好!但他真不是那块料!气死我了。如果他不成器,我再辞了工作,人生就彻底玩完了——你倒说,这算什么事!"

黄昏的暮色涌来,与四周起伏的喧哗交织融合成一团。徐生白看见靠里的沙发座上几个外国年轻人正肆无忌惮地碰杯说笑,掀起一阵阵尖锐的声浪,引得旁人纷纷侧目。一个半秃的金发男子脸红得像龙虾一般,瞪大双眼,发出一阵阵狂笑,头上的吊灯不住地摇晃;对座的一个矮个子挥动着胳膊,与他热烈地争论着什么,左手勾着倚靠在怀里的女孩的脖子。徐生白不知不觉间攥紧了拳头——真想上去揍这几个人一顿。此刻,男孩喝完饮料,吐了吐舌头,转身对母亲说,"妈,我还要冰激凌、冰激凌!"

庄梦晴瞪了他一眼,"出来的时候不已吃过了,还没吃够!"她抬腕望了眼卡地亚手表,"时间不早了,我们要走了,否则上课要迟到了。我先去买单,你再坐会,慢慢吃!"

徐生白忙起身阻拦,她淡然一笑,也就作罢。男孩甩了甩胳膊,瞟了母亲一眼,"哼,作业你从来就不嫌多!烦死我了!"

徐生白漠然地望着两人的背影消失在灰蒙蒙的街道深处,随后怔怔地望着桌面上的残羹冷炙。他往嘴里塞了几口生硬的蔬菜色拉,勉力吞下。那几个外国人似乎也从亢奋地高峰跌落下来,面面相觑,默然无语。暮色渐深,店堂里变得安静下来,等候着下一波喧嚷的高峰。

徐生白恍然间觉得自己仿佛置身于浩瀚的沙漠,呼吸有些急

453

促,口干舌燥。他举起杯子,喝下了一大杯白水。猛然间,他浑身哆嗦了一下,仿佛寒热出其不意地袭上身来,他摇晃了几下,好不容易保持住平衡。肚子中填满了垃圾,急等排泄而出。他神经质地搓着手掌,望了一眼窗外灰暗寂寥的庭院,又专注地打量左侧墙上悬挂的一幅画:占据画幅中央的是一大抹红色,中间堆叠交织着螺旋尖的线纹,像一朵绽放的花朵。但他觉得那厚实的红色线条色块是女人的嘴唇,正妖娆地向世界抛出一个个热吻。

搁在桌面上的手机再次弹跳起来。又是庄梦晴发出的消息:不好意思先走了!谢谢你那么耐心!这一年我也是心力交瘁,比不得从前了。儿子让我操碎了心,才四年级就开始厌学,前几个月就赖床,硬躺在床上死活不肯起来!我总不能打死他吧。一去学校,动不动就闯祸,上次莫名其妙和同学打架,把人家门牙都打掉了,千道歉万请罪赔了一万块钱算了结了。你说让我操心不操心!管得凶了,他脾气犟,不要想不开去跳楼跳黄浦……

徐生白连打了呵欠,将手机砰地往桌面上一扔。他不想回复——就当没看见。他站起身,走到吧台前结了账,又踅回到座椅上。他长时间地望着进进出出的顾客,扫视着吧台、店堂,最后又望了一眼偶尔有行人路过的街道。口中满是酸涩的苦水,他低下头,抓过一片纸巾,偷偷吐在上面。时间不早了,但他还是不想回家。

他时不时眺望着乏味的街景。苍灰色的天空上云絮氤氲,渐渐地他感到这座古旧的楼房数十年间蕴积的激情、苦恼、恐惧、绝望如腐朽松脱的肌肉,早已坠落而下,化为尘土,徒留下一副空洞的骨架。在朦朦胧胧的光焰中,徐生白不无伤感地望着进进出出的靓男倩女，一具具诱人、柔美或丑陋的肉体，散发着浓淡不一的气味，注定要在火焰中化为灰烬，沉入遗忘的虚无之谷。

徐生白模模糊糊意识到，他的心灵已被清空，所有的爱、柔情蜜意蒸发得无影无踪。然而，食管中发出噗噗的喧响，仿佛肚子中源源不断地分泌出高浓度的废气，混杂着平生诸多的辛酸悲苦，等候着喷薄而出的那一刻。

不远处的店门哗地打开了，一对男女迈着轻快的步伐踏入店堂。望着他们的背影，徐生白浑身变得僵直：的确是贾欣怡，她已落座，他从侧面看得清她的脸。还是修长的身材，优雅的神情，白皙的肤色，还有那肥厚的樱唇，盘绕在肩头的长发，将端庄和妩媚熨帖地融为一体的美艳。她睁大着眼睛，仿佛刚从睡梦中醒来。她还是那么美，仿佛挣脱了时光之流的侵蚀。他的心顿时被刺戳了一下，更受不了的是，陪伴着她的是穿着深蓝色衬衣的俞日新，他照例脸上堆满了洋洋自得的亢奋。

徐生白掐了一下太阳穴：这不像是真的，完全是梦境从脑海里一跃而出，落地后化成了血肉丰满的实体。那一刻，他的目光和贾欣怡相遇，锁定在半空。她沉吟了一会，在俞日新耳边嘀咕了几句，起身朝他走来。俞日新冷冷地瞅了他一眼，又转过头去。

贾欣怡在徐生白对面坐下。两人相视了片刻，又各自挪开目光。她咬着下唇，又一次定睛望着他，"我知道你恨我，想骂我——我是不好！但我们实在是没法继续一起生活了，缘分到头了！"

徐生白默然无语，眼眶微微湿润。她朝俞日新坐的桌子回望了一眼，"你别以为我狠心，我也是没办法。你得了那么重的病，时间长了，再好的人也会撑不下去。"她暗暗觑视了他一眼，"其实我一直是喜欢你的,爱你——就是现在,我还是喜欢你,心疼你。我那么死命地爱着你,当时我觉得会一直这样爱下去……"

服务生擎举着菜盘,从桌椅狭逼的间隙间匆匆而过。徐生白看到俞日新伸了个懒腰,左顾右盼,随后索性站起身来。仿佛是有感应,贾欣怡压低了声音:"我不多说了!我求求你了,你就放我一马,我们好合好散,别再打什么官司了!"

短时间里在心里泛滥而出的柔情霎时间破灭了,鲜花变成了匕首,甜言蜜语化作一串嘎嘎作响的子弹。徐生白攥紧拳头,脸色铁青,站起身来。他环顾四周:什么都看见了,又一无所见。就这样,嘴角挂着一抹暧昧的微笑,他踏着探戈的舞步,一步一摇地往前走去,向俞日新走去,向着命运的终点走去。

2017年2月—2021年旧历除夕

后　记

　　写完这部二十余万字小说的最后一行字，已是2021年农历除夕的下午。冬日的阴雨在屋外默无声息地飘扬着。从2017年初写下第一句起，已悄然过去了四个年头。期间，几经起伏，一度推进甚慢，如乌龟匍匐爬行，自己也差点丧失了信心。依恃残余的耐心，终于还是完成了全篇。那一瞬间，我感到久违的轻松；为了驱除疲劳，便悠然出门散起步来。

　　苍白的天穹上游动着湿漉漉的雨云，垂落而下的雨滴淅淅沥沥洒泼在路面上，我沿离家不远的苏州河边缓步而行。这已是我写作的第五部长篇小说：记得2004年3月，我在飞赴日本京都开始为期一年的交流之际开始了第一部小说的写作；时光荏苒，十七年倏然而逝。细细想来，我一直不明白为什么在教书之余要坚持写作小说，只是体内不时有一股冲动漫涌而起，它想寻找突破口，用语词固定下来。而这些累积起来的感悟偏偏又不是批评理论文字所能承载的。

　　写作了那么多年，深感自己在很多方面技法笨拙，经验贫弱，但我孜孜以求的是探索一种适合于自身感受方式和美学趣味的表述方式——应该说这和占据主流地位的现实主义写作模式有着相当大的距离。二十世纪新文学运动以降，在传统文化心理、文学传统和外来影响的共同铸造下，中国长篇叙事文学追求的常常是以风云变幻的社会变迁作为框架，展示某个或数个家庭几代人的命运遭际。这种对宏大史诗性追求成为许多作家呕心沥血的目标。我自愧没有这样的雄心，也无这样的才禀；我更感兴趣的是在探索、展示人们在特定时期的心理、精神状态，并进而触及人性中一些更为隐秘的层面。

和在前几部小说中做的一样，我在这部新作中并没有剔除现实的元素，相反，日常生活中的声音、色彩、气味萦回在字里行间，但我并不想借此照相式地复制现实图景。我更想展示的是潜藏在人们心中的激情的暗流，它们如何蛰伏、如何惊醒、如何汹涌澎湃，酣畅淋漓地趋于极端，迸发出人性中的全部力度与光焰。

这部小说中的主人公徐生白功名成就，但罹患癌症后个人生活发生了始料未及的波动。他已站立在生与死的门槛上，但不愿束手待毙，而是卷入了常人难以承受的漩涡中。他原本想在古老的经典中寻觅让心灵宁静的药方，但一次次激情的喷发使他建构起来的心灵的庇护所摇摇欲坠。直至最后，他也没有如愿找到内心的平衡与宁静。

徐生白是失败了，但生命本来就是一个流动的过程，只要一息尚存，便会有梦想，想展翅飞向远方。从这个意义上说，和海明威笔下的老渔夫桑提亚哥一样，即便他毁灭了，也没有被打败。

显而易见，这并不是一曲英雄的凯旋之歌，而是混杂了无数的悲怆、欣喜与苦痛。用一句法国人常用的口头禅，C'est la vie，这就是生活，我们挚爱的生活。

2022年3月5日惊蛰日